MIRA®

Der Preis dieses Bandes versteht sich einschließlich der gesetzlichen Mehrwertsteuer.

Umwelthinweis:
Dieses Buch wurde auf chlor- und säurefreiem Papier gedruckt.

Secrets

MIRA®

MIRA® TASCHENBUCH
Band 25320
1. Auflage:Oktober 2008

MIRA® TASCHENBÜCHER
erscheinen in der Cora Verlag GmbH & Co. KG,
Valentinskamp 24, 20350 Hamburg
Deutsche Taschenbucherstausgabe

Titel der nordamerikanischen Originalausgabe:
Who is Deborah/Stage Whispers

erschienen bei: Silhouette Books, Toronto
Published by arrangement with
HARLEQUIN ENTERPRISES II B.V./S.àr.l.

Konzeption/Reihengestaltung: fredebold&partner gmbh, Köln
Umschlaggestaltung: pecher und soiron, Köln
Redaktion: Stefanie Kruschandl
Titelabbildung: pecher & soiron, Köln
Autorenfoto: © by Harlequin Enterprise S.A., Schweiz
Satz: Buch-Werkstatt GmbH, Bad Aibling
Druck und Bindearbeiten: CPI – Ebner & Spiegel, Ulm
Printed in Germany
ISBN 978-3-89941-533-9

www.mira-taschenbuch.de

Elise Title

Das Gesicht einer Fremden

Roman

Aus dem Amerikanischen von
Andrea Schwinn

MIRA®

1. KAPITEL

Alles begann an dem Tag, als ich erfuhr, dass ich Deborah Steele war.

An jenem Morgen erwachte ich sehr zeitig, bei Tagesanbruch. Das war ungewöhnlich für mich, weil ich sonst immer bis mittags schlief. Zumindest war das in den letzten zwei Monaten so gewesen. Davor ... nun, das war eine andere Geschichte.

Ich weiß noch, dass ich verängstigt war und mich nicht richtig zurechtfand. Draußen donnerte es, und ich stieß einen erstickten Schreckenslaut aus. Ich hasste Gewitter.

Blitze zuckten, und das Gefühl von Panik und Hilflosigkeit drohte mich zu überwältigen. Ich zog mir das Kissen über den Kopf, um nichts mehr hören und sehen zu müssen, und krümmte mich zusammen, als wehrte ich mich ...

Ja, wogegen? Genau das war mein Problem. Wie Dr. Royce mir in den vergangenen beiden Monaten immer wieder erklärt hatte, weigerte ich mich, mich zu erinnern. Wahrscheinlich hatte er recht. Ich hatte Angst. Jeder hat ab und zu einmal Angst, doch diese Angst lebte in mir wie ein bösartiger Virus, gegen den es kein Heilmittel gab.

Tränen brannten mir in den Augen, und zu meiner Furcht gesellten sich Frustration und Verzweiflung. Inständig betete ich darum, dass dieses Gefühl vergehen und das Gewitter doch noch ausbleiben möge. Am meisten wünschte ich mir jedoch, dass mich endlich jemand finden würde, im wahrsten Sinn des Wortes, denn ich kam mir grenzenlos verloren vor.

Bis zum Vormittag war es mir gelungen, mich einigermaßen zusammenzunehmen. Der Himmel war grau und bewölkt, doch es regnete nicht. Vielleicht kam das Gewitter wirklich nicht. Vielleicht gelang es mir, den Tag zu überstehen, ohne die Nerven zu verlieren. Ein bescheidener Wunsch, ich hätte mehr, viel mehr verlangen können. Aber ich arbeitete hart an mir, damit ich mir nicht Dinge ersehnte, die ich ohnehin nicht bekommen würde. Umso heftiger warf mich deshalb das aus der Bahn, was sich später an jenem Tag noch ereignen sollte …

Ich hatte meine übliche Ecke im Saal für Beschäftigungstherapie bezogen und die Staffelei an dem großen nach Norden gehenden Fenster aufgestellt. Ich malte, wie immer am Nachmittag in der Zeit zwischen der Gruppentherapie und dem Abendessen. Es befanden sich noch andere Patienten im Raum; manche von ihnen plauderten miteinander, während sie töpferten oder Körbe flochten. Ich zog es vor, für mich zu bleiben. Ich hatte generell nicht viel Kontakt zu den anderen, doch diese beiden kostbaren Stunden sollten stets nur mir allein gehören. Zwei Stunden, in denen ich die Klinik, die zähen, immer wiederkehrenden Fragen, die nicht enden wollende Frustration, die Einsamkeit und das schreckliche Gefühl der Verlorenheit vergessen konnte.

Die Malerei war meine ganze Freude. Ich liebte den Geruch der Ölfarben, ja, sogar den des Terpentins. Wenn ich malte, und nur dann, konnte ich mich irgendwie mit mir selbst identifizieren. Während sich die anderen Stunden des Tages endlos hinzuziehen schienen, vergingen diese beiden jedes Mal wie im Flug. Ich wusste, dass sie wieder einmal zu Ende waren, als ich die vertraute Stimme hinter mir vernahm.

„Das ist sehr gut."

Die wohlklingende, anerkennende Stimme gehörte John Harris, meinem Kunsttherapeuten. Der schlaksige junge Mann mit dem feuerroten Haarschopf stand jetzt rechts neben mir und betrachtete nachdenklich mein Bild. Ich kannte diesen Blick inzwischen nur zu gut. „Ja, aber darum geht es nicht, stimmt's?"

Er lächelte gutmütig. „Nicht ausschließlich."

Ich antwortete nicht, sondern legte den Pinsel hin und begutachtete nun ebenfalls mein Gemälde – ein klarer blauer Himmel mit weißen Wolken über einer Gebirgslandschaft. Wie auf jedem meiner Bilder war auch auf diesem eine einzige menschliche Gestalt zu sehen; eine junge Frau mit wehendem blonden Haar. Diese hier stand auf dem Gipfel des Berges und sah nach Westen, der Wind blies ihr in den Rücken. Nein, sie sah nicht einfach nur in diese Richtung, sie suchte etwas. Das wusste ich genauso gut wie John, obwohl die Frau wie auf allen meinen Bildern kein Gesicht hatte.

„Erzählen Sie mir von ihr", bat John mich freundlich. Die Klinikatmosphäre, die Fragen hatten mich wieder eingeholt.

„Ständig verlangen Sie das von mir. Warum?"

Ihm war mein gereizter Unterton nicht entgangen. „Es ist das Wetter, nicht wahr?"

„Wahrscheinlich", gab ich unverbindlich zurück.

Er zeigte wieder auf die Frauengestalt. „Mag sie die Berge?"

„Ich weiß es nicht genau. Das heißt, sie selbst ist sich da wohl nicht so sicher."

„Was würde Ihrer Meinung nach wohl geschehen", fuhr er mit dieser verhaltenen Stimme fort, bei der mir immer ziemlich unbehaglich zumute wurde, „wenn Sie ihr Ihr Gesicht geben würden?"

Instinktiv hob ich die Hand und berührte meine Wange. „Aber … das ist doch gar nicht mein wahres Gesicht."

Plötzlich sah ich wieder etwas vor mir, das aussah wie ein Strang roter Farbe aus einer der Farbtuben. Nur – es war keine Farbe. Es war Blut. Rubinrotes Blut. Mein Blut. Heiß, feucht, metallisch riechend. Mit dieser Vision kam der Schock zurück. Der erste Blick in den Krankenhausspiegel, ehe mich der Schönheitschirurg wieder zusammengeflickt hatte.

John warf mir einen mitfühlenden Blick zu. „Es ist sehr gut möglich, dass Sie gar nicht so viel anders aussehen als vorher."

Hinter meinen Schläfen begann es heftig zu pochen. „Aber das kann ich nicht beurteilen, oder?", fuhr ich ihn an. „Denn ich habe nicht die blasseste Ahnung, wie ich vorher ausgesehen habe." Ein Damm schien in mir zu brechen. „Warum habe ich überhaupt ein Gesicht, wenn ich innerlich doch völlig gesichtslos bin? Und wenn das hier wirklich mein Gesicht ist, warum ist dann niemand erschienen, der mich identifizieren konnte? Über eine Woche lang habe ich mein Foto in der auflagenstärksten Zeitung New Yorks veröffentlichen lassen, doch niemand hat mich erkannt!"

„Katherine ..."

Verzweiflung überwältigte mich. „Nicht einmal dieser Name ist echt, genauso wenig wie alles andere an mir!"

John wirkte bestürzt wegen meines Ausbruchs, und ich bekam ein schlechtes Gewissen. Schließlich war er nicht schuld an meiner Lage.

„Es tut mir leid. Es ist wohl wirklich das Wetter. Ich bin sehr früh aufgewacht und war schon den ganzen Tag etwas überdreht. Ich wünschte ..."

„Was denn?"

„Die Polizei hätte mich in jener Regennacht einfach verletzt auf dem Bürgersteig liegen lassen."

Ich konnte den Regen wieder hören, unnatürlich laut prasselnd. Das war meine einzige Erinnerung an die Nacht damals. Das und der Moment, als ich nach Stunden in der Notaufnahme des New York General Hospitals wieder zu mir gekommen war. Den jungen Polizisten, der mich besorgt beobachtet hatte, hätte ich zeichnen können, so deutlich sah ich ihn noch vor mir.

„Sie müssen sich kräftig gewehrt haben", hatte er festgestellt.

Ich selbst hatte Schwierigkeiten gehabt zu sprechen, denn mein Kopf war fast völlig einbandagiert. Später teilte man mir mit, ich hätte eine Gehirnerschütterung, eine gebrochene Nase und einen gebrochenen Kiefer. In dem Moment jedoch machte ich mir weniger Gedanken wegen meines verwüsteten Gesichts. Panik ergriff mich. „Hat man mich …?"

Ehe ich das Wort „vergewaltigt" noch sagen konnte, schüttelte er den Kopf. Ich war grenzenlos erleichtert, aber nicht lange. Denn dann hatte er angefangen, mir Fragen zu stellen, und zu meinem Entsetzen war ich nicht in der Lage gewesen, sie zu beantworten. Ich wusste nicht nur nichts über den Überfall zu sagen, ich hatte sogar meinen Namen vergessen. Ich erinnerte mich an nichts mehr. Und so tappte die Polizei im Dunkeln, denn ich hatte keine Papiere bei mir gehabt, als man mich in der finsteren Seitenstraße in New York gefunden hatte.

Die Ärzte versuchten mir einzureden, dass mein Erinnerungsvermögen allmählich zurückkehren würde, sobald der Schock abklang, aber das war nicht geschehen. Ich unterzog mich einer plastischen Operation, danach wurde ich in die psychiatrische Abteilung der Klinik verlegt.

„Katherine …"

Johns Stimme riss mich aus meinen Grübeleien. Ich sah, dass Dr. Royce jetzt neben ihm stand. Ich war so in Gedanken gewesen, dass ich meinen Psychiater nicht hatte kommen hören. Er betrachtete gerade mein Bild.

„Berge", murmelte er. „Sehr aufschlussreich."

Bei dieser Bemerkung bekam ich auf einmal eine Gänsehaut. Das war seltsam, denn sonst hatte der Psychiater eine ganz andere Wirkung auf mich. Ich hatte eine gewisse Schwärmerei für den gut aussehenden, freundlichen Arzt mit der sanften Stimme entwickelt, und manchmal, wenn ich besonders deprimiert war, malte ich mir aus, dass er auch mir ein besonderes Gefühl entgegenbrachte. Häufig fragte ich mich sogar, ob diese Idee wirklich nur meiner Fantasie entsprang. So auch jetzt wieder. Vielleicht lag es an der Zärtlichkeit und Anteilnahme, die ich im Blick seiner warmen braunen Augen zu entdecken glaubte. Doch diesmal freute ich mich nicht darüber, sondern geriet eher in Alarmbereitschaft. Irgendetwas stimmte nicht.

„Was ist?“, flüsterte ich kaum hörbar.

„Wir unterhalten uns in meinem Büro darüber“, erwiderte er beschwichtigend.

Kaum waren wir allein, sah ich ihn ungeduldig an. „Bitte, sagen Sie mir, was los ist!“

Er nickte und zeigte auf den bequemen Sessel, in dem ich in den letzten zwei Monaten jeden zweiten Tag eine Stunde lang zu Therapiegesprächen gesessen hatte.

Ich lächelte unsicher. „Ich habe plötzlich ganz weiche Knie!“

Dr. Royce nahm nicht wie sonst an seinem Schreibtisch Platz, sondern zog einen anderen Sessel heran und setzte sich zu mir. Nun war ich fest davon überzeugt, dass sich etwas Folgenschweres zusammenbraute. Ich war zugleich nervös und aufgeregt. „Jemand ist gekommen, um Sie zu sehen.“

Ungewollt stiegen mir Tränen in die Augen. Ich glaubte erst, mich verhört zu haben, doch die ernste Miene des Arztes bestätigte mir, dass ich ihn richtig verstanden hatte. „Wer?“, brachte ich mühsam hervor.

Er antwortete nicht gleich, sondern gab mir Zeit, mich etwas zu sammeln. Auf dem Tisch neben ihm stand eine Kaffeemaschine; er schenkte mir eine Tasse ein und reichte sie mir. „Sein Name ist Greg Eastman“, sagte er nach einer Weile.

Während er den Namen nannte, beobachtete er mich aufmerksam. Doch wenn er sich eine Reaktion von mir erhofft hatte, so enttäuschte ich ihn. Der Name sagte mir nicht das Geringste. „Wer ist das? Woher kennt er mich?“

„Er ist Privatdetektiv.“ Der Psychiater lächelte leicht. „Er hat Sie auf dem Zeitungsfoto wiedererkannt.“

Ich musste ebenfalls lächeln. „Er hat mich … wiedererkannt? Das heißt, ich habe mich also wirklich nicht so sehr verändert?“

„Jedenfalls nicht so stark, dass er Sie nicht erkannt hätte.“

Ich verstand nicht recht. „Wollen Sie damit sagen, dass er sich erst nicht sicher war? Dass er deshalb abgewartet hat, bis ...?“

„Nein. Er war wohl verreist, als das Foto erschien, doch seine Sekretärin hat es routinemäßig ausgeschnitten und in seinen Ordner mit Bildern vermisster Personen gelegt. Sobald er Sie sah, wusste er, wer Sie waren.“

Ich wartete wie gebannt, dass er mir endlich verriet, wer ich war. Ich werde diesen Augenblick nie vergessen. Plötzlich fühlte ich mich innerlich zerrissen, ich wusste nicht, was schlimmer war – meine Identität zu erfahren oder sie weiterhin nicht zu kennen.

„Er sagt, Sie seien Deborah Steele.“

Ich sah ihn ratlos an und wusste nicht, wie ich darauf reagieren sollte. Es war ein höchst merkwürdiges Gefühl, ich war mit einem Mal wie benommen. „Deborah ...“, wiederholte ich langsam, um auszuprobieren, wie mir dieser Name über die Lippen kam. Er klang genauso fremd wie Katherine. „Ist er sich sicher?“

„Natürlich möchte er Sie persönlich sehen, aber ich denke, er ist sich ziemlich sicher. Er kannte Sie, recht gut sogar, wie er meint. Er wusste, dass Sie ... malen.“

Ich sah ihn fassungslos an.

„Und er hat ein Foto mitgebracht.“

„Von ... *ihr?*“ Ich schaffte es noch nicht, „von mir“ zu sagen. Es war alles zu unwirklich. Vielleicht wachte ich jeden Moment auf und stellte fest, dass ich das Ganze nur geträumt hatte.

„Die Ähnlichkeit ist verblüffend.“

Ich spürte, dass er mir etwas verschwieg. „Und die Unterschiede? Sind die auch verblüffend?“

Zum ersten Mal sah ich, dass Dr. Royce rot wurde. „Natürlich gibt es da gewisse ... Unterschiede. Die Nase, die Kieferkontur ...“ Er verstummte.

Ich ahnte, dass es da noch mehr Unterschiede gab, doch ich

wusste nicht, ob ich schon so weit war, sie mir anhören zu können. „Sie sagten, dieser Greg Eastman kennt mich?“

Dr. Royce beugte sich nach vorn, und ich wappnete mich instinktiv für die nächste Enthüllung. „Er ist nicht nur Privatdetektiv, sondern auch ein enger Freund … Ihres Ehemanns.“ Er atmete tief durch. „Nicholas Steele.“

Mein Ehemann? Mein Herzschlag beschleunigte sich, mir brach kalter Schweiß aus. Offenbar musste ich sehr elend aussehen, denn Dr. Royces Blick wurde mitfühlend. „Das alles ist sehr viel auf einmal, lassen Sie sich Zeit, das Ganze zu verdauen“, riet er mir fürsorglich.

„Mein Mann?“, wiederholte ich laut, doch die Worte klangen dadurch nicht realistischer. Ich starrte auf meine unberingte Hand. Hatte ich vor dem Überfall einen Ehering getragen? War er mir wie alles andere auch gestohlen worden? Aber … ich fühlte mich nicht verheiratet. Ich hielt dem Blick des Arztes ratlos stand. „Und er heißt Nicholas Steele?“

Er betrachtete mich prüfend. „Klingt das irgendwie vertraut?“

Ich wollte den Kopf schütteln, doch plötzlich hielt ich inne. „Ich … ich weiß nicht. Kann sein. Ich glaube, ich habe den Namen schon mal gehört.“

Konnte das ein erster Schritt sein? Doch wenn dem so war, hätte Dr. Royce eigentlich ein zufriedeneres Gesicht machen müssen. Stattdessen wurde seine Miene eher noch ernster. „Nicholas Steele ist Schriftsteller. Vielleicht haben Sie eins seiner Bücher hier in der Klinik gesehen oder eine Anzeige darüber in der Zeitung gelesen.“ Er zögerte. „Andererseits ist es natürlich möglich, dass Sie …“

„Nein“, unterbrach ich ihn energisch. „Ich muss seinen Namen irgendwo gelesen haben. Er beschwört nicht die geringsten Erinnerungen in mir herauf.“

„Nun, eventuell ist das nur gut so.“ Ich spürte sofort, dass ihm diese Worte ungewollt herausgerutscht waren. Er lächelte verlegen. „Ich meinte nur, er schreibt ... Horrorromane."

In meinem Kopf drehte sich alles. Wie konnte ich, die das Opfer einer so grässlichen Horrortat geworden war, dass ich darüber mein Gedächtnis verloren hatte, ausgerechnet mit dem Autor blutrünstiger Geschichten verheiratet sein? Das war ja geradezu abartig! „Sie glauben das doch nicht? Sie glauben nicht, dass ich die Frau eines ... solchen Mannes bin, oder?"

Seine Miene wirkte beinahe väterlich. „Was heißt das? Nur weil er Horrorstorys schreibt, muss er nicht ..."

„Ich kann mir nicht vorstellen, so etwas überhaupt zu lesen. Bestimmt habe ich das auch früher nicht getan!"

„Ehefrauen müssen nicht zwangsläufig zu der Arbeit ihres Mannes stehen."

„Meinen Sie, ich bin Deborah?"

„Ich habe mich fast zwei Stunden mit Mr. Eastman unterhalten. Er nannte mir eine Menge Details, die absolut glaubwürdig klangen." Er zögerte, und meine Anspannung wuchs erneut. „Er erzählte auch, dass Nicholas Steele in einer Kleinstadt drei Stunden nördlich von hier lebt, in Sinclair. Das liegt in den Catskill Mountains."

Jetzt verstand ich auch seine Bemerkung von vorhin, als er sich mein Gemälde angesehen hatte. „Ich habe keine ganz konkrete Berglandschaft gemalt. Das ... kann gar nicht sein."

„Bewusst vielleicht nicht", fuhr er beinahe im Plauderton fort. Mir war klar, dass er mich beruhigen wollte, aber selbst er musste wissen, dass ihm das nicht gelingen würde. Dennoch versuchte ich, mich auf seinen Bericht zu konzentrieren. „Mr. Eastman hat ein Wochenendhaus in Sinclair", erklärte er, obwohl ich eigentlich lieber mehr von meinem angeblichen Ehemann erfahren wollte. „Er verbringt fast jedes Wochenende und den Sommer dort. Er kennt Steele seit über fünf Jahren. Sie spielen Tennis zusammen, und Steele hat ihn wohl auch ein paarmal dankend in seinen Büchern erwähnt, wegen irgendwelcher technischen Ratschläge. Die beiden scheinen sehr gute Freunde zu sein."

„Und was ist mit mir?" Da, nun hatte ich es gesagt. „Ich." Nicht „sie". Es war ein merkwürdiges, aber nicht unangenehmes Gefühl.

„Laut Eastman war Nicholas Steele ein überzeugter, eingefleischter Junggeselle, bis er eines Tages wegen Recherchen zu einem Buch nach St. Martin reiste und dort dem ‚Mädchen seiner Träume' begegnete. So drückte Eastman es wörtlich aus."

Ich musste unwillkürlich lächeln, doch ich wurde abrupt wieder ernst. Die ganze Geschichte war zu abwegig.

„Drei Wochen später kehrte er mit einer Ehefrau nach Sinclair zurück."

„Liebe auf den ersten Blick, eine Blitzhochzeit auf einer tropischen Insel – das alles klingt wie aus einem Liebesroman."

„Das ist jetzt zwei Jahre her", berichtete Dr. Royce ruhig weiter. „Und dann, vor zweieinhalb Monaten, verschwand Deborah Steele plötzlich."

„Sie verschwand?", echote ich und erschauerte.

Er wandte den Blick nicht von mir. „Sie wollte mit dem Zug nach Manhattan zu einem Einkaufsbummel fahren. Das war das Letzte, was man von ihr gehört hat. Eastman sagt, er habe einen Monat lang sowohl zusammen mit der Polizei als auch auf eigene Faust nach ihr gesucht. Schließlich kehrte er nach Sinclair zurück, weil er dachte, ihr könnte schon dort etwas zugestoßen sein, ehe sie überhaupt den Zug genommen hatte. Als er da jedoch ebenfalls nichts in Erfahrung bringen konnte, fuhr er wieder nach Manhattan, und ..."

„Er sah mein Foto in seinem Ordner."

Dr. Royce nickte.

Ich grübelte eine Weile verwirrt nach. „Und jetzt?", fragte ich, weil ich überhaupt nicht wusste, was nun zu tun war.

„Mr. Eastman möchte Sie sehen und mit Ihnen sprechen. Ich sagte ihm, ich würde zuerst mit Ihnen reden, und schlug ihm vor, Ihnen ein oder zwei Tage Zeit zu lassen, um sich mit dem Gedanken anzufreunden. Sie brauchen nichts zu überstürzen. Ich weiß, das Ganze ist ein gewaltiger Schock für Sie und …"

„Ist er noch hier?"

Er zögerte. „Ja, aber …"

„Ich will ihn sehen."

„Katherine …"

„Aber ich heiße nicht Katherine, nicht wahr?"

Er machte ein finsteres Gesicht. „Doch, vorerst noch. Sie können nicht innerhalb weniger Minuten in eine ganz neue Identität mit einem neuen Namen schlüpfen. Das braucht Zeit. Und es besteht trotz allem die Möglichkeit, dass er sich irrt."

„Ein Grund mehr, mich sofort mit ihm zu treffen", beharrte ich. Ich sah Dr. Royce an, dass er nicht erfreut war über meinen Wunsch. „Ich muss Gewissheit haben, das verstehen Sie doch sicher!"

„Schon, aber in erster Linie liegt mir Ihr Wohlbefinden am Herzen. Das geht zu schnell, zu …"

„Ich bin robuster, als ich aussehe." Ich lachte und war selbst überrascht. „Das habe ich gerade eben erst herausgefunden!"

„Ich wusste es schon länger", erwiderte er lächelnd. In diesem Lächeln entdeckte ich aufrichtiges Interesse an mir, und ich denke, daraus schöpfte ich einen Großteil meiner Kraft. Ich ahnte noch nicht, dass ich diese Kraft bald dringend nötig haben würde.

2. KAPITEL

Während ich in Dr. Royces Büro auf Greg Eastman wartete, versuchte ich, mich ein wenig zu sammeln. Ich hatte darauf bestanden, dass Dr. Royce mich allein ließ. Ich glaube, meine Bestimmtheit überraschte ihn. Ich selbst konnte diese plötzliche Anwandlung von Mut ja kaum verstehen.

Im Moment verweigerten meine Beine mir jedoch den Dienst, ich musste mich setzen. Ich atmete tief durch, aber es half nichts. Mein Herz klopfte zum Zerspringen, meine Handflächen waren feucht – kurz, ich war entsetzlich nervös.

Eigentlich hätte ich doch froh sein müssen. Endlich jemand, der meinetwegen kam, der mich kannte und der mir das allerschönste Geschenk machen würde: mein wahres Ich. Natürlich konnte alles auch ein schrecklicher Irrtum sein. Vielleicht sah mich dieser Privatdetektiv nur einmal an und erkannte sofort, dass ich gar nicht Deborah Steele war. Plötzlich hoffte ich inständig, dass das nicht geschehen möge, denn sonst würde ich wieder ein Niemand sein.

Es gelang mir nicht, meine Nervosität in Schach zu halten. Diese Begegnung mit Greg Eastman konnte der Schlüssel zu meiner Vergangenheit sein. Und zu meiner Zukunft. Ganz gleich, was ich auch erfahren mochte, es würde besser sein als diese grässliche Leere und Einsamkeit der letzten Monate. Das redete ich mir immer wieder ein.

Trotzdem fuhr ich wie elektrisiert hoch, als Eastman nach etwa zehn Minuten das Zimmer betrat. Er lächelte und bat mich sanft, wieder Platz zu nehmen. Mein Mut war plötzlich restlos verflogen. Ich warf dem Privatdetektiv nur einen flüchtigen Blick zu, der jedoch ausreichte, um mir die Gewissheit zu geben, dass er mir absolut unbekannt vorkam. Ich war grenzenlos enttäuscht.

Wenn ich an jene erste Begegnung mit Greg zurückdenke, dann erinnere ich mich am deutlichsten an sein Lächeln. Es war abwechselnd freundlich, charmant und gewinnend. Ich atmete ein wenig auf. Ich nehme an, ich hatte eher mit einem abgebrühten Meisterdetektiv wie aus einem Krimi gerechnet. Greg war das genaue Gegenteil. Er sah blendend aus, hatte kurzes blondes Haar, regelmäßige Gesichtszüge – und eben dieses betörende Lächeln.

„Das Ganze muss ein ziemlicher Schock für dich sein, Deborah", sagte er unvermittelt und benutzte meinen Namen mit solcher Selbstverständlichkeit, dass ich zusammenzuckte.

„Bin ich … sie?" Mein Mund war wie ausgedörrt, meine Stimme klang wie ein heiseres Krächzen.

„Wenn nicht, dann haben die Ärzte jedenfalls ganze Arbeit geleistet." Er schien seine Bemerkung sofort zu bereuen. „Verzeih mir, ich bin nur so unglaublich erleichtert, dich zu sehen. Dr. Royce hat mir alles erzählt, Deborah. Von dem Überfall, deinen Verletzungen, dem Gedächtnisverlust. Aber jetzt wird alles gut. Ich bin gekommen, um dich nach Hause zu bringen."

Nach Hause. Ich hatte mir fest vorgenommen, nicht die Fassung zu verlieren, doch es war zu überwältigend. Nach Hause! Mein Tränenausbruch schien Greg zu erschrecken. Er wusste nicht, was er tun oder sagen sollte. Nach ein paar vergeblichen Versuchen, mich zu trösten, reichte er mir einfach nur ein Taschentuch und ließ mich weinen. „Es tut mir leid", murmelte ich nach einer Weile verlegen.

„Nicht doch. Wahrscheinlich ist das das Beste für dich. Hat dich dein Psychiater überhaupt schon über Einzelheiten informiert?", fragte Greg.

Ich wiederholte, was ich von Dr. Royce erfahren hatte, wobei auch ich Greg automatisch duzte. „Du kennst mich aus Sinclair. Du hast dort ein Wochenendhaus. Du bist mit Nicholas Steele befreundet. Du kennst ihn seit fünf Jahren, ihr seid

Tennispartner. Nicholas war zwei Jahre verheiratet, dann verschwand seine Frau Deborah plötzlich vor zweieinhalb Monaten. Du hast mein Zeitungsfoto gesehen und mich als Deborah wiedererkannt." Ich hätte genauso gut einen gedruckten Text ablesen können, nichts von dem, was ich sagte, hatte irgendeinen Bezug zur Wirklichkeit für mich. Mir war, als spräche ich von irgendwelchen Figuren aus einem Roman.

Greg beugte sich nach vorn. „Du musst gleich an deinem ersten Tag in der Stadt überfallen worden sein", vermutete er. „Ich habe mir die Gegend angesehen, wo man dich gefunden hat. Bei Nacht ist es dort völlig verlassen, aber ein paar Modeschöpfer haben ihre Ateliers da. Du hattest schon immer Freude daran, dir neue, ausgefallene Designer auszusuchen. Du galtest stets als die bestgekleidete Frau von Sinclair!" Er zwinkerte mir zu, offenbar wollte er mich zum Schmunzeln bringen.

Doch ich war immer noch wie versteinert. Noch dazu wurde ich mir auf einmal schmerzlich meiner schäbigen Aufmachung bewusst. Das einfache Baumwollkleid war mir viel zu weit, meine gesamte Garderobe stammte eben aus dem kleinen Klinikladen und aus gut gemeinten Spenden einiger Krankenschwestern.

Greg beugte sich noch weiter zu mir, und sein prüfender Blick bereitete mir Unbehagen. Seine Gedanken waren jedoch gar nicht mehr bei meiner Kleidung. „Ich weiß, dass es schwer für dich ist, Deborah, aber für mich ist es auch nicht einfach. Erinnerst du dich denn wirklich an gar nichts mehr?"

Ich schüttelte langsam den Kopf. „Das alles kommt mir so unwirklich vor. Immer wieder denke ich, du musst dich irren."

„Nein, das ist kein Irrtum", behauptete er zuversichtlich. „Hier. Vielleicht hilft dir das." Er zog ein Foto aus einem Umschlag und hielt es mir hin. Trotz aller Neugier brachte ich es nicht über mich, die Hand danach auszustrecken, und so legte er es mir schließlich auf den Schoß.

Es dauerte eine ganze Weile, ehe ich es mir ansehen konnte. Es zeigte eine blonde Frau im Bikini, die auf dem Bug einer Segelyacht posierte und aufreizend in die Kamera lächelte. Am auffallendsten waren die lebendigen Farben – das gesund glänzende goldblonde Haar, die gebräunte Haut, der schimmernde rote Lippenstift und die vor Lebenslust funkelnden blauen Augen.

War ich das? In früheren, glücklichen Zeiten? Tatsächlich war die Ähnlichkeit unbestreitbar. Das lag nicht nur an der Augen- und Haarfarbe, sondern auch am Schnitt der Augen, des Mundes. Sogar unsere Nasen waren gar nicht so verschieden. Nur die Kieferform war anders. Ihr Kinn schien ausgeprägter, es verlieh ihr ein etwas trotziges Aussehen, was aber wiederum zu dem verführerischen Funkeln ihrer Augen passte. Sie wirkte so unglaublich selbstbewusst, vielleicht etwas zu sehr von sich überzeugt. Das war wohl der größte Unterschied zwischen uns.

„Du musst nur etwas zunehmen, dich ein wenig in die Sonne legen, und ..."

„Erzähl mir von ihr", unterbrach ich ihn.

Er sah erstaunt aus, doch dann lächelte er. „Nun, sie ist sehr schön, lebhaft, immer zu Späßen aufgelegt ..."

All das konnte ich auch dem Foto entnehmen, ich wollte jedoch etwas über die Seiten an ihr – an mir? – erfahren, die nicht sichtbar waren.

Greg musste mir meine Enttäuschung angesehen haben. „Du machtest immer einen sehr selbstsicheren Eindruck, aber das war nur Schein", fuhr er sanft fort. „Wir waren sehr gut befreundet, Deborah. Du vertrautest dich mir an. Du erzähltest mir, wie wichtig die Malerei für dich sei, und du sprachst auch davon, wie einsam du dich als Kind gefühlt hattest."

„Meine Familie ...?"

Der Ausdruck seiner braunen Augen verriet mir, dass das

ein trauriges Kapitel war. „Dein Vater ließ dich im Stich, als du noch sehr klein warst. Du warst stets traurig, weil du dich nicht mehr an sein Gesicht erinnern konntest. Das Einzige, was dir von ihm in Erinnerung geblieben war, war ein rotes Hemd, das er mit Vorliebe getragen hatte. Manchmal sagtest du ganz verbittert: ‚Kannst du dir vorstellen, dass du keine Erinnerung mehr an deinen Vater hast außer einem lächerlichen alten Hemd?‘“

Ich sog seine Worte förmlich in mich auf und hörte in mich hinein, ob sie irgendein Echo in mir auslösten. Ich konnte die Gefühle dieses unglücklichen Kindes nachvollziehen, aber ich vermochte sie nicht als einen Teil von mir zu sehen. „Und meine Mutter?“

Er seufzte. „Sie starb, als du neun warst. Du zogst zu einer unverheirateten Tante nach Omaha. Ich zog dich immer damit auf, dass kein vernünftiger Mensch in Omaha leben könnte.“

„Und ich? Was habe ich darauf geantwortet?“

„Du sagtest: ‚Ich habe dort auch nicht gelebt, Greg, sondern allenfalls – existiert.‘“

Ich saß ganz still da, während mir die Tränen wieder über die Wangen liefen. Genau dasselbe empfand ich auch hier in der Klinik. Zum ersten Mal verspürte ich eine echte Gemeinsamkeit mit Deborah.

„Ich bin sicher, sobald du wieder bei Nick in Raven's Cove bist, kommt auch die Erinnerung zurück“, murmelte Greg leise.

„In Raven's Cove? Rabenhorst – was für eine seltsame Bezeichnung!“

Greg schmunzelte. „Nach einer Erzählung von Edgar Allen Poe. Der richtige Name für die Behausung eines berühmten Verfassers von Spukgeschichten! Obwohl Nick diesen ganzen Unsinn gar nicht so ernst nimmt. Ich glaube, seine Cousine hat den Besitz so getauft.“

„Seine Cousine?“

„Zweiten Grades wohl. Lillian. Sie kümmert sich um den

Haushalt, sehr ruhig und unscheinbar. Wegen der alten Lillian brauchst du dir keine Gedanken zu machen."

„Ich mache mir über alles Gedanken!", bekannte ich ehrlich. „Ich weiß nicht, ob ich so viel verkraften kann."

Er wollte meine Hand nehmen, doch ich wich instinktiv zurück. Obwohl ich mich nicht an den Überfall erinnern konnte, war mir doch ein tief gehendes Unbehagen vor Berührungen geblieben. Ich entschuldigte mich bei Greg, aber er winkte ab. „Deborah, du gehörst nicht hierher. Hier wirst du nicht gesund werden. Und das möchtest du doch, nicht wahr?"

Natürlich, das konnte er sich doch denken. „Hast du schon mit ... ihm gesprochen?", fragte ich unsicher. Ich schaffte es noch nicht, seinen Namen auszusprechen. Nicholas? Nick? Liebling? Ich errötete.

„Ja."

„Und ... er erwartet mich?"

„Ja."

„Warst du denn so sicher, dass ich mitkommen würde?"

„Genauso wie ich mir sicher war, dass du Deborah bist. Und inzwischen bin ich mir sicherer denn je. Ich wiederhole, Deborah Steele ist ziemlich einzigartig. Da du das nicht beurteilen kannst, glaub es einem, der dazu in der Lage ist." Es war ein warmherziges Kompliment ohne jeden verführerischen Unterton. Ich fing an Vertrauen zu Greg zu fassen. „Es wird alles gut werden, Deborah, das verspreche ich dir."

Ich musste plötzlich lächeln. „Ich gestehe, dein Optimismus ist ansteckend!"

Er lachte herzlich auf. „Na, wenn das kein Fortschritt ist! Dr. Royce wird begeistert sein." Er rieb sich die Hände. „So, und nun rufe ich Nicholas an und sage ihm, dass wir unterwegs sind." Ihm schien einzufallen, dass er womöglich etwas zu überstürzt vorgegangen war. „Das heißt natürlich, wenn du so weit bist."

Nun, da mein Schicksal endgültig besiegelt war, sah ich keinen Grund mehr, noch länger in der Klinik zu bleiben, auch wenn ich seelisch vielleicht noch längst nicht bereit war. „Ich muss nur packen und Dr. Royce Bescheid sagen."

„Gut", freute Greg sich. „Dann können wir zum Abendessen in Raven's Cove sein."

Der Regen setzte ein, als wir die Stadtgrenze von New York hinter uns ließen. „Alles in Ordnung?", fragte Greg.

„Es ist nur das Wetter", wich ich zögernd aus. Mein Unbehagen nahm zu, und ich fragte mich, ob ich nicht doch eventuell etwas zu spontan gehandelt hatte. Dr. Royce hatte noch versucht, mich zur Vernunft zu bringen. Er hatte sogar vorgeschlagen, Nicholas anzurufen und ihn zu bitten, er möge in die Klinik kommen, damit ich ihn dort erst ein paarmal sehen könnte, ehe ... „Warum ist er nicht gekommen?"

Greg warf mir einen verständnislosen Blick zu.

„Nicholas." Es fiel mir nach wie vor schwer, den Namen auszusprechen.

„Ich habe ihm erst vor wenigen Stunden mitgeteilt, dass ich dich gefunden habe. Da war gerade sein Lektor bei ihm. Er wäre natürlich gekommen ... Wäre dir das lieber gewesen?"

„Nein. Ich weiß nicht." Wieder erschreckte es mich, wie wenig ich von Nicholas Steele wusste. Es war mir unmöglich, an ihn als meinen Ehemann zu denken, er war mir doch völlig fremd.

Greg musste meine Gedanken gelesen haben, denn er fing an, mir von ihm zu erzählen. „Ich hätte ein Foto von ihm mitbringen sollen. Nun, ich beschreibe ihn dir einfach. Er sieht ausgesprochen gut aus, groß, dunkel, wie ein Filmstar. Obwohl ich ihn immer aufziehe, er solle sich die Haare schneiden lassen. Er hat ziemlich langes Haar und trägt es in einem Pferdeschwanz, dadurch wirkt er ein wenig wie ein Pirat. Frauen finden ihn schlagfertig, charmant und unglaublich sexy, während die meisten Männer rasend neidisch auf ihn sind."

„Du auch?" Ich wurde rot. „Entschuldige, das war eine dumme Frage."

Greg lachte nur. „Ganz und gar nicht. Die Antwort lautet – und wie! Wie alle anderen auch." Er warf mir einen raschen Blick zu. „Vielleicht sogar noch mehr", fügte er vielsagend hinzu. „Dabei ist Nick weiß Gott nicht vollkommen. Er kann ziemlich einschüchternd wirken, bis man ihn besser kennenlernt. Er ist sehr distanziert, außerordentlich diszipliniert und ein extremer Perfektionist." Er fing meinen beunruhigten Blick auf. „Natürlich nur, was seine Arbeit betrifft. Er setzt sich selbst sehr hohe Maßstäbe, aber er erwartet von seinen Mitmenschen nicht, dass sie dasselbe tun", versicherte er. „Sonst hätten wir wohl nie Freunde werden können. Denn verglichen mit dem großen Nicholas Steele bin ich nur ein ganz unscheinbarer Niemand!"

Letzteres fand ich zwar nicht, aber ich sagte nichts.

„In etwa einer Stunde müssten wir da sein", verkündete Greg wenige Minuten später.

Schon? Meine innere Anspannung wuchs, und obendrein regnete es jetzt heftiger. Worauf hatte ich mich bloß eingelassen?

Wieder schien Greg meine Stimmung zu spüren. Ohne nachzudenken, legte er mir die Hand auf das Knie. Es sollte eine beruhigende Geste sein, nichtsdestotrotz zuckte ich so heftig zusammen, dass Greg das Lenkrad herumriss. Der Wagen geriet ins Schleudern, und als Greg endlich wieder die Kontrolle darüber gewonnen hatte, waren wir beide schweißgebadet.

„Es tut mir leid!", sagten wir gleichzeitig. Greg lachte, und ich brachte ein schwaches Lächeln zustande.

„Wollen wir irgendwo Kaffee trinken, bis das Unwetter vorbei ist?", schlug er vor.

Ich schüttelte den Kopf und ärgerte mich, weil ich so übertrieben reagiert hatte. Ich musste wirklich langsam lernen, dass nicht jede Berührung automatisch eine Bedrohung war. „Nein, das ist nicht nötig, danke." Ich kam mir entsetzlich albern vor und war froh, dass Greg kommentarlos weiterfuhr.

Als wir knapp eine Stunde später Sinclair erreichten, war der Himmel zu meiner Erleichterung tatsächlich aufgeklart. Die Straßen der malerischen kleinen Gebirgsstadt waren trocken, die Sonne hüllte die Postkartenlandschaft in ein warmes Licht.

Die Umgebung rief zwar keinerlei Erinnerungen in mir wach, trotzdem besserte sich meine Laune schlagartig. Die Ortschaft hatte eine warme, freundliche Ausstrahlung, wie ich zu meiner Freude feststellte.

Wir näherten uns jetzt einem kleinen Gemischtwarenladen. „Könnten wir hier bitte einen Moment halten?", bat ich. „Ich würde gern einige Kleinigkeiten einkaufen. In der Klinik musste ich mit sehr wenigen Dingen auskommen." Ein paar Kosmetikartikel schwebten mir vor, vielleicht auch ein Parfum. Aber – welche Duftnote? Was trug „Deborah"? Hatte „mein Mann" eine bestimmte Vorliebe? Ich überlegte kurz, ob ich Greg fragen sollte, doch dann war mir das zu peinlich.

„Brauchst du Geld?", erkundigte er sich, als ich ausstieg.

„Nein, danke, ich habe genug dabei", wehrte ich hastig ab. Tatsache war, dass ich im Krankenhaus keinen Cent besessen hatte, aber schließlich hatte ich Dr. Royces Angebot angenommen, mir einen gewissen Betrag zu leihen. Er hatte mich nicht mit leeren Händen gehen lassen wollen, und ich war darüber sehr gerührt gewesen. Einen Moment lang hatte ich mich bei dem Wunsch ertappt, mit Dr. Royce verheiratet zu sein anstatt mit Nicholas Steele. Jedenfalls hatte ich ihm versprochen, das Geld so bald wie möglich zurückzuzahlen. Ich hatte dabei gar nicht daran gedacht, dass ich Nicholas ja um dieses Geld würde bitten müssen. Oder verfügte ich vielleicht über eigenes Vermögen?

Ein Glöckchen bimmelte über der Tür, als ich das Geschäft betrat. Es war tatsächlich ein richtiger altmodischer Tante-Emma-Laden. Erleichtert stellte ich fest, dass außer dem Mädchen an der Kasse nur zwei Kundinnen im Geschäft waren, zwei ältere Damen, die an einem Buch- und Zeitschriftenständer plauderten. Größere Menschenmengen verursachten mir Unbehagen, und das hatte ich während der Fahrt auch schon zu Greg gesagt. Ich hatte befürchtet, dass sich ein so bekannter Autor wie Nicholas ständig mit irgendwelchen Leuten aus der „Szene" umgeben würde. Greg hatte mir jedoch versichert, dass Nicholas ein sehr zurückgezogenes Leben führte. Er liebte die Einsamkeit, hatte nur wenige enge Freunde und gab so gut wie nie Partys. Angeblich scheute auch er zu viel Trubel.

Das Kosmetikregal befand sich in dem engen Gang hinter dem Zeitschriftenständer. Staunend stand ich vor der großen Auswahl an Lippenstiften, Rouge und Lidschatten und achtete nicht weiter auf die Unterhaltung der beiden Frauen, bis ich plötzlich den Namen „Nicholas Steele" auffing.

„*Schrei in der Nacht* ist sein neuestes Buch", sagte die eine gerade. „Natürlich dauert es noch, bis es als Taschenbuch herauskommt, aber ich konnte es nicht abwarten und habe mir in der Bücherei die gebundene Ausgabe geliehen. Dummerweise las ich den Roman abends im Bett – ich habe die ganze Nacht kein Auge zugetan!"

„Also, ich bin der Meinung, Nicholas Steele muss selbst ein wenig verrückt sein. Welcher halbwegs normale Mensch könnte sich sonst wohl so grausige Geschichten ausdenken?"

Ich erschauerte und hörte die andere Frau leise lachen. „Wir sind auch nicht besser, Joan! Wir sind schockiert, und trotzdem verschlingen wir seine Bücher geradezu."

„Das ist doch nicht zu vergleichen, Alice! Abgesehen davon, er sieht schon so ... unheimlich aus! Dieses schwarze Haar und die Augen ... Ich habe noch nie jemanden mit wirklich schwarzen Augen gesehen! Man kann ja nicht mal den Übergang von der Pupille zur Iris erkennen. Also, mir macht er eine Gänsehaut."

„Ich weiß nicht", grübelte Alice laut. „Ich finde, er sieht irgendwie aus, als sei er geradewegs aus einem Geschichtsbuch entstiegen. Die wenigen Male, die ich ihn in der Stadt gesehen habe, habe ich mir gedacht, er müsste eigentlich einen dunklen Umhang und einen Degen tragen und auf einem schwarzen Pferd reiten!"

„Oder in einer dunklen Einfahrt lauern", spottete die andere. „Oder in einem von Ratten wimmelnden Kerker hausen, wie dieser Verrückte aus seinem Buch *Nur die Toten,* das passt besser zu ihm!"

„Oh, hör auf, ich bekomme zu viel, wenn ich nur an dieses Buch denke!"

„Ich sage dir, Alice, Nicholas Steele ist ein sonderbarer Kauz. Kein Wunder, dass seine Frau ihm weggelaufen ist. Könntest du es etwa bei so einem Mann aushalten?"

Joan lachte erneut. „Ich weiß nicht, es könnte ganz aufregend sein."

Ich glaubte, meinen Ohren nicht zu trauen. Das konnte doch nicht derselbe Mann sein, von dem Greg mir erzählt hatte? Er hatte Nicholas so anziehend und faszinierend geschildert und gesagt, die Frauen beteten ihn an!

Ich war so in meine Gedanken vertieft, dass ich nicht hörte, wie das junge Mädchen von der Kasse zu mir kam. „Kann ich Ihnen behilflich sein?"

Ich zuckte heftig zusammen.

„Geht es Ihnen nicht gut?", forschte das Mädchen besorgt. Es schien zu befürchten, ich könnte jeden Moment in Ohnmacht fallen.

Ich nahm meine ganze Kraft zusammen. „Doch, doch", murmelte ich und strebte hastig dem Ausgang zu. Ich war gerade an der Tür angekommen, da hörte ich, wie die eine Frau zu ihrer Freundin sagte: „Also, nein! Das gibt es nicht!"

„Was denn?"

„Sieh nur, ist das nicht Deborah Steele?"

Die Glocke, die bei meinem Betreten des Ladens so freundlich gebimmelt hatte, klang jetzt seltsam laut und bedrohlich, als ich die Flucht ergriff.

3. KAPITEL

Ich vermied es, Greg anzusehen, als ich wieder in den Wagen stieg. Fetzen des Gesprächs zwischen den beiden Frauen klangen in mir nach. *Er muss selbst ein wenig verrückt sein … Kein Wunder, dass ihm seine Frau weggelaufen ist …*

Weggelaufen? Aber Greg hatte doch gesagt, ich sei zum Einkaufen gefahren! Hatte er etwa gelogen? Nein, redete ich mir ein. Was wussten diese beiden Klatschtanten schon. Greg war Nicks Freund. Und meiner. Warum sollte er mich also belügen?

„Sag bloß, du hast bei Gus nichts gefunden!", meinte Greg beim Anfahren.

„Bei wem?"

„So hieß der frühere Besitzer des Geschäfts. Er hat es vor fünfzehn Jahren verkauft, aber für die Einheimischen ist das noch immer Gus' Laden."

„Auch für … Nick?"

„Nick ist wahrscheinlich der Einzige in Sinclair, der nicht weiß, wie der Laden heißt. Solche Kleinigkeiten bekommt er gar nicht mit. Wenn man so bekannt ist wie Nick, erregt man immer ein gewisses Aufsehen, sobald man irgendwo auftaucht. Nick kann so ein Getue um ihn nicht ausstehen. Außerdem hasst er den ganzen Klatsch …"

„Klatsch?" Ich wurde hellhörig.

Greg schmunzelte. „Natürlich, so etwas bleibt nun mal nicht aus. Nick weiß das auch. Er versucht immer so zu tun, als berühre ihn das nicht, aber ich kenne ihn gut genug, um zu wissen, dass es ihn doch stört."

„Worüber wird denn geklatscht?" Ich hoffte, Greg möge nicht mitbekommen, wie unsicher meine Stimme klang.

„Ach, für die Leute hier ist Nick so ziemlich alles zwischen einem Hexenmeister und einem Vampir." Er lachte. „Als Autor von Horrorgeschichten beflügelt man wahrscheinlich die Fantasie der Menschen ungemein, und sein Aussehen tut noch ein Übriges dazu. Seine Verleger sind natürlich begeistert, weil so etwas die Verkaufszahlen steigert. Stell dir bloß vor, der berühmte Verfasser von Horrorromanen, Nicholas Steele, sähe aus wie ein biederer Buchhalter!"

„Und was ist mit ... mir? Gab es über mich auch Gerüchte?"

Ich weiß nicht, ob es an der Frage an sich lag oder an dem Tonfall, in dem ich sie stellte, jedenfalls bremste Greg plötzlich und sah mich besorgt an. „Deborah, was ist? Du bist ja ganz blass! Hast du etwa Angst?"

Ich lachte gezwungen. „Das ist noch stark untertrieben!"

Er schenkte mir ein breites, beruhigendes Lächeln. „Das ist ganz normal. Schließlich musst du das Gefühl haben, mit einem wildfremden Menschen verheiratet zu sein."

„So ungefähr."

„Hilft es dir, wenn ich dir verrate, dass Tausende von Frauen liebend gern mit dir tauschen würden?"

Ich sah vielsagend auf meine unelegante Kleidung. „Nun, damit ganz sicher nicht!"

Greg fing meinen Blick auf und grinste. „Zugegeben, das ist nicht ganz dein sonstiger Stil. Schade, dass wir nicht früher daran gedacht haben. Es gibt ein paar Boutiquen in Sinclair, doch die schließen alle um fünf."

„Macht nichts." Neue Kleider hätten wohl auch nicht viel an meinem Unbehagen geändert.

„Wie findest du das Haus dort drüben?" Er zeigte auf ein hübsches weißes Gebäude. Ich nickte abwesend. „Mein Wochenendhaus. Ich werde den ganzen Sommer dort verbringen, wenn du dich also einsam fühlst ..."

„War ich früher oft einsam?"

„Wenn Nick an einem Buch arbeitet, zieht er sich meist völlig zurück. Brächte Lillian ihm dann nicht das Essen, würde er wahrscheinlich verhungern, ohne es zu merken."

„Warum gerade Lillian? Warum habe ich ihm nie das Essen gebracht?"

Greg zuckte mit den Schultern. „Bestimmt hast du das mehrmals getan. Aber Lillian ist nun mal für das Kochen zuständig, und sie neigt dazu, Nick wie eine Glucke zu bemuttern."

„Ist sie viel älter als er?" In dem Moment fiel mir ein, dass ich ja nicht einmal wusste, wie alt mein Mann war. Auch was mein Alter betraf, war ich mir nicht sicher. Ich fragte Greg.

„Nick ist siebenunddreißig. Er erwähnte einmal, Lillian sei ein paar Jahre jünger als er, doch das sieht man ihr nicht an. Als ich ihr das erste Mal begegnete, hielt ich sie für mindestens Mitte vierzig, wenn nicht fünfzig."

„Und ich?"

„Arme Deborah. Erst jetzt begreife ich, wie schrecklich es für dich sein muss, dass du dich an gar nichts erinnerst, nicht einmal an dein Alter. Nun, du bist am siebzehnten April sechsundzwanzig geworden. Aber du siehst keinen Tag älter aus als fünfundzwanzig!"

„Wenn du mein Vertrauen gewinnen willst, Greg, solltest du nicht so schamlos schwindeln!"

Zu meiner Überraschung huschte ein verletzter Ausdruck über seine Züge. „Ich dachte, ich hätte schon vor langer Zeit dein Vertrauen gewonnen, Deborah. Aber ich verstehe, dass ich noch einmal ganz von vorn anfangen muss. Und das werde ich auch, glaub mir."

Ich hatte ein schlechtes Gewissen wegen meiner Zweifel an ihm. Das hatte er nicht verdient. Ich wusste zwar nichts von unserer früheren Beziehung, doch seine Anteilnahme an mir war aufrichtig.

Ungefähr eine Meile nach Gregs Haus bogen wir in eine steile, gewundene Bergstraße ein. Sie führte nach Raven's Cove. Jetzt musste ich bald „zu Hause" sein. Meine Nervosität steigerte sich ins Unerträgliche.

Greg plauderte unterdessen über die Landschaft. Er wollte mich damit wohl ablenken, doch ohne Erfolg. Ich unterbrach ihn mitten in seiner begeisterten Beschreibung über die Freuden des Landlebens. „Hat er immer schon Horrorgeschichten geschrieben?"

Greg schmunzelte. „Du hast mir überhaupt nicht zugehört, stimmt's?"

„Nein", gab ich kleinlaut zu.

„Nun ja, ich kann dich verstehen. Also ... ob er immer schon solche Romane geschrieben hat? Ich bin mir nicht sicher, auf jeden Fall ist er dadurch berühmt geworden. Er gestand mir einmal, dass er gern etwas ganz anderes schreiben würde, aber das ist schwierig. Seine Fans wären entsetzlich enttäuscht."

Ich musste wieder an die beiden Frauen im Laden denken. „War ich auch ein Fan von ihm?"

„Selbstverständlich! Ich weiß nicht, ob du nun alle seine Bücher gelesen hast, aber auf jeden Fall hast du ihn in seinen Bemühungen unterstützt."

„Er mich auch? Ich meine, bei meiner Malerei?"

Greg antwortete nicht und richtete seine ganze Konzentration auf die schmale, kurvenreiche Straße. In dem Moment fiel mir auf, dass er mir schon einmal eine Frage nicht beantwortet hatte, nämlich die, ob über mich auch geklatscht worden war. *Kein Wunder, dass sie ihm weggelaufen ist.* War das wirklich nur ein Gerücht gewesen?

„Du wirst hin und weg sein, wenn du Raven's Cove siehst, es ist wirklich außergewöhnlich", verkündete Greg freundlich. „Für dich wird es wahrscheinlich so sein, als sähest du es zum allerersten Mal."

„War ich damals, bei jenem ersten Mal, auch hin und weg?"

Er lachte. „Da musst du nicht mich, sondern Nick fragen. Als dich der verliebte Bräutigam nach Hause brachte, wollte er mit dir ganz allein sein."

Verliebt ... Ich verspürte ein eigenartiges Prickeln auf der Haut. „Und seine Cousine?", fragte ich unschuldsvoll.

„Lillian? Oh, die zählt nicht. Sie gehört sozusagen zum Inventar in Raven's Cove."

Ich bezweifelte, dass Lillian sich über diese höchst unschmeichelhafte Bezeichnung freuen würde, und ich nahm sie Greg beinahe ein wenig übel. Andererseits, niemand war vollkommen, und ich reagierte wohl nur überempfindlich. War das schließlich ein Wunder? Wir näherten uns allmählich der Kuppe des Berges. Trotz Gregs enthusiastischer Andeutung stellte ich mir ein düsteres, bedrohlich wirkendes Herrenhaus vor, das plötzlich wie eine Erscheinung aus den Wolken ragen würde. Ich betrachtete die urwüchsige, wilde Landschaft, und mit einem Mal wurde mir bewusst, dass ich während der ganzen Fahrt bergauf kein einziges anderes Haus gesehen hatte. „Lebt hier sonst niemand?", fragte ich.

„Nein. Nick hat sämtlichen Grund aufgekauft, um ungestört zu bleiben." Er warf mir einen beschwichtigenden Blick zu. „Keine Sorge, du wirst nicht völlig allein hier sein. Ich komme sehr oft nach Raven's Cove. So oft, dass ich dir sicher bald lästig werde", fügte er lächelnd hinzu.

„Bestimmt nicht", versicherte ich hastig. „Ich finde dich sehr nett." Unvermittelt fing ich einen Ausdruck in Gregs Augen auf, der mich stutzig machte. War er mir früher wirklich mal lästig gewesen? Oder, im Gegenteil, hatte ich ihn gar *zu* nett gefunden? Diese verwirrenden Gedanken brachten mich wieder auf die Beziehung zu meinem Mann. „Greg, waren Nick und ich glücklich verheiratet?" Als er schwieg, bekam ich auf einmal Herzklopfen. „Du musst es mir sagen, bitte", beharrte ich inständig.

„Deborah, hör mir zu. Ich halte mich für einen guten Menschenkenner. Das bringt mein Beruf als Privatdetektiv schon mit sich." Er hielt den Wagen an und wandte mir das Gesicht zu. „Ich bezweifle nicht, dass du immer in Nick verliebt gewesen bist. Vom ersten Tag an, an dem ich euch zusammen sah, bis zum letzten vor deinem Verschwinden. Das musst du mir glauben."

Ich starrte ihn an. „Es war nicht nur eine Fahrt zum Einkaufsbummel, nicht wahr?"

Greg schloss kurz die Augen. „Du warst etwas ärgerlich auf ihn. Sogar die glücklichsten Ehepaare streiten hin und wieder. Nick und du, ihr wart da keine Ausnahme."

„Worüber haben wir gestritten?"

„Ich dachte, wenn ich dir gestand, dass du damals im Streit fortgegangen bist, wärst du nicht mit mir gekommen. Dabei schuldete ich es Nick, euch beide wieder zusammenzubringen. Sobald dein Erinnerungsvermögen zurückkehrt, Deborah, werdet ihr beide ganz sicher die Wogen glätten können."

„Worum ging es?", beharrte ich steif.

Er rieb sich die Augen. „Du machtest Nick manchmal Vorwürfe, weil er dir nicht genug Aufmerksamkeit schenkte. Wie gesagt, wenn er schreibt, kapselt er sich meist sehr stark ab. Das nahmst du ihm bisweilen übel. Du warst jung, wolltest ausgehen und dich amüsieren. Stattdessen warst du häufig allein und gelangweilt, also sehntest du dich nach etwas mehr Zuwendung. Schließlich hattest du diese Segeltour geplant. Nur für dich und Nick, ich nehme an, als zweite Flitterwochen. Doch dann teilte Nick dir im letzten Moment mit, er könne nicht mitkommen, weil er sein Buch überarbeiten müsse. Da wurdest du böse ..."

„Warst du dabei?"

Greg wich meinem Blick aus. „Nur zu Beginn des Streits. Ich war nicht mehr da, als du fortgingst." Als er mich wieder ansah, wirkte seine Miene schmerzerfüllt. „Wenn ich geblieben wäre, hätte ich dich vielleicht besänftigen können. Ich kannte Nick. Je wütender du wurdest, desto mehr zog er sich in sich zurück. Wahrscheinlich warst du irgendwann so frustriert, dass …"

„Soll das heißen, ich habe Nick verlassen?"

„Nein, ganz sicher nicht. Wir wussten beide, dass du bald zurückkehren würdest. Wenn … ja, wenn dir eben nichts zugestoßen wäre."

„Und wie dachte Nick über das alles?"

Greg presste die Lippen aufeinander. „Nick zeigt seine Gefühle nicht leicht. Wenn du mich fragst, ist er sehr verletzbar und verschanzt sich oft hinter einer Mauer, um sich zu schützen."

„Wie reagierte er, als du ihm sagtest, du hättest mich gefunden? Dass du mich … nach Hause bringen würdest?"

Er seufzte. „Er sagte, er würde mit dem Abendessen auf dich warten." Wir sahen uns eine Weile schweigend an. „Gib ihm eine Chance, Deborah. Und dir selbst auch", meinte Greg schließlich. „Eins musst du wissen – ich werde immer für dich da sein. Das war früher so, und es hat sich auch heute nichts daran geändert."

Das Haus war ganz anders, als ich es mir vorgestellt hatte. Kein düsteres viktorianisches Herrenhaus, sondern ein Wunderwerk moderner Architektur aus Glas und Zedernholz schmiegte sich da an den Berg. Raven's Cove war auf verschiedenen Ebenen in den Hang gebaut, jede Ebene verfügte über eine große begrünte Terrasse. Zwar rief das Haus keine Erinnerungen in mir wach, aber seine schlichte Schönheit zog mich dennoch sofort in ihren Bann. Meine Stimmung besserte sich ein wenig. Vielleicht begrüßte Nick mich ja sogar mit offenen Armen, weil die Frau seiner Träume endlich zurück war? Vielleicht war die Liebe der Schlüssel zu meinem Erinnerungsvermögen? Ach, wie naiv und unschuldig war ich damals. Oder auch nur – verzweifelt. Denn ich hatte den verzweifelten Wunsch, endlich irgendwo hinzugehören, ein Zuhause zu haben und geliebt zu werden.

Ein Kiesweg wand sich zum Haupteingang des Hauses. Kaum hatte Greg den Wagen angehalten, ging die Haustür auf. „Aha, das Empfangskomitee“, murmelte Greg spöttisch.

Mein Blick fiel auf eine große, ernste Frau mittleren Alters, die jetzt mit ausdrucksloser Miene über die Schwelle trat. Nur ihre pechschwarzen Augen spiegelten etwas wider, und ich konnte sogar von Weitem sehen, was das war – unverhohlene Vorwürfe und Misstrauen. Das musste Lillian sein, Nicks Cousine.

Greg kam um den Wagen herum und half mir beim Aussteigen. Er wollte wohl meine Hand nehmen, doch dann fiel ihm anscheinend meine Abneigung gegen Berührungen ein, und er verzichtete darauf. Schade, zum ersten Mal hätte mir das gutgetan. Ich brauchte jemanden, an dem ich mich festhalten konnte, jemanden, der mir wenigstens nicht mehr gänzlich fremd war und der mich nicht so missbilligend betrachtete wie die Frau an der Tür.

Greg holte meinen kleinen Koffer aus dem Wagen, meine gesamten Habseligkeiten. Ich kam mir erbärmlich vor, wie ich unter den kritischen, ungehaltenen Blicken von Lillian auf das Haus zuging. Sie schenkte mir nicht einmal den Ansatz eines Lächelns zur Begrüßung, ja, sie wich sogar ins Haus zurück, ehe ich überhaupt noch an der Tür angekommen war!

Während wir ihr folgten, warf ich Greg einen ängstlichen Blick zu, doch er zwinkerte nur aufmunternd. „Nun, da wären wir – endlich zu Hause!“, sagte er fröhlich zu Lillian, wobei er ihre finstere Miene völlig ignorierte.

„Er ist im Arbeitszimmer. Er schreibt“, antwortete Lillian steif und mit kalter, abweisender Stimme.

„Dann gehe ich und hole ihn“, verkündete Greg unbeirrt.

Panik ergriff mich, als ich meinen Verbündeten davongehen sah, beinahe wäre ich hinter ihm hergelaufen. Doch das hätte zur Folge gehabt, dass ich plötzlich Nick gegenübergestanden hätte. Es war wohl besser, wenn ich mich erst etwas beruhigte und auf ihn wartete.

Nicht dass das in Gegenwart der strengen, schweigsamen Lillian einfach gewesen wäre. Ich überlegte, ob ich irgendetwas sagen sollte, um die angespannte Atmosphäre zu lockern, doch mir fiel absolut nichts ein. Und Lillian kam mir auch nicht entgegen; sie stand nur da und durchbohrte mich mit Blicken. Es war, als wollte sie mich ganz bewusst einschüchtern, und das gelang ihr tatsächlich recht gut.

Die Frage war nur, weshalb? Sah ich so anders aus, dass sie Zweifel daran hatte, dass ich wirklich Deborah war? Oder war sie einfach ungehalten über meine Rückkehr? Hatten wir uns womöglich früher nicht vertragen? Und dann kam mir noch ein anderer Gedanke. War Lillian etwa eifersüchtig auf mich? War Nick mehr für sie als nur ein Cousin? Hatte sie es genossen, ihn während der letzten Zeit ganz für sich allein gehabt zu haben?

Ich wurde allmählich gereizt. Die Frau hätte wenigstens so viel Anstand zeigen können, mir ihre Meinung zu sagen. Ich fing an, meinen ganzen Mut zusammenzunehmen, um sie darauf anzusprechen. Doch als hätte Lillian meine Absicht geahnt, verzog sie plötzlich die Lippen, drehte sich abrupt um und verschwand wortlos.

Nun war ich ganz allein. Ich versuchte, mich innerlich für die nächste und zweifellos schwierigere Begegnung zu wappnen – die mit „meinem Mann“. Während ich auf ihn wartete, betrachtete ich das große, tiefer gelegene Wohnzimmer, das rechts von der geräumigen Diele abging. Die genau gegenüberliegende Wand bestand nur aus Fenstern und einer Glastür, der Blick auf die Berge war atemberaubend. Im Schein der untergehenden Sonne färbte sich der Himmel bereits rot. Ich wandte den Blick von der herrlichen Aussicht und konzentrierte mich auf den Raum selbst. Er war nur spärlich, aber außerordentlich geschmackvoll eingerichtet, es gab keine schweren, düsteren Möbelstücke. Modernes und Antikes ergänzten sich auf äußerst harmonische Weise, an den schneeweißen Wänden hingen ein paar moderne Gemälde. Ich kannte die Künstler, sie waren alle sehr berühmt. Kein einziges Bild stammte von einem Amateur, sprich, von Deborah. Beziehungsweise von mir.

Trotz der unzweifelhaften Schönheit des Raums wirkte er genau wie das Äußere des Hauses sehr schlicht und kühl. Alles kam mir irgendwie *zu* perfekt vor. Außerdem lag eine eigenartige, unheilvolle Schwere in der Luft, eine Stimmung, die mir eine Gänsehaut verursachte.

Du und dein Verfolgungswahn, schalt ich mich verärgert. Ich ließ es zu, dass irgendwelche dummen Gerüchte meine Wahrnehmung verzerrten, meine Empfindungen färbten. Rot färbten. Da war sie wieder, diese Vision … rot. Rot wie Blut …

Ich zitterte ohnehin schon am ganzen Leib, als ich hörte, wie hinter mir eine Tür aufging. Dann vernahm ich Schritte auf dem harten, kalten Marmorboden. Ich fuhr herum und stand Nick endlich gegenüber.

Mir wurde schlagartig klar, dass die beiden Frauen im Laden recht gehabt hatten. Er war genau so, wie sie ihn beschrieben hatten. In seinen schwarzen Augen brannte ein rätselhaftes Feuer; dazu die auffallend markanten Gesichtszüge, seine stolze, fast arrogante Körperhaltung, das glänzende, straff zurückgebundene schwarze Haar … Ja, dachte ich. Es war, als stamme dieser Mann direkt aus einer finstereren, gefährlicheren Epoche der Geschichte.

Verzweifelt blickte ich an ihm vorbei, in der Hoffnung, Greg zu sehen. Doch der war wohl im Arbeitszimmer geblieben. Diese Begegnung zwischen Nick und mir sollte anscheinend unter vier Augen stattfinden. Wie sie verlaufen würde, war mir schleierhaft. Die dunklen, hypnotisierenden Augen gaben nichts preis. Nick stand jetzt ziemlich nah vor mir. Nein, auch sein Anblick rief keinerlei Erinnerungen in mir wach. Er wiederum sah ebenfalls nicht so aus, als erkenne er in mir seine Frau wieder.

Er fuhr fort, mich stumm zu mustern, ähnlich wie seine Cousine vorhin. Bei ihr jedoch hatte ich Unbehagen und Gereiztheit empfunden, während meine Gefühle jetzt ganz anderer Art waren. Mir war, als triebe ich hilflos in Stromschnellen, immer rascher auf einen Wasserfall zu. Ich glaubte fast das Dröhnen des Wassers zu hören, die Gefahr körperlich zu spüren, die mich einhüllte. Es gelang mir nicht, mich gegen den Sog zu stemmen. Warum hatte ich bloß nicht auf Dr. Royce gehört? Wenn ich Nicholas Steele so in der Klinik gesehen hätte, wäre ich dann überhaupt hierhergekommen? Ich wusste es nicht, und selbst heute kann ich diese Frage noch nicht mit Sicherheit beantworten.

Nur eins wusste ich damals – ich wollte vor diesem Mann, diesem schrecklichen Haus fliehen, doch ich war wie gelähmt. Ich fing an zu schwanken. Wie durch einen Nebel sah ich, wie Nick den Arm nach mir ausstreckte, und kurz darauf spürte ich seine große Hand auf meiner Schulter. Seine Berührung war wie Feuer und Eis zugleich. Ich wollte etwas sagen, doch plötzlich verschwammen seine Züge vor meinen Augen, alles begann sich um mich zu drehen. Und dann umfing mich endlich erlösende Dunkelheit.

4. KAPITEL

Ich bemühte mich, wach zu werden, und zog mir die Bettdecke über die Augen. Es war viel zu hell. Weshalb? Ich schlief doch immer bei zugezogenen Gardinen, jedenfalls in der Klinik. Davor ... nun, ein Davor gab es nicht. Schlaf war wie eine Art Flucht für mich, Flucht vor der Angst, der Ungewissheit. Ich ging früh ins Bett und stand spät auf. Natürlich wusste ich genauso gut wie die Ärzte, dass das im Grunde keine Lösung für mein Problem war, aber gab es denn überhaupt irgendeine Lösung?

Bei dem Gedanken war ich plötzlich hellwach. Ich hatte keine Ahnung, wo ich mich befand. Das Letzte, woran ich mich erinnerte, war, dass ich in der großen Diele von Raven's Cove gestanden und in die hypnotisierenden schwarzen Augen von Nicholas Steele gestarrt hatte. Dann war mir auf einmal schwindelig geworden ...

Ich stellte fest, dass ich in einem breiten Bett lag, und statt meines Kleides trug ich ein hauchzartes Nachthemd. Wer hatte mich zu Bett gebracht? Und ausgezogen?

Ganz langsam schlug ich die Bettdecke zurück. Ich war in einem geräumigen, sonnendurchfluteten Zimmer mit Blumentapeten, einem großen Aussichtsfenster, einem antiken, handbemalten Kleiderschrank und einer hübschen Chaiselongue mit Chintzbezug ...

Ich hielt den Atem an, als mein Blick auf die Chaiselongue fiel. Dort saß, schweigend und mich abschätzend beobachtend, niemand anderes als Nicholas Steele. Seltsamerweise war ich nicht überrascht von seiner Anwesenheit.

„Was ist geschehen?", brachte ich nach einer Weile hervor.

„Du bist ohnmächtig geworden." Die tiefe, selbstsichere Stimme passte zu ihm, ebenso wie der leicht ironische Unterton.

Unwillkürlich antwortete ich gereizt im selben Tonfall: „Das weiß ich auch. Ich meinte, danach."

Sein Gesichtsausdruck änderte sich kaum merklich, doch ich vermochte ihn nicht zu deuten. Nicholas erhob sich, und im Stehen wirkte er noch bezwingender. Das lag nicht nur an seiner Größe und seiner Haltung, sondern vor allem an der Ausstrahlung von Willensstärke und Kraft. Ich rechnete schon fast nicht mehr mit einer Antwort, da erklärte er sachlich: „Ich habe dich nach oben getragen. Dann hat man dich ins Bett gelegt, und du hast die ganze Nacht durch wie betäubt geschlafen."

Ich war fassungslos, dass es bereits Morgen war. Wie lange hatte er wohl so dagesessen und mich beobachtet? Ich erschauerte. „Ich nehme keine Medikamente, falls dich das beunruhigt …"

„Das tut es nicht." Wieder herrschte eine Zeit lang Schweigen. „Ich nehme an, du hast Hunger."

Ich schüttelte den Kopf. Mir stand der Sinn ganz und gar nicht nach Essen. „Hast du …?" Ich blickte vielsagend auf mein Nachthemd.

„Was habe ich?"

Ich ärgerte mich, weil ich spürte, dass ich rot wurde. Und ihm nahm ich übel, dass er mich zwang, den ganzen Satz auszusprechen. Wollte er mich absichtlich in Verlegenheit bringen? Weil er mir unseren Streit noch immer nachtrug? Weil ich einfach davongelaufen war? Wollte er mir jetzt so wehtun, wie ich ihm damals wehgetan hatte? Ich atmete tief durch. „Ich habe Hunger."

Täuschte ich mich, oder entdeckte ich tatsächlich den Anflug eines Lächelns auf seinen sonst so abweisenden Zügen? „Ich werde Lillian bitten, dir etwas heraufzubringen." Ohne zu fragen, was ich essen wollte, ging er zur Tür. Doch sicher wusste er genau, was seine Frau für gewöhnlich frühstückte.

Ich dachte momentan allerdings nicht ans Essen, sondern musste wieder an meine erste, einschüchternde Begegnung mit

Lillian denken. Ich hatte keine Lust, meinen ersten und bestimmt auch letzten Morgen in Raven's Cove in Gesellschaft dieser mürrischen Frau zu verbringen. „Nick?", rief ich ihm nach.

Er drehte sich um, seine Miene war plötzlich so finster, dass ich erschrak. Er hatte jedoch offenbar nicht vor, mir den Grund für seine Verstimmung zu nennen.

„Was ist denn los?", ergriff ich daher die Initiative.

„Sollte etwas los sein?", lautete seine zynische Gegenfrage.

Zorn flammte in mir auf. Nick provozierte mich ganz bewusst. „Du scheinst es nicht zu mögen, wenn ich dich beim Vornamen anrede", vermutete ich steif, ohne zu wissen, ob er wirklich deswegen verärgert war.

„Mein Vorname ist Nicholas."

„Greg nennt dich aber Nick."

„Nur, um mich zu ärgern."

„Ich verstehe", antwortete ich ruhig.

„Auch du hast mich gelegentlich Nick genannt", fuhr er spöttisch fort. „Allerdings nur im Rausch der Leidenschaft!" Ich wich errötend seinem Blick aus. „Nun, was wolltest du sagen?", meinte er nach einiger Zeit.

Ich war überrascht wegen des auf einmal sanfteren Untertons in seiner tiefen Stimme. Nicholas Steele war offensichtlich einer jener Menschen, die einen mit ihren ständig wechselnden Stimmungen ganz aus der Fassung bringen konnten und immer das taten, was man gerade nicht von ihnen erwartete. „Ich wollte sagen, dass ich lieber unten frühstücken möchte." Aber nicht unter Lillians kritischen Blicken, fügte ich im Stillen hinzu.

Er nickte gleichgültig und wollte gehen, doch dann drehte er sich plötzlich abrupt noch einmal um. „Du hast dich ziemlich stark verändert."

Er sagte das so bedeutungsvoll, dass ich ein flaues Gefühl bekam. „Du bist dir nicht sicher, nicht wahr? Anfangs dachte ich, du seist nur deshalb so unfreundlich zu mir, weil du noch immer auf mich böse wärst. Greg erzählte mir, dass wir gestritten hätten. Doch jetzt glaube ich, du hast Zweifel, ob ich … sie bin."

„Sagst du den Leuten immer, was sie denken?"

„Hat Deborah das getan?" Ich wusste selbst nicht, woher ich den Mut zu dieser Frage nahm.

Er sah mich lange prüfend an. „Ja, das hat sie in der Tat."

„Du scheinst dich in einem ähnlichen Dilemma zu befinden wie ich auch", vermutete ich.

„Sieht ganz so aus, nicht wahr?" Er zögerte. „Während du und Greg auf dem Weg hierher wart, rief ich in New York an und unterhielt mich mit deinem Psychiater, Dr. Royce. Dein Wohlergehen liegt ihm sehr am Herzen. Wusstest du, dass er dich ganz besonders schätzt?"

Sein bissiger Unterton war mir nicht entgangen. „Er schätzt alle seine Patienten", gab ich abweisend zurück.

„Und beruht das bei allen seinen Patienten auf Gegenseitigkeit?", erkundigte er sich trocken, ohne den Blick von mir zu wenden.

Ich versuchte vergeblich, nicht schon wieder rot zu werden. Er schien ein abwegiges Vergnügen darin zu finden, mich in Verlegenheit zu bringen. Nein, das war ganz und gar nicht der Mann, wie Greg ihn mir beschrieben hatte – ein Mann, den Frauen schlagfertig und charmant fanden. Nicholas war unhöflich, anzüglich und grausam. Vielleicht war ich einmal das Mädchen seiner Träume gewesen, aber ich konnte mir nicht vorstellen, dass er je der Mann meiner Träume gewesen sein sollte. Höchstens meiner Albträume.

„Dr. Royce meint, es sei durchaus möglich und sogar wahrscheinlich, dass du heute ganz anders wirken und handeln könntest, ungeachtet dessen, wie du früher einmal warst."

„Bin ich denn wirklich so anders als ich … als Deborah?", fragte ich unsicher. Greg hatte mich so davon überzeugt, ich sei

Deborah, dass Nicholas' Zweifel mich nun völlig aus der Fassung brachten.

Ich hatte kein Lächeln erwartet – und prompt schenkte er mir eins. Es war, als bräche die Sonne durch die Wolken. „Nein, nicht sehr. Du siehst ihr bemerkenswert ähnlich, bist nur etwas blasser und dünner“, zählte er nun ganz nüchtern auf. „Dein Haar ist ein wenig dunkler, aber während du in der Klinik warst, hast du wahrscheinlich nicht so oft in der Sonne liegen können.“ Er schwieg eine Zeit lang. „Deborah war eine richtige Sonnenanbeterin. Sie fuhr ständig an irgendwelche Strände.“

„Allein?“

Er warf mir einen aufmerksamen Blick zu. „Nicht immer.“

„Du hast sie also ab und zu begleitet?“

„Das habe ich nicht gesagt“, gab er spöttisch zurück.

Ich senkte voller Unbehagen den Blick. „Wenn du nicht immer so beschäftigt mit deinen Büchern gewesen wärst, hätte die Beziehung zu deiner Frau vielleicht etwas ... enger sein können.“

Er lachte unfroh auf. „Deborah hatte nie etwas gegen meine Arbeit. Dadurch konnte sie doch ungestört ihren eigenen Vergnügungen nachgehen.“

Das war nun eindeutig nicht das Bild, das Greg mir von ihr entworfen hatte. Nicholas beschrieb sie als verwöhntes, eigensinniges und wahrscheinlich treuloses Geschöpf. Welch scharfer Gegensatz zu der loyalen, aber einsamen jungen Frau, deren einziges Vergehen es gewesen war, sich nach etwas mehr Zuwendung von ihrem arbeitsbesessenen Ehemann zu sehnen! Welches Bild von Deborah entsprach denn nun der Wirklichkeit? Welchem der beiden Männer konnte ich vertrauen?

Während ich noch mit dieser Frage haderte, bedachte Nicholas mich mit einem weiteren abschätzenden Blick. „Letztendlich ist es nicht so wichtig, ob ich glaube, dass du Deborah bist. Hauptsache, du weißt es.“

„Trotzdem, das hier ist dein Haus. Du kannst mich in jedem Fall auffordern zu verschwinden.“

„In der Vergangenheit hast du dazu niemals meine Erlaubnis gebraucht.“

Und ich brauchte sie auch jetzt nicht, wie ich erleichtert feststellte. Ich konnte jederzeit freiwillig gehen. Mit Sicherheit würde man mich nicht sonderlich vermissen. Doch dann sah ich Nicholas an und erwischte ihn in einem Augenblick, in dem er sich offenbar unbeobachtet fühlte. In seinen sonst so abweisenden dunklen Augen lag tiefe Traurigkeit, und ich musste an das denken, was Greg gesagt hatte – dass Nicholas hinter seiner arroganten Fassade in Wirklichkeit sehr verletzlich war.

Er legte die Hand auf die Klinke. „Ich denke, Raven’s Cove wird dir mindestens so viele Annehmlichkeiten bieten wie die Klinik“, meinte er gelassen. „Außerdem versichere ich dir, dass man während deines Aufenthalts hier nichts von dir verlangen wird, was dir widerstrebt.“

Obwohl er das ganz neutral gesagt hatte, glaubte ich zu verstehen, was er damit meinte. Aber konnte ich mich darauf verlassen? Noch hatte er Zweifel über meine Identität, was sicher verständlich war. Doch wenn er eines Tages zu dem Schluss kam, ich müsse Deborah sein, würde er von mir als seiner Ehefrau dann nicht erwarten, dass ich mit ihm schlief? Ich spürte, dass ich schon wieder rot wurde, und hob trotzig das Kinn. „Wer hat mich übrigens ausgezogen?“

Er lachte und sah mich etwas herablassend an. „Lillian natürlich. Wer sonst?“

Ohne eine Antwort abzuwarten, verließ er das Zimmer, und ich merkte erst jetzt, wie sehr ich zitterte. Meine Erinnerung reichte zugegebenermaßen nicht sehr weit zurück, aber ich glaubte, noch nie einem so beunruhigenden, ja, gefährlichen Menschen wie Nicholas Steele begegnet zu sein.

Während ich nebenan in dem luxuriösen Badezimmer duschte,

überlegte ich, meine wenigen Habseligkeiten zusammenzupacken und mit dem nächsten Zug in die Klinik zurückzukehren. Diese Idee nahm ganz konkrete Form an, als ich wenig später ins Schlafzimmer zurückging und auf dem Bett ein Buch liegen sah. *Schrei in der Nacht.* Nicholas' neuester Roman. Schon allein das Bild auf dem Einband flößte mir Entsetzen ein: eine Frau, gesichtslos bis auf einen zum Schrei weit geöffneten Mund, mit hilflos ausgestreckten Armen vor nachtschwarzem Hintergrund.

Ich starrte das Buch angewidert an. Hatte Nicholas mir das hingelegt? Mit welchem Zweck? Ich nahm es mit spitzen Fingern und wollte es eigentlich in eine Schublade legen, weil ich den Anblick nicht ertragen konnte. Doch dann, wie unter Zwang, schlug ich es auf einmal auf, ganz wahllos an irgendeiner Stelle, nur um zu sehen, wodurch dieser Meister des Horrors so berühmt geworden war.

Ein heiseres Krächzen durchdrang die Nacht, dann herrschte wieder Stille. Totenstille. Er schlich sich hinter den Stamm einer gewaltigen Ulme und wartete auf sie. Er wusste, dass es nicht lange dauern würde. Wenige Minuten später vernahm er Schritte im trockenen, raschelnden Laub. Er lächelte, und es war kein angenehmes Lächeln. Manchmal wünschte er, er hätte ein ganz gewöhnliches Gesicht, mit einem ganz gewöhnlichen Lächeln. Eins, dem die Menschen Vertrauen schenkten. Vor allem Frauen …

Sie stieß einen erschrockenen Schrei aus, als er aus seinem Versteck heraustrat, doch dann lachte sie, weich und sinnlich. „Du Schuft, du hast mir einen Todesschrecken eingejagt!“

Er wusste, dass sie in der Dunkelheit noch nicht klar erkennen konnte, mit wem sie sich da auf ein Rendezvous eingelassen hatte. Aber mit der Zeit würde sie begreifen. Er konnte es kaum noch abwarten, bis der sehnsüchtige Tonfall in ihrer Stimme er-

starb und einem hilflosen Wimmern wich.

Was für ein Triumph für ihn, wenn aus ihrer Wollust blankes Entsetzen werden würde! ‚Bitte, tu mir nicht weh, bitte nicht!' würde sie ihn anflehen.

Doch genau das hatte er vor. Und er wollte sich Zeit dafür nehmen, mit ihr spielen. Er wollte ihr zeigen, wer der Herr war, wer von Anfang an der Herr gewesen war.

‚Verzeih mir', hörte er sie schon betteln. Und er, er würde nur lachen. Wusste sie denn nicht, dass es nicht seine Art war, einfach zu verzeihen?

Mit einem Laut der Abscheu klappte ich das Buch zu und schleuderte es quer durch das Zimmer. Es prallte an der Wand ab und landete mit dem Einband nach oben auf dem dunkelblauen Teppichboden. Diese schreckliche gesichtslose Frau … jetzt verstand ich. Die Frau schrie aus Todesqual, sie bettelte um Vergebung, um ihr Leben. Ich hob das Buch auf und steckte es in die oberste Schublade des kleinen Schreibtischs.

Wie grausam! Wer konnte sich so etwas ausdenken? Unwillkürlich dachte ich wieder an die Bemerkung der einen Frau gestern. *Er muss selbst ein wenig verrückt sein …*

Ich schenkte dem Schrank, in dem sich viele teuer und elegant aussehende Kleider befanden, keine weitere Beachtung und zog ein zerknittertes Sommerkleid aus meinem Koffer. Diese ganze Situation war grotesk. Dieser Mann, der wahrscheinlich mein Ehemann war, machte mir Angst. Und seine Cousine, die mir ebenfalls ganz eindeutig nicht wohlgesonnen war, bestärkte mich noch in meinem Entschluss, nicht länger hierzubleiben. Es kam mir wie der helle Wahnsinn vor, an einem Ort auszuharren, wo mich offenes Misstrauen umgab und von dem ich nicht einmal wusste, ob ich überhaupt dort hingehörte. Selbst wenn sich herausstellen sollte, dass ich tatsächlich Deborah war – vielleicht hatte ich Raven's Cove aus gutem Grund verlassen? Vielleicht hatte ich niemals zurückkommen wollen, so wie Greg es versteckt angedeutet hatte? Wie ich es auch drehte und wendete – ich musste fort.

Doch das ging nicht so einfach. Bis ins Tal waren es sicher fünf Meilen, und dann nochmals fünf bis in die Stadt. Mit dem Koffer konnte ich das unmöglich zu Fuß schaffen. Auch hatte ich keine Lust, Nicholas zu bitten, er möge mich fahren. Ob ich Greg anrufen sollte? Aber der war der Meinung, ich müsse diesem neuen – oder alten? – Leben eine Chance geben. Bestimmt würde er versuchen, mir meinen impulsiven Entschluss auszureden.

Also ein Taxi. Neben dem Bett befand sich ein Telefon. Ich rief die Auskunft an und erhielt die Nummer des einzigen Taxiunternehmens in Sinclair.

„Ich hätte gern ein Taxi zum Bahnhof", meldete ich mich leise, so als befürchtete ich, belauscht zu werden. „Möglichst umgehend."

„Adresse?"

Ich zögerte. „Raven's Cove."

Bedeutungsvolles Schweigen am anderen Ende. Dann: „Ach, dann sind *Sie* es wohl."

Das war also ein erster Vorgeschmack auf das Kleinstadtleben. Es hatte sich eindeutig schon herumgesprochen, dass ich nach Raven's Cove zurückgekehrt war.

„Zum Bahnhof, sagten Sie?"

„Ja."

„Wo wollen Sie hin?"

Ich fand, dass ihn das nichts anging, und schwieg.

„Der nächste Zug nach New York geht um elf. Ein Eilzug."

„In Ordnung."

„Es ist noch nicht mal neun! Wozu brauchen Sie schon so früh ein Taxi?"

Ich hatte keinerlei Verlangen, dem neugierigen Mann Stoff

für neue Gerüchte zu liefern. So ruhig es ging, teilte ich ihm mit: „Ich möchte vorher noch ein paar Besorgungen in der Stadt erledigen. Könnten Sie wohl gegen zehn Uhr hier sein?"

„Einer meiner Fahrer ist krank, und der andere hat in zehn Minuten eine Fahrt nach Carlisle. Sagen wir lieber um Viertel nach zehn, um sicherzugehen."

Sicher! Was war hier schon sicher? Stirnrunzelnd legte ich den Hörer auf.

Nachdem ich mich angezogen hatte, suchte ich in meiner Tasche nach der Haarbürste. Sie war nicht da, offenbar hatte ich sie in der Klinik vergessen. Ich trat an die Frisierkommode, doch die Ablage war leer bis auf ein paar sehr dekorative Parfumflacons. Ich setzte mich auf den Hocker und zog die Schublade auf. Darin befand sich nicht nur die benötigte Bürste, sondern auch ein gerahmtes Foto. Trotz aller Hemmungen gewann meine Neugier schließlich doch die Oberhand. Ich holte tief Luft und sah es mir an.

Es zeigte ein Paar in inniger Umarmung an einem weißen Strand unter Palmen. Deborah und Nicholas. Über ihr Gesicht fiel ein Schatten, aber Nicholas' war dafür umso deutlicher zu sehen. Ich hätte ihn beinahe nicht wiedererkannt. Waren der grimmige, verschlossene Mann, der solche Ängste in mir auslöste, und dieser lächelnde Mann wirklich ein und dieselbe Person? Sicher, ich hatte Nicholas schon einmal flüchtig lächeln sehen, und dadurch waren seine Züge wesentlich weicher geworden. Doch dieses Lächeln hier auf dem Foto verwandelte ihn vollständig. Bis jetzt hatte ich Nicholas für eindrucksvoll, aber nicht sonderlich gut aussehend gehalten, dazu fand ich seine Züge zu kantig und markant. Auf dem Foto jedoch sah er atemberaubend attraktiv aus. Vielleicht, weil der Blick, mit dem er Deborah bedachte, so unglaublich zärtlich und voller Liebe war. Nein, nicht Liebe. Das grenzte schon fast an Vergötterung.

Ich wischte mir die Tränen aus den Augen und stellte das Foto auf die Ablage der Kommode. Es löste solche Faszination in mir aus. Und noch ein ganz anderes Gefühl – das eines unwiederbringlichen Verlusts. Wenn ich wirklich Deborah war, würde er mich dann je wieder so ansehen? Und wenn meine Erinnerung zurückkehrte und ich nicht Deborah war, dann würde ich nie erfahren, wie es sein musste, so geliebt worden zu sein.

Ich nahm die versilberte Bürste aus der Schublade. Ein wundervoll gearbeitetes Stück. Warum war es hier zurückgeblieben? War ich so wütend gewesen, dass ich damals so gut wie nichts mitgenommen hatte? Mir fiel auf, dass ich trotz Nicholas' Zweifel anfing, mich mehr und mehr mit Deborah zu identifizieren. Mit wem auch sonst? Und obwohl Greg und Nicholas so unterschiedliche Meinungen von ihr hatten – ich fühlte mich wie sie. Verwirrt erkannte ich, dass auch ich mich Hals über Kopf in den Mann von dem Foto hätte verlieben können.

Während ich mein Haar bürstete, fiel mein Blick wieder auf die Parfumflakons. Schließlich nahm ich einen nach dem anderen, schraubte ihn auf und roch vorsichtig daran. Der erste Duft war sehr schwer und betäubend. Naserümpfend verschloss ich den Flacon hastig wieder. Das war eine Note, die mir gar nicht lag. Sollte das ein Indiz sein, dass ich womöglich doch nicht Deborah war? Ich prüfte auch die anderen Düfte, und sie waren wesentlich angenehmer. Vor allem einer mit einer leicht fruchtig-würzigen Note gefiel mir ausnehmend gut. Ich fühlte mich versucht, mir einige Tropfen hinter die Ohren zu tupfen.

„Er legt keinen Wert darauf."

Die Bemerkung war so seltsam, dass ich sie momentan nicht mit einer tatsächlichen Stimme in Verbindung brachte. Doch dann sah ich Lillian in der offenen Tür stehen, sie hatte nicht einmal angeklopft. Hatte Lillian etwa das Buch auf mein Bett gelegt, während ich unter der Dusche war? Fest stand, dass weder sie noch Nicholas besondere Hemmungen hatten, einfach unaufgefordert mein Zimmer zu betreten.

Ich erschrak so über Lillians unerwartetes Auftauchen, dass mir der Flacon aus der Hand glitt. Er schlug gegen die Kante der Frisierkommode und zerbrach. Das Parfum breitete sich auf der Kommode und dem Teppich aus, und plötzlich wurde mir fast schwindelig von dem intensiven Duft. Benommen bückte ich mich, um die Scherben einzusammeln.

Mit wenigen Schritten war Lillian bei mir. Sie schob mich verächtlich zur Seite und nahm mir die Arbeit schweigend ab.

„Es tut mir leid wegen des Flacons. Du hast mich nur so erschreckt." Ich bereute meine voreiligen Worte sofort. Sicher war es nicht hilfreich, wenn ich Lillian die Schuld für meine Unbeholfenheit gab.

„Nicholas hat mich geschickt, damit ich dich frage, was du zum Frühstück möchtest", teilte sie mir sachlich mit. Dennoch fühlte ich mich irgendwie zurechtgewiesen.

„Oh, das … das ist mir gleich", erwiderte ich unsicher und spähte zu meinem geschlossenen Koffer hinüber. Ich hatte vorgehabt, das Frühstück ausfallen zu lassen und stattdessen in meinem Zimmer zu warten, bis es zehn Uhr war. Dann hatte ich mich aus dem Haus schleichen und draußen auf das Taxi warten wollen.

„Eier und Speck?" Lillian warf die letzten Scherben in den Papierkorb neben der Frisierkommode.

„Nein, danke, nur etwas Kaffee und Toast, bitte."

Lillian sah mich neugierig an. Ich wurde das Gefühl nicht los, dass sie mich auf die Probe gestellt hatte. Vielleicht wusste sie genau, dass Deborah keine Eier und Speck mochte, und hatte nur meine Reaktion testen wollen. Hatte auch Lillian Zweifel an meiner Identität? Ich redete mir ein, dass mir das inzwischen gleichgültig war. Ich würde ohnehin das Haus verlassen.

Aber dann fiel mein Blick wieder auf das Foto. War ich womöglich doch zu impulsiv? Lief ich unter Umständen nur vor mir selbst davon? Ich sah den Mann, der seine Arme so liebevoll um das „Mädchen seiner Träume“ geschlungen hatte, und fragte mich, ob es denn wirklich so schrecklich wäre, wenn Nicholas mich irgendwann als Deborah akzeptieren und auf Raven's Cove willkommen heißen würde. Konnte das nicht die Chance für einen Neuanfang sein, für uns beide? Was war, wenn er mich eines Tages wieder mit so viel Liebe ansehen würde?

Während ich noch ganz vertieft in diese Gedanken war, hörte ich plötzlich, wie Lillian hörbar den Atem anhielt. Erst dachte ich, sie hätte sich an einer Glasscherbe geschnitten, aber dann merkte ich, dass sie das Foto entdeckt hatte.

„Was macht das hier?“, fragte sie schroff. „Er hat es nicht dort hingestellt!“

Mir entging weder der bittere Vorwurf in ihrer Stimme noch die Andeutung, dass Nicholas es nicht wünschte, wenn man sich dieses Foto ansah. Langsam wurde ich gereizt, allerdings war mir klar, dass ich nichts bei Lillian erreichen würde, wenn ich meine Verärgerung offen zum Ausdruck brachte. Ich beschloss, eine neue Taktik anzuwenden. „Weißt du, wo das Foto aufgenommen worden ist?“, erkundigte ich mich freundlich.

„Auf St. Martin“, lautete die tonlose Antwort.

„Also vor unserer Hochzeit“, grübelte ich laut. Lillian schwieg beharrlich. „Ist das hier das eheliche Schlafzimmer? Ich meine, der Raum, den ich mit Nicholas geteilt habe?“

„Welche der beiden Fragen soll ich beantworten?“

Das war in der Tat Antwort genug. Ich wusste jedoch, dass ich trotz Lillians wenig ermutigender Art weitermachen musste. Zu viel Unausgesprochenes lastete zwischen uns. „Lillian, ich weiß nicht, wie unsere Beziehung war, ehe ich fortging, aber ich möchte, dass wir Freundinnen werden. Du könntest mir mit so vielem helfen …“

Sie sah mich nur weiter stumm an, ohne jedes Anzeichen von Sympathie in ihren dunklen Augen. Eine ungute Vorahnung beschlich mich, und ich redete hastig weiter, in der Hoffnung, das Gefühl möge sich legen.

„Nicholas meint, er weiß noch nicht, ob ich wirklich Deborah bin. Er ist sich nicht ganz sicher."

„Wirklich nicht?"

Was wollte sie damit sagen? In meinem Kopf drehte sich alles.

Lillians nächste Worte trafen mich wie ein Schock. „Du solltest lieber aufpassen, dass dir hier nichts zustößt", sagte sie langsam, und ihr Blick wurde ausgesprochen bedrohlich.

Ich konnte meine Furcht kaum verbergen. „Was meinst du damit?"

Sie lächelte zynisch. „Die Glassplitter natürlich. Du könntest dich schneiden, wenn du barfuß im Zimmer herumläufst."

Ich ließ mich nicht täuschen. Sie hatte sich absichtlich missverständlich ausgedrückt, um mir Angst zu machen. Nun, das war ihr auch gelungen. Ich hielt ihrem feindseligen Blick stand. „Es ist sehr freundlich von dir, Lillian, dass du so um mein Wohlergehen besorgt bist", erwiderte ich betont liebenswürdig. „Aber mach dir meinetwegen keine Gedanken." Ich hatte ohnehin nicht vor, jemals wieder durch dieses Zimmer zu laufen, weder barfuß noch mit Schuhen.

5. KAPITEL

Toast und Kaffee wurden mir in dem sonnigen, nach Süden gehenden Frühstückszimmer serviert. Lillian war nirgends zu sehen. Wahrscheinlich hätte ich froh darüber sein sollen, aber obwohl sie nicht tatsächlich anwesend war, glaubte ich doch überall ihre Gegenwart zu spüren. Auch Nicholas ließ sich nicht blicken; wahrscheinlich saß er schon wieder in seinem Arbeitszimmer.

Ich hatte zwar keinen Hunger, trotzdem zwang ich mich, etwas zu essen. Ich sah auf die Uhr. Zehn vor zehn. Wenn ich jetzt ging, konnte ich dem Taxi bereits ein ganzes Stück entgegengehen. Von meinem Sitzplatz aus sah ich einen Gartenpfad, der zur geteerten Zufahrtsstraße führte – ein perfekter Fluchtweg. Ja, für mich kam das alles einer Flucht gleich, auch wenn ich gar nicht gegen meinen Willen in Raven's Cove festgehalten wurde. Im Gegenteil, fast war mir, als trieben mich unsichtbare Mächte mit aller Kraft fort von hier. Und doch hielt mich gleichzeitig etwas zurück, und dieses etwas war – ich selbst. Ein Ich, das ich gerade anfing kennenzulernen.

Mein Koffer stand noch oben. Sollte ich es riskieren und ihn holen? Und wenn Lillian oder Nicholas mich dabei ertappten, wie ich mich mit dem Koffer davonstahl? Bestimmt würden sie nicht sonderlich traurig über meine Abreise sein, vor allem Lillian nicht. Und Nicholas? Er war mir ein Rätsel. Ich kam nicht dahinter, was für Gefühle er mir entgegenbrachte.

Natürlich konnte ich das eher herausfinden, wenn ich hierblieb. Ich war felsenfest davon überzeugt, dass der Schlüssel zu meiner Vergangenheit in Raven's Cove zu finden war, dennoch beschäftigte mich momentan wesentlich mehr meine Zukunft. Was würde mich erwarten, wenn ich blieb? Auch diese Frage flößte mir Angst ein.

Nein, ich wollte auf den Koffer verzichten. Bloß keine peinlichen Konfrontationen oder Fragen. Außerdem besaß ich nichts von Wert, meine ohnehin magere Garderobe konnte ich jederzeit in einem billigen Kleiderladen ersetzen. Im Gegensatz zu Deborah interessierte mich weder teure Designerkleidung noch mein Äußeres im Allgemeinen. Während meines gesamten Klinikaufenthalts war es mir stets gleichgültig gewesen, was ich anzuziehen hatte, auch hatte ich nie einen Gedanken an Make-up oder eine besondere Frisur verschwendet. Meist hatte ich mir das Haar zu einem Pferdeschwanz gebunden, aus praktischen Gründen. Das Gleiche galt für meine Kleidung, sie sollte einfach nur zweckmäßig sein. Ein persönlicher Stil bedeutete mir nichts. Ich hatte einmal mit Dr. Royce darüber gesprochen, lange bevor ich überhaupt von der Existenz einer Deborah Steele wusste. Seine Theorie lautete, dass ich mich unbewusst für ein unauffälliges Äußeres entschieden hätte, weil ich über keine eigene Identität verfügte. Da ich nicht wusste, wer ich war, hatte ich auch keine Ahnung, wie ich mich geben sollte. Ich gestehe, bei solchen Anlässen befiel mich ab und zu großes Selbstmitleid. Daraufhin las mir Dr. Royce immer kräftig die Leviten, und dann ging es mir erst einmal wieder besser.

Während ich jetzt in dem geschmackvollen Frühstückszimmer saß, ertappte ich mich erneut bei einer solchen Anwandlung von Selbstmitleid. Sofort glaubte ich Dr. Royces tadelnde Stimme zu hören, und aus meiner Verzweiflung wurde gesunder Zorn. Ich war schließlich keine Gefangene, sondern konnte gehen, wann und wohin ich wollte.

Dieser Zorn gab mir neue Energie. Ich würde direkt in die Klinik zurückkehren. Zu Dr. Royce. Ich würde ihm sagen, dass er recht gehabt hatte, was meinen überstürzten Aufbruch betraf, und dass ich wirklich noch mehr Zeit in einer sicheren Umgebung brauchte, ehe ich überhaupt den Gedanken an eine neue Identität ins Auge fassen konnte. War ich tatsächlich Deborah, so würde ich mich irgendwann daran erinnern.

Und dann konnte ich entscheiden, welche Schritte ich unternehmen wollte, um an mein Leben als Nicholas' Frau wieder anzuknüpfen. Mein Schicksal lag dann wenigstens in meiner eigenen Hand.

Ich verließ den Frühstücksraum durch die große Glastür und trat hinaus auf die von blühenden Azaleen umstandene Terrasse. Nach dem gestrigen Regen war die Luft klar und duftete würzig. Zu jeder anderen Gelegenheit hätte ich sofort meine Staffelei und die Farben geholt, um die Schönheit der Landschaft auf die Leinwand zu bannen, aber nun stellte ich mir dauernd vor, dass Lillian und Nicholas jeden meiner Schritte vom Haus aus beobachteten. Ich konnte förmlich den triumphierenden Ausdruck in Lillians feindseligem Blick sehen. Nicholas hingegen würde wie immer ein verschlossenes Gesicht machen und nichts von seinen Gedanken preisgeben. Und gerade das, auch wenn ich es nicht zugeben wollte, machte wohl die ungeheure Faszination aus, die von ihm ausging …

Plötzlich dachte ich wieder an das Foto, an den liebevollen Blick, mit dem er seine junge Braut angesehen hatte, und abermals durchzuckte mich ein schmerzhaftes Gefühl von Sehnsucht – und Verlust. Ich zwang mich, das Bild aus meinem Kopf zu verdrängen, und lief weiter auf die Zufahrtsstraße zu. Erleichtert passierte ich kurze Zeit später das Tor und ging unwillkürlich schneller, aber ich widerstand der Versuchung, in den Laufschritt zu verfallen. Wenn der Taxifahrer mich so atemlos die Straße hinabrennen sah, würde er denken, mir sei etwas Schreckliches widerfahren. Es mochte mir zwar nicht besonders gut gehen, doch wollte ich keine neuen Gerüchte über Nicholas Steele in Sinclair heraufbeschwören. Das hatte er nicht verdient. So redete ich es mir wenigstens ein.

Ich war schon ein ganzes Stück gelaufen, als ich es endlich wagte, zurückzublicken. Das große, beeindruckende Haus war nicht mehr zu sehen, und ich schloss automatisch daraus, dass man auch mich vom Haus aus nicht mehr sehen konnte. Wahrscheinlich beruhte es auf meinem übertriebenen Misstrauen, doch ich war mir sicher, dass mein Fortgehen nicht unbemerkt geblieben war. Andererseits hatte man aber auch nicht versucht, mich aufzuhalten.

Wenig später vernahm ich Motorengeräusch und blieb stehen. Bis zu diesem Moment hatte ich insgeheim befürchtet, das Taxi würde eventuell nicht kommen, wegen einer Panne vielleicht oder wegen einer Verzögerung durch einen anderen Fahrgast.

Doch das grenzenlose Gefühl der Erleichterung hielt nicht lange vor, denn um die Kurve bog nun ein mir inzwischen bekannter gelber Sportwagen und hielt neben mir an.

„Steig ein", sagte Greg freundlich und beugte sich zur Seite, um mir die Tür zu öffnen.

Ich sah zögernd die Straße entlang.

Er lächelte. „Ich habe es zurückgeschickt."

Aus meiner anfänglichen Verlegenheit wurde Empörung. Welches Recht hatte er dazu?

„Wenn du unbedingt zum Bahnhof wolltest, warum hast du mich dann nicht einfach angerufen, Deborah?" Ich stieg ein, doch Greg fuhr nicht los, sondern wandte sich mir zu und betrachtete mich prüfend. „Ist etwas passiert?" Seine Miene wurde finster. „Nick hat doch nicht …"

„Nein", unterbrach ich ihn hastig. Ich ahnte, was er hatte sagen wollen. „Außerdem … er mag es gar nicht, wenn man ihn Nick nennt!"

Ich fand meine Bemerkung nicht sonderlich erheiternd, aber Greg brach in schallendes Gelächter aus. „Oh Deborah, du bist unbezahlbar!" Auf meinen irritierten Blick hin wurde er jedoch sofort wieder ernst. „Verzeih mir. Du Arme, du bist bestimmt ganz durcheinander. Und das sicher in erster Linie wegen dieser alten Hexe Lillian."

„Warum hasst sie mich so?“, wollte ich wissen.

„Weißt du das nicht?“ Er wich meinem Blick nicht aus.

„Sie liebt Nicholas.“

„Na also. Deine Rückkehr hatte also doch den gewünschten Effekt.“

„Greg, das heißt nicht, dass ich mein Gedächtnis wiedergefunden habe – die Tatsache ist einfach nicht zu übersehen! Jeder merkt das doch!“

„Und du lässt dich wieder davon in die Flucht schlagen.“

Dieses „wieder“, machte mich stutzig. „Ich dachte, ich sei wegen eines Streits mit Nicholas weggelaufen! Was hat Lillian denn damit zu tun?“

Ein seltsamer Ausdruck huschte über seine Züge, den ich nicht zu deuten vermochte. Das überraschte mich, denn anders als bei Nicholas konnte ich in seinem Gesicht immer lesen wie in einem offenen Buch. „Lillian machte dich nervös. Manchmal flüchtetest du frustriert zu mir und beklagtest dich, sie sei verrückt. Du wolltest, dass Nicholas sie in eine Anstalt schickte. Einmal, ungefähr ein Jahr nach eurer Hochzeit, stelltest du ihm sogar ein Ultimatum – entweder sie oder du.“

Ich starrte ihn an. „Ach das meintest du also. Er weigerte sich, irgendetwas bezüglich seiner Cousine zu unternehmen, und deshalb ging ich fort.“ Ich sah Greg an, dass er diesen Schluss für einen weiteren Beweis meines zurückkehrenden Gedächtnisses hielt, doch dem war nicht so. Ich erinnerte mich nach wie vor an gar nichts. Aber etwas ging mit mir vor, ich spürte es ganz deutlich, auch wenn ich es nicht erklären konnte, weder Greg noch mir selbst.

„Nick hat Lillian immer in Schutz genommen, auch wenn ein Außenstehender wahrscheinlich denken könnte, es sei umgekehrt gewesen.“

„Vielleicht kümmern sie sich gegenseitig umeinander.“

Greg legte den Arm über meine Sitzlehne, achtete jedoch

sorgfältig darauf, mich nicht zu berühren. „Lillian kann nicht alle von Nicks Bedürfnissen befriedigen. Sie weiß das, er weiß es, und früher wusstest du es auch. Wahrscheinlich tust du das immer noch." Ich sah verlegen zur Seite. „Willst du wirklich fortgehen, Deborah?"

Ich brauchte nur zu bejahen, und Greg würde mich zum Bahnhof fahren. Aber ich schaffte es nicht. Ich wollte, doch ich konnte nicht.

Während Greg mich zum Haus zurückbrachte, redete ich mir ein, dass mich nur mein hartnäckiger Stolz davon abhielt, wieder fortzulaufen. Wenn ich Deborah war, dann hatte ich ein gutes Recht, in Raven's Cove zu sein. Darüber hinaus benahm ich mich wie ein Feigling, wenn ich es zuließ, dass Nicholas und Lillian mich so mühelos vertreiben konnten. Lillian hatte nicht zu entscheiden, was mein Bleiben oder Fortgehen betraf. Und wenn Nicholas nicht wollte, dass ich blieb, dann sollte er es mir gefälligst direkt ins Gesicht sagen. Was versuchte ich mir da eigentlich einzureden? Dass er mein Bleiben wünschte? Dass meine Anwesenheit in Raven's Cove wichtig für ihn war? Dass – ich für ihn wichtig war?

„Was denkst du gerade?", fragte Greg.

Ich konnte es ihm nicht sagen, es war mir zu peinlich. „Was hast du denn dem Taxifahrer erzählt?", wollte ich stattdessen wissen.

„Dass du deine Meinung geändert hättest und deine Einkäufe lieber hier in der Stadt machen wolltest, anstatt die Strapaze einer Reise nach New York auf dich zu nehmen."

„Du scheinst immer ganz genau zu wissen, was ich will!"

Er lächelte flüchtig. „Vielleicht erinnerst du dich nicht an mich, aber ich mich an dich, Deborah. Ich wusste immer, was du dachtest. Es war fast, als könnten wir gegenseitig unsere Gedanken lesen."

„Das hört sich an, als … hätten wir uns sehr nahegestanden", folgerte ich beklommen. War da etwas zwischen mir und Greg gewesen? Hatte Nicholas etwa recht gehabt mit seinen Anspielungen auf Deborahs Untreue? War ich eine Frau gewesen, die ihren Mann mit seinem Freund hatte betrügen können?

„Beruhige dich, Deborah. Wir waren nur gut befreundet, das war alles."

Ich nahm seinen traurigen Blick wahr und erkannte, dass wir wirklich unsere Gedanken lesen konnten. Mir wurde klar, dass Greg Eastman sich mehr als Freundschaft von mir gewünscht hatte. Ich fragte mich unwillkürlich, ob ich Ähnliches empfunden hatte. Natürlich hätte ich mich bei Greg danach erkundigen können, aber ich traute mich nicht. Also gab ich mich mit der Tatsache zufrieden, dass wir offenbar beide solchen möglichen Empfindungen niemals nachgegeben hatten. Dieser Gedanke erfüllte mich mit eigenartiger Erleichterung. Die Rolle der untreuen Ehefrau gefiel mir nicht.

„Er arbeitet nicht. Du hast ihm Angst gemacht." Greg zeigte auf ein Fenster, und ich sah, wie Nick mit verschlossener Miene nach draußen blickte, als wir vor dem Haus anhielten.

„Was meinst du damit? Er sieht nicht gerade aus, als hätte er Angst!"

„Wenn du Nick weiterhin nach seinem Gesichtsausdruck beurteilst, kommst du nicht weit, Deborah."

„Wie soll ich ihn dann beurteilen?"

„Weißt du, es ist nicht eben einfach, mit Nick zu leben", wich Greg mir aus.

„Heißt das, ich fand es nie einfach?"

„Ja. Aber du liebtest ihn."

„Im Moment sagt mir das nichts."

„Bist du sicher?"

Ich antwortete nicht, weil ich nicht wusste, was ich sagen sollte.

„Ich versicherte dir stets, dass ich mit offenen Armen auf

dich warten würde, solltest du je beschließen, von hier fortzugehen." Er warf mir einen zärtlichen Blick zu. „Das Angebot gilt nach wie vor. Jederzeit. Also habe nie wieder das Gefühl, du müsstest fliehen. Ich war immer für dich da und werde es immer sein. Glaubst du mir?"

„Ja." Ich meinte es ehrlich.

Greg stieg aus dem Wagen und kam herum, um mir die Tür aufzuhalten. Plötzlich ließ mich mein Mut im Stich. Ich sah zum Fenster hinauf, doch Nicholas stand nicht mehr dort. „Kommst du noch mit hinein?", fragte ich zögernd.

„Natürlich. Nick erwartet mich."

„Ach?" Und ich hatte mir eingebildet, er sei meinetwegen nach Raven's Cove gefahren! Anscheinend wurde ich langsam etwas eitel.

Greg sah auf seine Uhr. „Und Hal Chapman müsste auch bald kommen."

„Hal Chapman?"

„Verzeih, du erinnerst dich ja nicht. Hal ist unser hochgeschätzter Polizeichef in Sinclair."

Ich schluckte. „Polizei?"

„Keine Sorge, Deborah, es ist kein Verbrechen begangen worden. Deshalb kommt er ja gerade." Ich machte ein verständnisloses Gesicht. „Er will dich aus der Vermisstenliste streichen. Dazu muss er kommen und sich persönlich von deiner Rückkehr überzeugen."

„Ach so." Mir war nicht ganz wohl. War ich denn wirklich zurückgekehrt? Ich sagte nichts weiter und ging mit Greg zum Haus. Als wir eintraten, waren weder Lillian noch Nicholas zu sehen. Irgendwann würde ich mich ihnen wieder stellen müssen, aber im Moment war ich noch nicht dazu bereit.

„Du könntest etwas zu essen vertragen", stellte Greg liebevoll fest. „Du hast ziemlich stark abgenommen." Er führte mich in einen hellen kleinen Salon. „Setz dich, und ich mache uns meine berühmten Omeletts. Ich habe auch Hunger."

„Hat Lillian denn nichts dagegen, wenn du einfach ihre Küche benutzt?", erkundigte ich mich besorgt.

Greg zwinkerte mir zu. „Sie würde toben – wenn sie es wüsste! Aber ich habe sie eben im Garten gesehen, bei ihrem Morgenspaziergang."

Mir war sofort wohler, als ich erfuhr, dass sie nicht im Haus weilte. Doch da war noch Nicholas ... Hatte er nicht nur meine Rückkehr, sondern auch mein Fortgehen vom Fenster aus verfolgt? Hatte er wirklich Angst gehabt, ich könnte nicht wiederkommen, wie Greg behauptete?

Ich zuckte zusammen, als ich Schritte vernahm, und wusste sofort, dass das Nicholas war. Er räusperte sich, und ich drehte mich um.

„Du hast Besuch. Es ist der Polizeichef, Hal Chapman", erklärte Nicholas und wartete auf meine Antwort.

Ich nickte nur nervös und wünschte, Greg wäre nicht gerade jetzt in der Küche.

„Möchtest du ihn hier oder draußen auf der Terrasse sprechen?"

Ich war verblüfft, dass Nicholas mir die Wahl ließ. Ich hatte damit gerechnet, dass stets er alle Entscheidungen traf. Diese kleine Geste der Höflichkeit erfüllte mich mit geradezu lächerlicher Freude. „Draußen", murmelte ich. Ich hatte das Gefühl, draußen freier atmen zu können.

Ich folgte ihm auf eine der zahlreichen Terrassen des Hauses. Der Polizeichef erhob sich, als ich ins Freie trat. Er war ein kräftiger Mann mittlerer Größe, kaum größer als ich selbst, und hatte dichtes dunkelrotes Haar und einen Schnauzbart. Er trug Zivil, graue Hosen und ein leicht zerknittertes Sakko, und auf den ersten Blick wirkte er nicht wie ein Polizist auf mich, sondern eher väterlich. Plötzlich musste ich wieder an jenen ernsten jungen Polizisten im Krankenhaus denken, damals, als ich gerade wieder zu Bewusstsein gekommen war. Und mir fielen die endlosen Fragen ein, die man mir gestellt hatte. Auch Hal Chapman würde mich fragen, aber wie sollte ich antworten, wenn ich mich an nichts erinnerte?

Voller Unbehagen registrierte ich, wie mich der Polizist aufmerksam betrachtete. Wenn er nun nicht glaubte, dass ich Deborah war, und somit Nicholas' Zweifel bekräftigte? Mit einem Mal sehnte ich mich verzweifelt nach seiner Unterstützung und ärgerte mich wegen meiner Aufmachung. Sicher fiel es Hal Chapman schwer, Parallelen zwischen mir und der hocheleganten Deborah zu sehen.

„Setz dich", hörte ich Nicholas sagen. Er schob mir einen Gartensessel hin. Dankbar nahm ich Platz, und Chapman setzte sich ebenfalls wieder. Nur Nicholas blieb stehen. Er steht über den Dingen, dachte ich und beneidete ihn fast.

Ich ertappte Chapman dabei, wie er Nicholas einen raschen Blick zuwarf. Ungläubigkeit, Mitleid, Erschrecken spiegelten sich darin wider – aber Zweifel? Ich fühlte mich wie auf einem Präsentierteller, der prüfenden Musterung eines Mannes ausgesetzt, der Deborah Steele wahrscheinlich nicht einmal sonderlich gut gekannt hatte. Ich gab mir einen Ruck und sah dem Polizisten unerschrocken in die Augen. Ich fand, ich hatte lange genug das Opfer gespielt. Nun reichte es.

„Ich bin hier entschieden im Nachteil, Mr. Chapman", begann ich mit bemerkenswerter Gelassenheit. „Ich habe sehr viel durchgemacht, was natürlich Spuren bei mir hinterlassen hat, wenn auch nur vorübergehend, wie ich inständig hoffe. Die letzten Monate waren ein einziger Albtraum für mich. Bis zu Greg Eastmans Erscheinen gestern im Krankenhaus hatte ich nicht die geringste Ahnung, wer ich war. Und obwohl Greg fest davon überzeugt ist, dass ich Deborah Steele bin, so kann ich seine Sicherheit diesbezüglich noch nicht teilen." Ich verstummte, doch als weder Chapman noch Nicholas etwas erwiderten, nahm ich meinen ganzen Mut zusammen und fuhr fort: „Eins weiß ich jedoch. Ganz gleich, wer ich bin – ich bin nicht mehr die, die ich war, ehe Greg mir eine neue Identität lieferte. Ich klammere mich verzweifelt an die Möglichkeit, Deborah zu sein – wenigstens so lange, bis ich endgültig vom Gegenteil überzeugt bin. Halten Sie Letzteres für denkbar?“ Ich beugte mich leicht nach vorn.

Mit Chapman ging eine verblüffende Veränderung vor. Da war nichts mehr von Mitleid oder Erschrecken zu sehen, stattdessen las ich Bewunderung und sogar leichte Verlegenheit in seinem Blick. Er stand auf. „Ganz und gar nicht, Mrs. Steele.“

Wieder bemerkte ich, wie er zu Nicholas hinübersah, diesmal bestätigend. Nur Nicholas' Blick blieb mir verborgen, und ich hatte nicht den Mut, mich umzudrehen und mich zu vergewissern.

Chapman wollte gerade gehen, da erschien Greg mit den Omeletts. „Sagt bloß nicht, ich hätte den kompletten dritten Akt verpasst?“, fragte er lässig.

Zu meinem Erstaunen hörte ich Nicholas lachen, wohlklingend, tief und von Herzen. Chapman stimmte mit ein, und auch ich konnte nicht anders und musste lächeln. Bis zu dem Moment, als sich Nicholas' und mein Blick trafen. Erstmals entdeckte ich keine Missbilligung in seinen Augen, sondern genau das Gegenteil, Stolz und einen Hauch von Zärtlichkeit. Und mir wurde klar, dass ich nicht seinen Unwillen fürchtete. Darauf konnte ich mit gesundem Zorn reagieren. Nein, was mir mehr Angst machte als alles andere war diese neue, unbekannte Seite an ihm. Sie konnte mein Ruin werden. Diese Zärtlichkeit konnte mich dazu bringen, mich gänzlich zu vergessen. Ich wehrte mich heftig gegen die Erkenntnis, doch es half nichts – ich fühlte mich wild und leidenschaftlich zu Nicholas Steele hingezogen. Es brauchte nur die kleinste Ermutigung, und ich …

Mir wurde schwindelig. Ohne auf die erstaunten Blicke der drei Männer zu achten, sprang ich auf, stürzte ins Haus und jagte wie gehetzt in mein Zimmer.

Doch das erwies sich nicht als der erhoffte Zufluchtsort. Ich hörte den durchdringenden Schrei, war mir aber nicht bewusst, dass ich diejenige war, die ihn ausstieß. Als Nicholas, Greg und Chapman ins Zimmer eilten, stand ich immer noch wie gelähmt da und starrte entsetzt auf den geöffneten Kleiderschrank.

Rote Farbe in allen Schattierungen war über den gesamten Inhalt des Schranks verschmiert. Sie tropfte zäh über die Kante der Schuhablage, war überall. Ich konnte den Blick nicht davon losreißen. *Blut,* dachte ich nur immer wieder. *Sickerndes, klebriges Blut.*

Dann hörte ich Nicholas brüllen. „Bringt sie nach draußen!“

Greg und Chapman nahmen mich in die Mitte, zogen mich hastig aus dem Raum und brachten mich in ein anderes Schlafzimmer auf der gegenüberliegenden Seite des Flurs.

„Er muss etwas gegen sie tun“, murmelte Greg wütend.

Ich dachte, er meinte mich, und sah ihn verwirrt an, doch er hielt den Blick auf Chapman gerichtet. „Du weißt so gut wie ich, dass er das nie machen würde“, erwiderte der Polizeichef. „Er erfindet immer wieder Entschuldigungen für sie.“

Da wurde mir klar, dass sie von Lillian sprachen. Sie glaubten eindeutig alle, Nicholas eingeschlossen, dass Lillian diese Tat begangen hatte. Lillian, die Verrückte. Die Eifersüchtige. Die Bösartige …

„Diesmal ist sie aber zu weit gegangen!“, tobte Greg. „Das war schlichtweg heimtückisch!“

„Ich halte das für übertrieben, niemand ist schließlich verletzt worden.“ Chapman sah mich an. „Ein dummer, kindischer Streich, das ist alles. Bedenken Sie doch nur, Mrs. Steele, was für einen Spaß Sie haben werden, wenn Sie sich eine ganz neue Garderobe zulegen können!“

Ich lächelte schwach, fest entschlossen, nicht die Fassung zu verlieren. „Wahrscheinlich haben Sie recht."

Chapman ging zur Tür. „Trotzdem werde ich noch ein Wörtchen mit Nicholas reden. Und mit Lillian eventuell auch."

„Nicht, wenn es nach Nicholas geht", entgegnete Greg bissig. Kaum hatte der Polizeichef das Zimmer verlassen, wandte Greg sich mir zu. Er wirkte bestürzt. „Das ist alles meine Schuld, Deborah. Ich hätte dich zum Bahnhof bringen sollen, so wie du es wolltest. Ich hätte dich überhaupt nie hierher zurückbringen dürfen. Was habe ich mir bloß dabei gedacht?"

Ich konnte mir nur zu gut denken, was er sich gedacht hatte. Er liebte mich. Indem er mich nach Raven's Cove zurückbrachte, hatte er mich wieder in seiner Nähe haben wollen. Nur als gute Freundin? Oder hoffte er darauf, ich würde endlich begreifen, dass ich mit dem falschen Mann zusammen war?

Ich sagte dir stets, dass ich mit offenen Armen auf dich warten würde. Das Angebot gilt immer noch. Jederzeit. Glaubst du mir?

Und ich hatte bejaht …

6. KAPITEL

Eine halbe Stunde später saß ich in Nicholas' schwarzem BMW. Nicholas fuhr mich in die Stadt, damit ich mir neue Sachen zum Anziehen kaufen konnte. Ich wusste nicht, was er mit den ruinierten Kleidungsstücken gemacht hatte, aber als ich später in mein Zimmer zurückkehrte, war der Schrank leer.

Ich protestierte nicht gegen Nicholas' Vorschlag, einkaufen zu gehen, erst recht nicht, nachdem er ankündigte, wir hätten abends Gäste zum Essen. Zum einen hatte ich nun wirklich nichts mehr zum Anziehen, zum anderen machte es mich nervös, neue Leute kennenzulernen. Nun, nur für mich waren sie neu, Nicholas behauptete, sie seien alte Freunde. Jedenfalls musste ich mich erneut auf den Präsentierteller begeben und mich bedrückten, vielleicht sogar zweifelnden Blicken aussetzen. *Ist das wirklich Deborah?*

Während der Fahrt in die Stadt beschloss ich, alles zu tun, um größere Ähnlichkeit mit der Deborah zu haben, an die sie sich erinnerten. Und das wollte ich nicht nur für die Gäste tun, sondern auch für Nicholas. Das gestand ich mir damals jedoch noch nicht so offen ein; zu der Zeit war ich viel zu verwirrt über meine plötzlich aufflackernden Empfindungen ihm gegenüber.

Mich in die schillernde Deborah von früher zu verwandeln würde keine leichte Aufgabe werden. Nicht nur war ich zu dünn, zu blass und zu unsicher, ich hatte auch sonst bis auf das Foto, das Deborah im Bikini zeigte, keine konkreten Anhaltspunkte, wie sie sich gekleidet hatte. Jetzt bereute ich, dass ich mir ihre Garderobe nicht einmal angesehen hatte, bevor sie vernichtet worden war. Was hatte Lillian bloß damit bezweckt? Hatte sie gehofft, Nicholas würde mich in Lumpen gekleidet lassen, sodass mich abends die Gäste voller Mitleid ansahen? Seltsam, dass ich bei meinem sonstigen Verfolgungswahn nicht darauf kam, sie könnte etwas Schlimmeres im Sinn gehabt haben.

Ich warf Nicholas einen verstohlenen Blick zu. Er hatte noch kein Wort gesagt, seit wir losgefahren waren. Wahrscheinlich wollte er nicht über den Vorfall und Lillians Rolle dabei reden, ja nicht einmal über Gregs Angebot, mich in die Stadt zu fahren, damit Nicholas seine Arbeit nicht unterbrechen müsse. Seltsamerweise hatte Nicholas jedoch unnachgiebig darauf bestanden, mich selbst zu begleiten. Warum nur? Er tat doch sonst, als sei ich Luft für ihn!

Nun, vielleicht wollte er einfach nur ein Wort bei der Auswahl meiner Kleider mitreden. Das behagte mir jedoch ganz und gar nicht. Nach allem, was ich durchgemacht hatte, kam langsam mein Bedürfnis nach Selbstständigkeit zum Vorschein, und mir passte die Vorstellung nicht, mir von jemandem Vorschriften machen zu lassen, was ich anziehen sollte. Aber schließlich würde ich die Sachen von seinem Geld kaufen müssen. Zumindest glaubte ich das damals.

Ich erfuhr jedoch schon bald, dass ich mich gründlich geirrt hatte – er mischte sich überhaupt nicht in die Einkäufe ein. Und ich war absurderweise völlig ratlos, was ich kaufen sollte, und sehnte mich geradezu nach ein paar Anregungen. Ich fing an mich zu fragen, ob er mich auf die Probe stellte. Wollte er sehen, ob sich mein Geschmack seit dem Gedächtnisverlust geändert hatte? Und welche Schlüsse würde er daraus ziehen?

Jedenfalls stand ich nun in der teuren kleinen Boutique, und obwohl die hübsche Verkäuferin mir beim Anprobieren behilflich war, hielt auch sie sich gänzlich mit Kommentaren zurück. Ich kam zu dem Schluss, dass ich mir so etwas in der Vergangenheit wohl strikt verbeten haben musste. Diese Deborah, an die ich mich nicht erinnern konnte, hatte sicher einen ganz konkreten Geschmack gehabt, den man widerspruchslos hatte akzeptieren müssen.

Ich kam mir wieder so hilflos vor wie an jenem ersten Tag bei Gus, als mich die große Auswahl an Kosmetikartikeln ganz durcheinandergebracht hatte. Nicholas saß ein paar Meter von mir entfernt auf einem kleinen Ledersofa, blätterte in einer Zeitung und trank Kaffee. Wie merkwürdig entspannt er wirkte; ich hatte fest angenommen, er würde sich in dieser Boutique genauso deplatziert fühlen wie ich. Inzwischen war ich so misstrauisch geworden, dass ich ihm unterstellte, sich absichtlich so zu benehmen, um mich einzuschüchtern. Zum Glück machte mich dieser Gedanke wütend. Nein, diese Genugtuung würde ich ihm nicht verschaffen.

Mein Blick fiel auf ein schlichtes, aber sehr elegantes Cocktailkleid aus schwarzer Seide, das mir auf Anhieb gefiel. Es war schulterfrei und hatte einen gelben Kummerbund aus Satin. Beim Betreten des Ladens hatte ich Modeschmuckohrringe und eine Halskette entdeckt, die perfekt zu diesem Kleid passten. Blond und hellhäutig wie ich war, stand mir diese Aufmachung bestimmt sehr gut.

Während ich vor dem Spiegel stand und mir das Kleid vorhielt, konnte ich Nicholas aus dem Augenwinkel heraus sehen. Er hob den Kopf nicht von seiner Zeitung, und so wusste ich nicht, was er von meiner Wahl hielt. Die Verkäuferin nickte jedoch anerkennend, und das ermutigte mich ein wenig. Bis ich das Preisschild sah. Das Kleid war horrend teuer, und die Vorstellung, dass Nicholas würde zahlen müssen, verursachte mir Unbehagen.

Ich wandte mich an die Verkäuferin. „Könnte ich bitte auch eine Tasse Kaffee haben?“

„Aber gern!“ Sie verschwand in der kleinen Küche hinter dem Verkaufsraum.

Ich wollte gar keinen Kaffee, ich wollte nur einen Moment

mit Nicholas allein sein. „Nicholas?“ Er sah mich zerstreut an, und ich hielt ihm das Kleid hin. „Was meinst du dazu?“

Er schaute nur flüchtig auf das Kleid, dann ließ er den Blick zu meinem Gesicht wandern. Ich ahnte, dass die Deborah von früher ihn wohl kaum um seine Meinung gebeten hätte. Vielleicht war es ihr sogar gleichgültig gewesen, ob er ihre Wahl billigte oder nicht. Doch dann fiel mir wieder Gregs Bemerkung ein, als ich mir im Krankenhaus ihr Foto angesehen hatte. *Sie war nicht so selbstbewusst, wie sie aussah.*

„Es ist sehr teuer“, sagte ich, nachdem er mir nicht geantwortet hatte.

Er schwieg nach wie vor, doch plötzlich lächelte er spöttisch. „Du kannst es dir leisten, Liebling, du bist steinreich!“, versicherte er leichthin.

Ich glaubte, meinen Ohren nicht zu trauen. Ich? Steinreich? Woher hatte ich so viel Geld? Am liebsten hätte ich geweint, weil mir wieder einmal klar wurde, wie wenig ich im Grunde wusste. Warum hatte Greg mir nicht gesagt, dass ich vermögend war? Vielleicht hatte er befürchtet, ich würde nicht mit ihm nach Raven’s Cove fahren, sondern irgendwo anders ganz allein einen Neuanfang wagen, wenn ich erfuhr, dass ich finanziell unabhängig war.

Ich rührte den Kaffee nicht an, den die Verkäuferin mir brachte. Ich entschied mich rasch für das schwarze Kleid und die dazugehörigen Accessoires, dann suchte ich mir noch ein paar Pullover, Hosen und Tageskleider aus. Nicholas bat ich nicht mehr um seine Meinung, und als ich mit allem fertig war, reichte mir die Verkäuferin die Tragetaschen, ohne dass ich bezahlen oder meine Kreditkarte hätte vorzeigen müssen.

Nicholas nahm mir die Taschen ab, während wir zum Wagen gingen, doch als ich einsteigen wollte, hielt er mich zurück. „Schuhe brauchst du auch noch“, stellte er fest.

Widerspruchslos ließ ich mich von ihm zu einem Schuhgeschäft ein paar Häuser weiter führen. Auf dem Weg war ich mir nur zu deutlich der mehr oder minder neugierigen Blicke der Passanten bewusst. Langsam ging mir diese Gafferei auf die Nerven, und auch wenn Nicholas so tat, als bekäme er das gar nicht mit, so vermutete ich doch, dass es ihn ebenso störte wie mich. Er jedoch war eine Berühmtheit und wahrscheinlich daran gewöhnt, dass er in der Öffentlichkeit stets Aufsehen erregte. Ich hingegen konnte mir nicht vorstellen, mich je daran gewöhnen zu können.

Zu meinem Erstaunen wollte Nicholas mich diesmal nicht begleiten, er zog es vor, solange draußen auf einer Bank auf mich zu warten.

Als ich das Geschäft betrat, strahlte mich der Schuhverkäufer erfreut an. „Mrs. Steele, wie schön, Sie wiederzusehen! Wir hörten, dass … Nun, ich hoffe jedenfalls, dass Sie sich bald … wieder ganz erholt haben!“

Ich ahnte, wie er das meinte, denn der Blick, mit dem er meine armselige Aufmachung begutachtete, sprach Bände. Trotz allem aber hatte er mich eindeutig wiedererkannt, und das gab mir enormen Auftrieb.

„Nun, was kann ich heute für Sie tun, Mrs. Steele?“, erkundigte er sich liebenswürdig.

Ohne viel Zeit zu vergeuden, entschied ich mich für schwarze Seidenpumps zu meinem Cocktailkleid, dann suchte ich mir noch robuste Laufschuhe sowie mehrere Paar hübsche leichte Schuhe für jeden Tag aus. Das eine Paar wollte ich gleich anbehalten; meine alten Schuhe warf der Verkäufer nach einem kurzen Blickwechsel in den Abfall. Wieder brauchte ich nicht zu bezahlen, und ich gestehe, nachdem, was Nicholas mir über mein Vermögen gesagt hatte, war mir der Preis sogar gleichgültig. Wie schnell einem Geld doch zu Kopf steigen kann …

Beim Verlassen des Ladens stellte ich fest, dass Nicholas

nicht mehr allein war. Neben ihm auf der Bank saß eine ausgesprochen hübsche Brünette von Ende zwanzig, höchstens Anfang dreißig. Die beiden waren so ins Gespräch vertieft, dass sie mich gar nicht bemerkten.

Ein scharfer Stich der Eifersucht durchzuckte mich. Da saß mein sonst so wortkarger, finsterer Ehemann und ließ in Gegenwart dieser unbekannten Schönheit seinen ganzen Charme spielen! Jetzt sah er beinahe so aus wie auf dem Foto, das ich in der Frisierkommode gefunden hatte, nur dass sein liebevoller Blick nicht seiner Frau galt, sondern einer anderen. Seiner Geliebten? Seine Frau war erst gut zwei Monate verschwunden, und schon ... Doch dann musste ich niedergeschlagen einsehen, dass er durchaus längst vor meinem Verschwinden zahlreiche Geliebte hätte haben können. Sozusagen, um es mir für meine Untreue heimzuzahlen? Oder hatte gar er selbst den Anfang gemacht?

Sie entdeckte mich zuerst. Sie hatte gerade herzlich über irgendeine Bemerkung von Nicholas gelacht, doch als sie mich sah, erstarb dieses Lachen schlagartig. Nicholas folgte unwillkürlich ihrer Blickrichtung, und in Sekundenschnelle veränderte sich auch seine Miene und wurde wieder kühl und abweisend.

Ich wäre am liebsten fortgelaufen, aber meine Beine wollten mir nicht gehorchen. Und dann kam sie auch schon auf mich zu. Ich wich erschrocken zurück und ärgerte mich im selben Moment über diese Reaktion. Was ich von diesem zauberhaften Geschöpf erwartete? Alles, aber nicht, dass es mich liebevoll in die Arme schloss.

„Oh Deborah, du siehst furchtbar aus. Ich könnte weinen."

Zu meiner Verblüffung glänzten tatsächlich Tränen in ihren leuchtend blauen Augen. Von Nahem war die Frau sogar noch hübscher. Ich war sprachlos, als sie mich erneut umarmte, und schwieg auch noch, nachdem sie mich losgelassen hatte. Hilfesuchend sah ich zu Nicholas, der sich nun zu uns gesellte.

„Du wirst dich wohl vorstellen müssen", sagte er sanft zu der Unbekannten.

Sie nahm meine Hand und drückte sie fest. „Wie dumm ich bin, verzeih mir! Ich war nur so erschrocken, weil du so ..."

„Weil ich so furchtbar aussehe?", vollendete ich ihren Satz.

Sie errötete leicht, doch dann lächelte sie. „Nein, jemand wie du kann eigentlich gar nicht furchtbar aussehen. Außerdem hattest du dir ja immer schon gewünscht, ein paar Kilo abzunehmen." Sie strich mir flüchtig über die Wange. „Und auf den zweiten Blick liegt es nicht an dir, sondern an deiner Kleidung. Außerdem habe ich dich bisher immer nur braun gebrannt gesehen." Sie runzelte die Stirn. „Aber da rede ich pausenlos, und du weißt gar nicht, wer ich bin, nicht wahr?" In ihrer Stimme schwang ein hoffnungsvoller Unterton mit, ich könnte sie vielleicht doch erkannt haben.

Doch das war nicht der Fall. „Stimmt", murmelte ich.

„Ich bin Julia, Godfreys Frau." Sie musste meinen verständnislosen Blick aufgefangen haben. „Godfrey ist Nicholas' Lektor, und das schon seit sieben Jahren. Mein lieber Mann hat wirklich eine erstaunliche Geduld. Wäre Nicholas einer meiner Autoren, hätte ich ihn schon längst erschlagen!"

Nicholas lachte. „Zum Glück ist Godfrey wesentlich friedfertiger als du!"

Wie ich sie darum beneidete, dass sie so ungezwungen miteinander herumalbern konnten. Hatten Nicholas und ich uns auch je so gut verstanden? Ich verdrängte diesen Gedanken und fragte Julia stattdessen, ob sie auch Lektorin sei.

„Ja, Godfrey und ich arbeiten im selben Verlag. Ich fing dort vor gut fünf Jahren an. Ich verliebte mich auf Anhieb in ihn, aber ich musste ihm zwei Jahre und sieben Monate hart zusetzen, bis er mir endlich einen Heiratsantrag machte!"

Nicholas lachte erneut. Ich konnte es kaum fassen! „Wenn du ihm nicht so hart zugesetzt hättest, wärst du glatt zwei

Jahre früher seine Frau geworden! Der arme Kerl war doch von Anfang an rettungslos in dich verliebt, du merktest es nur nicht!“

Julia legte den Arm um meine Schulter, und ich erstarrte unwillkürlich. Sie schien es nicht zu bemerken. „Du hieltest Godfrey immer für etwas steif. Er wirkt nun mal sehr britisch, aber schließlich ist er ja auch in London geboren und aufgewachsen.“ Sie schmunzelte. „Doch vielleicht siehst du uns jetzt ja mit etwas anderen Augen, nachdem du sozusagen wieder ganz von vorn anfängst.“ Sie warf Nicholas einen kurzen Blick zu. „Uns wird es jedenfalls mit dir zweifellos so ergehen.“

Innerhalb weniger Minuten hatte Julia Ireland mit ihrer Wärme und ihrem Humor restlos meine Sympathien gewonnen. Und darüber hinaus schien sie mich aufrichtig zu mögen.

„Ich entführe dir jetzt deine Frau“, verkündete sie und nahm meine Hand, als Nicholas meinte, er müsse zurück nach Hause fahren.

„Julia!“, mahnte er ungeduldig.

„Wir gehen in einen Kosmetiksalon, und ich dulde keinen Widerspruch!“

„Das ist nichts Neues“, gab Nicholas zögernd lächelnd zurück. „Also gut, von mir aus. Wie lange werdet ihr brauchen?“

„Zu lange für dich. Also fahre ruhig nach Hause und setz dich wieder an die Arbeit. Ich bringe Deborah heim, wenn wir fertig sind.“

Nicholas warf mir einen unsicheren Blick zu, aber er fragte mich nicht, ob ich einverstanden war. Julia übrigens auch nicht. Und so ging er kurz darauf zu seinem Wagen, während Julia mit mir die Straße überquerte.

„Er macht dir wohl das Leben ziemlich schwer, stimmt's?“, fragte sie teilnahmsvoll.

„Oh, nein, nicht direkt.“ Ich wusste nicht, warum, aber es

wäre mir unfair Nicholas gegenüber vorgekommen, wenn ich zugestimmt hätte.

Julia lächelte, sie durchschaute mich. „Mich überrascht das nicht, er ist deinetwegen durch die Hölle gegangen, Deborah. Aber du hast wohl das Gleiche erlebt, nicht wahr?"

Ich nickte nur, Tränen brannten mir in den Augen.

„Komm, wir beide brauchen erst einmal einen Drink, ehe wir uns an deine Verschönerung machen."

„Ich ... ich glaube, ich trinke keinen Alkohol", stammelte ich, als sie mich auf einen Pub zuführte. „Oder habe ich das früher getan?"

Sie lachte. „Und wie!"

„Ich war doch nicht etwa ... Alkoholikerin?", fragte ich entsetzt.

„Aber nein. Alkohol war nie dein Problem, da kanntest du deine Grenzen."

Ich verstand sehr wohl ihre Andeutung, dass ich in anderen Bereichen keineswegs immer meine Grenzen gekannt hatte. Mir wurde flau im Magen. „Bitte, Julia, du musst mir alles sagen ..."

Sie schob mich wortlos in das Lokal, wählte einen Tisch in der Ecke und sprach erst wieder, nachdem sie bei der Kellnerin zwei Gläser Weißwein bestellt hatte. „Alles? Ganz ungeschminkt?"

„Ja." Ich zögerte keine Sekunde.

„Dein größtes Problem war, dass du nie wusstest, was du wolltest. Und du hast Nicholas viel zu schnell bekommen. Ich sagte ihm stets, er hätte es dir etwas schwerer machen müssen. Doch er war vom ersten Moment an wie Wachs in deinen Händen, hoffnungslos verliebt."

„Ich habe ein Foto von uns gesehen ..."

„Das am Strand von St. Martin?"

„Ja."

„Na, dann weißt du ja, was ich meine."

„Aber was geschah dann?“, wollte ich wissen.

Sie runzelte die Stirn. „Du wusstest das Glück nie zu schätzen, dass du jemanden wie Nicholas gefunden hattest. Obwohl ich vor deinem Verschwinden plötzlich dachte, ihr hättet angefangen, an eurer Ehe zu arbeiten.“

„Du meinst ... wir hatten Eheprobleme?“

Julia lachte auf, wurde aber sofort wieder ernst. „Verzeih mir. Du hast das nur so unschuldig gesagt ...“ Sie sah mich aufmerksam an. „Du hast dich verändert, Deborah. Nicht so sehr vom Aussehen, sondern vielmehr von deiner Art her.“

„Wenn es nach Nicholas geht, dann muss ich mich zum Nachteil verändert haben. Und wie du andeutest, war ich vorher schon schlimm genug.“

„Das habe ich nicht gemeint, und Nicholas auch nicht. Ihr beide wart nur so grundverschieden. Er ist so ernst und tiefgründig, während du ... Du warst ausgelassen, oberflächlich. Und verwöhnt. Kein Wunder bei dem vielen Geld.“

„Woher stammt das Geld?“

Ein trauriger Ausdruck trat in ihre Augen. „Du erzähltest Nicholas, deine Eltern seien bei einem Flugzeugabsturz ums Leben gekommen, als du sechzehn warst. Dein Vater hatte gerade seine Computerfirma verkauft. Mit diesem Geld und der massiven Entschädigung der Fluggesellschaft brauchtest du dir nie den Kopf zu zerbrechen, wovon du leben solltest.“

Ich starrte Julia an und versuchte, das Gehörte erst einmal zu verdauen. Meine Eltern waren tot, ich war reich, verwöhnt und oberflächlich. Nicholas hatte sich auf den ersten Blick in mich verliebt, und ich ... Warum nur löste das alles nicht die geringste Erinnerung in mir aus? Wie lange würde ich denn noch ohne Gedächtnis bleiben? Etwa bis an mein Lebensende?

„Trink einen Schluck, du siehst aus, als würdest du gleich in Ohnmacht fallen“, meinte Julia besorgt.

„Das ist schon passiert“, murmelte ich.

„Ich weiß.“

„Nicholas hat dir davon erzählt?“

„Sei nicht böse. Ich bin eine der wenigen, denen Nicholas sich anvertraut.“

„Ich beneide dich“, entfuhr es mir unbedacht.

Sie nahm meine Hand. „Eins hat sich jedenfalls nicht verändert“, stellte sie weich fest. „Du liebst ihn immer noch.“

„Ich weiß nicht, was ich für ihn empfunden habe, und ich habe keine Ahnung, was ich heute für ihn fühle. Und schon gar nicht, was er für mich empfindet.“ Ich sah sie fragend an.

Julia lächelte nur. „Komm, trink deinen Wein aus, dann gehen wir zum Friseur. Danach vielleicht noch eine Gesichtsbehandlung, und ...“

Ich beharrte nicht weiter und fragte mich nur im Stillen, ob Julia mir deshalb nicht geantwortet hatte, weil sie es nicht wusste. Oder – wusste sie es etwa nur zu gut?

An jenem Abend betrachtete ich mich im Spiegel und war fasziniert und erfreut über die Veränderung, die mit mir vorgegangen war. Mein Haar war zwar nur ganz wenig gekürzt worden, aber es fiel mir jetzt in weichen, glänzenden Wellen auf die Schultern. Mein Teint war nach der Gesichtsbehandlung rosig und frisch, aber obwohl mir Julia zu einem ganzen Berg von Make-up-Utensilien zugeredet hatte, trug ich nun nur einen Hauch Lippenstift und etwas Wimperntusche.

Was meine Figur betraf, so sah ich in dem schwarzen Kleid längst nicht mehr so ausgemergelt und dünn aus. Vielleicht, weil es mir wie angegossen passte und Rundungen betonte, die vorher unter dem zu weiten Kleid unsichtbar geblieben waren. Ob Nicholas das wohl auch auffiel? Ich ärgerte mich über den Gedanken, aber ich kam nicht dagegen an.

Ich fand, dass ich nicht nur anders aussah als vorher, sondern auch zunehmend mehr Ähnlichkeit mit der Deborah von dem Foto bekam, das Greg mir gezeigt hatte. Mein neues Ich wirkte in der Tat auffallender und selbstbewusster, auch wenn mir innerlich ganz anders zumute war. Immerhin hatte ich jedoch erfahren, dass Julia und Godfrey die angekündigten Gäste sein würden, und das nahm mir etwas von meiner Nervosität.

Ich kämpfte gerade damit, die Halskette zu schließen, als es an der Tür klopfte. Ich hoffte, dass es Julia war; sie hatte gesagt, sie wolle Godfrey bewegen, eventuell etwas früher hier zu sein. Doch als ich öffnete, stand Lillian vor mir. Sie schrak zusammen und wurde aschfahl. Ohne ein Wort zu sagen, wich sie zurück und lief wie gehetzt davon.

Ob sie wohl gekommen war, um sich für die Verwüstung mit der Farbe zu entschuldigen? Hatte sie im letzten Moment doch der Mut verlassen? Während ich ihr nachsah und noch darüber grübelte, ging die Tür gegenüber auf, und Nicholas trat in den Flur. Seine Miene war so eisig, dass ich tatsächlich erschauerte.

„Was ist?“, stammelte ich. Ich überlegte fieberhaft, ob ihm etwas an meiner Aufmachung nicht gefiel oder ob er befürchtete, ich hätte Lillian zu hart wegen der ruinierten Kleidung zur Rechenschaft gezogen.

Ich sah, wie sich seine Brust unter dem weißen Dinnerjacket hob und senkte. „Was soll sein? Du siehst atemberaubend aus. Wie immer.“

Nie war wohl ein Kompliment herzloser ausgesprochen worden. Die Halskette glitt mir aus den Fingern, sie zerriss, und die gelben Kugeln rollten über den Boden. Ich presste die Lippen aufeinander und bückte mich, um sie einzusammeln.

„Lass nur, Lillian wird sich darum kümmern. Unsere Gäste müssten jeden Moment erscheinen.“ Das klang fast wie ein Befehl, und ich richtete mich unwillkürlich auf. „Außerdem brauchst du keine Kette. Solchen Zierrat hattest du nie nötig.“

Erst jetzt traf mich schlagartig die Erkenntnis, dass meine

Verwandlung ein voller Erfolg war. So wie ich zurechtgemacht war, schien Nicholas endlich davon überzeugt zu sein, dass ich Deborah war. Das war es, was ich mir so sehnlichst gewünscht hatte, aber nur, weil ich gehofft hatte, es könne zu einem Neuanfang zwischen mir und Nicholas führen. Weil ich gedacht hatte, ich könne sein Herz zurückgewinnen. Nie hätte ich mir träumen lassen, dass er mich nun, da er fest glaubte, ich sei seine Frau, mit noch größerer Verachtung und Misstrauen behandeln würde.

7. KAPITEL

Godfrey Ireland sah ganz anders aus, als ich erwartet hatte. Meiner Meinung nach musste der Mann, der das Herz von Julia hatte erobern können, außergewöhnlich gut aussehen, und so hatte ich ihn mir groß, elegant und dunkelhaarig mit ergrauenden Schläfen ausgemalt. Der Mann, den Julia mir dann jedoch als ihren Ehemann vorstellte, neigte zu Übergewicht und hatte aschblondes, ganz kurz geschnittenes Haar. Ich schätzte ihn gut zwanzig Jahre älter als sie, er wirkte jedoch sehr ausgeglichen und in sich ruhend.

Nach meiner anfänglichen Überraschung begriff ich allerdings sehr bald, weshalb Julia sich trotz seines wenig spektakulären Aussehens Hals über Kopf in ihn verliebt hatte. Er verfügte über eine Ausstrahlung von Großzügigkeit und ruhiger Überlegenheit, die spontan Vertrauen einflößte. Julia und er waren zwar völlig unterschiedliche Typen, aber sie ergänzten sich auf großartige Weise.

„Ich bin sehr froh, dass wir dich wiederhaben", sagte Godfrey mit unüberhörbar britischem Akzent und hakte sich bei mir unter, während er mich ins Esszimmer begleitete. So ungern ich es sonst hatte, wenn man mich berührte, bei Godfrey fühlte ich mich auf Anhieb geborgen und gut aufgehoben. „Ich glaube nicht, dass Nicholas seit deinem Verschwinden auch nur eine Seite an seinem neuen Buch geschrieben hat." Er senkte vertraulich die Stimme. „Aber das bleibt natürlich unter uns!"

Ich lächelte. „Versprochen, ich verrate nichts." Da ich ohnehin nur wenig mit Nicholas redete, war das ein leicht einzuhaltendes Versprechen für mich.

Ich hätte gern noch länger mit Godfrey geplaudert, doch Nicholas belegte ihn während des ganzen Essens restlos mit Beschlag. Die beiden Männer sprachen über sein letztes Buch, das demnächst gedruckt werden sollte. Schon der Titel machte mir eine Gänsehaut: *Töte sie sanft.*

Unterdessen nahm sich Julia meiner an; sie erzählte amüsant von einigen ihrer Autoren, von ihrer letzten Reise mit Godfrey nach Venedig, und zwischendurch streute sie immer wieder Komplimente über mein verändertes Aussehen ein.

„Sieht sie nicht fantastisch aus?“, unterbrach sie irgendwann das Gespräch der Männer.

Godfrey strahlte mich an. „Ja, ich muss auch sagen, Deborah, trotz allem, was du hast durchmachen müssen, du warst nie schöner! Und du bist irgendwie – weicher geworden, Liebes.“

„Ja, stimmt“, bestätigte Julia sofort. „Sicher, da sind natürlich auch gewisse äußerliche Veränderungen; Nicholas hat mir von der plastischen Operation erzählt. Aber das ist nicht das Entscheidende. Godfrey hat recht, du wirkst viel weicher.“ Sie sah zu Nicholas, der sich bisher aus der Unterhaltung herausgehalten hatte.

Er betrachtete mich nachdenklich. „Ich nehme an, so ein Gedächtnisverlust hat auch seine positiven Seiten“, bemerkte er trocken.

Julia machte ein böses Gesicht. „Also wirklich, manchmal bist du ein richtiges Ekel.“

Ich stimmte ihr zu. Das war eine grausame Bemerkung gewesen, die mir bewusst hatte wehtun sollen. Was hatte ich diesem Mann nur getan, dass er so verbittert war?

Nicholas ignorierte mich und warf Julia einen versöhnlichen Blick zu. „Vermutlich bin ich eben in jeder Hinsicht Perfektionist.“

Godfrey musste lachen. „Wem sagst du das!“

Ich rechnete damit, dass Nicholas das Geplänkel fortsetzen würde, doch in dem Moment ging die Tür auf, und Lillian erschien mit dem Hauptgericht.

Lillian, die gekocht hatte und servierte, nahm nicht am Essen teil, und offenbar erwartete das auch niemand. Obwohl ich sie nicht mochte, tat sie mir dennoch leid. Sie kam mir vor wie eine dieser altjüngferlichen, armen Verwandten, die man aus Mitleid ins Haus geholt hatte und die kaum mehr als den Rang einer Bediensteten einnahmen, ihrer „Herrschaft“, jedoch grenzenlos ergeben waren.

Für den Rest der Mahlzeit blieb ich still und geistesabwesend. Ich war froh, dass Julia den Großteil der Unterhaltung bestritt, obwohl es mir auch bei ihr schwerfiel, mich länger auf das zu konzentrieren, was sie zum Besten gab. Zwar warf ich Nicholas nur ganz selten und unauffällig einen Blick zu, dennoch war ich mir seiner Gegenwart überdeutlich bewusst. Er sah mich niemals an, aber ich hatte trotzdem das Gefühl, als würde ich ständig von ihm beobachtet.

Ich hatte nicht mitbekommen, was Godfrey gerade zu ihm gesagt hatte, jedenfalls machte Nicholas plötzlich ein finsteres Gesicht und explodierte dann so unvermittelt, dass sogar Julia erschrocken verstummte.

„Es ist miserabel, und du weißt es.“ Wütend hieb er mit der Hand auf den Tisch.

Godfrey blieb ganz ruhig. „Nein, das weiß ich nicht. Ich sage dir, *Töte sie sanft* wird noch höhere Verkaufszahlen bringen als *Schrei in der Nacht* und mit Abstand am längsten in den Bestsellerlisten vertreten sein.“

„Darum geht es doch gar nicht, siehst du das nicht ein?“, brauste Nicholas auf.

„Es geht einzig darum, was deine Leser davon halten.“

„Typisches Verlegerdenken“, brummte Nicholas.

Godfrey lächelte. „Danke, ich nehme das als Kompliment!“

„Was sollst du auch sonst tun.“

Ich fand Nicholas schrecklich unhöflich, und obwohl ich kein Wort sagte, schien er mein Missfallen zu spüren. Plötzlich stand ich im Mittelpunkt seiner Aufmerksamkeit, er sah mich beinahe durchbohrend an.

„Du wirst das Buch selbst lesen und mir dann deine Meinung dazu sagen müssen."

Das war das zweite Mal, dass er an diesem Abend das Wort an mich richtete. Ich merkte, wie ich rot wurde, zwang mich aber, seinem Blick standzuhalten. „Ich dachte, du wolltest, dass ich zuerst deinen vorangegangenen Bestseller lese. *Schrei in der Nacht.*" Ich forschte in seinen Zügen nach einem Hinweis, dass er tatsächlich derjenige gewesen war, der mir das Buch ins Zimmer gelegt hatte, aber wie immer gab seine Miene nichts preis.

Julia schaltete sich ein. „Du weißt doch, dass Deborah Horrorromane verabscheut, Nicholas." Sie sah zu mir herüber. „Du hast nur ein einziges Buch von ihm gelesen, und das war, als ihr frisch verliebt auf St. Martin wart. Die Lektüre hat dich jedoch so geschockt, dass du beinahe Nicholas' Heiratsantrag abgelehnt hättest!" Sie schmunzelte. „Nun, das ist wohl ein wenig übertrieben. Jedenfalls finde ich, du solltest ihr etwas Zeit lassen, Nicholas. Das alles ist nicht leicht für sie."

Godfrey tupfte sich die Mundwinkel mit der Serviette ab. „Für euch beide ist es schwer. Nun, wir werden uns jetzt bald verabschieden, Julia und ich wollen morgen früh aufstehen. Wir machen einen Ausflug nach Masquat, und Sonntag müssen wir dann in die Stadt zurück."

„Ich habe eine Idee", meinte Julia. „Wir treffen uns Sonntagvormittag alle im Sinclair Inn zum Brunch, ehe wir fahren. Was sagt ihr dazu?"

Sie sah mich an, und ich blickte zu Nicholas. Vielleicht etwas zu begeistert, fürchte ich. Ich wollte Godfrey und Julia liebend gern bald wiedersehen. Nicht nur, weil ich sie beide mochte, sondern weil ich hoffte, durch sie weitere Einzelheiten über meine Beziehung zu Nicholas zu erfahren. Allerdings, so glaubte ich, würde er aus genau diesem Grund die Einladung ablehnen. Ich hatte das Gefühl, er zog es vor, mich im Ungewissen zu lassen. Dadurch behielt er die Oberhand. Ich fragte mich, ob das eins unserer Eheprobleme gewesen war – zwei willensstarke Persönlichkeiten, die permanent um die Vormachtstellung gekämpft hatten. Was Nicholas betraf, so vermutete ich, dass für ihn der Kampf anhielt. Da ich aber nicht wusste, worum es dabei ging, konnte ich ihm nicht viel entgegenhalten.

Umso überraschter war ich, als Nicholas zustimmte, obwohl ich sicher nicht die Einzige am Tisch war, die sein kurzes Zögern bemerkt hatte. Zwanzig Minuten später verabschiedeten sich unsere Gäste. Julia umarmte mich herzlich, und Godfrey küsste mich leicht auf die Wange. „Vertrau auf die Zeit", flüsterte er. „Du wirst sehen, es lohnt sich."

Diese Worte trösteten mich, und auch meine Meinung über Nicholas besserte sich ein wenig. Er konnte kein ganz schlechter Mensch sein, wenn zwei so liebenswürdige Menschen wie Godfrey und Julia derart an ihm hingen. Und dass sie das aufrichtig taten, daran bestand für mich kein Zweifel, auch wenn ich damals noch nicht verstand, weshalb.

„Nun, du warst eindeutig ein Erfolg", ließ sich Nicholas hinter mir vernehmen.

„Du klingst überrascht", gab ich zurück, ohne mich umzudrehen. „Oder eher – enttäuscht?"

Keine Antwort. Ich hatte auch nicht mit einer gerechnet. So leicht ließ Nicholas sich nicht in die Defensive drängen. Ganz langsam und durchaus etwas beklommen schloss ich die Haustür. Abgesehen von Lillian, die wahrscheinlich noch in der Küche aufräumte, war ich wieder mit Nicholas allein.

Als ich mich umsah, ging er bereits durch den Flur zu seinem Arbeitszimmer. Wollte er so spät noch arbeiten? Godfrey vermutete, dass er während meiner Abwesenheit keine Zeile geschrieben hatte; seit meiner Rückkehr jedoch schien Nicholas das Versäumte umso intensiver nachholen zu wollen.

Eigentlich hätte ich erleichtert sein sollen, dass Nicholas offenbar den Rest des Abends nicht mehr mit mir verbringen wollte, aber eigenartigerweise war ich eher wütend, weil er mich so geflissentlich ignorierte. Wie konnte er sich auch nur die geringsten Chancen für uns erhoffen, wenn er sich keinerlei Mühe gab, mir entgegenzukommen? Wir konnten doch nicht ewig wie Fremde nebeneinanderher leben. Ich jedenfalls nicht. Die Deborah von früher hätte vielleicht insistiert, weil sie ebenso willensstark gewesen war wie er. Ich hingegen fühlte mich zunehmend unsicherer und verwundbarer.

Ich war zwar nicht müde, trotzdem beschloss ich, ins Bett zu gehen. Ich wollte gerade die Treppe hinaufsteigen, da ließ mich Nicholas' Stimme innehalten. „Wie wär's mit einem letzten Glas vorm Schlafengehen?" Ich muss ihn wohl völlig verblüfft angestarrt haben. „Das ist aber kein Muss", fügte er ironisch hinzu und ging weiter, ohne meine Antwort abzuwarten.

Sein arrogantes Verhalten machte mich so zornig, dass ich am liebsten geradewegs in mein Zimmer gegangen wäre. Doch obwohl das sicher das Klügste gewesen wäre, wusste ich – und Nicholas wahrscheinlich auch –, dass ich ihm folgen würde. Hatte er mich immer schon so angezogen wie ein Magnet? War meine Sehnsucht nach ihm immer schon stärker gewesen als mein Stolz? Oder hatte irgendwann Letzterer doch gewonnen? War ich deshalb vor zwei Monaten plötzlich auf und davon gegangen?

Als ich das Arbeitszimmer betrat, schenkte Nicholas bereits Cognac in zwei Kristallschwenker ein. Die Andeutung eines Lächelns spielte um seine Lippen, als er mir den einen reichte. Ich deutete dieses Lächeln als Zeichen des Triumphs und wäre fast wieder gegangen, als mein Blick auf das Gemälde über dem Kamin fiel. Ich blieb wie versteinert stehen.

Das goldgerahmte Porträt zeigte Deborah. Sie trug ein weißes langes Kleid im viktorianischen Stil, das aufreizend tief ausgeschnitten war, aber beinahe züchtig wirkende lange Spitzenärmel hatte. In der einen Hand hielt sie einen Hut, in der anderen ein Buch. Ich sage bewusst *sie,* weil die Frau auf dem Bild von fast unwirklicher, ätherischer Schönheit war. Ich konnte mir nicht vorstellen, je so ausgesehen zu haben. Oder war der Maler einfach verblendet gewesen?

Ich trat näher heran. Die Signatur sagte mir nichts. Mein Blick fiel auf das Buch in ihrer Hand, und ich konnte den Titel lesen: *Der Tod ruft.* Der Autor war Nicholas Steele.

Ich war so gefesselt von dem Porträt dieser Frau, dass ich nicht merkte, dass Nicholas hinter mich getreten war. Erst als ich seinen warmen Atem an meinem Haar spürte, erstarrte ich unwillkürlich.

„Es wurde von einem Künstler auf St. Martin gemalt. Ich denke, er war restlos verzaubert von seinem Modell, wie übrigens die meisten Männer damals“, fügte er ausdruckslos hinzu. „Daran hat sich nicht viel geändert. Greg, Godfrey, ja, sogar unser Polizeichef scheinen dir ja blind ergeben zu sein.“

Über die Schulter hinweg warf ich ihm einen zornigen Blick zu. „Wenn du damit meinst, dass sie mich freundlich und teilnahmsvoll behandeln, dann hast du wahrscheinlich recht. Für mich ist das jedenfalls eine wohltuende Abwechslung nach …“ Ich verstummte, denn so ein kindischer Ausbruch würde ohnehin zu nichts führen.

„Sprich weiter. Was wolltest du sagen?“

„Du bist der Schriftsteller, also kannst du den Satz selbst zu Ende bringen“, erwiderte ich steif.

Er ließ den Blick wieder zu dem Gemälde wandern. „Es war ein Verlobungsgeschenk. Es hat mich tief berührt.“ Nichts an seiner Miene wies darauf hin, dass dieses Gefühl angehalten hatte. „Das ist übrigens das Buch, das Julia heute Abend erwähnt hat.“

„Und es gefiel mir nicht?“, wollte ich unsicher wissen.

„Ehrlich gesagt, ich weiß es nicht.“

„Aber Julia sagte …"

„Julia sagt eine ganze Menge."

„Du vertraust dich ihr doch an!"

„Es macht sie glücklich, das zu glauben. Und ich freue mich, wenn sie glücklich ist."

„Warum?" Meine Stimme war kaum mehr als ein Flüstern. War er etwa in die schöne, geistreiche Julia verliebt? Was hatte ich ihm schon zu bieten, im Gegensatz zu ihr?

„Warum nicht?", konterte er und lächelte spöttisch.

Er provozierte mich absichtlich. Am liebsten hätte ich ihm den teuren Cognac ins Gesicht geschüttet. Tatsächlich musste ich unbewusst schon die Hand erhoben haben, denn plötzlich hielt mich Nicholas eisern am Handgelenk fest. Ich schrak so unter dieser Berührung zusammen, dass mir das Glas aus den Fingern glitt. Zum Glück zerbrach es auf dem dicken Perserteppich nicht, aber der Inhalt bespritzte Nicholas' Hosenbein und den Rocksaum meines Kleides. Erst die Parfumflasche, dann die Halskette und jetzt das Cognacglas – war ich immer schon so ungeschickt gewesen?

Ich wollte mich bücken, aber Nicholas ließ mich nicht los. „Lass es." Er zog mich von dem feuchten Fleck auf dem Teppich fort.

Ich sah ihn trotzig an. „Soll etwa Lillian wieder die Schäden beseitigen, die andere angerichtet haben?"

„Sie tut dir leid?" Seine Stimme klang überrascht. Und da war noch ein anderer Unterton … Widerwilliger Respekt womöglich? Sein Griff um mein Handgelenk war lockerer geworden, ich hätte mich nun leicht befreien können.

Leicht? Nichts war leicht, wenn es um Nicholas ging. Ich spürte, wie mein Herz rascher schlug. Sein Gesicht war meinem ganz nah. Ich konnte den herben, würzigen Duft seines Aftershaves wahrnehmen. Um seine Mundwinkel spielte jetzt ein sinnliches Lächeln, und plötzlich nahm ich in seinen Augen einen Ausdruck so ungezügelten Verlangens wahr, dass mir schwindelig wurde.

„Möchtest du noch etwas zu trinken?", fragte er, und sein beiläufiger Tonfall stand in krassem Gegensatz zu dem leidenschaftlichen Blick, mit dem er mich betrachtete.

„Nein, ich …" Ich brachte keinen weiteren Ton hervor, und Nicholas insistierte auch nicht. Stattdessen strich er mit der Hand über meinen bloßen Unterarm. Ich stöhnte unwillkürlich leise auf und war wie versteinert, vor Aufregung und Sehnsucht dröhnte mir der Puls in den Ohren. „Oder doch, ja. Noch einen Cognac, bitte." Ich brauchte irgendetwas, um mich zu beruhigen, um mich wieder unter Kontrolle zu bringen.

Doch Nicholas füllte nicht mein Glas auf, sondern hob mir seins an die Lippen. Er neigte es gerade so, dass nur ein wenig Cognac meine Lippen befeuchtete, und instinktiv versuchte ich, mit der Zungenspitze die Flüssigkeit aufzunehmen. Nicholas wandte den Blick nicht von meinem Mund, und dann zog er behutsam mit dem Daumen die Spur meiner Zunge nach. Das Gefühl war unbeschreiblich. Von dieser Liebkosung ging eine solch elektrisierende Zärtlichkeit aus, dass ich unbewusst seufzte. Meine Beine zitterten, und ich kam mir grenzenlos verwundbar vor.

„Nein", flüsterte ich tonlos. Ich wusste nicht einmal genau, worauf ich dieses Nein bezog, denn Nicholas hatte längst die Hand wieder sinken lassen. Trotzdem spürte ich, dass sein Atem ebenso heftig ging wie meiner.

Der Blick seiner dunklen Augen schien mich förmlich zu hypnotisieren. „Was möchtest du?", drängte Nicholas leise.

„Ich … weiß nicht", stieß ich erstickt hervor.

„Du lügst. Du weißt es sehr wohl."

Ich konnte ihn nicht ansehen. Er hatte ja recht, ich log. Aber die Wahrheit erschien mir so peinlich, so demütigend, so – erregend. „Und du? Was möchtest du?", murmelte ich.

„Auch das weißt du.“ Ohne ein weiteres Wort stellte er das Glas ab und nahm mich in die Arme. Zum ersten Mal sah ich, dass er voll aufrichtiger Zärtlichkeit lächelte, und ein seltsames Gefühl der Erleichterung durchströmte mich, als ich endlich seine Lippen auf meinen spürte. Bereitwillig öffnete ich ihm meinen Mund, und Nicholas zog mich noch enger an sich.

Unser Kuss wurde rasch leidenschaftlicher, wir hielten beide nichts von uns zurück. Ungeduldig löste ich das Band, mit dem er sein Haar zusammengefasst hatte, sodass die dichten, seidigen Strähnen locker nach vorn fielen und unsere Gesichter streichelten.

Schließlich gab er meinen Mund frei und begann, mit Lippen und Zungenspitze meinen Hals bis hinauf zu meinem Ohr zu erkunden. Ich klammerte mich an ihn, hilflos den sinnlichen Gefühlen ausgeliefert, die er in mir auslöste.

„Sag es mir“, raunte er mir heiß ins Ohr. „Sag mir, was du fühlst.“

„Ich … habe noch nie so empfunden“, gab ich flüsternd zu und sah ihm in die Augen. „Oder … doch?“

Der Mond schien hell ins Zimmer, in dem nur eine kleine Lampe auf dem Schreibtisch brannte. In diesem Licht sah Nicholas noch anziehender und faszinierender aus, und ich hatte das Gefühl, meine Sehnsucht nach ihm kaum noch ertragen zu können.

„Du bist mir ein Rätsel“, murmelte er und neigte den Kopf ein wenig zur Seite, sodass ein Schatten über die eine Hälfte seines Gesichts fiel. Das verlieh ihm ein beinahe dämonisches Aussehen, und flüchtig stieg so etwas wie Furcht in mir auf, doch mein Verlangen war weitaus stärker. „Wie schön du bist.“

„Das liegt an dem Kleid und der Frisur und …“

„Nein.“

Ich schluckte. Mir war, als löste ich mich innerlich auf, als hätte ich irgendwelche Fesseln abgestreift, die mich zu lange am

Boden festgehalten hatten. „Bitte …", flehte ich erstickt.

Er zog mich erneut an sich und küsste mich mit wilder, beinahe verzweifelter Leidenschaft. Und ich erwiderte diesen Kuss mit derselben Intensität. Ich wollte mich endlich wieder als vollständiges Ganzes fühlen und glaubte fest daran, dass nur Nicholas das vollbringen konnte. Er war der verloren geglaubte Teil von mir. Nur zusammen mit ihm konnte ich existieren.

Mein Verlangen nach ihm war zu einer fast greifbaren Kraft geworden, die mich immer stärker zu ihm hintrieb. Ich war völlig in seinem Bann gefangen wie wahrscheinlich schon vom ersten Augenblick an, als ich ihm begegnet war. Vielleicht, so dachte ich, ist das für mich der einzige Ausweg, mich endlich zu befreien, mich selbst wiederzufinden – und auch Nicholas wirklich zu verstehen.

Im Zimmer war nichts zu hören außer unserem heftiger werdenden Atem. Flüchtig erfasste mich eine unheilvolle Vorahnung, doch ich konnte und wollte sie nicht beachten. Ich wehrte mich kaum, als Nicholas den Reißverschluss meines Kleides aufzog. Es glitt leise raschelnd zu Boden, während er mich erneut küsste. Diesmal jedoch war sein Kuss beinahe rücksichtslos, und durch den Nebel meiner Leidenschaft spürte ich nun doch Angst in mir aufsteigen. Was tat ich da? Das war doch Wahnsinn!

Ich spürte, wie seine Hand über meinen nackten Rücken nach unten strich, und ich klammerte mich Halt suchend an sein Dinnerjacket. „Nick, Nick …" So hatte ich ihn angeblich nur in Momenten höchster Lust genannt …

Er nahm fast brutal von meinem Mund Besitz, und die Liebkosungen seiner Hände taten mir auf einmal weh. Ich geriet in Panik. Nicholas verführte mich nicht mehr, er eroberte, beherrschte und unterwarf mich. Ich begann, mich nach Leibeskräften zur Wehr zu setzen.

„Kämpf nicht gegen mich an", stieß er hervor.

„Nein, nicht! Bitte!“, rief ich jetzt in heller Angst.

Er schüttelte mich heftig, seine Augen schienen Funken zu sprühen. „Komm zu dir, um Himmels willen! Ich will dir doch nichts tun! Du wolltest das erst ebenso sehr wie ich, doch nun hast du es dir offenbar anders überlegt. Auch gut.“ Ich sah ihm deutlich an, dass er nicht so zornig war, wie er den Anschein erwecken wollte. Seine Mundwinkel zuckten, und sein Blick wirkte gehetzt. Auch Nicholas hatte das, was zwischen uns geschehen war, zutiefst aufgewühlt, dessen war ich mir sicher.

Er ließ mich unerwartet los, und meine Beine zitterten so sehr, dass ich kraftlos zu Boden sank. Ich schlug die Hände vor das Gesicht und fing zu weinen an. Nicholas bückte sich, hob mein Kleid auf und warf es mir zu. „Ich hasse dich!“, wimmerte ich mit hoher, gequälter Stimme und presste das Kleid an meinen Körper. „Und du hasst mich auch!“

Er fuhr sich durch das wirre Haar und sah mich mit loderndem Blick an. „Alles wäre um einiges einfacher, wenn eine dieser beiden Bemerkungen zuträfe!“ Er drehte sich um, während ich mich anzog, und schenkte uns beiden einen neuen Cognac ein. Ich schüttelte den Kopf, als er mir das Glas reichte; ich wollte nur noch fort von hier. „Trink“, forderte er, und sein Tonfall verriet, dass er keinen Widerspruch duldete.

Ich gehorchte. Der Alkohol brannte in der Kehle, aber tatsächlich ließ mein Zittern etwas nach. Schließlich zwang ich mich, Nicholas anzusehen. „Das können wir nicht tun, Nicholas. Wenigstens ich kann es nicht.“

Er warf mir einen müden Blick zu. „Also heißt es nun wieder Nicholas.“

Es war eine grobe, nicht sehr feinfühlige Bemerkung, doch selbst damals verstand ich, dass er damit nur meinen Zorn auf ihn schüren wollte – um mich vor ihm zu schützen und umgekehrt. Erst viel später begriff ich, dass er sich damit auch vor sich selbst hatte schützen wollen.

8. KAPITEL

Ich schlief kaum in jener Nacht. Immer wieder sah ich Nicholas vor mir. Zuerst schenkte er mir dieses zärtliche Lächeln, bei dem ich so willenlos geworden war, dann umarmten wir uns voller Leidenschaft, bis diese Leidenschaft umschlug in Gewalt und ich vor Entsetzen erstarrte.

Gegen Morgengrauen muss ich dann doch eingeschlafen sein, und ich erwachte erst gegen elf, weil ich plötzlich ein Geräusch hörte. Ich riss die Augen auf und sah, wie Lillian mein schwarzes Kleid an sich nahm, das ich achtlos auf die Chaiselongue geworfen hatte.

„Wie bist du hier hereingekommen?", fragte ich zornig. Ich hatte doch extra meine Tür abgeschlossen!

Lillian sah mich nur hochmütig an, und dann fiel mein Blick auf den Schlüsselbund in ihrer Hand. Verschlossene Türen waren für sie demnach kein Hindernis in diesem Haus. „Ich fahre in die Stadt zu meinem Wocheneinkauf", teilte sie mir ungerührt mit. „Ich dachte, du möchtest dein Kleid in die Reinigung gebracht haben. Cognac macht auf Seide hässliche Flecken."

Ich starrte sie verdutzt an. Woher wusste sie, dass ich Cognac auf das Kleid geschüttet hatte? Hatte Nicholas ihr das erzählt? Oder ... hatte sie uns etwa letzte Nacht heimlich beobachtet?

Ihr hämisches Lächeln verriet mir, dass wahrscheinlich Letzteres der Fall war. Ich wusste nicht, ob ich aufbrausen oder verlegen sein sollte. Lillian schien von meinen Empfindungen nichts zu spüren. „Ich bin zwar immer für die Auswahl der Gerichte zuständig, aber Nicholas wollte trotzdem, dass ich dich frage, ob du besondere Essenswünsche hast." Man merkte ihr deutlich an, wie ungern sie diese Anweisung befolgte. Ich schüttelte nur stumm den Kopf. Sie ging mit energischen Schritten zur Tür. „Nicholas arbeitet den ganzen Tag. Ich soll dir ausrichten, dass er nicht gestört werden will."

Ich warf ihr einen eisigen Blick zu. „Das hatte ich auch nicht vor." Ihr spöttisches Lächeln brachte mich zur Weißglut. „Lillian?", rief ich ihr nach, als sie eben verschwinden wollte. „Von jetzt an wirst du mein Zimmer bitte nur dann betreten, wenn ich dich dazu auffordere!"

Sie drehte sich langsam zu mir um und sah mich jetzt so bösartig an, dass mir der Atem stockte. Wenn Blicke töten könnten ...

Nachdem sie fort war, brauchte ich ein paar Minuten, um mich zu sammeln. Und dann dachte ich spontan an einen neuerlichen Fluchtversuch. Diesmal konnte ich Greg anrufen. Natürlich würde ich ihm keine Details über den Grund meines Fortgehens mitteilen. Ich wollte ihm nicht erzählen, was zwischen mir und Nicholas vorgefallen war.

Ich schämte mich zutiefst wegen meiner so leidenschaftlichen Reaktion vom vergangenen Abend. Ich wusste nicht, wie ich Nicholas je wieder in die Augen sehen konnte, und das war mit ein Grund, weshalb ich fortwollte. Gern hätte ich ihm alle Schuld gegeben, aber ich musste gestehen, dass ich ihn ebenso verzweifelt gewollt hatte wie er mich. Wenn er nicht plötzlich so grob geworden wäre, hätte es sicher kein Zurück mehr für mich gegeben.

Erschauernd musste ich wieder an Lillian denken. Wie pervers von ihr, uns zu beobachten! Sie musste wirklich geisteskrank sein. Warum behielt Nicholas sie nur im Haus? Und wie sollte ich es ertragen, mit den beiden unter einem Dach zu leben?

Ich ging ins Bad, fest entschlossen, diesmal wirklich zu gehen. Doch als ich geduscht hatte, war meine Panik gesundem Ärger gewichen. Wenn ich fortlief, dann nicht nur vor Nicholas oder Lillian, sondern vor allem vor mir selbst. Und das ging nicht. Noch nicht. Erst musste ich alles unternehmen, um Licht in meine Vergangenheit zu bringen.

Ich schlüpfte in die Jeans und den weißen Pullover, die ich am Vortag gekauft hatte. Nun, da Lillian in der Stadt und Nicholas in seinem Arbeitszimmer war, hatte ich zum ersten Mal Gelegenheit, mich in Raven's Cove etwas genauer umzusehen. Ich verließ mein Zimmer und wusste genau, wonach ich suchen wollte. Von Anfang an war mir aufgefallen, dass nirgends im Haus von Deborah gemalte Bilder zu sehen waren. Und doch hatte Greg angedeutet, dass ich angeblich sogar recht viel gemalt hatte. Hatte Nicholas die Bilder nach meinem Verschwinden beseitigt? Oder Lillian?

Im Krankenhaus war die Malerei zum Mittelpunkt meines Lebens geworden. Sicher war es möglich, dass das Trauma des Überfalls meinen Malstil verändert hatte, aber wenn ich jetzt eins von Deborahs früheren Bildern fand, würde ich mit Sicherheit sofort spüren, ob es von mir stammte oder nicht. Vielleicht wurden dadurch auch noch weitere Erinnerungen in mir geweckt.

In der Küche standen eine Thermoskanne mit Kaffee und ein Teller mit frischen Brötchen und Hörnchen bereit. Ohne Lillians Anwesenheit wirkte die große Einbauküche aus Naturholz einladend und freundlich. Und plötzlich dachte ich: Ich koche gern.

Mir stockte der Atem. *Ich koche gern.* Das war die erste echte Verbindung zu meinem früheren Ich! Ich lachte laut auf, gleichzeitig schossen mir Freudentränen in die Augen. Am liebsten wäre ich auf der Stelle ins Arbeitszimmer gerannt, um meine Entdeckung mit Nicholas zu teilen. Aber er hätte mich sicher für verrückt gehalten, und außerdem wollte er ja nicht gestört werden. Am allerwenigsten von mir, daran bestand kein Zweifel.

Obwohl ich mich also niemandem mitteilen konnte, war ich glücklich, dass ein erster Stein ins Rollen gekommen war. Ich hatte einen ersten flüchtigen Blick in die Vergangenheit erhaschen können, und nun lag es an mir, weiterzumachen.

Immer noch lächelnd, registrierte ich den Schlüsselbund am Haken neben der Küchentür. Zögernd nahm ich ihn, und mein Herz begann vor Aufregung zu klopfen. Über eine Hintertreppe, um nicht am Arbeitszimmer vorbeigehen zu müssen, stahl ich mich in den zweiten Stock. Etwas enttäuscht stellte ich allerdings fest, dass keine der Türen hier verschlossen war. Auch konnte ich in den Schlafräumen nichts Aufschlussreiches entdecken.

Gegenüber von meinem Zimmer befand sich der Raum, in den Greg und Hal Chapman mich am Vortag geführt hatten. Ich brauchte nicht erst das ungemachte Bett und das Dinnerjackett über der Stuhllehne zu sehen, um zu wissen, dass das Nicholas' Schlafzimmer war. Sein Duft war deutlich wahrnehmbar.

Hier schlief er also. Nur wenige Schritte von mir entfernt. Das völlig absurde Verlangen erwachte in mir, mich auf dieses Bett zu werfen und zu fühlen, ob es noch warm war und nach ihm duftete. Trotz alledem, was geschehen war, musste ich mir fassungslos eingestehen, dass ich mich noch immer grenzenlos nach Nicholas sehnte. Wie vom Teufel gejagt, verließ ich das Zimmer, und draußen im Flur musste ich erst ein paarmal tief durchatmen, ehe ich die Treppe zum dritten Stock emporsteigen konnte.

Hier war es beengter als in den unteren Etagen; es roch leicht muffig, und nur drei Türen gingen vom Flur ab. Sie waren alle abgeschlossen. Mit vor Nervosität zitternden Händen probierte ich mehrere Schlüssel aus, bis ich endlich den fand, der zu der ersten Tür passte.

Ein schlechtes Gewissen befiel mich, weil ich ausgerechnet in Lillians Zimmer gelandet war. Ich sagte mir jedoch, dass ich mich nur revanchierte für die vielen Male, die sie einfach ungebeten in mein Zimmer eingedrungen war. Trotzdem fühlte ich mich nicht besser. Unrecht und Unrecht ergab noch lange kein Recht.

Ich hielt den Atem an. Irgendjemand hatte das einmal zu mir gesagt. *Unrecht und Unrecht ergibt kein Recht.* Das war vor dem Krankenhaus gewesen. Vor dem Überfall. Einer meiner Eltern? Ein Lehrer? Mein Herzschlag stockte. Mein Gedächtnis kam zurück. Sicher, nur bruchstückweise, aber bis zum heutigen Morgen hatte ich mich an gar nichts erinnern können. Raven's Cove war wohl also doch der ideale Ort für mich.

Jetzt, wo ich schon einmal da war, sah ich mich in Lillians Zimmer um. Ich mochte diese Frau zwar nicht, andererseits war ich aber auch sehr neugierig, mehr über sie zu erfahren.

Die Einrichtung passte zu ihr, sie war unauffällig, bieder und abweisend. Ein Bett, ein Schrank, ein Stuhl und ein Schreibtisch. Alles war makellos sauber und ordentlich. Nichts Persönliches stand herum, bis auf ein Foto auf dem Schreibtisch.

Es zeigte Nicholas, als er etwa Anfang zwanzig gewesen war. Schon damals hatte er auffallend gut und sehr selbstbewusst ausgesehen. Neben ihm stand eine dunkelhaarige junge Frau. Sie lächelte fröhlich, wodurch ihr sonst eher unscheinbares Gesicht beinahe hübsch wirkte. Ich musste zweimal hinsehen, bis ich erkannte, dass das Lillian war. Eine jüngere, glücklichere Lillian. Wieder empfand ich gegen meinen Willen Mitleid mit ihr. Die Jahre waren nicht gut mit ihr umgegangen.

Neugierig wollte ich die Schreibtischschublade aufziehen, doch mit einem Mal siegte mein Taktgefühl, und ich verließ hastig das Zimmer. Ich kam mir ohnehin schon wie ein gemeiner Voyeur vor.

Das Zimmer nebenan erwies sich als Art Abstellraum, in dem sich mehrere Möbel und einige hohe Stapel von Büchern befanden. Erst dachte ich, es wären Belegexemplare von Nicholas' Horrorgeschichten, doch zu meiner Überraschung entpuppten sie sich als Klassiker und Gedichtbände. Sogar die gesammelten

Werke von Shakespeare fehlten nicht. Wahllos schlug ich ein paar Bücher auf, in allen stand Nicholas' Name.

Im dritten Raum war es stockdunkel. Ich schaltete das Licht ein und sah ein recht hübsches Wohnzimmer vor mir, das jedoch völlig verstaubt war. Staub von zwei Monaten? Das Zimmer weckte keine Erinnerungen, trotzdem ahnte ich, dass es wohl als Zufluchtsort gedient haben mochte. Es hätte ein perfektes Atelier abgeben können, aber selbst wenn es jemand zu diesem Zweck benutzt hatte, so gab es keinerlei Anzeichen mehr dafür. Ich sah weder eine Staffelei noch Leinwände, nicht einmal Farbspritzer auf dem Boden. Ganz zu schweigen von Bildern an den Wänden.

Ich war enttäuscht und verwirrt. Wenn jemand in Raven's Cove gemalt hatte, dann musste es doch irgendwo ein Atelier geben, und dieses Zimmer hier wäre perfekt dazu geeignet gewesen. Mein Blick fiel auf etwas, das wie die Tür zu einem Einbauschrank aussah, sich aber als Zugang zu einem kleinen Vorraum herausstellte. Von hier aus führte eine schmale Treppe hinauf auf den Speicher.

Die Luft in dieser winzigen Kammer war zum Schneiden. Wie unter Zwang begann ich, die Treppe hinaufzusteigen, obwohl meine unerklärliche, plötzliche Furcht mit jeder Stufe zunahm. Oben stand ich erneut vor einer verschlossenen Tür. War es Zufall, dass ich sofort den richtigen Schlüssel dafür erwischte? Dann allerdings ein schlechter …

Dieses Bild von damals verfolgt mich noch heute, und daran wird sich wohl nie etwas ändern. Ich kam mir vor, als hätte man mir körperlich Gewalt angetan.

Das war es, wonach ich gesucht hatte. Ein Maleratelier, mit gutem Lichteinfall von Norden und dem Geruch nach Farbe und Terpentin. Und da waren auch die Bilder, mehr als ein Dutzend. Ich sollte jedoch nie herausfinden, welche Geheimnisse sie mir enthüllen konnten. Jede einzelne Leinwand war durch

Messerstiche bösartig und grausam zerfetzt, das Gemalte unkenntlich gemacht worden.

Die durch Farbe ruinierten Kleider in meinem Schrank waren eine Sache gewesen, ein widerlicher Streich. Doch das hier war kein Streich. Hass und blinde Zerstörungswut waren das Motiv für diesen Vandalismus gewesen. Wer hatte das getan? Ich musste spontan an Lillian denken. Daran, wie sehr sie mich anscheinend gehasst hatte. Ich konnte mir gut ihr triumphierendes Gesicht vorstellen, wie sie auf die Bilder eingestochen hatte. Sie hatte jede Erinnerung an mich auslöschen wollen, bis nichts mehr auf meine Existenz hinwies …

„Sie waren nicht besonders gut."

Beim Klang von Nicholas' Stimme fuhr ich herum, der Schlüsselbund entglitt meinen Händen. Mit schreckgeweiteten Augen sah ich Nicholas an. Niemals werde ich seinen Gesichtsausdruck in dem Moment vergessen, er war erfüllt von Verachtung und Bitterkeit. Entsetzt hielt ich den Atem an. Nein, nicht Lillian. Nicht sie hatte alle Erinnerungen an mich beseitigen wollen …

„Hast du das getan?"

Er betrachtete mich mit der ihm eigenen arroganten Miene, sagte aber kein Wort. Sein Schweigen war für mich allerdings Antwort genug. Ich hätte ihn am liebsten geschlagen, wieder und wieder, bis er endlich die grausige Wahrheit gestand. Und doch – war ich stark genug, diese Wahrheit zu hören? Zu dem Zeitpunkt sicher nicht. Ich wollte nur noch fort.

In dem Augenblick wurde mir klar, dass Nicholas in der schmalen Tür stand und mir den Fluchtweg versperrte. Panik drohte mich zu überwältigen. Verzweifelt tat ich einen Schritt nach hinten und stolperte dabei über ein Bein der Staffelei.

„Nein!" Ich schrie förmlich auf, als Nicholas auf mich zustürzte, um mich festzuhalten.

Er blieb wie versteinert stehen und hob die Hände. Eine

Geste des Aufgebens? Der Resignation? Ich war mir nicht sicher. Jedenfalls ließ er schließlich die Hände sinken und vergrub sie in den Hosentaschen. „Das ist unerträglich", stieß er hervor, wandte sich ab und ging.

So eilig ich es auch hatte, diesen schrecklichen Raum zu verlassen, noch lieber wollte ich Nicholas einen gehörigen Vorsprung geben.

„Hier steckst du also. Ich habe schon überall nach dir gesucht." Greg setzte sich neben mich auf den Rasen hinter dem Haus, und ich legte die Zeitschrift zur Seite. Er warf mir nur einen Blick zu und runzelte die Stirn. „Was ist? Was hast du, Deborah?"

Ich verfluchte mich insgeheim dafür, dass man mir Stimmungen immer so deutlich ansah. Doch dann merkte ich, dass er aufrichtig besorgt um mich schien. „Greg, du musst es mir sagen", flüsterte ich. „Gibt es für dich wirklich keinen Zweifel, dass ich Deborah bin?"

Er betrachtete mich eine Weile eindringlich. „Nein, nicht den geringsten. Ich habe alle möglichen Spuren verfolgt, die einen anderen Aufschluss über dein vorheriges Leben hätten geben können. Erfolglos. Ich bin sogar so weit gegangen und habe nachgeprüft, ob Deborah vielleicht Verwandte im selben Alter hatte." Er schüttelte den Kopf. „Fühlst du dich besser oder schlechter mit dem Wissen, dass du Deborah bist?"

„Ich … ich habe meine Bilder gefunden."

Greg sah mich ruhig an. „Wirklich?"

Ich spürte, dass er Zeit gewinnen wollte. Er wusste also Bescheid. „Warum?", rief ich. „Warum sollte er so etwas Grausames tun? Warum hat er etwas zerstört, das ein so wichtiger Teil von mir war?" Es gelang mir nicht, meine Tränen zu unterdrücken. Greg zog ein Taschentuch hervor und tupfte mir damit zart über die Wangen.

„Du musst das verstehen, Deborah. Als du fortgingst, war

Nicholas außer sich. Verzweiflung kann Menschen manchmal zu den sinnlosesten Handlungen bringen. Er drehte einfach durch. Gerade weil dir die Bilder so viel bedeuteten, wollte er sie zerstören. Er wollte dir damit wehtun."

„Das ist ihm gelungen." Ich wandte den Blick ab.

„Hast du schon mit ihm darüber gesprochen?"

Ich lachte böse auf. „Mit ihm gesprochen? Wohl kaum! Man spricht nicht einfach mit Nicholas! Wenigstens ich scheine das nicht fertigzubringen. Ich glaube, er hasst mich. Und seine Cousine hasst mich ebenfalls."

„Deborah …"

„Weißt du was? Ich glaube, keiner von beiden glaubte, dass ich Deborah bin. Bis gestern Abend. Ich hatte mich zum ersten Mal etwas hergerichtet. Als Lillian mich so sah, machte sie ein Gesicht, als sei ich ein Geist. Sie hatte wohl gehofft, ich sei … tot. Und Nicholas hoffte das auch." Meine Tränen flossen erneut.

Greg schien zutiefst betroffen. „Oh Deborah, das tut mir so leid. Ich hätte nie gedacht, dass es so kommen würde. Ich glaubte ehrlich, Nicks Liebe zu dir würde am Ende über seine Verbitterung siegen. Und ich meinte, dass du hier, bei Nick, auch dein Gedächtnis wiederfinden würdest."

Ich nahm seine Hand. „Das zumindest stimmt, ich fange damit an. Wusstest du – dass ich gern koche?" Ich lachte leicht hysterisch auf. „Plötzlich fiel es mir wieder ein, als ich heute allein in der Küche war. Im Krankenhaus habe ich das nie gedacht, ich wusste es tatsächlich nicht. Es stimmt, Greg, nicht wahr? Ich koche gern, oder?"

Er lächelte zögernd. „Ja, das ist richtig. Nur – Lillian …"

„Sie ließ mich nie", vollendete ich aufgeregt seinen Satz.

Er nickte. „Woran erinnerst du dich noch?"

„Dass Unrecht und Unrecht kein Recht ergibt. Ich erinnere mich, dass mir das jemand einmal gesagt hat. Als ich noch ziemlich klein war. Meine Eltern vielleicht, ehe sie ums Leben kamen.“ Ich merkte, dass ihn diese Erinnerungsfetzen weniger begeisterten als mich, und ich senkte enttäuscht den Kopf. Mir wurde bewusst, was für einen langen Weg ich noch vor mir hatte.

„Schon gut, Deborah, ich verstehe dich ja. Mach nicht so ein trauriges Gesicht, das bricht mir das Herz.“

In dem Moment empfand ich große Zuneigung zu ihm. Er war so lieb, so teilnahmsvoll. Erst jetzt sah ich, wie wenig Freundlichkeit man mir seit meiner Ankunft in Raven's Cove entgegengebracht hatte. Lillian gar keine, und Nicholas nur gestern Abend, für kurze Zeit, als ... Glut stieg mir in die Wangen. Das war nun wirklich eine Episode, die ich lieber vergessen hätte.

Ich zwang mich, nicht an ihn, sondern an Julia und Godfrey zu denken. Sie waren ebenfalls sehr nett zu mir gewesen. Trotzdem fühlte ich mich Greg irgendwie noch stärker verbunden. Er schien nicht nur mich besser zu kennen, sondern auch Nicholas – und dessen dunkle Seiten.

Greg sah über den Rasen in die Ferne. „Deborah, du weißt wohl, dass ich alles für dich tun würde. Alles.“ Er warf mir einen raschen Blick zu.

Ich glaubte ihm. „Momentan kannst du nichts tun. Noch nicht“, murmelte ich.

Er wandte sich mir zu und ergriff meine Hände. „Geh mit mir fort, Deborah, jetzt gleich! Du kannst bei mir wohnen, so lange du möchtest. Ich verlange nichts dafür, das verspreche ich dir. Ich möchte mich nur um dich kümmern. Es war mein Fehler, dich hierher gebracht zu haben. Lass mich diesen Fehler wiedergutmachen.“

Ich war versucht, sein Angebot anzunehmen, ich gestehe es offen. Hier war ein zärtlicher, fürsorglicher Mann, der auf mich aufpassen und mich beschützen wollte. Doch – ich konnte nicht.

Ich bemühte mich, es ihm zu erklären. „Wenn ich gehe, werde ich immer zu diesem Schattendasein verurteilt sein. Meine Vergangenheit ist wie ein Puzzle, Greg, und heute habe ich die ersten Steine gefunden. Irgendwann wird das Bild meines Lebens wieder Gestalt annehmen. Nur hier kann ich die einzelnen Teile davon finden. Wenn ich genügend zusammengetragen habe, um zu erkennen, was dieses Bild darstellt, dann kann ich den Rest des Rätsels vielleicht auch woanders, fern von Raven's Cove, lösen."

Greg machte ein unwilliges Gesicht. „Und was ist, wenn du morgen oder übermorgen keinen neuen Puzzlestein findest? Wie lange willst du hier bleiben? Wie lange willst du das … riskieren?"

Ich starrte ihn an. „Riskieren? Was soll das heißen?"

Er konnte mir nicht recht in die Augen sehen. „Ich mache mir eben Sorgen. Deine zerschlitzten Bilder, deine ruinierten Kleider …" Er brauchte den Satz nicht zu vollenden. Wir wussten beide, was er hatte sagen wollen.

Wie weit würden Lillian und Nicholas gehen, wenn sie wirklich einmal die Beherrschung verloren? Ich hatte sie beide schon wütend erlebt. Meinen Mann hatte ich allerdings auch schon zärtlich und voller Sehnsucht kennengelernt …

Greg legte seine Hand auf meine, und diesmal entzog ich sie ihm nicht. „Versprich mir eins, Deborah. Versprich mir, dass du mich sofort anrufst, sobald du dich auch nur irgendwie in Gefahr fühlst. Ganz gleich, ob du dir das dann nur einbildest oder nicht. Ich will nicht, dass dir etwas zustößt. Ich könnte nicht damit leben, wenn …"

Ich legte ihm einen Finger auf die Lippen. „Sag es nicht."

Er umrahmte mein Gesicht mit den Händen. „Versprichst du es mir?"

Ich sah in seine warmen braunen Augen, und mein Herz schlug etwas rascher. „Ja", flüsterte ich.

Plötzlich hob er den Kopf und ließ abrupt die Hände sinken.

„Was ist?“, fragte ich erschrocken.

„Die alte Hexe“, stieß er hervor.

Ich folgte seiner Blickrichtung. Und dann sah ich sie. Lillian stand am Fenster und ließ uns nicht aus den Augen.

9. KAPITEL

Nicholas sah ich den Tag über nicht. Als ich um sieben Uhr zum Abendessen herunterkam, war auf dem langen Mahagonitisch nur ein Gedeck aufgelegt. Ging Nicholas mir immer noch wegen des vergangenen Abends aus dem Weg, oder nahm er es mir übel, dass ich im wahrsten Sinn des Wortes zu weit gegangen war und meine zerstörten Bilder entdeckt hatte?

Dabei war ich nicht zu weit gegangen. Das hier war auch mein Haus, schließlich war ich Nicholas' Frau. Die Bilder gehörten mir, und er hatte weder das Recht, sie zu beschädigen, noch mir den Zugang zu meinem früheren Atelier zu verwehren. Wenn ich wollte, konnte ich jederzeit wieder zu malen anfangen.

Zum ersten Mal, seit ich hier war, kam mir dieser Gedanke. Warum eigentlich nicht? Es würde mir guttun zu malen, es würde mich etwas ablenken. Im Krankenhaus hatte mir das Malen so geholfen, weshalb nicht auch hier?

Ja, gleich morgen wollte ich anfangen. Und dann musste ich an das Atelier auf dem Speicher denken und erschauerte. Dort konnte ich unmöglich malen, die Erinnerung an die zerstörten Bilder würde mich ständig verfolgen. Ich musste mir ein anderes Zimmer aussuchen; es gab ja genügend davon in diesem großen Haus, in dem nur zwei Personen lebten. Drei. Fast hätte ich Lillian vergessen. Lillian ... Plötzlich fiel mir etwas ein. Ob sie Nicholas von Gregs Besuch erzählt hatte? Hatte sie die harmlose Begegnung etwa betont zweideutig beschrieben, um ihn noch weiter gegen mich aufzubringen? War das womöglich ein anderer Grund, warum er nicht zum Essen erschienen war?

Ich zwang mich, nicht an sie zu denken, und konzentrierte mich wieder darauf, welches Zimmer wohl ein gutes Atelier abgeben könnte. Vielleicht eins der Schlafzimmer im zweiten Stock. In allen herrschten gute Lichtverhältnisse, und ich brauchte kaum etwas umzuräumen.

Ob Nicholas etwas dagegen haben würde? Abermals sah ich die verwüsteten Bilder vor mir. Doch damals war er wütend gewesen, verzweifelt über mein Fortgehen, wie Greg behauptet hatte. Jetzt war ich wieder da, und er hatte mich nicht hinausgeworfen. Also würde es ihm wahrscheinlich auch nichts ausmachen, wenn ich meine Malerei wieder aufnahm.

Ich beschloss, am nächsten Tag mit ihm über mein Vorhaben zu reden, doch dann fiel mir ein, dass dann ja Sonntag war und wir die Verabredung mit Julia und Godfrey zum Brunch hatten. Auch gut, dann würde ich eben auf der Fahrt nach Sinclair davon anfangen.

Lillian erschien mit meinem Essen – gebackenes Huhn mit Rosmarin, dazu neue Kartoffeln und Zuckererbsen. Es duftete verlockend, und das sagte ich Lillian. Ich wollte sehen, wie sie auf ein Kompliment reagierte.

Sie zuckte nur mit den Schultern. „Nicholas isst das sehr gern."

„Ja? Was mag er denn sonst noch besonders?"

Sie sah mich an, als sei es ungehörig von mir, mich nach den Lieblingsgerichten meines Mannes zu erkundigen. „Ich wüsste nicht, warum dich das interessieren sollte."

„Ich dachte nur, dass ich gelegentlich auch gern mal für Nicholas kochen würde." Mir war sofort klar, dass das einen ungeheueren Affront darstellte; ich konnte fast ihre Gedanken lesen. Ich! In ihrer Küche! Um für Nicholas zu kochen! Schlimm genug, dass ich überhaupt zurückgekehrt war, nun wollte ich mich auch noch in ein Territorium eindringen, das bisher ausschließlich ihr vorbehalten gewesen war! Sicher hätte sie mir nicht geantwortet, wenn ich sie nicht so provozierend angesehen hätte.

„Ich bezweifle, dass Nicholas begeistert wäre", murmelte

sie. „Er ist meine Küche gewöhnt und schätzt Abwechslungen gar nicht."

„Manchmal sind Abwechslungen aber sehr nötig, ob wir sie nun schätzen oder nicht", gab ich, wie ich fand, sehr mutig zurück. Sie warf mir einen bösen Blick zu. „Ich habe mich sehr verändert, Lillian, ich bin nicht mehr so wie damals. Und ich werde wohl nie wieder so sein." Ich zögerte. „Erzähl mir von der Deborah, die du kanntest, Lillian. Bitte."

Sie lachte dumpf auf, und plötzlich sah sie mich durchbohrend an, während sie meinen Arm packte. „Die Deborah, die ich kannte, war eine eitle, selbstgefällige Frau. Habgierig, fordernd, falsch. Sie tat nur das, was sie wollte. Ihr war es gleich, wen sie damit verletzte. Nicholas machte sich ihretwegen zum Narren und musste teuer dafür bezahlen." Sie beugte sich so weit zu mir, dass ich ihren nach Whiskey und Pfefferminz riechenden Atem wahrnehmen konnte. „Doch so dumm wird er nicht noch einmal sein. Diesmal bekommst du nicht, was du willst, nicht von Nicholas. Du glaubst, wenn du die süße Unschuld spielst, kannst du ihn wieder um den Finger wickeln, aber du irrst dich. Diesmal wirst du bezahlen, nicht er", fügte sie leise und Unheil verkündend hinzu.

Ihr harter Griff, der schlechte Atem und die schrecklichen Worte verursachten mir Übelkeit. Ich wusste, sie wollte mir Angst einjagen, und obwohl ihr das auch recht gut gelang, regte sich mein Zorn. *Noch mal wirst du mich nicht vertreiben, du Hexe. Nicholas wird dir niemals gehören, Lillian. Nicht so, wie du es dir wünschst. Nicht auf die Art, wie er mein sein könnte …*

Sie ließ mich abrupt los, richtete sich auf und sah mich unbeteiligt an. „Dein Essen wird kalt."

Ich unterstellte ihr, dass sie hoffte, ich würde aufstehen und ohne das Essen angerührt zu haben die Flucht ergreifen. Doch den Gefallen wollte ich ihr nicht tun, auch wenn mir noch so schlecht war. „Du hast recht“, stimmte ich ruhig zu und begann zu essen, obwohl meine Kehle wie zugeschnürt war.

Sie blieb bei mir stehen und beobachtete mich. Wahrscheinlich wünschte sie, mir möge der Bissen im Hals stecken bleiben, doch ich zwang mich, weiterzuessen. Schließlich ging sie.

Alles aufgegessen. Du bist ein braves Mädchen. Ich schrak zusammen. Ich glaubte, diese Stimme ganz deutlich gehört zu haben. Eine Frauenstimme, liebevoll, stolz. Die meiner Mutter?

Ich war ganz aufgeregt. Wieder ein Puzzleteil! Greg brauchte gar nicht so pessimistisch zu sein. Es ging zwar langsam und mühselig, aber die Erinnerung würde zurückkommen, Stück für Stück. Ich musste nur Geduld haben.

Flüchtig erwog ich, meinen leeren Teller in die Küche zu bringen, doch ich hatte keine Lust, Lillian noch einmal zu sehen. Sie hatte sich unmissverständlich ausgedrückt. Es war ihr gleich, ob ich mich verändert hatte oder nicht, sie hasste mich. Ich sollte mich von ihr fernhalten – und vor allem von Nicholas.

Zögerte ich deshalb, als ich an der geschlossenen Tür zu seinem Arbeitszimmer vorbeikam? Wollte ich Lillian trotzen? Sie eifersüchtig machen? Oder war der Grund etwa ein ganz anderer, nämlich der, dass ich meinen Gefühlen für Nicholas hilflos ausgeliefert war?

Ganz sicher gab es noch ein weiteres Motiv. Durch meinen Gedächtnisverlust stand ich oft genug vor verschlossenen Türen. Hier war wenigstens eine, die ich öffnen konnte. Ich brauchte nur etwas Mut dazu.

Ich klopfte leise an. Keine Antwort. Mein Mut verflog auf der Stelle, ich brachte es nicht über mich, noch einmal und lauter zu klopfen. Ich ließ die Hand sinken und wollte gerade gehen, da ging die Tür auf.

Nicholas sah blass und müde aus, sein Haar war durcheinander. „Ja?“, fragte er unwirsch.

„Ich … ich wollte nur wissen, ob es bei dem Programm für

morgen bleibt“, stammelte ich.

Er schien nicht zu verstehen. „Morgen?“

„Wir wollten uns mit Julia und Godfrey treffen.“

„Ach ja, richtig“, fiel es ihm wieder ein. Er überraschte mich mit dem Anflug eines Lächelns. „Du freust dich darauf, nicht wahr?“

„Ich mag die beiden sehr, und es wäre sicher nett, wenn …“

„Wenn du dem allen hier eine Weile entfliehen könntest?“

Ich wandte unsicher den Blick ab. „Solltest du zu beschäftigt sein, könnte ich natürlich auch allein gehen.“ Ich bereute diese Bemerkung sofort. Jetzt würde er glauben, ich legte auf seine Gesellschaft keinen Wert. Zwar hätte ich allen Anlass dazu gehabt, schließlich war er in keinster Weise entgegenkommend gewesen, aber seltsamerweise wollte ich, dass er mitkam. „Mir wäre es allerdings lieber, wir führen zusammen“, fügte ich daher hastig hinzu. Ich wusste, dass ich rot geworden war. Warum war ich bloß nicht an seinem Zimmer vorbeigegangen?

„In Ordnung“, erwiderte er so leise, dass ich ihn fast nicht gehört hätte. Ich nickte und wollte mich zurückziehen, weil mir nichts mehr einfiel, was ich noch hätte sagen können. „Hat dir das Abendessen geschmeckt?“, fragte er unvermutet.

„Ja, sehr“, antwortete ich. „Lillian kocht ausgezeichnet.“

„Ja“, stimmte er nicht unfreundlich zu. „Es gibt nicht viel, was ihr in ihrem Leben Freude macht außer dem Kochen.“

Und mich zu quälen, hätte ich beinahe hinzugefügt. Stattdessen sagte ich etwas so Einfallsloses wie: „Ich hoffe, du kommst gut mit deiner Arbeit voran?“

„Wie man es von mir erwartet. Aber ich schwöre, irgendwann höre ich damit auf.“ Er warf mir einen leicht spöttischen Blick zu. „Erzähl das jedoch bloß nicht Godfrey, sonst bekommt er einen Anfall. Und dann habe ich Julia am Hals, sie bemuttert ihn wie eine Glucke!“ Auf einmal wurde seine Miene wachsam. „Was den Vorfall im Atelier betrifft …“

Ich sah ihn verdutzt an. „Wir wollen nicht mehr davon sprechen." Tatsächlich hätte ich das Ganze am liebsten vergessen. Wenn ich zur Sprache brachte, was Greg mir über Nicholas' Motive verraten hatte, dann würde er das sicher abstreiten oder wütend werden, weil Greg mir etwas so Vertrauliches mitgeteilt hatte. Und wenn Lillian ihm dann noch erzählt hatte, sie hätte mich und Greg am Nachmittag beobachtet, dann würde er generell nicht gut auf ihn zu sprechen sein.

Seltsamerweise war es jedoch Nicholas, der ihn von sich aus erwähnte. „Greg sagte, du hättest im Krankenhaus viel gemalt. Warum hast du diese Bilder nicht mitgebracht?"

Damit du sie auch noch zerstören kannst? hätte ich am liebsten gekontert. „Ich habe sie der Klinik geschenkt", erklärte ich ruhig.

„Aha." Verschwieg auch er mir etwas?

Ich überlegte kurz, ihn wegen eines neuen Ateliers zu fragen, beschloss dann aber, dass ich für heute schon genug gesagt hatte. Die kurzen Begegnungen mit ihm waren immer sehr emotionsgeladen und anstrengend. „Also gut, dann ziehe ich mich jetzt zurück", meinte ich schließlich, nachdem er mich eine ganze Weile stumm angeblickt hatte.

Er reagierte nicht gleich. Überlegte er etwa, mich noch auf einen Drink in sein Arbeitszimmer zu bitten? Wenn er das tatsächlich tat, dann musste ich verrückt sein, wenn ich die Einladung annahm, nach dem, was am Vorabend geschehen war. Und doch …

Er aber nickte nur, wünschte mir eine gute Nacht, und ehe ich meinen Gedanken noch zu Ende gedacht hatte, stand ich wieder vor einer geschlossenen Tür.

Wir sollten uns gegen Mittag mit den Irelands treffen. Schon um elf war ich fertig angezogen. In der Schublade der Frisierkommode fand ich einen silbernen Kamm, mit dem ich erst mein Haar auf einer Seite zurückstecken wollte, doch dann verzichtete ich darauf. Er kam mir zu fremd und unvertraut vor, weckte keinerlei Erinnerungen in mir. Aus einem Impuls heraus beschloss ich, Dr. Royce anzurufen.

Ich dachte gar nicht daran, dass ja Sonntag war, aber wie sich herausstellte, war Dr. Royce tatsächlich zufällig in der Klinik. Er freute sich eindeutig, mich zu hören, und mir ging es ebenso. Flüchtig sehnte ich mich sogar wieder nach der Sicherheit und Geborgenheit seines Sprechzimmers ...

„Wie geht es Ihnen?“, fragte er ohne Umschweife.

„Schwer zu sagen“, gab ich zögernd zurück.

Ich hörte das Lächeln aus seiner Stimme heraus. „Nun, ich habe Ihnen auch noch nie leichte Fragen gestellt! Also, erzählen Sie.“

Ich musste ebenfalls lächeln. „Ich habe nicht viel Zeit, Nicholas und ich treffen uns mit Freunden zum Brunch.“

„Wie nett, Katherine. Oder – soll ich lieber Deborah sagen?“, meinte er freundlich.

„Schon wieder so eine schwere Frage“, erwiderte ich. „Ich ... ich nehme an, ich bin Deborah.“ Ich erzählte ihm von den bruchstückhaften Erinnerungen, die ich neuerdings gehabt hatte.

Dr. Royce war hocherfreut, für ihn stellte das einen echten Fortschritt dar.

„Aber das alles ist so wenig, ich hatte mir viel mehr erhofft! Was mich besonders verunsichert, ist die Tatsache, dass ich keinerlei Bezug zu den Dingen habe, die Deborah, mir, einmal gehört haben.“

Er schwieg eine Weile. „Vielleicht wollen Sie das im Unterbewusstsein so.“

„Ich verstehe nicht“, gestand ich.

„Nun, vielleicht sind das Dinge von Ihnen, die Ihnen nicht behagen, an die Sie sich gar nicht erinnern wollen.“

Mir stiegen Tränen in die Augen. „Ja, das könnte sein", murmelte ich. „Ich muss eine ziemlich schreckliche Person gewesen sein." In groben Zügen berichtete ich, was ich über Deborah erfahren hatte. „Niemand lässt es mich wirklich spüren, aber ich war mit Sicherheit kein Engel", schloss ich, und in dem Moment klopfte es an meiner Tür. „Ich muss aufhören, Dr. Royce. Darf ich … Sie wieder anrufen?"

„Wenn Sie es unbedingt für nötig halten, Deborah", antwortete er sanft. „Ich glaube jedoch, dass es Ihnen nicht hilft, wenn Sie mich weiter als psychischen Halt benutzen. Sie kommen besser zurecht, als Sie ahnen, wissen Sie."

Ich stimmte ihm da nicht zu, aber ich widersprach auch nicht. Als ich den Hörer auflegte, kam ich mir sehr verlassen vor. Wie konnte ich Dr. Royce künftig anrufen, nachdem er mir geraten hatte, ich solle fortan lernen, auf eigenen Füßen zu stehen?

Zu meiner Überraschung war Nicholas selbst an der Tür. Ich hatte gedacht, er würde eher Lillian schicken, damit sie mich rief, während er im Wagen wartete.

Er sah atemberaubend aus in seinem dunklen Tweedsakko, der schwarzen Hose und dem schwarzen Hemd. Auch er musterte mich aufmerksam, aber dem ironischen Aufblitzen seiner Augen nach hielt er meinen Aufzug für weit weniger spektakulär. Vielleicht hätte ich mein Haar doch mit dem silbernen Kamm zurückstecken sollen. Früher hatte ich sicher besser gewusst, wie ich mich zurechtmachen musste, um ihm zu gefallen …

„Bist du fertig?", fragte er abrupt.

„Ich hole nur noch meine Jacke", gab ich verunsichert zurück.

„Die brauchst du nicht, es ist warm draußen." Er lächelte flüchtig. „Außerdem wäre es schade, diese hübsche Bluse zu verstecken."

Es ist mir peinlich, es zuzugeben, aber ich wurde rot wie ein Teenager bei diesem Kompliment. Zum Glück machte Nicholas dazu keine weitere Bemerkung.

Kaum saßen wir in seinem Wagen, grübelte ich nach, wann wohl der beste Zeitpunkt wäre, ihn auf meinen Atelierwunsch anzusprechen. In der Enge des Autos fühlte ich mich noch gehemmter als sonst, und Nicholas' anhaltendes Schweigen ermutigte mich nicht eben. Schließlich überwand ich mich doch, und ich war unendlich erleichtert, dass Nicholas nicht nachfragte, warum ich nicht mein altes Atelier weiterbenutzen wollte.

„Welchen Raum hättest du denn gern?"

Ich sagte es ihm, und als er nicht gleich antwortete, vermutete ich, dass ihm meine Wahl nicht gefiel. „Ich würde gar nicht viel umräumen müssen …"

„Trotzdem wäre es keine ideale Lösung. Gib mir etwas Zeit zum Überlegen. Momentan ist das Wetter so gut, dass du deine Staffelei draußen aufstellen kannst."

„Ja, natürlich. Ich dachte nur …"

„Du kannst es kaum abwarten, wieder mit dem Malen anzufangen." Das war eher eine Feststellung als eine Frage.

„Ja, die Malerei bedeutet mir sehr viel. War … war das früher nicht so?", wollte ich zögernd wissen.

Er warf mir einen raschen Blick zu. „In gewisser Hinsicht schon, glaube ich."

„Ich verstehe nicht ganz …"

„Das denke ich mir."

War es ein Wunder, dass mich die Gespräche mit ihm immer so frustrierten? Er hätte mir so vieles enthüllen können, doch er weigerte sich hartnäckig. Es sollte noch lange dauern, bis ich begriff, warum.

„Ich habe Greg eingeladen, auch zum Brunch zu kommen", teilte er mir zu meiner Verblüffung plötzlich mit. „Ich dachte, es würde dich freuen. Du scheinst seine Gesellschaft ja immer besonders zu genießen.“

Jetzt war ich mir sicher, dass Lillian ihm von unserem gestrigen Treffen erzählt hatte, und Zorn stieg in mir auf. Meine Begegnungen mit Greg waren stets völlig harmlos und freundschaftlich, doch hier wurde etwas Zweideutiges und Geschmackloses daraus gemacht. „Ja, ich freue mich wirklich“, versetzte ich trotzig. „Es ist sehr nett von Greg, dass er ab und zu vorbeikommt und mit mir plaudert. Bisher hat das sonst kaum jemand …“

„Das hast du bereits angedeutet“, unterbrach er mich steif.

Der Rest der Fahrt verlief schweigend. Mir war die Vorfreude auf den Brunch vergangen, auch bereute ich, dass ich Nicholas gedrängt hatte, mitzukommen.

Meine schlechte Laune besserte sich nicht, als mir klar wurde, dass ich darüber hinaus noch nicht einmal seine Einwilligung bekommen hatte, eins der unbenutzten Zimmer in ein Atelier umzuwandeln.

10. KAPITEL

Alle Gesichter wandten sich uns zu, als wir an unseren Tisch im Restaurant geführt wurden. Wie unhöflich, dachte ich. Nur weil Nicholas eine bekannte Persönlichkeit war, glaubten sich alle das Recht herausnehmen zu können, ihn anzustarren.

Er strebte mit finsterer Miene dem Tisch zu, ohne auf die neugierigen Blicke zu achten, und ich folgte ihm befangen. Godfrey und Greg standen auf, als ich kam, während Nicholas sich sofort neben Julia setzte und sie liebevoll auf die Wange küsste. Ich beneidete sie um diesen Beweis seiner Zuneigung, doch als Greg mir einen unschuldigen Kuss gab, erstarrte ich und sah verstohlen zu Nicholas hinüber. Würde er das als weiteres Anzeichen werten, dass sich zwischen mir und Greg etwas anbahnte? Mein Unbehagen wuchs, als ich Nicholas' spöttisches Lächeln bemerkte.

„Du siehst blass aus", stellte Julia besorgt bei meinem Anblick fest und wandte sich tadelnd an Nicholas. „Du solltest mit deiner Frau öfter in die Sonne gehen! Warum wiederholt ihr eure Flitterwochen nicht einfach? Auf St. Martin zum Beispiel?"

Nicholas schmunzelte. „Weißt du, warum du niemals Horrorgeschichten schreiben könntest, Julia? Du bist viel zu romantisch veranlagt!"

Godfrey schaltete sich freundlich ein. „Trotzdem, es täte dir gut, Deborah. Vielleicht nicht gerade St. Martin, aber zumindest etwas Sonne."

„Nun, das kommt demnächst ganz von selbst", murmelte ich. „Ich will wieder zu malen anfangen. Landschaften."

Aus einem mir unerfindlichen Grund löste meine Bemerkung allgemeines Schweigen aus. Greg kam mir zu Hilfe. „Deborah hat im Krankenhaus ein paar wunderhübsche Bilder gemalt. Meistens Gebirgslandschaften." Er schenkte mir ein warmes Lächeln.

Julia und Godfrey nickten nur, und Nicholas machte ein grimmiges Gesicht. Er zeigte zum Büfett. „Wollen wir uns nicht endlich etwas zu essen holen?" Ohne die Antwort der anderen abzuwarten, stand er auf und machte sich auf den Weg.

Julia tätschelte tröstend meine Hand. „Ich wette, er hat Schwierigkeiten mit seinem neuen Buch. Dann ist er immer so gereizt und ungeduldig."

Das war er ganz sicher, nur hatte das meiner Meinung nach nichts mit dem Buch zu tun, sondern vielmehr mit mir. Julia und Godfrey gingen nun ebenfalls zum Büfett, während Greg wartete, bis ich aufgestanden war. „Was ist passiert, Deborah?", wollte er bedrückt wissen.

„Wäre es nicht nett, wenn du mich das einmal nicht zu fragen brauchtest?", gab ich betont heiter lächelnd zurück.

„Es sieht dir nicht ähnlich, mir auszuweichen", stellte er traurig fest, als ich mich vom Tisch entfernte.

Ich blieb kurz stehen. „Wirklich nicht?"

Am Büfett stellte ich erstaunt fest, dass Nicholas bereits einen Teller für mich zurechtgemacht hatte. Er hatte ein Stück Honigmelone und eine noch warme Heidelbeerwaffel mit Ahornsirup ausgesucht.

„Das hast du immer am liebsten gegessen", stellte er scheinbar gelassen fest, als er mir den Teller reichte, aber ich spürte, wie er mich dabei prüfend beobachtete. „Oder ändert sich der Geschmack nach einem Gedächtnisverlust?"

„Das kann ich wohl kaum beurteilen", erwiderte ich bissig.

Seine Miene wurde etwas weicher. „Du hast recht. Wenn du also lieber etwas anderes essen möchtest ..."

„Nein, vielen Dank. Ehrlich gesagt, die Waffel duftet köstlich."

Greg und die Irelands lächelten mir erleichtert zu, weil sie wohl alle gemerkt hatten, dass Nicholas in Bezug auf meine Identität immer noch Zweifel hatte. Nur er selbst blieb ernst. Wie sollte es mir bloß je gelingen, ihn zu überzeugen und seine Sympathie zu gewinnen? Plötzlich schien für mich alles davon abzuhängen, ob er mich akzeptierte. Denn wider alle Vernunft sehnte ich mich danach, er möge mich nur ein einziges Mal so ansehen wie auf jenem Foto von St. Martin.

Der Brunch verlief wesentlich angenehmer, als ich erwartet hatte. Nicholas blieb zwar in sich gekehrt, aber die Irelands hielten die Unterhaltung in Schwung und amüsierten uns mit allen möglichen lustigen Anekdoten. Ich musste mehrmals hellauf lachen und war ihnen dankbar, dass es ihnen mal wieder gelungen war, mich aufzuheitern.

Mit Greg Eastman war das eine ganz andere Sache. Immer wenn er mich direkt ansprach, befürchtete ich, Nicholas könnte jedes Wort und jede Geste falsch auslegen. Was das Ganze noch schlimmer machte, war die Tatsache, dass Greg mir eindeutig sehr ernste Gefühle entgegenbrachte. Ich war mir sicher, dass Nicholas das auch wusste und zweifellos dachte, ich erwiderte diese Gefühle. Dabei hatte ich Greg zwar aufrichtig gern, aber das ließ sich nicht vergleichen mit dem, was ich für Nicholas empfand – ein Gemisch aus Liebe, Hass, Angst und Sehnsucht. Und so chaotisch diese Emotionen auch sein mochten, durch sie hatte ich erstmals seit dem Überfall wieder Interesse am Leben.

Das Treffen ging schneller zu Ende, als mir lieb war, doch Julia und Godfrey wollten bald aufbrechen, um dem Wochenendrückreiseverkehr zu entgehen. Beide baten Nicholas, mich demnächst einmal mit nach New York zu bringen. „Wir könnten einen Einkaufsbummel machen", schlug Julia mir vor. „Und ich werde auch Theaterkarten besorgen."

„Nick in die Großstadt?", warf Greg ein. „Er hasst alles, was damit zusammenhängt – den Lärm, die vielen Menschen, den

Verkehr. Verschont den Ärmsten bloß mit so etwas!“ Er wandte sich mir zu. „Ich fahre alle paar Wochen nach Manhattan, um mich zu vergewissern, dass im Büro alles in Ordnung ist. Wenn du mitkommen möchtest, brauchst du es nur zu sagen.“

Aus dem Augenwinkel heraus nahm ich den harten Zug um Nicholas’ Mund wahr. Ich lächelte Greg und die Irelands freundlich an. „Ich fürchte, ich teile Nicholas’ Antipathie gegen die Großstadt.“

Godfrey betrachtete mich neugierig. „Na, das ist in der Tat eine Veränderung!“

Julia stieß ihren Mann an. „Nach dem, was Deborah durchgemacht hat, ist es ganz natürlich, dass sie nicht mehr gern in Manhattan ist. Ich weiß ja selbst, dass das Verbrechen in der Stadt allmählich unkontrollierbare Formen angenommen hat.“ Sie drückte liebevoll meine Hand. „Aber du hast mein Wort – wann immer du kommen möchtest, werden Godfrey und ich dich wie unseren Augapfel hüten!“

„Das gilt auch für mich“, pflichtete Greg bei. „Wir wollen doch alle sichergehen, dass dir nie wieder etwas zustößt, Deborah.“

Obwohl Greg die anderen mit einschloss, ahnte ich, dass er in erster Linie von sich selbst sprach. Und Nicholas wusste das mit Sicherheit auch.

Auf der Rückfahrt nach Raven’s Cove wirkte Nicholas grimmiger denn je. Nach zehn Minuten hielt ich es nicht mehr aus.

„Zwischen mir und Greg ist nichts“, platzte ich heraus. „Ich weiß nicht, wie es früher war – Greg behauptet, wir seien nur gute Freunde gewesen –, aber ich versichere dir, der Gedächtnisverlust hat nicht meine Fähigkeit beeinträchtigt, zu wissen, was ich fühle. Ich hege keine romantischen Gefühle für Greg, ganz gleich, was Lillian dir auch erzählt haben mag.“

„Lillian will mich nur schützen“, murmelte er.

„Und mich hasst sie“, gab ich verärgert zurück. „Sie möchte wohl am liebsten dauernd Unfrieden zwischen uns stiften. Als ob die Lage nicht schon schwierig genug wäre!“ Plötzlich konnte ich nicht mehr aufhören zu reden. „Es ist nicht fair, Nicholas. Du sorgst stets dafür, dass ich mich im Nachteil befinde. Du weißt so viel, und ich weiß gar nichts. Ich komme mir vor, als hinge mein ganzes Sein an einem seidenen Faden, und du könntest jeden Moment kommen und ihn einfach durchschneiden. Nicht einmal dafür kenne ich den Grund. Du wirfst mir ein paar Andeutungen hin, und dann kehrst du mir den Rücken zu. Bisher warst du nur bissig, misstrauisch und unbeschreiblich unhöflich zu mir. Wenn du mich so sehr hasst, warum sagst du mir dann nicht einfach, ich soll verschwinden?“ Ich hatte mich so in Rage geredet, dass ich zitterte, und es half mir nicht gerade, dass Nicholas meinen Ausbruch mit Schweigen quittierte. Nun, wenigstens hatte er aber auch nicht gesagt, dass ich tatsächlich verschwinden solle. Und das hätte ich wohl erst recht nicht ertragen.

Ich lehnte mich matt im Sitz zurück und schloss die Augen. Wie lange würde ich das alles noch aushalten? Ich war mit den Nerven ziemlich am Ende. Wir hatten gut zwei Drittel des Heimwegs zurückgelegt, als Nicholas unvermittelt das Schweigen brach.

„Du siehst wirklich blass aus.“ Ehe ich mich versah, war er an den Straßenrand gefahren und hatte den Motor abgestellt. „Nun?“ Ich sah ihn nur verständnislos an. „Alle scheinen zu glauben, dass ich dir nicht genügend Sonne gönne. Vielleicht bin ich so, wie du sagst, aber ich habe noch nie jemandem absichtlich das vorenthalten, was er dringend brauchte. Schon gar nicht, wenn ich in der Lage war, es ihm zu geben.“

Das war eine eigenartige Bemerkung, und ich spürte, dass sich irgendetwas dahinter verbarg, auch wenn ich damals noch nicht begriff, was das war.

„Gleich hier vorn zweigt ein sehr sonniger Gebirgspfad ab. Wollen wir?"

Ich war sprachlos. Nicholas wollte mit mir spazieren gehen? Nach all den Vorwürfen, die ich ihm gerade gemacht hatte? Das war doch absurd! Es sei denn, er wollte mich dabei in den nächsten Abgrund stoßen. Dass er sehr aggressiv werden konnte, hatte ich ja bereits erfahren. Die Erinnerung an die zerstörten Gemälde verfolgte mich noch immer.

Trotzdem stieg ich widerspruchslos aus, als er mir die Wagentür aufhielt. Der Pfad war sehr schmal und gewunden, aber Nicholas ging rechts von mir, also näher am Abgrund. Ich entspannte mich ein wenig, während wir gemächlich und schweigend im warmen Sonnenschein spazieren gingen. Zum ersten Mal empfand ich dieses Schweigen zwischen uns nicht als spannungsgeladen und bedrückend. Ich konnte es mir nicht recht erklären, aber mit Nicholas war irgendeine Wandlung vorgegangen. Vielleicht hatte das mein Ausbruch vorhin bewirkt. Vielleicht bereute er es, mich so schlecht behandelt zu haben. Auch mir ging es besser, nachdem ich endlich mal meinem Herzen Luft gemacht hatte, und ich fühlte mich beinahe zufrieden.

„Meintest du das ernst, dass du eines Tages keine Horrorgeschichten mehr schreiben willst?", fragte ich ihn schüchtern.

Er zuckte mit den Schultern. „Jedenfalls drohe ich Godfrey immer damit. Es ist gut für seinen Blutdruck."

Ich begreife noch immer nicht, warum ich mit einem Mal so mutig wurde. Jedenfalls schüttelte ich den Kopf. „Das ist es doch nicht allein. Ich glaube, du möchtest gern einmal etwas vollkommen anderes schreiben."

Er warf mir einen leicht unwilligen Blick zu, und ich bereute meine Kühnheit bereits. Doch dann sagte er: „Ich habe einmal ein solches Buch angefangen. Ab und zu packt uns Schriftsteller wohl alle das Bedürfnis, *den* ganz großen Roman zu schreiben. Ohne Unholde, Hexen und Monster, jedenfalls nicht solche aus dem übernatürlichen Bereich. Ganz gewöhnliche Alltagsmenschen können schon grausam genug sein."

„Ja, das stimmt", pflichtete ich ihm leise bei. „In uns allen steckt wohl die Fähigkeit, sowohl zu hassen, als auch zu lieben, sowohl gut zu sein als auch böse." Ich verstummte, weil ich Angst hatte, Nicholas könnte das als direkten Angriff auffassen, und so hatte ich es nicht gemeint.

Überraschenderweise lächelte er. „Vielleicht solltest du schreiben, statt zu malen."

Ich dachte erst, er mache sich über mich lustig, doch seiner Miene nach zu urteilen war dem nicht so. Ich war etwas verwirrt. „Habe ich jemals ... geschrieben?"

Er blieb abrupt stehen. „Ich weiß, du bist verzweifelt bemüht, Licht ins Dunkel zu bringen. Es muss schrecklich sein, so im Ungewissen zu leben. Trotzdem, lass uns wenigstens heute mal nicht von der Vergangenheit reden und nur das leben, was im Moment geschieht."

Seine Ernsthaftigkeit und seine Anteilnahme berührten mich tief. Welch ein Kontrast zu seiner sonst so bissigen, zynischen Art! Seltsamerweise hielt ich keine dieser beiden Seiten an ihm für unecht, und durch diese Erkenntnis fühlte ich mich ihm noch stärker verbunden denn je. Denn auch ich war wohl ein Paradebeispiel für emotionale Gegensätze.

Wir liefen weiter, in tiefer Harmonie, und ich muss gestehen, es war der friedlichste, schönste Spaziergang, den ich je gemacht habe. Es war wie ein Neuanfang. Für mich und Nicholas.

Nach ungefähr einer Meile schlug er vor, uns eine Weile hinzusetzen und uns auszuruhen. „Ich hätte etwas zu trinken mitnehmen sollen", meinte er.

Ich lächelte. „Das hier war doch eher ein Spontaneinfall."

Er erwiderte mein Lächeln und wischte etwas Erde von einem kleinen Felsbrocken, auf den ich mich setzen wollte. Ein ganz neues Gefühl regte sich in meinem Herzen. Ich mochte diesen veränderten Nicholas. Seine Wärme und Freundlichkeit waren so wohltuend nach all dem Misstrauen und der Feindseligkeit vorher.

Er setzte sich auf einen anderen Stein ganz in meiner Nähe und betrachtete mich aufmerksam. „Deine Haut ist sehr hell."

Ich unterdrückte die Frage, ob sie das früher nicht gewesen war. „Ich bekomme bestimmt keinen Sonnenbrand", sagte ich stattdessen. „Und die Sonne tut so gut." Ich ließ meinen Blick über die Gebirgskette der Catskills schweifen. „Ich würde das alles gern malen."

Seine Miene war nicht zu deuten. „Es gibt noch einen Weg näher am Haus, von dem aus man in etwa denselben Blick hat. Wenn du magst, zeige ich ihn dir morgen." Er zögerte. „Wir könnten vormittags in dic Stadt fahren. Es gibt dort einen ganz ordentlichen Laden für Künstlerbedarf. Was du dort nicht bekommst, kannst du dir ja dann per Post woanders bestellen."

„Oh, ich finde sicher alles, was ich brauche, in der Stadt", versicherte ich rasch. Sein freundliches Angebot machte mich fast schwindelig vor Freude. „Danke, Nicholas", murmelte ich.

Er schien verlegen wegen meiner Dankbarkeit. Er streckte die langen Beine aus, schloss die Augen und hielt sein Gesicht in die Sonne. Ich konnte der Versuchung nicht widerstehen, seine Züge genauer zu studieren. Ich betrachtete ihn so, wie ich ein Stillleben oder eine Landschaft ansah, ehe ich zu malen anfing; ich achtete auf die einzelnen Linien, die Schatten, die emotionale Ausstrahlung. Die markanten Linien seines Profils sprachen von Arroganz, Selbstbewusstsein und auch einer gewissen Rücksichtslosigkeit, aber da waren auch andere, weichere und zärtlichere Elemente vorhanden. Alles zusammen ergab diesen überaus reizvollen, faszinierenden Gesamteindruck von Leidenschaft und Tiefgang.

Ich war so vertieft in meine Studie, dass ich ein paar Sekunden brauchte, um zu merken, dass er die Augen wieder geöffnet hatte. Prompt wurde ich rot.

Nicholas lächelte. „Du bekommst ja schon etwas Farbe!", zog er mich auf.

„Ich habe noch nie ein Porträt gemacht", wich ich verlegen aus. „Jedenfalls erinnere ich mich nicht daran. Trotzdem, ich würde dich gern einmal malen."

Ich rechnete damit, dass er mir eine glatte Absage erteilen würde. Starrten ihn nicht schon genug Leute an? Warum sollte er sich also auch noch meinen intensiven Blicken aussetzen? Aber wie so oft reagierte er ganz anders als erwartet. „Warum?", fragte er neugierig.

Ich suchte mühsam nach den richtigen Worten. „Weil du so ... vielschichtig bist", lautete meine nicht gerade befriedigende Erklärung.

Er lachte. „Du wirfst nicht unbedingt mit Komplimenten um dich!"

Nun musste ich ebenfalls schmunzeln. „Schmeichelt es deinem Ego, wenn ich dir sage, dass ich dich ausgesprochen faszinierend finde? Dass du über eine sehr starke, machtvolle Anziehungskraft verfügst?"

„Weiter so!", freute er sich.

„Nur wenn du mir versprichst, dass ich dich dann auch malen darf!", konterte ich lachend. Dieser leichte Ansatz eines Flirts überraschte mich selbst womöglich noch mehr als Nicholas.

Eine herrliche, unerwartet glückliche Woche folgte. Als könnte mein Glück das Wetter beeinflussen, schien jeden Tag strahlend die Sonne. Nie war mir der Himmel blauer, die Sonne heller und die Natur grüner erschienen.

Wie versprochen begleitete Nicholas mich am nächsten Tag in die Stadt und trug dann die neue Staffelei und das andere Zubehör zu dem idyllischen kleinen Plateau ungefähr eine Viertelmeile vom Haus entfernt. Von hier aus war der Blick auf die umliegenden Berge und die kleine Stadt im Tal womöglich noch atemberaubender als von dem Pfad aus, wo wir am Vortag gewesen waren. Ich war begeistert. Und meine Begeisterung schien Nicholas enorm zu freuen.

Ich verstand nicht, was diese Veränderung an ihm bewirkt hatte, aber ich hütete mich, weiter nachzuforschen, aus Angst, sie könne wieder verfliegen. Nach all dem, was inzwischen passiert ist, mag es seltsam klingen, aber damals hatte ich nicht die geringste Vorahnung einer drohenden Gefahr. Selbst Lillian konnte mir in jener herrlichen Woche nichts anhaben. Sie hielt sich bewusst von mir fern. Entweder hatte Nicholas mit ihr gesprochen, oder aber sie hatte eingesehen, dass ihr Versuch, einen Keil zwischen mich und meinen Mann zu treiben, gescheitert war. Ich empfand kein Triumphgefühl. Nun, da ich keine Angst mehr vor ihr hatte und meine Beziehung zu Nicholas aufblühte, kehrte mein Mitleid mit ihr zurück. War es ihr zu verübeln, dass sie Nicholas so sehr liebte? So wie ich schließlich ja auch?

Ja, ich glaubte, mich ernsthaft in ihn zu verlieben. Vorher war es nur eine heftige Anziehungskraft gewesen. Doch jetzt war alles anders. Nicholas' liebevolle Fürsorglichkeit berührte mich zutiefst. Da war keine Spur mehr von jenem arroganten Fremden, der mich so mühelos verführt und dann grausam fallen gelassen hatte. Im Gegenteil, nun benahm er sich mehr als Gentleman, als mir eigentlich lieb war. Ich bin seine Frau, dachte ich immer wieder. Er hatte doch jedes Recht, mich … Und das gleiche galt für mich …

Unsere gemeinsamen Tage verliefen stets nach dem gleichen Schema. Um neun frühstückten wir, dann trug Nicholas meine Ausrüstung zu dem Aussichtspunkt. Danach zog er sich in sein Arbeitszimmer zurück. Mittags erschien er mit einem Picknickkorb. Wir aßen zusammen, dann ging jeder von uns wieder an seine Arbeit, bis wir in der Abenddämmerung noch einen Spaziergang durch die Umgebung machten. Abends nach dem Essen lud er mich in sein Arbeitszimmer ein. Während ich dort Zeitung las, überarbeitete er noch einmal das, was er tagsüber geschrieben hatte.

Wir sprachen nur wenig, aber das störte mich nicht. Ein- oder zweimal versuchte ich, unsere gemeinsame Vergangenheit zur Sprache zu bringen, doch Nicholas weigerte sich nach wie vor, sich damit zu beschäftigen. Ich deutete das so, dass er für uns einen absoluten Neuanfang vorzog. Und ich stimmte ihm insgeheim zu, sosehr ich auch mein Gedächtnis wiederfinden wollte.

Am Sonntag, genau eine Woche, nachdem unsere Beziehung angefangen hatte, entspannter zu werden, erschien er wie immer mittags pünktlich mit einem Picknickkorb. Ich merkte sofort, dass er besonders gehobener Stimmung war. Er lächelte und pfiff vor sich hin, so als sei er sehr zufrieden mit sich. Ich fand ihn hinreißend.

„Was ist denn los?“, fragte ich gespannt, als er die Decke ausbreitete, kaltes Huhn und Kartoffelsalat auf unsere Teller füllte und uns Wein einschenkte.

„Du wirst schon sehen“, meinte er nur geheimnisvoll.

Wohl wissend, dass es keinen Zweck hatte, Nicholas zu drängen, setzte ich mich hin und begann zu essen. Er sah zur Staffelei mit der durch ein Tuch verhängten Leinwand.

„Wann wirst du mir dein Bild zeigen?“, fragte er.

Tatsächlich hatte ich bisher meine Arbeit vor Nicholas versteckt, denn ich fürchtete mich etwas vor seiner Reaktion. Würde er immer noch denken, ich sei nicht besonders gut? Nein, ich hatte mir vorgenommen, ihm das Bild erst zu zeigen, wenn es fertig und ich selbst restlos damit zufrieden war. „Du wirst schon sehen“, konterte ich lächelnd.

Er lachte. Er hatte ein wundervolles Lachen. Nachdem er ein paar Bissen gegessen hatte, streckte er sich auf der Decke aus und sah zum Himmel empor. „Morgen könnte es regnen“, vermutete er.

Der Himmel war so wolkenlos wie all die Tage zuvor. „Es sieht doch gar nicht danach aus!“

Er musste mir mein Unbehagen angemerkt haben. „Macht dir Regen immer noch … Angst?“, erkundigte er sich sanft.

„Schon allein der Gedanke daran“, gestand ich.

Er sah mich so unbeschreiblich zärtlich an, dass mein Herz einen Schlag aussetzte. Ich wich seinem Blick aus und aß weiter, aber ich hatte überhaupt keinen Appetit. Jedenfalls nicht auf Essen. Scheu wagte ich es, wieder zu ihm hinüberzusehen, doch er hatte inzwischen die Augen geschlossen. Ob er wohl schlief? Ich zögerte einen Moment, dann streckte ich mich neben ihm aus. Sofort drehte er den Kopf zur Seite und sah mich an. Ich wurde rot wie ein Schulmädchen, blieb aber neben ihm liegen.

„Du nennst mich nie Deborah“, murmelte ich. „Habe ich mich so sehr verändert?“

„Ja. Manchmal kann ich kaum fassen, wie sehr.“ Wahrscheinlich befürchtete er, ich könne wieder von früher anfangen, deshalb brachte er mich sehr wirksam zum Schweigen. Mit einem hauchzarten Kuss.

Nach diesem Kuss hatte ich mich schon seit Tagen gesehnt, und ich öffnete erwartungsvoll meine Lippen, aber Nicholas wich sofort wieder zurück und stand auf, um das Geschirr in den Korb zu packen. „Nicholas …“

Er musste die Sehnsucht und das Verlangen aus meiner Stimme herausgehört haben, denn er schüttelte den Kopf und machte ein ernstes Gesicht. „Ich habe einmal die Situation ausgenutzt, ich werde das nicht erneut tun.“

Wie konnte ich ihm klarmachen, dass es diesmal anders war?

Wir hatten uns beide verändert und wagten es inzwischen, Gefühle zu zeigen.

„Komm. Ich möchte dir etwas zeigen", fuhr er ruhig fort. Er streckte die Hand aus, um mir beim Aufstehen zu helfen, und ich ergriff sie. Mit einem Mal empfand ich ein Gefühl grenzenloser Sicherheit und Geborgenheit. Ach, wenn es doch nur ewig so geblieben wäre …

„Wo gehen wir hin?", fragte ich aufgeregt, als er nicht den Weg zum Haus zurück einschlug.

„Hat man dir schon mal gesagt, dass du schrecklich ungeduldig bist?", zog er mich auf.

„Das scheint in der Familie zu liegen", gab ich schmunzelnd zurück.

Er erwiderte mein Lächeln nicht, und ich befürchtete schon, ihn verärgert zu haben. Doch dann drückte er plötzlich meine Hand, und der ernste Ausdruck wich von seinem Gesicht. „Nun, was sagst du dazu?", fragte er gespannt.

Ich folgte seiner Blickrichtung und entdeckte auf einer Lichtung unweit des Haupthauses eine kleine Hütte. Von Raven's Cove aus hatte ich sie noch nie bemerkt, weil sie sich ganz hinter Fichten und Eichen verbarg. Das Häuschen sah aus wie die Illustration aus einem Märchenbuch. „Das ist ja zauberhaft", murmelte ich. „Wozu wird es benutzt?"

„Manchmal habe ich mich hierhin zum Schreiben zurückgezogen", erklärte Nicholas leichthin. „Komm, sieh es dir an, ich habe es ein wenig umgebaut."

Es verschlug mir den Atem, als er die Tür aufschloss. Nicholas hatte die Hütte in ein Maleratelier umgewandelt, auf das sogar ein Rembrandt neidisch gewesen wäre. In die Decke des Hauptraums, der viel geräumiger war, als man von außen vermutete, war ein großes Oberlicht eingesetzt worden. Auch an alle nur möglichen Malerutensilien hatte Nicholas gedacht, bis hin zu einer schönen, sehr alten Staffelei. Den roten Terrakottaboden bedeckten bunte Indianerteppiche, und mitten im Raum stand ein Holzofen aus ungebrannten Lehmziegeln. Rechts, in einer Nische, war eine Einbauküchenzeile untergebracht, in einer anderen, größeren Nische befand sich eine mit rauchblauem Samt bespannte Chaiselongue. Überall standen Vasen mit frischen Blumen, die so intensiv dufteten, dass mir beinahe etwas schwindelig wurde. Nicholas öffnete die Tür eines antiken Schranks, hinter der sich eine topmoderne Stereoanlage verbarg. Er schaltete sie ein, und die Klänge eines Klavierkonzerts von Beethoven schwebten durch den Raum.

„Hier ist das Bad." Er öffnete die Tür rechts vom Schrank und winkte mich herbei.

Das Bad war ebenso geschmackvoll wie alles andere auch. Sogar einen großen Whirlpool entdeckte ich, und da dieses Zimmer vor Blicken geschützt zum Wald hinaus ging, war die eine Wand vollständig verglast. Ich konnte mich also in der luxuriösen Badewanne ausstrecken und mir vorstellen, ich befände mich mitten in der freien Natur.

Langsam ging ich in den Hauptraum zurück, um erst einmal in Ruhe alles in mich aufzunehmen. Nicholas beobachtete mich aufmerksam. „Es gefällt dir", meinte er schließlich.

Ich musste gleichzeitig lachen und weinen. Was ich dann tat, geschah aus einem reinen Impuls heraus. Ich lief zu ihm, fiel ihm um den Hals und küsste ihn leidenschaftlich. Während ich mich an ihn schmiegte, spürte ich, wie er erstarrte. Ich sah ihn unter Tränen an. „Ich bin nicht Deborah, Nicholas. Nicht mehr. Ich bin nicht mehr die Frau, an die du dich erinnerst, die Frau, die dir Kummer bereitet hat. Was in der Vergangenheit zwischen uns war, existiert für mich nicht mehr. Wenn du doch auch nur vergessen könntest …"

Qual und Verlangen spiegelten sich deutlich auf seinen Zügen wider. Ich nahm einen der neuen Pinsel aus dem Pinselhalter und fing ganz behutsam an, damit über sein Gesicht zu streichen – über seine Stirn, die Augenbrauen, die Nase und die sinnlichen Lippen.

„Wenn ich dich malen könnte, dann würde ich all diese Linien des Schmerzes und des Leids verschwinden lassen“, murmelte ich und blickte in seine dunklen, glänzenden Augen. „Ich würde dich lächelnd malen. Und nackt.“ Nun lächelte er wirklich. Nur eins fehlte noch. Mutig begann ich, ihm das Hemd aufzuknöpfen.

Nicholas streichelte zart meine Wange. „Wenn nur ich nackt bin, befinde ich mich entschieden im Nachteil. Glaubst du nicht, dass Künstler und Modell gleichgestellt sein sollten?“

Unsere Blicke verfingen sich ineinander. Mein Körper schien zu neuem, ungekanntem Leben zu erwachen. „Unbedingt“, flüsterte ich.

Zögernd tastete er nach dem Reißverschluss meines Sommerkleids. „Bist du dir ganz sicher? Ist es nicht einfach nur … Dankbarkeit oder so etwas Ähnliches?“

Ich strich mit der Pinselspitze sacht über seinen Oberkörper und zog einen Kreis um seine Brustwarzen, die sofort auf diese Liebkosung reagierten. „Nein. Das hier wird anders sein als alles, was wir bisher erlebt haben.“

Endlich beugte er sich über mich und küsste mich.

11. KAPITEL

Wir zogen uns gegenseitig aus, ganz langsam, und erkundeten dabei beinahe andächtig unsere Körper. Wie soll ich diese wundervollen Augenblicke nur beschreiben? Diese Erregung, dieses Fieber der Leidenschaft, das mich zu verbrennen drohte; ich kannte keine Angst, keine Scheu, keine Zweifel mehr.

Noch immer steigen mir Tränen in die Augen, wenn ich daran zurückdenke, wie zärtlich Nicholas an jenem Nachmittag war. Er berührte mich, als sei ich das Zerbrechlichste, Wertvollste, das es für ihn auf der Welt gab. Die anfänglich schroffen Linien des Verlangens auf seinen Zügen glätteten sich, sein Gesicht wurde weich und gelöst.

„Das ist nicht wirklich", murmelte er immer wieder. „Es ist wie ein Traum."

Ja, auch für mich war es ein Traum. Ein Traum, der Wirklichkeit geworden war. Wenn wir nie eine Vergangenheit gehabt hätten, wäre mir das auch gleichgültig gewesen. An diesem Tag in meinem neuen Studio wurde ich zu seiner Frau. Und er zu meinem Mann. Nichts stand mehr zwischen uns.

Ich lag ausgestreckt auf der Chaiselongue, und Nicholas kniete neben mir. „Jetzt möchte ich der Maler sein", raunte er. Er nahm den Pinsel und strich damit über meine Brüste. „Ich will dich hier malen …" Er zog erst einen Kreis um die eine Knospe, dann langsame um die andere. „… und hier." Er liebkoste meinen Bauch, meine Hüften. „Und, nicht zu vergessen, hier." Ich nahm die hauchzarte Berührung an der Innenseite meines Oberschenkels wahr, doch diesmal stammte sie nicht von der Pinselspitze, sondern von Nicholas' Zunge.

Ich stöhnte erstickt auf, als er behutsam meine Schenkel auseinanderschob und anfing, mich so sanft und verführerisch zu liebkosen, bis ich hilflos vor Lust am ganzen Leib zitterte.

Nicholas schob die Hände unter mich und hob mich leicht an. Unaufhörlich spürte ich seinen heißen Atem, das aufreizende Spiel seiner Zunge, und schließlich wurde ich von heftigen Schauern des Verlangens geschüttelt. Ich vergrub die Hände in seinem Haar, um ihn zu ermuntern weiterzumachen, doch er bedurfte dieser Aufforderung gar nicht. Irgendwann glaubte ich, es nicht mehr aushalten zu können, und so kam der atemberaubende Höhepunkt wie eine Erleichterung.

Hatte ich schon jemals eine solche Ekstase erlebt? Ich konnte es nicht wissen, aber es spielte auch keine Rolle. Fast wünschte ich mir, es sei das erste Mal gewesen. Ich sagte es ihm.

„Es ist noch nicht vorbei“, raunte er heiser und schob sich lächelnd über mich. Oh, wie oft hatte ich von diesem strahlenden, glücklichen Lächeln geträumt! Träumte ich noch immer? Konnte es tatsächlich sein, dass es mir galt?

Ich schlang die Arme um ihn und spürte seine Haut an meiner. Er war schwer, aber ich wollte sein Gewicht spüren, denn dadurch wurde der Augenblick wirklicher. Ich hätte ihm am liebsten gesagt, dass ich ihn nie wieder verlieren wollte, dass dieser Moment nie vergehen sollte, aber ich wagte es nicht. Ich hatte Angst, den Zauber zu brechen, und so hielt ich Nicholas nur wortlos ganz fest an mich gedrückt.

Es muss eine Qual für ihn gewesen sein, sich so lange zurückzuhalten, doch er schien entschlossen, diesmal anders vorzugehen als neulich in seinem Arbeitszimmer. Wieder begann er, mich mit unendlicher Zärtlichkeit und Geduld zu liebkosen. Schneller als erwartet loderte mein Verlangen erneut auf. Fieberhaft strich ich ihm über den Rücken und genoss lustvoll das Gefühl, seine straffe Haut und seine Muskeln unter meinen Händen zu spüren. Seine Bewegungen waren von beinahe raubtierhafter Geschmeidigkeit, und das, gepaart mit seinem Anblick und seinem Duft, trug nur dazu bei, meine Leidenschaft noch weiter zu schüren. Es gab nichts, was ich ihm verwehrt hätte, er brauchte mich nur darum zu bitten. Doch er liebte mich schweigend, sagte nichts, verlangte nichts, und unsere Körper sprachen ihre eigene, einzigartige Sprache.

Ja, dachte ich befreit, als ich ihn endlich in mir spürte, ja, so ist es gut und richtig, so muss es sein. Nicholas konnte sich nicht mehr beherrschen, genauso wenig wie ich. Er warf den Kopf zurück, und seine Lippen öffneten sich zu einem lautlosen Schrei, dann sank er über mir zusammen und barg schwer atmend das Gesicht in meinem Haar.

Es war nicht nur die leidenschaftliche körperliche Vereinigung mit Nicholas, die mich an jenem Tag so aufwühlte, sondern auch das Gefühl, als sei er dadurch wirklich ein Teil von mir geworden. In diesem Moment des Einswerdens glaubte ich, diesen vielschichtigen Mann endlich ganz und gar zu verstehen – als ob durch das Intimste, was zwei Menschen miteinander erleben konnten, alles plötzlich ganz einfach würde. Erst später begriff ich, dass genau das Gegenteil der Fall war.

Obwohl wir beide noch nach Luft rangen, küsste er liebevoll meine Lider, meine Wangen, die Nase, das Kinn. Merkte er den Unterschied? Dem Überfall eines gesichtslosen Verrückten war es zuzuschreiben, dass das nicht mehr das Gesicht war, das er früher einmal liebkost hatte. Ich war nicht mehr die Deborah, die er einst vergöttert hatte. Aber, so tröstete ich mich, ich war auch nicht mehr die Deborah, der er schließlich misstraut und die er dann vielleicht sogar gehasst hatte.

An jenem Nachmittag war kein Hass in seinen Augen. Und ich konnte mir auch nicht vorstellen, je wieder Hass in ihnen zu entdecken. Manche Leute würden sagen, dass mich die Leidenschaft damals blind machte.

Später ging ich zum Aussichtspunkt und sammelte meine Malutensilien ein, um sie in mein neues Atelier zu bringen. Nicholas wollte mich begleiten, aber das redete ich ihm liebevoll aus.

Ich brauchte etwas Zeit für mich, damit ich das Geschehene erst einmal verarbeiten konnte. Auch wartete ich immer noch darauf, dass sich, ausgelöst durch unsere Liebe, vielleicht endlich mein Erinnerungsvermögen wieder einstellte. Reines Wunschdenken, nehme ich an. Doch obwohl mein Gedächtnis nicht zurückkehrte, konnte das mein Glücksgefühl nicht beeinträchtigen. Ich dachte, nichts und niemand würde es je wieder beeinträchtigen können.

„Na, wenn das kein hübscher Anblick ist!"

Ich stieß einen erschreckten Laut aus – Greg Eastman schien buchstäblich aus dem Nichts aufgetaucht zu sein. Trotzdem lächelte ich. „Findest du?"

Er betrachtete mich eingehender, und ich merkte, wie ich errötete. „Nanu?", meinte er. „So ein strahlendes Gesicht, nachdem du noch vor Kurzem so traurig ausgesehen hast, dass es mir fast das Herz gebrochen hat?"

Ich war kurz davor, ihm zu sagen, dass Nicholas und ich ein Liebespaar geworden waren, doch ich hielt mich zurück. Auch wenn Greg sich vielleicht für mich freuen würde, so musste es doch für ihn eine Enttäuschung sein. Ich hatte inzwischen verstanden, dass er sich noch immer Chancen ausrechnete, für den Fall, dass Nicholas und ich nicht zueinanderfinden würden. „Wer würde nicht glücklich sein, wenn er in einer solch herrlichen Umgebung malen dürfte?" Ich konnte ihm nicht in die Augen sehen.

Greg merkte, dass ich zusammenpackte, und kam um die Staffelei herum, um sich mein Bild anzusehen. Damit wurde er zu meinem ersten Kritiker, und ich wartete nervös ab.

„Was meinst du?", fragte ich, als Greg schwieg.

„Hat Nick das schon gesehen?"

„Es gefällt dir nicht", stellte ich niedergeschlagen fest.

Er warf mir einen empörten Blick zu. „Bist du von Sinnen? Es ist großartig. Besser als alles, was du im Krankenhaus gemalt hast."

Ich atmete erleichtert auf. „Ich habe es Nicholas noch nicht gezeigt. Er war nicht gerade … begeistert von meinen früheren Arbeiten.“ Ich verdrängte rasch die Erinnerung an die zerstörten Gemälde. Das alles war vorbei. Wir hatten ganz von vorn angefangen.

„Nick ist kein Kunstkritiker, Deborah. Was erwartest du auch von einem Mann, der seine Zeit damit verbringt, bluttriefende Horrorgeschichten zu erfinden?“ Ich erschauerte, und Greg entschuldigte sich sofort. „Ich bin sicher, das Bild hier wird ihm gefallen. Du willst es wohl nicht verkaufen, oder?“

Ich starrte ihn verdutzt an. „Verkaufen?“

„An mich“, gestand er verlegen. „Ich hätte es schrecklich gern, aber ich nehme an, du …“

Ich lächelte ihn an. „Wie lieb von dir, Greg, dass du das Bild kaufen möchtest, doch ich könnte es nie …“

„Nein, natürlich nicht, ich verstehe das.“

„Ich könnte es nie an dich verkaufen, nach allem, was du für mich getan hast. Es wäre mir allerdings eine Freude, es dir zu schenken. Das ist das Mindeste, was ich …“

„Es würde mir sehr viel bedeuten, Deborah. Mehr, als ich sagen kann.“

Ich nickte. „Es ist aber noch nicht ganz fertig, das mache ich morgen, in meinem neuen Atelier.“

„Du hast ein Atelier?“

„Ja, eine Hütte, nicht weit vom Haus entfernt. Nicholas hat sie für mich umgebaut, als Überraschung.“

„Ich würde sie liebend gern sehen!“, gestand Greg eifrig.

Nein, das konnte ich nicht. Noch nicht. Heute sollte das Atelier noch Nicholas und mir ganz allein gehören. „Komm morgen Nachmittag vorbei, dann kannst du auch das Bild abholen. Vorher will ich es noch Nicholas zeigen, er hat mich schon die ganze Woche gedrängt.“ Ein Schatten huschte über Gregs Züge. „Was ist?“

„Nichts. Es ist nur … vielleicht solltest du mir das Bild doch nicht schenken, Deborah. Ich möchte nicht, dass Nick falsche Schlüsse zieht."

„Das wird er nicht. Wir haben uns darüber ausgesprochen, Greg", teilte ich ihm beschwichtigend mit. „Er weiß jetzt, dass zwischen uns nichts ist."

„Beim Brunch hatte ich aber einen ganz anderen Eindruck. Sobald ich dich auch nur ansprach, warf er mir bitterböse Blicke zu. Dabei waren Nick und ich mal so eng befreundet."

„Das werdet ihr auch wieder sein." Ich drückte fest seine Hand. „Ich habe alle Missverständnisse beseitigen können", erklärte ich lächelnd.

„Das ist schön, Deborah. Weißt du, du darfst dich von ihm nicht einschüchtern lassen. Früher …" Er verstummte.

„Was war früher?", beharrte ich. „Bitte, Greg, ich will und muss das wissen."

Er warf mir einen nervösen Blick zu. „Er wusste genau, wie er dich … in den Griff bekommen konnte."

„Und zwar?"

Greg wurde tatsächlich rot. „Indem er dich … verführte. Damit hatte er dich in der Hand. Sexuell konntest du ihm nie widerstehen." Er zögerte. „Immer wenn du auf ihn böse warst oder zu viel von ihm verlangtest, konnte er dich mit Sex wieder gefügig machen." Er atmete tief durch. „Das hast du mir einmal anvertraut, obwohl es dir schwerfiel und ich es nicht besonders gern hörte. Du weintest und beklagtest dich, er hätte dich irgendwie verhext."

Ich blickte zur Seite, in meinem Kopf überschlugen sich die Gedanken. Greg beschrieb nicht den Mann, der mich vor weniger als einer Stunde noch so zärtlich geliebt hatte. Andererseits hatte er mich auch nicht „gefügig" gemacht. So etwas traute ich ihm einfach nicht zu. Es stimmte schon, ich fand ihn sexuell unwiderstehlich, und jetzt, wo wir endlich die Leidenschaft ausgelebt hatten, die sich schon geraume Zeit vorher in uns aufgestaut hatte, sehnte ich mich mehr nach ihm denn je. Seine erotische Anziehungskraft auf mich war in der Tat unbestreitbar.

Greg deutete an, dass Nicholas mich früher verführt hätte, um eine gewisse Distanz zwischen uns zu halten. Zunächst ergab das keinen Sinn für mich. Ich hatte mich ihm so unendlich nahe gefühlt, während wir miteinander schliefen. Doch dann musste ich unwillkürlich daran denken, dass Nicholas mir dabei keinerlei Liebes- oder Koseworte zugeflüstert hatte. Hatte er etwa die ganze Zeit über etwas von sich zurückgehalten?

„Verdammt", stieß Greg halblaut hervor. „Jetzt habe ich dich traurig gemacht, dabei wollte ich dich eigentlich etwas aufheitern." Er legte mir behutsam die Hand unter das Kinn. „Was kann ich tun, damit du nicht mehr unglücklich bist? Du weißt, ich würde alles für dich tun. Du bist die Welt für mich."

Ehe ich wusste, wie mir geschah, fühlte ich seine Lippen auf meinen. Ich fuhr schuldbewusst zurück. Hatte ich Greg womöglich unbewusst ermutigt? Ich mochte ihn wirklich sehr – aber doch nicht so! Er durfte nicht glauben, dass wir etwas anderes sein könnten als nur gute Freunde. Die Zeit war gekommen, ihm zu sagen, dass Nicholas und ich wieder Mann und Frau waren, im wahrsten Sinn des Wortes. Doch als ich das gerade tun wollte, nahm ich aus dem Augenwinkel eine Bewegung wahr.

Nicholas stand auf dem Pfad, der zum Aussichtspunkt führte. Seine Miene war wie versteinert, um seinen Mund lag ein harter Zug. Eine Sekunde später drehte er sich um und verschwand. Hilflos und verzweifelt wandte ich mich Greg zu.

„Ich gehe ihm nach und erkläre ihm alles", bot Greg tödlich verlegen an.

Doch plötzlich fühlte sich mein Herz hart wie Stein an. „Nein", wehrte ich so schroff ab, dass Greg zusammenzuckte.

„Das ist nicht nötig. Wenn ein Mann und seine Frau sich nicht vertrauen, was bleibt ihnen dann noch?“

Während Greg versuchte, mich zu trösten und mir einzureden, dass ich Nicholas einfach etwas Zeit geben müsse, um sich zu beruhigen, machte sich eine grenzenlose Leere in mir breit. Jetzt war mir das nur recht so, ich wollte an nichts denken und mich an nichts erinnern.

Ich trug meine Staffelei und die Farben zurück in mein neues Atelier. Als ich eintrat, hing Nicholas' Duft noch im Raum. Erschöpfung und Verzweiflung stiegen in mir auf. War es möglich, dass ich noch vor Kurzem so grenzenlos glücklich gewesen war? Nun schienen die Probleme zwischen mir und Nicholas auf einmal größer denn je. Er war ein sehr stolzer Mann. Aber ich entdeckte auch allmählich meinen Stolz. Matt setzte ich mich auf die Chaiselongue. Nicholas würde sicher bald wieder zur Vernunft kommen, bestimmt hatte Greg recht. Ich musste ihm nur etwas Zeit lassen. Eines Tages würden wir bestimmt darüber lachen können. Doch tief im Innern glaubte ich nicht daran.

Eine herrliche Woche lang hatte ich im siebten Himmel geschwebt, bis ich mit einem Donnerschlag wieder auf der Erde gelandet war. Die Erinnerung an Nicholas' harte, unnachgiebige Miene vorhin tat mir beinahe körperlich weh. Ich schloss die Augen und betete darum, dass alles wieder gut werden würde. Ich nahm mir vor, meinen Stolz zu unterdrücken und mit ihm zu reden. Ich würde ihn davon überzeugen, dass er mir blind vertrauen konnte.

Schritte ließen mich hochfahren. Lächelnd eilte ich zur Tür, weil ich dachte, Nicholas sei zurückgekommen, um sich mit mir auszusprechen. Doch als ich die Tür aufriss, stand Lillian vor mir. In ihren Augen spiegelten sich Hass und Triumph wider.

„Was willst du?“, erkundigte ich mich.

„Ich dachte, es interessiert dich vielleicht, dass Nicholas weggegangen ist."

„Wohin?"

Sie lächelte verschlagen. „Ich weiß es nicht." Ich glaubte ihr kein Wort. „Ich würde jedenfalls nicht auf ihn warten. Wenn er in so einer Stimmung weggeht, bleibt er manchmal tagelang fort."

Woher wusste sie, in welcher Stimmung er gewesen war? Hatte sie uns etwa wieder nachspioniert? Vorhin, hier im Atelier? Ich erschauerte.

Sie bedachte mich mit einem mitleidigen Blick. „Frauen wie du lernen einfach nichts dazu."

Ich konnte kaum noch meinen Zorn im Zaum halten. „So? Und wie bin ich?"

„Habgierig", schleuderte sie mir gehässig entgegen.

„Du weißt nichts von mir. Und weniger von Nicholas, als du glaubst."

Sie lachte nur böse auf und ging davon.

Es war schon nach Mitternacht, als ich endlich ins Bett ging. Nicholas war nicht zurückgekehrt. Mir wurde ganz elend bei dem Gedanken, dass er über Nacht und womöglich noch länger fortbleiben könnte.

Wind kam auf, die Fensterläden klapperten. Ein Gewitter braute sich zusammen. Auch das noch. Ich zog mir die Decke über den Kopf und döste ein. Das Geräusch eines vorfahrenden Wagens weckte mich. Ich sprang auf und stürzte ans Fenster. Nicholas war zurück! Atemlos vor Erleichterung rannte ich quer durchs Zimmer, um meine Tür aufzuschließen. Dann kämmte ich mich und legte etwas Parfum auf. Als ich Nicholas die Treppe hinaufkommen hörte, schaltete ich die helle Deckenbeleuchtung an. Er würde den Lichtstreifen unter meiner Tür sehen und wissen, dass ich noch wach war und auf ihn wartete.

Doch er blieb nicht einmal stehen, sondern ging geradewegs in sein Zimmer. Er warf die Tür geräuschvoll ins Schloss, dann hörte ich, wie er den Schlüssel umdrehte. Er wollte nicht nur nicht zu mir kommen, sondern sorgte sogar dafür, dass ich nicht zu ihm gehen konnte.

Ich brach in Tränen aus, alle meine Träume von einer glücklichen Zukunft mit Nicholas schienen zerstört. Ich fühlte mich verlassener und hilfloser denn je. Schließlich legte ich mich wieder hin und beschloss, am kommenden Morgen mit ihm zu reden. Der Vorfall mit Greg konnte doch nicht auf einen Schlag alles zunichtegemacht haben. Ich würde es nicht schaffen, hier im Haus zu bleiben, ohne seine Zärtlichkeit und Leidenschaft zu spüren. Alles konnte ich ertragen, aber das nicht.

Ich schlief wohl nur, weil ich mich an den Gedanken klammerte, dass wir am nächsten Tag alles würden klären können. Ich erwachte ziemlich spät und hatte rote Augen und rasende Kopfschmerzen vom Weinen. Ich fühlte mich noch nicht in der Lage, Nicholas gegenüberzutreten, daher beschloss ich, mein Atelier aufzusuchen und das Bild fertig zu malen. Auch wollte ich Greg anrufen und ihm nahelegen, an diesem Tag lieber nicht zu kommen.

Nicholas' Zimmertür stand halb offen, als ich in den Flur trat. Ich konnte Lillian sehen, die gerade sein Bett machte. Auf Zehenspitzen, damit sie mich nicht bemerkte, huschte ich zu der hinteren Treppe, die in die Küche führte. Ich nahm die Thermoskanne, füllte sie mit Kaffee und wickelte mir einen Muffin in eine Papierserviette.

Dann sah ich aus dem Fenster. Es regnete noch nicht, aber der Himmel war grau, und Nebelschwaden hingen über der Landschaft. Ich versuchte, die Panik abzuschütteln, die mich bei solchem Wetter immer befiel – und das damit verbundene Gefühl drohenden Unheils. Ich stellte mir vor, Dr. Royce stände neben mir. Ich konnte förmlich hören, wie er sagte: „Wehren

Sie sich nicht gegen dieses Wetter, Deborah. Sie müssen Ihre Angst überwinden, um sich selbst zu finden.“ Doch die Angst hatte mich stärker im Griff denn je.

Ich gab mir einen kräftigen Ruck und ging ins Freie. Der Wind fuhr mir durch das Haar und zerrte wie mit unzähligen Fangarmen an meiner Kleidung. Als ich die Hütte zwischen den Bäumen durchschimmern sah, fing ich an zu rennen. Dabei stolperte ich über einen abgebrochenen Ast und stürzte so heftig, dass ich eine Weile wie benommen liegen blieb. Erst dann merkte ich, dass die Thermoskanne zerbrochen war und ich mir das Knie aufgeschlagen hatte. Meine Handflächen waren aufgeschürft, doch sonst hatte ich zum Glück keine Verletzungen.

Ich stand auf und hastete weiter. Der Wind heulte unheimlich, ich bekam eine Gänsehaut. Erleichtert stellte ich fest, dass das Atelier nicht verschlossen war; ich hatte insgeheim befürchtet, Nicholas hätte es vielleicht in seinem Zorn verriegelt.

Ich schloss rasch die Tür hinter mir. Hier im Atelier war es still, der Wind konnte den neuen Fenstern noch nichts anhaben. Ja, das war mein ganz privater Zufluchtsort; hier konnte ich eine Weile malen, mich beruhigen und Mut für das Gespräch mit Nicholas schöpfen.

Ich ging zur Küchenzeile und suchte im Schrank nach löslichem Kaffee. Tatsächlich, Nicholas hatte sogar daran gedacht! Meine Laune hob sich ein wenig. Er machte sich also doch Gedanken um mich. Und dann fiel mir ein, mit welcher Begeisterung er mich durch das Atelier geführt hatte. Er hatte all das für mich getan. Er konnte also doch nicht ernsthaft zulassen, dass zwischen uns alles aus war – nur wegen eines unschuldigen Kusses von einem Freund, den ich noch nicht einmal ermutigt hatte.

Ich machte Wasser heiß und bereitete mir eine Tasse Kaffee

zu. Erst als ich sie durchs Zimmer trug, fiel mein Blick auf die Staffelei. Ich blieb stehen. Seltsam. Ich hatte die Leinwand am Vortag nicht mit einem weißen Tuch verhängt. Schließlich war die Farbe noch nicht ganz trocken gewesen.

Mein Mund fühlte sich plötzlich ganz trocken an, ich begann zu zittern. Meine Gedanken überschlugen sich. Jemand war hier gewesen, entweder noch am vergangenen Abend oder heute Morgen. Jemand hatte mein Bild verhängt. Aber warum?

Mein Herzschlag raste, als ich mich zwang, zur Staffelei zu gehen. Die Stille im Raum schien mir auf einmal in den Ohren zu dröhnen, mir wurde schwindelig. Mit einem Ruck zog ich das Tuch fort. Ich starrte auf die Leinwand, und die Kaffeetasse fiel mir aus der Hand. Ich stieß einen entsetzten Schrei aus.

Das Bild war, genau wie die Gemälde auf dem Speicher, zerschlitzt und völlig unkenntlich gemacht worden. Der Anblick war so brutal, dass ich zu schwanken anfing. Dieser Zerstörungsakt war noch grausamer als der vorherige, denn mit den anderen Bildern auf dem Speicher hatte ich mich im Grunde nicht richtig identifizieren können. Das hier jedoch hatte ich tatsächlich und bewusst selbst gemalt, und seine Verwüstung kam mir vor wie ein persönlicher Angriff auf mich.

Ich bemühte mich, gleichmäßig durchzuatmen, und allmählich wurde aus meinem Entsetzen heller Zorn. Nicholas hatte das getan. Genau wie damals. In einem jähen Anfall von Eifersucht hatte er sich an etwas vergriffen, das mir lieb und teuer war. Wahrscheinlich hatte er mit angehört, dass ich Greg das Bild als Geschenk angeboten hatte. Dass es dazu kam, hatte er zu verhindern gewusst.

Ich verließ fluchtartig das Atelier, ohne einen Gedanken an das Wetter zu verschwenden. Wie hatte Nicholas nur so etwas Grausames tun können? Wie konnte er mich so falsch einschätzen, nach allem, was wir miteinander geteilt hatten? Und dann hallten plötzlich die Worte in mir wider, die ich am allerersten Tag zufällig bei Gus mit angehört hatte. *Welcher halbwegs normale Mensch könnte sich sonst wohl so grausige Geschichten ausdenken? Er muss selbst ein wenig verrückt sein. Er muss verrückt sein. Er muss verrückt sein.*

12. KAPITEL

Ich konnte bereits das Haupthaus sehen, als das Unwetter losbrach. Trotzdem war ich völlig durchnässt, bis ich in der Küche war. Lillian war nirgends zu sehen, umso besser. Ich war so außer mir vor Zorn, dass ich ihr womöglich Dinge gesagt hätte, die ich später bereuen würde.

Mein Blick fiel auf das Brotmesser auf dem Küchentisch. Eine Weile konnte ich es nur reglos anstarren. Wenn ich mich nun geirrt hatte? Wenn gar nicht Nicholas mein Gemälde zerstört hatte, sondern Lillian? Sie musste wissen, dass Nicholas die früheren Bilder vernichtet hatte. Wollte sie also bewusst meinen Verdacht auf ihn lenken, um uns auseinanderzubringen? Sollte sie uns gestern im Atelier beobachtet haben, dann war ihr jetzt klar, dass wir an unsere Liebe von damals wieder angeknüpft hatten. Ich konnte mir gut ihre Eifersucht, den Hass und den Schmerz vorstellen, den sie dabei wohl empfunden hatte.

Ich dachte wieder daran, wie sie gestern ins Atelier gekommen war, um mir triumphierend mitzuteilen, dass Nicholas fortgegangen war und ich nicht auf ihn warten solle. Was für ein Glück für sie, dass Nicholas es mit angesehen hatte, als Greg mich küsste. Aber dachte sie wirklich, das könnte ausreichen, um einen dauerhaften Keil zwischen mich und Nicholas zu treiben? Schließlich bestand die Möglichkeit, dass ich ihm alles erklären und seine Liebe und sein Vertrauen zurückgewinnen konnte.

Es wäre ein Leichtes für sie gewesen, sich noch am selben Abend oder heute Morgen unbemerkt in mein Atelier zu schleichen und die schändliche Tat zu vollbringen. Ich konnte förmlich ihr zufriedenes Gesicht vor mir sehen, als sie wieder und wieder auf die Leinwand eingestochen hatte.

Mechanisch ging ich auf das Messer zu, um es auf eventuelle

Reste von Ölfarbe zu untersuchen. Ach, wenn doch Lillian es getan hätte und nicht Nicholas! Denn dann konnte ich mit ihm darüber reden und ihn davon überzeugen, dass seine Cousine sehr krank war, möglicherweise sogar ... gefährlich.

Doch all das musste er früher schon einmal von mir gehört haben. Würde er meine Vermutung auch heute noch als kindisch, gehässig und lieblos abtun? Dabei war das doch gar nicht der Fall. Ich machte mir Sorgen um Lillian, und sei es auch nur, weil ich Nicholas liebte und sie seine Cousine war, die wiederum ihn liebte. Ich war in der Klinik zu häufig mit Krankheit konfrontiert worden, um die Anzeichen nicht erkennen zu können. Sie brauchte Hilfe.

Ich nahm das Messer zur Hand. Bis auf ein paar Brotkrumen, die daran hafteten, war es sauber. Sicher, wenn Lillian es benutzt hatte, dann war sie wohl so schlau gewesen, es hinterher zu säubern. Schließlich wollte sie, dass ich Nicholas verdächtigte, Angst bekam und fortging, damit sie ihn wieder für sich allein hatte.

Ich setzte mich an den Tisch und stützte ratlos das Kinn auf die Handflächen. Lillian? Oder Nicholas? Woher sollte ich das mit Sicherheit wissen? Wenn Lillian verrückt war, konnte da die Krankheit nicht generell in der Familie liegen? Allmählich befürchtete ich, selbst den Verstand zu verlieren.

Ich nahm all meinen Mut zusammen, stand auf und machte mich auf den Weg zu seinem Arbeitszimmer. Es half nichts, ich musste ihn direkt fragen, ob er mein Bild zerstört hatte. Seltsam, obwohl ich ihn für brutal und jähzornig hielt, glaubte ich nicht, dass er mich anlügen würde.

Ich klopfte, aber niemand antwortete. „Nicholas?“ Ich öffnete die Tür zaghaft und sah, dass das Zimmer leer war. Schon wollte ich wieder fortgehen, als mich irgendetwas innehalten ließ, eine eigenartige Schwingung im Raum vielleicht. Wie in Trance trat ich ein, schloss die Tür und ging zum Schreibtisch.

Er war tadellos aufgeräumt, nur auf dem Drucker neben dem Computer lag ein Bogen Papier. Ich starrte ihn an, als sei er ein lebendiges, bösartiges Wesen, doch meine Neugier war stärker als jede Furcht. Mit klopfendem Herzen nahm ich den Bogen zur Hand. Nur ein Satz war darauf geschrieben. Nur wenige Worte. Doch nie hätte ich gedacht, welche Grausamkeit von ein paar geschriebenen Worten ausgehen konnte.

In ihm tobte solcher Hass und solche Eifersucht, dass er alles zerstören musste, was ein Teil von ihr war …

Wieder und wieder las ich diesen Satz, mein Herz krampfte sich zusammen. Schließlich konnte ich vor lauter Tränen kaum noch etwas erkennen, und so nahm ich den Zettel und legte ihn in die Schreibtischschublade. Und dabei fand ich ihn. Einen kostbaren silbernen Brieföffner, dessen Griff mit Jade besetzt war. Doch nicht dieser kunstvolle Griff fesselte meine Aufmerksamkeit, sondern die scharfe, schimmernde Klinge. Sie war übersät mit Ölfarbresten.

Mir war, als müsste ich ohnmächtig werden. Erst der Satz auf dem Zettel – und nun das hier. Also doch Nicholas. Er hatte mein Bild vernichtet. *… dass er alles zerstören musste, was ein Teil von ihr war …* Was kam als Nächstes?

„Was schnüffelst du hier herum? Nicholas mag es nicht, wenn man einfach so in sein Arbeitszimmer eindringt!“

Lillians kalte Stimme ließ mich zusammenfahren. Wütend drehte ich mich um. „Ich bin nicht ‚man‘, ich bin seine Frau!“

Sie lachte schrill und sah mich verächtlich an. „Er merkt doch, was sich erneut direkt vor seiner Nase abspielt! Nun, er ist jedoch nicht mehr so dumm wie früher, du Streunerin. Diesmal wirst du nicht so ohne Weiteres davonkommen. Diesmal wirst du am Ende dafür bezahlen.“

Ich war außer mir vor Zorn und Kummer. „Du bist krank. Ihr seid alle beide krank. Ihr verdient euch gegenseitig!“

„Warum gehst du dann nicht einfach? Jetzt gleich? Verschwinde, ehe du ihn ruinierst!", zischte sie. „Er liebt dich nicht und wird dich nie lieben. Du bereitest ihm nichts als Kummer."

Ich? Wie konnte sie das sagen? Ich war diejenige, der man Kummer bereitete, die litt und ruiniert wurde!

Sie zog einen Schlüsselbund aus ihrer Schürzentasche und warf ihn mir zu. „Los. Hier sind die Autoschlüssel."

Ich fing sie nicht, und sie landeten klirrend auf dem Schreibtisch. Ich sah sie wie gebannt an, und als ich endlich den Kopf hob, war Lillian fort.

Ich glühte wie im Fieber. Diese Schlüssel … mein Rettungsanker. Meine Fluchtmöglichkeit. Liebe Güte, ich wusste nicht einmal, ob ich überhaupt Auto fahren konnte. Auf dem Schlüsselanhänger waren die Initialen „D.S." eingraviert. Deborah Steele. Also meine eigenen Schlüssel. Wahrscheinlich gehörten sie zu dem silbernen Sportwagen, den ich neben Nicholas' BMW in der Garage gesehen hatte. Mein Auto. Meine Chance.

Ohne etwas mitzunehmen, rannte ich zur Haustür. Und doch, selbst auf dieser Flucht hoffte ich, Nicholas möge plötzlich auftauchen und mich bitten, nicht zu gehen und ihm zu verzeihen.

Hätte ich ihm eine zweite Chance gegeben? Oder wollte ich ganz einfach die Genugtuung, ihn leiden zu sehen? Ich weiß es nicht. Ich war damals in ziemlich schlimmer Verfassung.

Jedenfalls kam er nicht. Er rief mich nicht zurück. Wo mochte er nur stecken? Hatte er sich irgendwo eingeschlossen und wartete darauf, dass ich endlich verschwand? Ich hasste ihn dafür, dass er nicht den Mut hatte, mir die Wahrheit ins Gesicht zu sagen. Also, feige war er auch noch.

Es regnete in Strömen, als ich zur Garage hinüberlief. Atemlos stand ich schließlich vor dem silberfarbenen Cabrio, und meine Hand zitterte so, dass ich kaum die Tür aufschließen konnte. Ich setzte mich ans Steuer und strich mir das tropfnasse

Haar aus dem Gesicht, während ich versuchte, mich an diesen Wagen zu erinnern. Hatte ich ihn oft benutzt? War ich eine gute Autofahrerin?

Ich hatte keine Ahnung, trotzdem drehte ich ganz selbstverständlich den Zündschlüssel herum und legte den Rückwärtsgang ein. Wenn es nur nicht geregnet hätte, ich war ohnehin schon aufgeregt und nervös genug. Und dazu kam noch, dass ich gleich die enge Bergstraße hinunterfahren sollte, nachdem ich mindestens zwei Monate nicht am Steuer eines Autos gesessen hatte.

Ich fuhr an, beide Hände krampfhaft um das Lenkrad gelegt, und versuchte mir vorzustellen, dass Dr. Royce neben mir saß. *Gut so. Ganz langsam und entspannt. Sie schaffen es. Sie können alles schaffen, was Sie sich vornehmen. Es gibt nichts, wovor Sie Angst haben müssten. Sie wissen, was Sie jetzt zu tun haben.*

Jetzt, wo ich selbst fuhr, kam mir die Straße noch schmaler vor als sonst. Links von mir erhoben sich beinahe drohend hohe Bäume am Straßenrand, rechts klaffte der Abgrund. Jedes Mal wenn ich um eine Kurve bog, rüttelte der Wind heftig am Fahrzeug. Eine unbedachte Bewegung am Steuer, und ich konnte in den Abgrund stürzen. Es war die reinste Horrorszenerie für mich, wie aus einem von Nicholas' Büchern.

Doch ich wollte nicht an Nicholas denken. Es war vorbei zwischen uns, ich hatte ihn verlassen. Ich zwang mich, meine ganze Konzentration auf die Fahrbahn zu richten.

Ich muss ungefähr zwei Drittel der Straße hinter mir gehabt haben und fing gerade an, mich etwas sicherer zu fühlen, da hörte ich ein seltsames, klickendes Geräusch. Zunächst dachte ich mir nichts dabei. Ich steuerte gerade eine scharfe Haarnadelkurve an und trat auf die Bremse.

Der Wagen wurde wie erwartet langsamer, doch plötzlich – wieder dieses Geräusch. Und plötzlich merkte ich, dass das Bremspedal keinerlei Spannung mehr hatte, sondern sich widerstandslos durchdrücken ließ. Ich weiß nicht, wie viele Bruchteile von Sekunden es dauerte, bis ich das defekte Pedal mit der Tatsache in Verbindung brachte, dass die Bremsen nicht mehr funktionierten, doch als ich begriff, blieb mir zum Glück keine Zeit mehr, in Panik zu geraten. Immer schneller werdend, fuhr ich auf die Kurve zu. Instinktiv riss ich die Handbremse hoch, doch nichts geschah. Jetzt. Die Kurve. Ich umklammerte das Lenkrad mit aller Kraft und versuchte, den Wagen halbwegs in der Spur zu halten. Die Reifen quietschten auf dem nassen Asphalt, mein Blick flog zum Tacho. Neunzig Stundenkilometer. Nur ein tollkühner Rennfahrer hätte diese Kurve mit solcher Geschwindigkeit genommen. Entsetzen packte mich.

Der Wagen geriet leicht ins Schleudern, doch mir war nicht die Gnade vergönnt, noch einmal mein ganzes Leben an mir vorüberziehen zu sehen. Die einzige Vision, die ich hatte, war die von mir und Nicholas, eng umschlungen auf der Chaiselongue.

Ein Teil von mir fing an, sich in das Unvermeidliche zu fügen, der andere jedoch lehnte sich vehement dagegen auf. Nein, ich würde nicht einfach aufgeben, ich hatte noch das ganze Leben vor mir!

Als ich aus der Kurve herausfuhr, kamen die Reifen dem Abgrund bedenklich nahe. Wäre das Bankett nicht befestigt gewesen, hätte das mein sicheres Ende bedeutet. Ich wusste, es würden noch eine ganze Reihe von Kurven folgen. Wie sollte ich die bloß überstehen, wo der Wagen doch immer schneller wurde?

Das Schicksal schien sich meiner zu erbarmen. Nach der nächsten Kurve entdeckte ich plötzlich eine ziemlich geräumige grasbewachsene Ausweichstelle zu meiner Linken, dahinter wurde das Terrain uneben, fiel aber nicht steil ab. Mir blieb keine Zeit zum Nachdenken.

Ich riss das Steuer scharf nach links und schlitterte in die Ausweichstelle hinein. Mit einem Stoßgebet, dass der Sicherheitsgurt mich vor dem Schlimmsten bewahren möge, schoss ich über die Begrenzung hinaus. Der Wagen gebärdete sich wie ein bockender Stier, dann heulte der Motor noch einmal auf, ehe er erstarb. Ich wurde gegen das Lenkrad geschleudert, prallte zurück gegen die Lehne meines Sitzes, und endlich war alles still.

Es dauerte eine ganze Weile, bis ich begriff, dass ich in Sicherheit und mir nichts weiter passiert war, als dass ich mir ein paar Rippen geprellt hatte. Die Erleichterung kam schockartig, und ich brach in Tränen aus.

Gut zehn Minuten hatte ich wohl so dagesessen, als ich einen Wagen kommen hörte. Ich rieb mir die Augen, öffnete die Tür und stolperte ins Freie. Meine Beine gehorchten mir nicht, ich sank zu Boden. Hilflos blieb ich zusammengekauert im strömenden Regen sitzen.

Der Wagen kam um die Kurve und hielt mit quietschenden Reifen an der Ausweichstelle an. Und dann sah ich nur noch Greg auf mich zustürzen und begann, gleichzeitig zu lachen und zu weinen. „Oh Greg, Greg! Ich dachte, ich würde … Beinahe hätte ich … Woher wusstest du?“, stammelte ich unzusammenhängend, als er mich in die Arme schloss.

Er strich mir tröstend über den Rücken. „Bist du in Ordnung?“, fragte er besorgt.

„Ja, ja, mir fehlt nichts. Nur ein kleines Problem mit dem Auto.“ Ich lachte noch lauter und merkte selbst, dass ich kurz vor einem hysterischen Anfall war.

„Komm, du bist ja ganz nass. Ich bringe dich …“

Ich klammerte mich an ihn und schüttelte panikerfüllt den Kopf. „Nein, nicht zurück nach Raven’s Cove, Greg! Bitte nicht, bitte!“

„Es ist ja alles gut, Kleines, das hatte ich auch nicht vor. Ich bringe dich zu mir. Erst ein Cognac, trockene Sachen, und dann kannst du deinem alten Greg alles erzählen.“ Seine Stimme klang warm und tröstlich. Ich ließ es zu, dass er mich hochhob und zu seinem Wagen trug. Als er sich neben mich setzte, betrachtete er mich erneut eingehend. „Bist du sicher, dass du dir nichts gebrochen hast? Warst du ohnmächtig? Tut dir irgendetwas weh?“

Ich brachte ein schwaches Lächeln zustande. „Nein. Ich begreife es zwar selbst nicht, aber mir ist nichts passiert.“

Obwohl er sehr blass war, schmunzelte er. „Du warst schon immer eine rasante Fahrerin, Deborah.“

Ich starrte ihn an. „Es lag nicht an mir, Greg, sondern an den Bremsen. Sie versagten einfach. Da war dieses Klicken, und dann …“

Mit rätselhafter Miene blickte er zu meinem Cabrio hinüber. Ich vermutete, dass er allmählich denselben Verdacht hatte wie ich auch. War es nur ein Zufall gewesen, dass die Bremsen plötzlich versagt hatten? Oder hatte jemand daran manipuliert? Dieses Geräusch … und Lillian, die mir die Schlüssel gegeben hatte, damit ich endlich verschwand … Ich spürte, wie Greg den Arm um meine Schultern legte. „Du zitterst“, stellte er sanft fest.

„Lass uns fahren, bitte.“

Ohne den Arm von meiner Schulter zu nehmen, steuerte er den Wagen mit der anderen Hand langsam bergab. Jetzt empfand ich seine Berührung als wohltuend, ich ließ sogar den Kopf gegen seinen Arm sinken. „Wo wolltest du hin?“, erkundigte Greg sich nach einer Weile.

„Ich weiß nicht“, gestand ich. „Wahrscheinlich zu dir. Warst du auf dem Weg nach Raven's Cove?“

Er antwortete nicht gleich. „Ich wollte mit Nicholas reden, denn ich fühlte mich ziemlich elend nach gestern. Ich hätte dich nicht küssen dürfen. Schon gar nicht, nachdem ich das Gefühl hatte, dass ihr beide dabei wart, wieder zueinanderzufinden. Stimmt das?“

Ich nickte nur stumm.

„Wenn ich mich nicht so idiotisch benommen hätte …“

„Nein“, fiel ich ihm ins Wort. „Das war es nicht allein. Aber ich will jetzt nicht darüber reden. Später, ja?“

„Selbstverständlich.“

Ich drückte seine Hand. „Du bist wirklich ein guter Freund, Greg.“

Greg trug mich ins Haus. Ich widersprach nicht, denn ich fühlte mich noch immer sehr schwach auf den Beinen. Nur als er mich auf das Sofa mit dem grauen Tweedbezug setzen wollte, protestierte ich. „Nicht, ich bin doch ganz nass!“

Er lächelte. „Richtig. Und deshalb wirst du dir zuerst etwas anderes anziehen. Was hältst du von einer heißen Dusche?“

„Noch lieber wäre mir ein richtiges Bad“, gestand ich.

Er trug mich quer durch das gemütliche, sehr maskulin eingerichtete Wohnzimmer, von dessen Fenstern aus man einen Blick auf die umliegenden Berge hatte. An einem Fenster entdeckte ich ein Teleskop, und ich fragte mich, ob man damit wohl bis Raven's Cove sehen konnte.

Greg stieß mit der Schulter eine Tür auf, und wir befanden uns in seinem Schlafzimmer. Es war ebenfalls sehr behaglich eingerichtet, mit einem breiten Messingbett, schlichten, massiven Eichenmöbeln und einem großen bunten Teppich auf dem Boden. Durch eine weitere, offen stehende Tür konnte ich das weiß gekachelte Bad erkennen.

Greg setzte mich in einen Sessel am Fenster und kniete sich vor mich, um mir die Schuhe auszuziehen. Ich erstarrte. Glaubte er etwa, ich stände noch so unter Schock, dass er mich ganz ausziehen müsste? Ich legte ihm die Hand auf die Schulter. „Hol du mir lieber etwas zum Anziehen, ich schaffe das hier auch allein.“

Er errötete leicht. „Natürlich. Willst du ein warmes Flanellhemd? Aufgerollt und mit einem Gürtel müsstest du auch Jeans von mir tragen können.“ Ich dankte ihm lächelnd. Er ging an den Schrank. „Ich lasse dir gleich das Badewasser ein. Leider habe ich keinen Schaumzusatz, das ist eben ein echter Junggesellenhaushalt.“

„Das macht doch nichts“, versicherte ich, obwohl ich mich fragte, ob Greg denn nie Damenbesuch hatte. War er überhaupt schon einmal fest mit einer Frau liiert gewesen? Gab es womöglich zurzeit eine, in Manhattan vielleicht? Nun, irgendwann würde ich ihn danach fragen.

Nachdem er alles vorbereitet hatte, blieb er in der Schlafzimmertür stehen und sah mich wortlos an.

„Was ist?“, fragte ich unbehaglich.

Er lächelte verlegen. „Ich bin nur froh, dass dir nichts passiert ist. Sehr froh. Und ich freue mich, dass du zu mir wolltest. Eine Zeit lang befürchtete ich, du hättest kein Vertrauen mehr zu mir. Aber nun ist es fast wieder so wie in alten Zeiten.“

Mir war nicht recht wohl, schließlich wusste ich nichts über die „alten Zeiten“. Und ich war mir nicht ganz sicher, ob Greg meine Anwesenheit in diesem Haus nicht eventuell falsch interpretierte.

„Los, heraus aus den nassen Sachen und ab ins Bad“, sagte er munter. „Ich koche inzwischen Tee und mache ein Feuer im Kamin.“ Er hielt inne, dann drehte er sich noch einmal um. „Ach ja, und ich rufe die Werkstatt an, damit man deinen Wagen abschleppt ... und durchcheckt.“ Jetzt wirkte seine Miene sehr grimmig, und ich wusste, warum.

Ich blieb nur so lange in der Wanne, bis mir wieder halbwegs warm war, dann schlüpfte ich rasch in die Sachen, die Greg mir geliehen hatte. Plötzlich hörte ich, wie sich Greg mit einem anderen Mann vor der geschlossenen Schlafzimmertür stritt. Ich erkannte sofort Nicholas' Stimme, und im selben Moment flog die Tür auch schon auf, und er stürzte herein – durchnässt, mit vom Wind zerzaustem Haar und gehetztem Gesichtsausdruck.

Sein Erscheinen erstaunte mich eher, als dass es mich ängstigte. Seit ich ihn zuletzt gesehen hatte, schien er um Jahre gealtert zu sein. Er hatte dunkle Ringe unter den Augen, und um seinen Mund zeichneten sich tiefe Linien ab.

„Ich fuhr bergab, um dich zu suchen. Dabei sah ich den Wagen.“ Seine Miene wirkte gequält. „Ich war im Krankenhaus. Dann bei der Polizei. Ich dachte, du …“ Er sprach nicht weiter. Er konnte nicht, das sah ich ihm an.

„Es ist alles in Ordnung“, versicherte ich sanft. „Die Bremsen haben versagt.“

„Der Wagen ist monatelang nicht benutzt worden, ich hätte ihn vorher erst zur Durchsicht bringen müssen.“ Er betrachtete mich voller Kummer. „Es muss ein Albtraum für dich gewesen sein.“

Warum sollte ich meine Angst herunterspielen? Ich nickte.

Nicholas seufzte tief. „Ist es … zu spät für uns?“

Mit allem hatte ich gerechnet, aber nicht mit dieser Frage. Ich wusste nicht, was ich antworten sollte. Dann sah ich, wie Greg sich hinter Nicholas stellte. Auch er wirkte plötzlich sehr gequält.

„Sie hat für heute genug durchgemacht, Nick“, schaltete er sich mit gepresster Stimme ein.

Nicholas schien ihn gar nicht zu hören, er sah mich nur unverwandt an. War es zu spät für uns? Ich spürte, wie mein Herz rascher schlug, Wärme stieg in mir auf. Sehnsucht. Ich merkte, dass auch Gregs Blick auf mir ruhte und mir war klar, was er dachte – dass Nicholas wieder versuchte, mich zu verführen. Ich glaubte fast, seine Gedanken zu hören. *Du darfst dich nicht von ihm einschüchtern lassen, Deborah. Es ist zu gefährlich. Wenn du jetzt nachgibst, bist du verloren.*

Am liebsten hätte ich beide angeschrien, sie sollten gehen

und mich in Ruhe lassen. Mein Kopf schmerzte, in mir ging alles drunter und drüber. Irgendwo im Zimmer tickte eine Uhr. Und dann kam Nicholas auf mich zu. Ganz langsam. Ich hätte zurückweichen oder Greg zurufen können, er solle ihn aufhalten. Sicher hätte Greg nichts lieber getan als das. Doch ich schwieg und regte mich nicht.

Ich wusste, dass Greg an der Tür stand und uns beobachtete, doch als Nicholas schließlich ganz dicht vor mir stand, nahm ich nichts anderes mehr wahr. Ich empfand weder Furcht noch Schrecken.

„Es war wegen des Bildes, nicht wahr?“ Nicholas' Stimme klang heiser vor Verzweiflung.

Ich kämpfte gegen meine aufsteigenden Tränen an.

„Es wird nie wieder vorkommen“, murmelte er.

War das etwa ein Schuldeingeständnis? Ich konnte ihn einfach nicht durchschauen. Hinter allem, was er sagte oder tat, schien sich eine tiefere Bedeutung zu verbergen, die ich nicht verstand.

„Bitte, komm nach Hause.“

Nach Hause. So wie Nicholas das sagte, kam es mir plötzlich wirklich wie mein Zuhause vor. Als ob ich dorthin gehörte. Und mehr noch – als wollte er, dass ich dort bliebe.

Ich schloss die Augen und bemühte mich, vernünftig zu denken. War ich tatsächlich nur hilflos Nicholas' raffinierten Verführungskünsten ausgeliefert, wie Greg behauptete? Warum wollte Nicholas überhaupt, dass ich zurückkam? Damit er mich weiterquälen konnte? Oder ging es etwa nur um sein männliches Ego? Glaubte er, sich im Wettstreit mit Greg zu befinden? Wollte er auf keinen Fall der Verlierer sein?

All diese Gedanken gingen mir in Sekundenschnelle durch den Kopf. Dann schlug ich die Augen wieder auf, und Nicholas und ich sahen uns schweigend an. Zögernd streckte er die Hand nach meiner aus, und obwohl sich unsere Finger kaum berührten, war es ein betörendes Gefühl.

„Ja, ich bin bereit", sagte ich nur.

Nicholas nickte, seine Miene blieb unverändert. Er zeigte weder Erleichterung, Freude noch Triumph, aber er nahm mich ganz fest bei der Hand.

Als wir zur Tür gingen, warf ich Greg einen um Verständnis bittenden Blick zu, doch er war eindeutig verärgert. Im Vorbeigehen hielt er mich am Arm fest. „Deborah", stieß er heiser hervor. Schließlich sah er Nicholas direkt in die Augen.

Es war wie ein stummer Machtkampf, der sich zwischen den beiden Männern abspielte, und ich hielt den Atem an. Immer noch vernahm ich das Ticken der Uhr, doch inzwischen hörte es sich an wie das Ticken einer Zeitbombe. „Bitte", flehte ich leise.

Tatsächlich ließ Greg langsam meinen Arm los und trat einen Schritt zurück. „Wenn du mich brauchst, Deborah, weißt du, wo ich bin." Er blickte rasch zwischen Nicholas und mir hin und her. „Beim nächsten Mal ruf mich aber an, damit ich dich persönlich abhole. Oder bestell dir ein Taxi", fügte er vielsagend hinzu.

Nicholas betrachtete ihn mit rätselhafter Miene. Dann schob er mich sanft zur Tür hinaus. Es ging zurück nach Raven's Cove. Nach Hause.

13. KAPITEL

Als wir zu Hause ankamen, schien keiner von uns bereit für eine tiefschürfende Aussprache zu sein. Der Unfall hatte mir zwar weiter keinen körperlichen Schaden zugefügt, aber ich fühlte mich wie gerädert. Ich wollte nur noch ins Bett und schlafen, und das teilte ich Nicholas auch mit.

Er nickte nur und meinte, er müsse ohnehin arbeiten. Sofort fiel mir wieder der schreckliche Satz auf dem Zettel ein, den ich vor Kurzem erst auf seinem Schreibtisch gefunden hatte, doch dann sagte ich mir, ich müsse endlich lernen, Wirklichkeit und Fiktion voneinander zu trennen. Die Frage war nur, inwieweit beruhten Nicholas' Romane auf der Wirklichkeit? Oder zumindest auf seinen heimlichen Empfindungen?

Wahrscheinlich wäre ich bis zum nächsten Morgen im Bett geblieben, wenn Nicholas nicht bei mir angeklopft und mich gefragt hätte, ob ich ihm beim Abendessen Gesellschaft leisten wolle. Ich zögerte, weil ich keine Lust hatte, Lillian zu sehen, aber ehe ich noch etwas sagen konnte, kam er mir zuvor und verkündete, Lillian sei ausgegangen. Hatte er etwa meine Gedanken gelesen? Ich stand auf und öffnete ihm die Tür.

Sein Lächeln war so jungenhaft und verschmitzt, dass sich mein Puls beschleunigte. „Ich bin aber ein miserabler Koch", gestand er.

„Ich glaube, ich kann ganz gut kochen", gab ich scheu zurück.

„Gut, damit wäre das Problem also gelöst."

So relativ unbeschwert hatten wir noch nie miteinander gesprochen, und meine Stimmung hellte sich schlagartig auf. Nicholas' Augen funkelten, und er sah mit einem Mal so jung und gelöst aus. Und so hinreißend gut ... Ich wünschte, die Ereignisse des Vormittags wären nichts weiter gewesen als ein böser Albtraum, aber ich brauchte natürlich nur in mein Atelier zu gehen. Das zerstörte Gemälde war leider nur allzu wirklich. Trotzdem verdrängte ich den Gedanken daran. Ich hatte unbedingt eine Pause von all dem Kummer und dem Schmerz nötig, und ich spürte, dass es Nicholas ähnlich ging. Sein leichter Tonfall verriet, dass er eindeutig die Atmosphäre für den Abend festlegen wollte – leicht, freundlich, nicht zu tiefgründig. Mir war das nur recht. Für die ernsteren Themen würde später immer noch Zeit sein.

Ohne Lillians Anwesenheit war die Stimmung im Haus gleich viel entspannter. Trotz des Unwetters draußen fühlte ich mich erstmals restlos warm und geborgen in Raven's Cove. Ich dachte sogar, dass es ein wundervolles Heim für eine Familie mit Kindern sein könnte ... Ich musste etwas rot geworden sein, denn Nicholas sah mich neugierig an.

„Also gut, dann ab in die Küche", sagte ich rasch. Nicholas lächelte, als ahnte er, dass ich an etwas ganz anderes gedacht hatte.

Es war ja auch wirklich verblüffend. Noch vor wenigen Stunden hatte ich Nicholas gehasst und mich vor ihm gefürchtet, und nun überlegte ich, wie es sein musste, Kinder von ihm zu haben! Hatte er mich irgendwie verhext?

Wir begannen, gut gelaunt in der Küche zu werkeln. Im Kühlschrank fand ich alles, was man zu einem gemischten Salat benötigte, und dazu zwei Lammkoteletts. Ich zeigte sie Nicholas. „Wie wär's damit?"

„Wunderbar. Aber – was isst du?", zog er mich auf.

Kurz darauf stand ich am Herd und briet die Koteletts. Ich sah zu Nicholas hinüber, der an der Spüle eine Gurke schälte. Unwillkürlich musste ich lächeln. Was für ein Bild häuslicher Harmonie! Ich hätte viel dafür gegeben, wenn wir tatsächlich ein ganz normales, glückliches Ehepaar hätten sein können ...

Wir kamen überein, dass es wesentlich gemütlicher sein

würde, am Küchentisch und nicht an der langen Tafel im Esszimmer zu essen. Während ich aufdeckte, holte Nicholas zwei Kerzen in silbernen Ständern. Er zündete sie an, und ich schaltete das elektrische Licht aus.

Wir setzten uns einander gegenüber, und er schenkte den gut gekühlten Weißwein ein. Schweigend stießen wir an und tranken.

„Das sieht ja köstlich aus", lobte er und betrachtete die große Schüssel voll knackigem Salat und die Lammkoteletts mit Sauce Bearnaise.

Betont heiter wünschte ich ihm einen guten Appetit. Wie wir so dasaßen bei Kerzenlicht und eine Mahlzeit verspeisten, die wir gemeinsam zubereitet hatten, fühlte ich mich irgendwie befangen. Es war eigenartig, aber das Ganze hatte einen womöglich noch intimeren Touch als der Liebesakt am Vortag.

Auch Nicholas schien etwas unsicher zu sein. Wir konzentrierten uns beide intensiv auf das Essen, aber keiner von uns brachte eine richtige Unterhaltung in Gang. Als wir fertig waren, brachte ich das Geschirr hastig zur Spüle.

„Möchtest du lieber spülen oder abtrocknen?", fragte Nicholas.

„Lass nur, ich erledige beides", wehrte ich ab. Die Vorstellung, einträchtig mit ihm zusammen das Geschirr abzuwaschen, ganz wie ein richtiges Ehepaar, wurde mir plötzlich zu viel. Ich hatte Angst, die Fassung zu verlieren und in Tränen auszubrechen. Und wie hätte ich ihm das erklären sollen? Ich verstand mich ja selbst kaum.

Täuschte ich mich, oder wirkte er erleichtert? Jedenfalls nickte er zögernd. „Gut. Wenn es zu regnen aufhört, können wir hinterher ja noch etwas spazieren gehen."

„Ich glaube nicht, dass es aufhört. Außerdem sollte ich heute mal früh schlafen gehen", murmelte ich und hielt ihm den Rücken zugewandt.

„Du hast recht." Pause. „Dann sage ich jetzt Gute Nacht." Seine Stimme klang ernst, aber sosehr ich mich bemühte, ich konnte keinen enttäuschten Unterton darin entdecken.

Ich vermied es weiter, ihn anzusehen, weil ich befürchtete, er könnte mir anmerken, wie sehr ich mich im Grunde nach seiner Nähe sehnte. Kurz darauf hörte ich, wie die Küchentür leise ins Schloss fiel. Umso besser, redete ich mir ein. Doch mir war klar, dass ich mich damit gründlich selbst belog.

Mitten in der Nacht wurde ich wach. Es war stockfinster um mich, und ich wusste erst nicht genau, wo ich eigentlich war. Doch dann fiel es mir wieder ein. Wodurch war ich wach geworden? Durch das Gewitter? Nein, das war es nicht. Jemand hatte meine Zimmertür geöffnet. Jetzt knarrte der Fußboden, und ich stieß einen leisen Schrei aus.

„Ich bin es. Nicholas."

Ich setzte mich auf, langsam gewöhnten sich meine Augen an die Dunkelheit.

„Ich wollte dir keine Angst einjagen", fügte er sanft hinzu.

„Das hast du auch nicht, ich war nur etwas erschrocken", widersprach ich nicht ganz aufrichtig.

„Ich wollte dir etwas sagen." Ich wartete angespannt ab. „Du sollst wissen, dass du hier keine Gefangene bist. Wenn du dich unglücklich fühlst … darfst du jederzeit gehen." Er hörte sich so distanziert an, dass ich am liebsten geweint hätte. Wie dumm von mir, zu hoffen, dass ein einziger harmonischer Abend Nicholas' Einstellung zu mir würde ändern können. Wahrscheinlich bereute er unser unbefangenes Zusammensein von vorhin längst. Er setzte sich zu mir auf die Bettkante. „Möchtest du fortgehen?", fragte er mich ganz direkt.

„Willst du denn, dass ich gehe, Nicholas?"

Spielte mir die Dunkelheit einen Streich, oder lächelte er?

„Hätte ich dich aus Gregs Haus geholt, wenn ich das wollte?"

„Ich hatte gar nicht vor, dort zu bleiben. Greg fand mich nach dem Unfall. Er brachte mich …"

Nicholas legte mir einen Finger an den Mund. „Du brauchst mir nichts zu erklären."

Ich wollte widersprechen, doch plötzlich verschloss er mir die Lippen mit einem ganz zarten Kuss. Meine Sehnsucht nach ihm wurde unerträglich. „Oh Nicholas", rief ich und schlang die Arme um ihn.

Er presste mich fest an sich. „Ich habe noch nie jemanden so gewollt wie dich", raunte er mir ins Ohr. „Das treibt mich ab und zu zum Wahnsinn."

Sein Geständnis beunruhigte mich nicht, im Gegenteil, es fachte mein Verlangen nach ihm nur noch an. „Dann lass uns zusammen wahnsinnig sein", flüsterte ich und zog ihn mit mir herab aufs Bett.

Diesmal küsste er mich fordernd und voller Leidenschaft. Ich merkte kaum, dass er mir das Nachthemd auszog, alle meine Sinne waren nur auf seine Hände ausgerichtet, die meine nackte Haut streichelten, sich um meine Brüste schlossen und die Knospen massierten, ehe er sie mit den Lippen verwöhnte. Mir war, als stünde mein ganzer Körper in hellen Flammen, als ich Nicholas' Gewicht auf mir spürte und er mein Gesicht, meine Kehle und meine Brüste mit unzähligen Küssen bedeckte. Doch dann richtete er sich auf, und ich protestierte leise. „Ich möchte dich ansehen", raunte er.

Ich schloss die Augen, als er die Nachttischlampe einschaltete, dennoch konnte ich seinen brennenden Blick förmlich auf meiner Haut spüren. Unwillkürlich dachte ich, dass er Vergleiche anstellte zwischen der aufregenden Deborah von einst und der schmalen, blassen Frau, die er nun im Arm hielt.

„Du bist so schön", murmelte er. „Und das ist dir nicht einmal bewusst."

Ich öffnete die Augen und sah ihn an, als er sich neben mir ausstreckte. „Findest du das wirklich?", fragte ich ungläubig.

Er strich mir sanft über die Hüften. „Allerdings." Er schob die Hand zwischen meine Schenkel, dann zog er mich wieder an sich. Nach einer Weile rückte ich jedoch von ihm ab, und ich bemerkte seine Unsicherheit.

Ich lächelte ihn an. „Auch ich möchte dich ansehen."

Seine Augen begannen zu leuchten. „Sag mir, was dir am besten gefällt", zog er mich zärtlich auf.

Meine Wangen begannen zu glühen. „Wie wär's, wenn ich es dir zeige?"

Ich weiß nicht, wer von uns beiden überraschter war über diesen Vorschlag. „Ich könnte mir nichts Schöneres vorstellen", gab er leise zurück.

Als ich begann, mit Händen und Lippen seinen Körper zu erkunden, wünschte ich insgeheim, ich könnte mich daran erinnern, wie es früher gewesen war, wenn wir uns geliebt hatten. Ich wollte ihn nicht enttäuschen. Und mehr als das – ich wollte ihm genauso viel, nein, weit größere Lust verschaffen, als er je erlebt hatte. Es war, als wären die Deborah von früher und mein heutiges Ich nicht dieselbe Person. Und plötzlich wurde mir klar, dass ich nicht nur Nicholas' Liebe zurückgewinnen wollte. Auf ganz seltsame Weise fühlte ich mich im Wettstreit mit der Frau, die ich in der Vergangenheit gewesen war. Ihr wollte ich Nicholas abspenstig machen.

Sein Körper war hinreißend, straff und muskulös, und sein Duft betörte mich. Während ich mit der Zunge den flachen Bauch liebkoste, stöhnte Nicholas leise auf. Die Erregung durchströmte mich wie glühende Lava, ich konnte nicht genug von ihm bekommen. Immer tiefer wagte ich mich vor, bis zu seinen intimsten Stellen, und als er lustvoll den Atem anhielt, empfand ich ein Gefühl solcher Euphorie, dass ich mir wie berauscht vorkam.

Stöhnend packte er mich bei den Schultern und zog mich zu sich empor, um mich hart und fordernd zu küssen. Es war für mich wie eine Erleichterung, als er sich endlich mit mir vereinte. Doch erst als er spürte, dass mich heftige Schauer der Lust zu schütteln begannen, gab er seine eigene Beherrschung auf und riss mich mit in einem atemberaubenden Rhythmus erotischer Wonnen. Wir schienen zu schmelzen, all unsere Stärke verließ uns, und wir klammerten uns zitternd aneinander, während wir gleichzeitig lächelten und feuchte Augen bekamen.

Ich schlief in Nicholas' Armen ein, und zum ersten Mal, seit ich denken konnte, war es ein fester, erholsamer Schlaf. Nicholas war zwar nicht mehr da, als ich morgens aufwachte, doch sein Duft umgab mich noch immer. Lächelnd schlang ich die Arme um sein Kopfkissen.

Meine Hochstimmung hielt an, bis ich mit Lillian zusammentraf. Ich schenkte mir in der Küche gerade Kaffee ein, da spürte ich plötzlich ihre Anwesenheit, obwohl ich ihr den Rücken zugewandt hielt. Ganz langsam drehte ich mich zu ihr um. Sie stand mit verschlossener Miene in der Tür.

„Hat Nicholas dir erzählt, dass ich einen Autounfall hatte?", fragte ich und betrachtete sie prüfend.

„Ja." Sie nahm ein paar Kartoffeln aus dem Korb neben der Spüle und begann, sie zu schälen.

„Die Bremsen versagten", fügte ich hinzu.

„So?" Sie sah nicht von ihrer Arbeit auf.

Mir war klar, dass ich sie nicht zur Rede stellen konnte, solange ich keinen Beweis für meinen Verdacht hatte. Ich beschloss, Greg anzurufen und ihn nach der Nummer der Werkstatt zu fragen, die meinen Wagen abgeschleppt hatte.

Ich zog mich in einen kleinen Salon im Erdgeschoss zurück, in dem sich ein Telefon befand. Greg meldete sich schon beim zweiten Klingeln, er hörte sich erleichtert an, dass ich anrief.

„Ist alles in Ordnung?“, fragte er besorgt.

Ich musste lächeln. Nach letzter Nacht erschien mir „in Ordnung“, als die Untertreibung schlechthin. „Ja“, versicherte ich ruhig. Er atmete vernehmlich auf. „Was ist denn?“

„Es geht um deinen Wagen“, meinte er ernst.

„Genau deshalb rufe ich ja an. Ich wollte dich fragen, in welcher Werkstatt …“

„Ich habe soeben mit Len, dem Mechaniker, gesprochen“, unterbrach er mich. Ehe er noch ein weiteres Wort sagte, wusste ich, dass unser Verdacht gerechtfertigt gewesen war. Und die Bestätigung kam prompt. „Jemand hat an den Bremsen herumgebastelt.“

„Oh Greg!“

„Deborah, du bist dort nicht sicher. Hör zu, ich fahre jetzt los und hole dich ab.“

„Nein!“, rief ich. „Greg, ich kann nicht weg!“

„Aber merkst du denn nicht, was da vor sich geht? Er hat dich wieder in der Hand! Er weiß wie immer genau, was er tun muss, um dich …“

„Greg, nein. Nicholas hat damit nichts zu tun. Er liebt mich. Ich weiß das!“ Verstohlen sah ich mich um und senkte die Stimme. „Es muss Lillian gewesen sein. Sie hasst mich zutiefst, und sie gab mir gestern ja auch die Schlüssel!“

Er seufzte. „Du kennst Lillian nicht. Sie tut nichts ohne Nicholas’ Zustimmung. Er hingegen leidet unter beinahe krankhafter Eifersucht und Verfolgungswahn. Er will dich, aber das ist keine Liebe. Er will dich besitzen. Restlos. Und wenn ihm das nicht gelingt, schlägt er zu. Oder lässt seine verrückte Cousine zuschlagen. Das hast du doch schon oft genug zu spüren bekommen!“

„Nein, nein!“ Ich wollte und konnte ihm nicht zuhören.

„Irgendein schreckliches Ereignis war gestern der Grund für deine Flucht. Du hast mir nicht gesagt, was es war.“

Mein Kopf begann zu schmerzen. Hätte ich Greg doch bloß nicht angerufen! Er musste sich irren. Nicholas konnte unmöglich hinter Lillians Bösartigkeiten stecken!

„Es war das Bild, das du mir schenken wolltest. Er hat es genauso zerstört wie alle anderen Gemälde von dir, stimmt's?", fuhr er fort, als ich schwieg.

„Woher weißt du das?"

Er lachte verbittert. „Schließlich bin ich Detektiv. Und selbst wenn nicht, so könnte ich doch zwei und zwei zusammenzählen. Er hat gesehen, wie ich dich küsste, und wahrscheinlich hat er uns auch schon vorher belauscht und mitbekommen, dass du mir das Bild schenken wolltest. Komm schon, dein erster Verdacht fiel doch auch auf ihn."

„Hör auf, Greg!", flehte ich, aber gleichzeitig musste ich an den von Farbresten beschmutzten Brieföffner denken.

„Deborah, ich kann nicht einfach abwarten, bis dir etwas passiert. Lass mich dich holen."

Ich schüttelte den Kopf. „Nein, Greg, nein. Pass auf, ich verspreche dir eins: Sollte noch einmal das Geringste vorfallen, werde ich dich anrufen. Und dann kannst du mich von mir aus auf der Stelle abholen." Ich verstummte, weil plötzlich die Tür zum Salon aufging. Nicholas trat ein, und ich erschrak. Wenn er nun gehört hatte, dass ich mit Greg sprach und seine Eifersucht wieder aufflammte? „Ich danke Ihnen vielmals für die Auskunft", meinte ich hastig und legte den Hörer auf. „Das war die Werkstatt." Ich hasste es, lügen zu müssen, aber was sollte ich tun? „Anscheinend ist an den Bremsen des Wagens manipuliert worden."

„Mit wem hast du gesprochen? Mit Len?"

„Ich … ich habe den Namen nicht richtig verstanden." Ich konnte seinem Blick nicht standhalten. „Nicholas, Lillian hat mir den Autoschlüssel gegeben!", sagte ich beschwörend, doch er schwieg. Zorn und Verzweiflung stiegen in mir auf. „Verdammt, sie hasst mich, und das schon vom ersten Tag an! Nicholas, ich glaube, sie ist geisteskrank. Sie würde mich am liebsten tot sehen! Merkst du denn nicht, dass du alles nur noch schlimmer machst, indem du dich vor sie stellst?"

Er packte mich bei den Schultern. „Hör auf, deine Fantasie geht mit dir durch. Len meinte, es sei zwar nicht restlos auszuschließen, dass jemand an den Bremsen gebastelt hat, aber weit größer sei die Wahrscheinlichkeit, dass das Bremsseil einfach aus Verschleißgründen gerissen ist."

Ich starrte ihn nur an. Sagte er die Wahrheit? Greg hatte sich doch so sicher angehört! Ich schloss die Augen und fing an zu schwanken. Nicholas führte mich zum Sofa. „Aber dass sie mich hasst, kannst du nicht bestreiten!"

„Sie hasst jeden."

„Nein! Dich nicht!"

Er lächelte. „Du hast recht, und dafür bin ich ihr auch sehr dankbar."

„Wie meinst du das?", fragte ich verwirrt.

„Sie hat mir das Leben gerettet, als ich noch ein Teenager war, und dabei ihr eigenes riskiert. Ich wollte zum Bergsteigen, und obwohl sie unter Höhenangst litt, überredete ich sie, mitzukommen. Plötzlich machte ich einen falschen Tritt, und ehe ich mich versah, hing ich an einem Felsvorsprung über dem Abgrund. Lillian warf mir ein Seil zu und zog mich hinauf. Woher sie die Kraft nahm, ist mir bis heute nicht klar, ich war viel schwerer als sie. Weil es lebensgefährlich auch für sie war, rief ich ihr zu, sie solle lieber Hilfe holen, aber sie wusste so gut wie ich, dass ich mich nicht so lange würde festhalten können."

Was sollte ich dazu sagen? Sicher, er verdankte ihr sehr viel, aber übersah er dadurch nicht womöglich, dass sie tatsächlich ernsthaft geisteskrank war? Natürlich würde sie auch heute noch ihr eigenes Leben riskieren, um ihn zu retten, das bezweifelte ich nicht. Doch wenn sie ihn nun vor mir retten wollte – um den Preis meines Lebens?

Nicholas strich mir sanft über die Wange. „Wir wollen unser Glück doch nicht durch unnötige Sorgen beeinträchtigen, Liebling."

Diese liebevolle Anrede machte mich froh, und ich lehnte den Kopf an seine Schulter. „Du hast recht. Dieser Tag heute ist viel zu schön für solche Gedanken", stimmte ich ihm aufrichtig zu.

„Warum hast du mir nicht gesagt, dass du mit Greg gesprochen hast, als ich hereinkam?"

Ich richtete mich abrupt auf und wurde rot. „Woher weißt du das?"

Er lächelte. „Du bist eine sehr schlechte Lügnerin."

„Ich hasse es auch, zu lügen. Ich wollte nur nicht, dass du dich aufregst."

Er zuckte mit den Schultern. „Warum? Weil er sich an dich heranmacht?"

„Nicholas!"

„Streitest du das etwa ab?"

Sein durchdringender Blick machte mir etwas Angst. „Nicholas, ich will nichts von Greg. Nach letzter Nacht müsstest du eigentlich restlos davon überzeugt sein. Und bis auf einen harmlosen Kuss, den du mit angesehen hast, hat er sich mir gegenüber stets wie ein Gentleman benommen."

„Wie ein Gentleman, der viel Geduld hat und dir in der Zwischenzeit lauter schreckliche Befürchtungen einredet."

Sein harter, anschuldigender Tonfall gefiel mir nicht. Ich wollte, dass er wieder zärtlich und liebevoll zu mir war.

Plötzlich stand Nicholas auf. „Ich muss an die Arbeit. Wirst du heute malen?"

Wozu?, hätte ich beinahe gefragt, doch ich ließ es lieber. „Ich werde wahrscheinlich draußen auf der Terrasse Tee trinken und etwas lesen“, erklärte ich stattdessen.

„Gut, ich mache dir den Tee und bringe ihn dir. Zwei Stück Zucker, stimmt's?“, bot er freundlich an. Ich nickte nur. „Du bist die Einzige im Haus mit einer Vorliebe für Süßes“, stellte er lächelnd fest. „Kein Wunder, süß, wie du selbst bist!“

Machte er sich über mich lustig? Oder flirtete er mit mir? Wie immer war er mir ein Rätsel. Als hätte ich nicht schon genug Rätsel zu lösen gehabt.

14. KAPITEL

Als ich auf der Terrasse in der Nähe des Felsvorsprungs saß, meinen Tee trank und in einer Biografie von Rembrandt las, schweiften meine Gedanken plötzlich ab. Ich legte das Buch in meinen Schoß und schloss die Augen. Undefinierbare Visionen zogen an mir vorbei wie vor den Scheinwerfern eines Autos dahinhuschende Schatten.

Ich befand mich in einer Art Zwischenwelt, in der alles grau und nebelhaft war. Das Gefühl, bedroht zu werden, kroch mir in die Glieder. Ich sagte mir, dass ich einfach überreizt war und etwas Schlaf brauchte. Es war ein so herrlicher Tag, nach dem Sturm vom Vortag genoss ich die Sonne und die klare Bergluft.

Ich bildete mir ein, wirklich einzudösen, doch seltsamerweise blieb ein Teil von mir hellwach. Aus dem Grau und den Schatten formten sich allmählich ganz konkrete Bilder. Da war eine schmale, steile Treppe, ähnlich wie die, die zum Speicher hinaufführte, nur dass sie nicht zu enden schien. Erstaunt stellte ich fest, dass die Gestalt, die sie emporstieg, ich selbst war. Ich trug ein langes, fließendes Gewand wie die Frau auf dem Gemälde in Nicholas' Arbeitszimmer. Ja, genau wie sie hielt auch ich einen Sonnenhut in der einen und ein Buch in der anderen Hand. Nicholas' Buch. Nicht das von dem Gemälde, sondern das, welches ich am ersten Tag auf meinem Bett gefunden hatte; das mit der schreienden Frau auf dem Cover. Dieses Buch hielt ich fest an meine Brust gepresst, während ich die Treppe hinaufstieg, nein, eher hinaufrannte. Ich war außer Atem und sah mich angstvoll immer wieder um. Niemand folgte mir, und doch konnte ich deutlich die Gefahr spüren. Ich musste weiterlaufen, durfte nicht stehen bleiben. Ich musste unbedingt oben ankommen ...

Doch die Treppe nahm kein Ende. Meine Schritte wurden schleppender, ich blieb stehen, um Luft zu holen. Noch immer konnte ich niemanden sehen. Aber – hören. Ja, da kam jemand. Langsam, unaufhaltsam. Mein Verfolger wusste anscheinend, dass es für mich kein Entkommen gab. Und ich wusste es auch.

Dann ein schmerzhafter Stich in meiner Seite. Ich presste instinktiv die Hand dagegen.

Das Buch glitt von meinem Schoß, und als es mit dumpfem Laut zu Boden fiel, wurde ich aus meiner Trance gerissen. Ich merkte, dass ich mir die Seite hielt, genau wie in der Vision. Auch war ich ziemlich außer Atem. Wie seltsam.

Es gelang mir nur mit Mühe, die Augen zu öffnen. Meine Lider waren so schwer. Benommen starrte ich auf das Buch, das mit dem Cover nach oben im Gras lag. Als ich mich bücken wollte, um es aufzuheben, stieß ich die Teetasse um. Stirnrunzelnd sah ich auf die Flecken, die die braune Flüssigkeit auf meiner hellen Hose hinterließ.

Das heißt, ich versuchte, die Stirn zu runzeln, doch irgendwie wollten mir die Gesichtsmuskeln nicht gehorchen. Aber noch etwas war unheimlich. Ich konnte das Buch nicht greifen. Fasziniert beobachtete ich, wie mein Arm immer länger zu werden schien, doch stets blieb das Buch außer Reichweite. Und plötzlich verwandelte sich das Titelbild der Rembrandtbiografie. Ich schrie auf. Vor mir lag dieser schreckliche Horrorroman von Nicholas, der mit der schreienden Frau auf dem Einband. Nein, das konnte nicht sein! Ich las dieses Buch doch gar nicht, ich hätte es mir nie ausgesucht.

Trotz meiner Abscheu strengte ich mich noch mehr an, das Buch zu fassen zu bekommen. Mir war, als hinge mein Leben davon ab, ob ich es nehmen und in den Abgrund werfen konnte. Es sollte verschwinden, für immer, ich wollte diese zu Tode geängstigte Frau nie wieder sehen.

Jetzt berührten meine Fingerspitzen es fast. Nur noch wenige Zentimeter. Ich konnte es schaffen. Ich konnte alles schaffen, was ich mir vornahm ...

Ich fiel vom Liegestuhl auf die Erde. Und dann begann ich, auf Knien und Ellbogen mühsam vorwärtszukriechen. Ich weiß noch, wie ich mir einredete, dass das alles gar nicht wirklich geschah, ja, dass es verrückt war. Trotzdem kroch ich weiter auf das Buch zu, welches wiederum immer näher am Abgrund zu liegen schien. Meter für Meter schob ich mich weiter nach vorn, mir war, als folge ich dem Lockruf einer Sirene.

Nein, dachte ich, und für einen Moment wurde mein Kopf ganz klar. Ich schob mich nicht vorwärts, ich wurde geschoben. Irgendjemand zerrte an mir, drängte mich. Der Abgrund kam näher. Und das Buch war nun nirgends mehr zu sehen.

Namenloses Entsetzen stieg in mir auf. Ich formte den Mund zu einem Schrei, aber kein Laut entrang sich meinen Lippen. Genau wie bei der Frau auf diesem Buch. Nur dass ich jetzt diese Frau war ...

Mit aller Kraft versuchte ich, der mich magisch anziehenden Dunkelheit zu entkommen, doch kalte, nackte Angst lähmte mich. Ich hörte auf einmal das Echo eines Schreis.

„Nein, nein!" Ich selbst stieß diesen Schrei aus. Hände packten mich. Ich riss die Augen auf und starrte geradewegs hinab in die zerklüftete Schlucht. Verzweifelt wehrte ich mich gegen die Hände, die an mir zogen und zerrten, doch sie packten meine Schultern nur noch fester. Schließlich zwang ich mich, meinem Angreifer ins Gesicht zu sehen. Nicholas! Ich schrie erneut, schrill und hysterisch.

„Hör auf, lass das!", brüllte er, um mein Schreien zu übertönen. „Willst du dich etwa umbringen?"

Ehe ich mich versah, lag ich in seinen Armen. Ich hielt den Atem an. Jetzt würde es für ihn ein Leichtes sein, mich in den Abgrund zu stoßen. Niemand konnte hier mein Schreien hören. Niemand außer Lillian. Und sie …

Nicholas beobachtete mich eindringlich. „Du musst ohnmächtig geworden sein. Wenn ich nicht zufällig gekommen wäre, um nach dir zu sehen, wärst du womöglich in die Schlucht gestürzt!" Mit ernster, bedrückter Miene hob er mich hoch und trug mich in mein Zimmer. Keiner von uns sprach ein Wort. Erst als er mich auf mein Bett gelegt hatte, sagte er: „Du bleibst besser für den Rest des Tages hier. Ich werde dir frischen Tee und ein paar Waffeln bringen, die Lillian heute Morgen gebacken hat."

Ich wollte nichts, aber ich brachte keinen Ton heraus. Benommen schaute ich ihm nach, als er zur Tür ging. Letzte Nacht hatte ich ihn von ganzem Herzen geliebt. Doch heute wusste ich nicht mehr, ob er mein Feind oder mein Retter war. „Das Buch", murmelte ich auf einen plötzlichen Einfall hin.

Nicholas sah mich ratlos an. „Welches Buch?"

„In dem ich gelesen habe. Draußen." Es kostete mich gewaltige Anstrengung, den Kopf zu heben. Ich wollte dieses Buch. Ich musste unbedingt wissen, ob es die Rembrandtbiografie oder vielleicht doch Nicholas' Roman war.

„Du solltest heute nicht mehr lesen", wehrte er ab. „Und wenn es dir morgen nicht besser geht, werde ich einen Arzt rufen."

Ich sank matt auf das Kissen zurück. Trotz der Sonne, die ins Fenster schien, war mir eiskalt. In meinem Kopf begann sich alles zu drehen, als ich mich bemühte, Nicholas anzusehen. Sein Gesicht verschwamm, wurde zu einem ganzen Reigen von Gesichtern, die wie in einem Kaleidoskop durcheinanderwirbelten. Ich kniff die Augen zu, und als ich sie wieder öffnete, war Nicholas fort.

Ich kämpfte weiter gegen die Benommenheit an, die mich einhüllte; ich sagte mir, dass ich unbedingt bei klarem Verstand bleiben musste, um mich zu schützen. Ich liebte Nicholas so sehr, aber ich wusste nicht, ob ich ihm wirklich vertrauen konnte. Und Lillian unterstellte ich, zu allem fähig zu sein. Sie war wirklich wahnsinnig, daran bestand kein Zweifel.

Ohne es zu wollen, hörte ich auf einmal wieder Gregs Stimme. *Du kennst Lillian nicht, Deborah. Sie tut nichts ohne Nicholas' Zustimmung …* Ich hielt mir die Ohren zu, aber seine Worte hallten trotzdem in mir wieder. Irgendwann schloss ich erschöpft die Augen, ich konnte einfach nicht mehr.

Als ich aufwachte, war die Sonne bereits untergegangen. Ich hatte den ganzen Tag verschlafen.

„Wie fühlst du dich?" Nicholas saß auf der Chaiselongue und beobachtete mich. Jetzt stand er auf, trat an mein Bett und tauchte einen Lappen in die Waschschüssel auf dem Nachttisch. Behutsam tupfte er mir über die heiße Stirn. „Armes Herz", murmelte er weich. „Geht es dir besser?"

„Ein wenig, glaube ich", gab ich matt zurück.

„Es ist alles noch furchtbar schwer für dich, nicht wahr?"

„Ich … fühle mich so verloren und allein", flüsterte ich.

Er legte den Lappen weg und zog mich liebevoll in seine Arme. „Du bist nicht allein. Und wenn du dich verloren glaubst, dann werde ich dich finden, irgendwie, mein Liebstes."

Einige Minuten lang weinte ich lautlos an seiner Schulter. Nicholas hielt mich einfach fest, streichelte mir über das Haar und ließ mich weinen. Schließlich legte ich mich erschöpft auf das Bett zurück.

„Komm, trink etwas Tee." Er schenkte mir eine Tasse ein und gab einen Extralöffel Zucker hinzu. „Damit du zu Kräften kommst." Lächelnd sah er zu, wie ich Schluck für Schluck trank, doch plötzlich wurde er ernst, und sein Gesicht nahm einen gequälten, schmerzerfüllten Ausdruck an. „Hast du wirklich geglaubt, ich wollte dich in den Abgrund stoßen?"

„Ich war so … durcheinander." Noch während ich sprach,

merkte ich, wie die Benommenheit zurückkehrte. Ich konnte meine eigene Stimme nur wie durch dicke Watte hören, und mein Körper wurde bleischwer.

Nicholas sagte etwas, doch ich verstand ihn kaum. Irgendetwas über den Tee. Dass er kalt werden würde. Ich spürte, wie er mir die Tasse an die Lippen hielt. Der Tee. Er wollte, dass ich noch mehr Tee trank. Und auf einmal erinnerte ich mich trotz der Nebelschwaden in meinem Gehirn, dass meine Benommenheit am Vormittag auch nach dem Trinken des Tees eingesetzt hatte. Er hatte wie eine Droge auf mich gewirkt. Ja, das war die richtige Beschreibung. Es war nicht wie natürliche Schläfrigkeit, sondern eher wie die Wirkung einer Droge. Einer Droge, die Halluzinationen auslöste. Das hätte natürlich meine schrecklichen Visionen erklärt …

Mit einer Kraft, die mich selbst überraschte, schlug ich Nicholas die Tasse aus der Hand, sodass der Tee in alle Richtungen spritzte. Nicholas starrte mich verblüfft an. „Geh weg!“, schrie ich. „Lass mich allein!“

Nach kurzem Zögern stand er auf und verließ schweigend das Zimmer. Kaum hatte er die Tür hinter sich geschlossen, schlug ich die Bettdecke zurück. Ich musste rasch handeln, ehe mich die Droge wieder außer Gefecht setzte. Doch als ich aufstand, gaben die Beine unter mir nach, ich sank zu Boden. Auf allen vieren kroch ich zur Tür und schloss sie ab. Allerdings fiel mir im selben Moment ein, dass sowohl Lillian als auch Nicholas Schlüssel zu meinem Zimmer besaßen.

Ich spürte bereits, wie ich immer schwächer wurde. Ich musste mich beeilen. Mein Blick fiel auf den schweren Sessel. Er stand kaum drei Meter von mir entfernt, doch mir kam es vor wie eine gewaltige Entfernung. Es half nichts. Ich musste die Kraft aufbringen, bis dorthin zu kommen, ihn dann zur Tür zu zerren und ihn so davorzustellen, dass die Klinke von außen nicht heruntergedrückt werden konnte.

Der Schweiß rann in Strömen an mir herab, als ich mich ganz langsam an mein anstrengendes Vorhaben machte. Schließlich war ich fertig, und ich glaubte, keine Kraft mehr zu haben, um in mein Bett zurückzukehren. Eine Weile blieb ich zitternd auf dem Teppich liegen. Die Augen wollten mir zufallen, doch ich kämpfte verzweifelt dagegen an. Ins Bett, dachte ich nur. Irgendwie fühlte ich mich dort sicherer. Ich weiß nicht, wie lange ich brauchte, doch als ich endlich wieder im Bett lag, war ich völlig außer Atem. Ich sah zu der Teekanne auf dem Nachttisch. Mit allerletzter Kraft fegte ich sie herunter. Der Tee benetzte den rosa Teppich und färbte ihn rot. *Wie vergossenes Blut.*

Lillian kam in der Nacht zu mir. War sie es wirklich? Oder hatte ich einen Albtraum? Eine Erscheinung? Ich weiß es bis heute nicht. Sie beugte sich jedenfalls über mich und starrte mich hämisch lächelnd an. „Du dumme kleine Närrin. Es gibt kein Entrinnen. Ich habe dich gewarnt, aber du wolltest ja nicht auf mich hören."

„Hast du denn kein Mitleid?", rief ich, doch ich konnte meine eigene Stimme nicht hören.

„Warum sollte ich? Du bist mir völlig gleichgültig. Aber mit Nicholas habe ich Mitleid. Ich kann nicht mit ansehen, wie er sich Tag für Tag mehr quält und systematisch vernichtet wird."

„Aber … ich liebe ihn!"

„Du liebst nur dich selbst. Und tief im Innern weiß er das auch. Genau das macht ihn wahnsinnig!", zischte sie. Zornesröte stieg in ihre blassen Wangen.

Ja, in der Tat. In diesem Haus herrschte der Wahnsinn. Ich ließ Lillians Beschimpfungen eine Zeit lang hilflos über mich ergehen, doch dann fing ich wieder an zu schreien. „Geh weg! Verschwinde!" Aber wie schon zuvor hörte ich keinen Laut über meine Lippen kommen. Da war nur Lillians Stimme, hart, kalt, unbarmherzig.

Ich schlug die Hände vor das Gesicht und brach in Tränen aus. Als sie endlich versiegten, war Lillian fort. Mein Blick fiel auf die Tür. Der Sessel stand unverändert da.

Ich setzte mich auf und sah auf den Wecker. Fünf Uhr morgens. Mein Kopf tat weh, und mir war noch immer schwindelig, aber nicht mehr so sehr wie zuvor. Ich musste etwas unternehmen, solange ich dazu noch in der Lage war.

Greg. Ja, das war es. Er würde mich retten. Ich brauchte ihn nur anzurufen, und in Windeseile würde er da sein. Beinahe hätte ich laut darüber gelacht, dass die Lösung so einfach war.

Ich schaltete die Nachttischlampe an, nahm den Hörer ab und wählte. Erst nach einer Weile merkte ich, dass die Leitung tot war. Ich legte auf und versuchte es erneut. Nichts. Ich sah prüfend auf das Kabel. Der Stecker befand sich in der Dose. Warum funktionierte das Telefon nicht? Konnte das an dem gestrigen Unwetter liegen? Keiner von uns benutzte das Telefon besonders oft, vielleicht war uns deshalb nichts aufgefallen. Ein Telefonmast konnte umgestürzt sein. Eiskalte Panik ergriff mich. Oder hatte jemand an dem Apparat herummanipuliert? Wie an den Bremsen meines Autos?

Schwach und wie gerädert fiel ich zurück auf das Bett, ich war wieder schweißgebadet. Lillian hatte recht. Es gab kein Entrinnen. Ich war ganz allein. Niemand würde mich retten, weder Greg noch Nicholas. Wenn ich doch nie nach Raven's Cove gekommen wäre. Hätte ich doch Deborah Steele für immer in Frieden ruhen lassen.

Da war ein lautes, hämmerndes Geräusch. Ich zog mir das Kissen über den Kopf.

„Verdammt, sie hat etwas vor die Tür geschoben!"

Mir war, als tauchte ich aus einem undurchdringlichen Nebel auf. Das war Nicholas' Stimme. Seltsam fasziniert beobachtete ich, wie die Tür einen Spalt aufging und der Sessel Stück für Stück weiter ins Zimmer rutschte. Noch ein Ruck, und die Tür flog auf. Nicholas stürzte ins Zimmer.

„Um Himmels willen, ich dachte, du seist bewusstlos oder gar ...!“ Er hielt inne. „Warum hast du dich bloß so verbarrikadiert?“ Ich wollte antworten, doch Nicholas hatte bereits den Blick von mir abgewandt. Erst jetzt sah ich, dass er nicht allein gekommen war. Ein kleiner Mann mit kurzem blonden Haar stand hinter ihm. „Wahnvorstellungen – wie ich Ihnen bereits am Telefon sagte.“

Der Mann nickte und näherte sich meinem Bett. Ich musterte ihn misstrauisch. „Wer sind Sie?“

Er lächelte verbindlich. „Ich bin Dr. Morris. Ihr Mann hat mich angerufen und mich gebeten, mal nach Ihnen zu sehen.“

„Er hat Sie angerufen? Wann?“

Der Arzt und Nicholas tauschten einen raschen Blick. „Vor etwa einer Stunde.“

„Das kann nicht sein“, widersprach ich. „Das Telefon funktioniert nicht.“

Nicholas trat an den Nachttisch, nahm den Hörer ab und hielt ihn mir hin. Ganz deutlich konnte ich den Wählton hören.

„Aber ... eben ging es doch noch nicht!“, stammelte ich bestürzt.

„Doch. Ich habe gestern Abend Godfrey in New York angerufen, und Lillian telefonierte heute Morgen mit dem Lebensmittelladen wegen einer Bestellung.“

Wie war das möglich? Hatte ich etwa nur geträumt, dass ich Greg anrufen wollte? Dr. Morris nahm mein Handgelenk und fühlte nach dem Puls. „Was für ein Arzt sind Sie?“, wollte ich wissen.

Mir entging sein leichtes Zögern nicht. „Ich bin Psychiater, Mrs. Steele. Ihr Mann hat mir von Ihrem Gedächtnisverlust erzählt und dass Sie sehr darunter leiden.“

Ich lachte verbittert auf. „Das kann man wohl sagen."

„Er berichtete mir auch, dass es Ihnen seit gestern schlechter geht. Er vermutet, dass Sie durch den Unfall ein zusätzliches Trauma erlitten haben."

Aus dem Augenwinkel heraus sah ich, dass Nicholas mich beobachtete, und ich wurde nervös. Ich zupfte den Arzt unauffällig am Ärmel. Er beugte sich weiter zu mir. „Ich glaube nicht, dass es ein Unfall war", flüsterte ich hastig. „Und noch etwas. Man setzt mich unter Drogen. Der Tee …" Der Arzt lächelte nachsichtig, und das machte mich plötzlich wütend. „Ich will mit meinem bisherigen Psychiater sprechen", verlangte ich schroff. „Mit. Dr. Royce."

„Dr. Morris ist ein sehr guter Psychiater", ließ Nicholas sich vernehmen. „Wenn du lieber unter vier Augen mit ihm reden möchtest …"

„Ich sagte doch, ich will mit Dr. Royce sprechen, und zwar sofort! Wenn du mich nicht lässt …"

„Schon gut", beruhigte Nicholas mich. „Ich mache das für dich." Eine Minute später war er mit Dr. Royces Büro verbunden. „Ja, ich rufe im Auftrag von Deborah Steele an. Sie würde gern Dr. Royce sprechen. Es ist ziemlich dringend." Bei der Aussicht, gleich mit dem Menschen verbunden zu werden, dem ich mehr vertraute als jedem anderen, entspannte ich mich etwas. Doch dann hörte ich Nicholas sagen: „Ach, ich verstehe. Gut. Ich werde es ihr ausrichten." Er legte den Hörer auf, und ich geriet erneut in Panik. „Er ist gestern für eine Woche in Urlaub gefahren", teilte Nicholas mir ruhig mit.

„Nein! Das ist nicht wahr! Du willst nur nicht, dass ich mit ihm rede! Weil … weil du weißt, dass er mir glauben wird! Ich soll denken, dass ich langsam verrückt werde, dabei stimmt das gar nicht! Ich bin womöglich die einzige normale Person in diesem Haus!" Ich hatte mich in helle Aufregung gesteigert und vermute, dass ich tatsächlich einen geistig ziemlich verwirrten Eindruck gemacht haben muss, denn Dr. Morris sah mich prompt sehr nachdenklich an.

„Mrs. Steele, bitte! Hören Sie mir zu. Sie leiden unter Verfolgungswahn und Wahnvorstellungen. Das ist oft eine typische Begleiterscheinung in Fällen wie dem Ihren. Besonders begünstigt wird das durch den zusätzlichen Schock Ihrer plötzlichen Rückkehr hierher, wo Sie sich an niemanden erinnern können. Ich weiß, dass Sie Angst haben und sehr verwirrt sind."

Ich sah ihn flehend an. „Ja, das stimmt. Ich kann gar nicht mehr klar denken. Alles geht drunter und drüber in meinem Kopf." Ich ließ den Blick zu Nicholas wandern. Seine Miene wirkte gequält, doch in seinen dunklen Augen entdeckte ich grenzenlose Wärme und Zärtlichkeit. Er kam zu mir und ergriff meine Hände. „Es wird alles gut werden, Liebling", murmelte er beruhigend.

Tatsächlich ließ meine Anspannung nach. Aber dann sah ich im Sonnenlicht, das durchs Fenster fiel, etwas aufblitzen. Es war die feine Injektionsnadel der Spritze in Dr. Morris' Hand. Ich fing an, mich verzweifelt zu wehren. „Nein, nicht!", rief ich entsetzt. Ich durfte nicht zulassen, dass sie mich wieder betäubten, sonst war ich verloren und ihnen hilflos ausgeliefert.

Beide Männer mussten ihre ganze Kraft aufbieten, mich zu bändigen. Und dann spürte ich den feinen Einstich. Nicholas ließ mich los, und ich blieb reglos liegen. Es hatte keinen Sinn mehr zu kämpfen. Ich hatte verloren.

Dr. Morris klopfte mir auf die Schulter. „Sie werden sehen, Mrs. Steele, gleich wird es Ihnen viel besser gehen. Morgen sehe ich wieder nach Ihnen."

Er verließ das Zimmer, und Nicholas legte sich neben mich auf das Bett. Er nahm mich in den Arm und strich mir das schweißfeuchte Haar aus der Stirn. „Es wird alles gut, Liebling. Ich passe auf dich auf. Im Moment hast du dich verirrt, aber ich werde dich wiederfinden. Wie ich es versprochen habe“, sprach er leise und beruhigend auf mich ein.

Irgendwann hörte ich mich sagen: „Ich liebe dich, Nicholas.“ Und ich vernahm seine Antwort darauf:

„Ich liebe dich auch.“

15. KAPITEL

Das helle Tageslicht tat mir weh, schützend legte ich den Arm über meine geschlossenen Lider. Obwohl der kühle Wind zum Fenster hereinwehte, war mir heiß, und ich schwitzte. Den ganzen Tag über hörte ich sie in meinem Zimmer kommen und gehen, Nicholas und Lillian, und immer wieder tat ich, als schliefe ich.

Wenn Nicholas kam, strich er mir über die Stirn oder befeuchtete meine trockenen, aufgesprungenen Lippen. Lillian berührte mich zum Glück nie, aber sie stand an meinem Bett und starrte auf mich herab. Voller Anspannung erwartete ich, dass sie mich jeden Moment angreifen würde, ich wurde fast hysterisch vor Angst. Doch nichts geschah, und in gewisser Weise war das qualvoller als eine körperliche Attacke.

Nachmittags versuchte ich zweimal, Greg anzurufen, aber er war nicht zu Hause. Mit der Abenddämmerung nahm meine Panik zu. Nach einem dritten erfolglosen Anruf bei Greg erfragte ich über die Auskunft Julias und Godfreys Nummer in New York, dann wählte ich und hoffte inständig, Julia möge daheim sein.

Sie meldete sich gleich selbst, und ich hätte vor Erleichterung fast zu weinen angefangen.

„Deborah! Deine Stimme klingt ja furchtbar!“, rief sie beunruhigt. „Was ist? Bist du krank?“

„Drogen“, stammelte ich heiser. „Man hat mich unter Drogen gesetzt, Julia. Ich brauche Hilfe, ich weiß nicht, was ich tun soll. Bitte …“

„Deborah, ist Nicholas denn nicht da? Weiß er, dass du einen … Anfall hast? Er wird sich doch nicht wieder in seinem Arbeitszimmer vergraben haben und …“

„Nein, nein!“, unterbrach ich sie verzweifelt. „Er ist doch derjenige, der mich … ach, ich bin so durcheinander. Vielleicht ist es ja auch Lillian ..."

„Lillian. Natürlich", schimpfte Julia. „Diese Frau macht mir auch eine Gänsehaut. Aber keine Angst, sie ist harmlos, Deborah. Einfach eine alte, unglückliche Jungfer, mit der man eher Mitleid haben sollte."

Sie verstand mich nicht, und durch das Beruhigungsmittel fiel es mir so schwer zu sprechen. „Hör mich an, Julia, ich habe Angst! Ich muss von hier fort!"

„Allerdings", stimmte Julia zu. „Ich habe Nicholas gesagt, er soll dich mitbringen, wenn er dieses Wochenende zur Party anlässlich der Veröffentlichung seines Buchs kommt. Das wird dir Spaß machen, Deborah, es kommen so viele interessante Leute. Nicholas meinte zwar, es würde zu anstrengend für dich, aber sag ihm einfach, der Arzt hätte dir zugeraten!"

Ich wollte gerade erneut versuchen, ihr meine gefährliche Situation zu erklären, doch da öffnete sich die Tür, und ich legte hastig den Hörer auf.

„Ach, du bist endlich wach." Lillian brachte das Essen. Glaubte sie wirklich, ich würde etwas anrühren, was sie mir vorsetzte? Entweder sie oder Nicholas hatte mir etwas in den Tee getan, also bestand die Gefahr auch beim Essen. Wahrscheinlich wollte sie erneut einen „Unfall", vorbereiten oder einfach Nicholas davon überzeugen, dass ich allmählich den Verstand verlor. Welch grenzenlose Ironie – eine Verrückte, die meine Einweisung in eine Anstalt plante!

„Ich will allein sein", meinte ich gepresst.

„Nicholas möchte, dass du etwas isst. Er sagt, du würdest viel zu dünn."

„Es ist mir gleich, was er möchte", brauste ich auf.

Sie sah mich hasserfüllt an. „Ja, es ist dir in der Tat gleich, was andere wollen."

Ich fühlte mich so elend. „Das stimmt nicht! Vielleicht war ich früher mal so, aber ich habe mich verändert. Siehst du das denn nicht? Siehst du in deinem Hass nicht, dass ich nicht mehr die Deborah von früher bin?“

Sie lachte böse auf, und dieses Lachen und die Art, wie ihre Augen zu glitzern begannen, werde ich niemals vergessen. „Natürlich weiß ich das! In gewisser Hinsicht bist du viel schlimmer und gefährlicher. Bei dem kleinen Biest wusste Nicholas wenigstens, woran er war, aber du hast ihn völlig um den Finger gewickelt! Nun, ihn kannst du vielleicht täuschen, mich nicht.“

„Du ... du *weißt,* dass ich nicht Deborah bin?“ Sie nickte verächtlich. „Aber ... wie kannst du dir dessen so sicher sein?“ Plötzlich wurde mir eiskalt vor Furcht.

Ihr Blick wirkte mit einem Mal seltsam leer. „Weil Deborah tot ist.“

In meinem Kopf überschlugen sich die Gedanken. Das konnte nicht stimmen. Deborah war nicht tot. Ich war doch Deborah! „Nein“, murmelte ich und starrte sie entsetzt an. Mir wurde übel.

„Du weißt, dass es wahr ist“, versetzte sie schneidend.

Ja. All die Teile, die vorher nicht hatten zusammenpassen wollen, bildeten nun ein grauenvolles Ganzes. „Wie ist sie gestorben?“, flüsterte ich erstickt.

Sie warf mir einen Blick zu, bei dem ich erschauerte. Denn dieser Blick besagte, dass sie nicht unter natürlichen Umständen ums Leben gekommen war. Das Blut gefror mir in den Adern. Plötzlich wurde mir klar, dass man Deborah ermordet hatte. Lillian brauchte es mir nicht zu sagen, es stand ihr ins Gesicht geschrieben. Das bedeutete, dass sie sie entweder selbst umgebracht hatte oder dass sie den Mörder kannte und ihn schützen wollte. Und es gab wiederum nur einen einzigen Menschen, den Lillian schützen würde. Nicholas. Den Mann, von dem ich geglaubt hatte, er sei mein Ehemann. Den Mann, in den ich mich rettungslos verliebt hatte.

Ich wachte auf von einem Tumult draußen auf der Treppe. Es war irgendwann am nächsten Tag; nicht morgens, denn am Morgen war der Arzt gekommen, diesmal allein. Ich hatte ihm alles gesagt. Von den Drogen. Davon, dass ich nicht Deborah war. Dass Deborah laut Lillian tot war.

Er sah mich nur mitleidig an und zog erneut eine Spritze auf. Ich protestierte verzweifelt, denn ich ahnte, dass der Arzt mich entweder für völlig schizophren hielt oder aber von Nicholas bestochen worden war. Da ich fast vierundzwanzig Stunden nichts gegessen hatte und immer noch ganz benommen war, hatte ich nicht die Kraft gehabt, mich gegen ihn zur Wehr zu setzen. Innerhalb weniger Minuten war ich wieder in einen apathischen Dämmerzustand gesunken.

Jetzt vernahm ich zwar die aufgeregten Stimmen draußen, doch ich war zu schwach, um mich genauer darauf konzentrieren zu können. Dann aber konnte ich Gregs Stimme erkennen. Greg war gekommen, um mich zu retten! Hatte ich ihn inzwischen doch angerufen? Ich wusste es nicht. Ich versuchte, mich zusammenzureißen. Da – das war Lillians Stimme, unmittelbar vor der Tür. „Sie darf niemanden sehen", erklärte sie energisch. „Anweisung des Arztes. Komm in ein paar Tagen wieder."

Nein, nein! Geh nicht, Greg! Bitte, geh nicht! Ich stand unsicher auf, fiel hin und kroch auf allen vieren zur Tür. Sie war abgeschlossen. Mit aller Kraft, die ich aufbringen konnte, hämmerte ich dagegen und rief Gregs Namen.

Sekunden später hörte ich den Schlüssel im Schloss, und Greg stürzte ins Zimmer. Fast wäre er über mich gestürzt, ich war ganz in der Nähe der Tür zusammengebrochen. Er stieß einen entsetzten Laut aus und riss mich hoch, in seine Arme. Doch als er mich gerade wegführen wollte, stand Nicholas auf einmal vor uns und versperrte uns den Weg.

„Bring sie wieder ins Bett", befahl er leise und drohend.

„Ich bringe sie von hier fort, Nick, und du wirst mich nicht daran hindern", gab Greg entschlossen zurück.

„Schluss, Greg. Ich will nichts mehr mit dir zu tun haben. Verschwinde, und lass dich nie wieder hier blicken!"

„Oh ja, ich verschwinde – aber nur mit Deborah!"

„Deborah ist krank. Und sie ist meine Frau. Noch ein Schritt, und ich lasse dich wegen Entführung verhaften. Lillian hat bereits bei der Polizei angerufen."

Ich vernahm ihre Stimmen wie von ganz weit her. Die Spritze, die der Arzt mir gegeben hatte, betäubte meine Sinne. Ich wollte Greg sagen, dass ich nicht Deborah und nicht Nicholas' Frau war, aber ich brachte keinen Ton heraus.

Jemand legte mich wieder auf das Bett. Und dann hörte ich Greg zischen: „Diese Runde geht vielleicht an dich, Nick, doch ich verspreche dir, das war noch nicht die letzte." Er beugte sich über mich und küsste mich vor Nicholas auf den Mund. „Ich komme wieder, Deborah, hab keine Angst."

„Nicht ... Deborah", stammelte ich, doch Greg stürmte bereits aus dem Zimmer, dicht gefolgt von Nicholas.

Ich weiß nicht, wie lange es dauerte, bis ich wieder zu mir kam, aber es dämmerte bereits. Nicholas stand neben meinem Bett, und als er sah, dass ich wach war, hielt er mir ein Glas Wasser an die Lippen. Ich war furchtbar durstig, trotzdem versuchte ich schwach, seine Hand mit dem Glas wegzuschieben.

Nicholas betrachtete mich traurig, dann trank er einen großen Schluck von dem Wasser. „Hier", sagte er ruhig und reichte mir das Glas erneut. „Wenn es dich beruhigt, werde ich künftig auch dein Essen immer vorkosten." Ich fing an zu weinen, und er strich mir zärtlich über die Wange. „Es ist ja gut. Dr. Morris ist sehr zuversichtlich; er meint, dass das, was du jetzt durchmachst, dein Erinnerungsvermögen zurückbringen könnte."

„Aber das willst du doch gar nicht!", warf ich ihm schroff vor. „Denn wenn ich mich erinnere, dann wird mir klar werden, dass alles ein großer Schwindel ist. Dass ich gar nicht Deborah bin. Und du weißt es“, fügte ich atemlos hinzu, in der Hoffnung, er würde widersprechen.

Doch er tat es nicht, sondern sah mich nur müde an. „Ja. Ich weiß es schon seit einiger Zeit. Anfangs war ich mir noch nicht ganz sicher, wegen der verblüffenden Ähnlichkeit und der Tatsache, dass du ebenfalls maltest. Doch schließlich überwogen die Unterschiede, die nicht einmal durch das Trauma erklärt werden konnten, das du erlitten hattest. Du warst so sanft, so zärtlich, so … liebevoll. Du hattest so viel Herz. Du magst zwar aussehen wie Deborah, aber sonst hast du nichts mit ihr gemeinsam.“ Und kaum hörbar fügte er hinzu: „Gott sei Dank.“ Ich konnte ihn nur verwirrt anstarren, und er begann zu lächeln. „Ich liebe dich. Dabei weiß ich nicht einmal, wie ich dich nennen soll. Ich könnte nie Deborah zu dir sagen.“

Mir war schwindelig. „Du hast sie gar nicht geliebt?“

Nicholas seufzte. „Oh, anfangs war ich wie verhext von ihr. Sie schien so lebenslustig und selbstbewusst, die geborene Verführerin. Erst in Raven’s Cove erkannte ich allmählich, wie sie wirklich war – kalt, berechnend, egoistisch und treulos. Und doch gleichzeitig so betörend … Manchmal, in schwachen Stunden, war mein Verlangen nach ihr stärker als meine Abneigung“, gestand er und wich verlegen meinem Blick aus. Aber dann nahm er meine Hand und sah mich wieder an. „Als sie fort war, schwor ich mir, mich nie wieder so von einer Frau behandeln zu lassen. Ich wollte mich in meine Arbeit stürzen, mich völlig zurückziehen und …“ Er verstummte lächelnd. „Und dann kamst du in mein Leben, so verloren und verängstigt und gleichzeitig doch so liebenswert und bezaubernd. Ich kämpfte mit aller Macht gegen meine Gefühle für dich an, trotzdem wurden sie immer stärker, bis sie sich nicht mehr verdrängen ließen.“ Er strich mir erneut über die Wange. „Ich wollte dir von Anfang an die Wahrheit sagen. Ich wusste, es war falsch, dich im Glauben zu lassen, du seist Deborah, du seist meine … Frau. Aber ich hatte solche Angst, du würdest sonst fortgehen. Ich war innerlich völlig zerrissen. Und dann war da noch Greg …“

„Du dachtest, Deborah und Greg hätten ein Verhältnis gehabt“, murmelte ich. „Und du befürchtetest, ich könnte ihr ähnlicher sein, als dir lieb war.“ Er schwieg, doch ich sah ihm an, dass meine Theorie richtig war. „Ich bin zwar nicht Deborah, dennoch hat sie von Anfang an wie ein Schatten zwischen uns gestanden.“

„Ja“, stimmte Nicholas still zu.

Ich wusste, wenn ich ihn jetzt fragte, ob er Deborah umgebracht hätte, wäre er ehrlich zu mir gewesen. Ich fand jedoch nicht den Mut dazu, ich hatte zu große Angst vor der Antwort. War ich deswegen feige? Oder einfach nur hoffnungslos verliebt?

Er hob mein Kinn an und sah mir tief in die Augen. „Du denkst, du seist meine Gefangene“, meinte er gepresst. „Aber das stimmt nicht, ich bin deiner, mein Liebling. Ich liebe dich so sehr. Jetzt, wo du die Wahrheit kennst, gibt es nichts, was dich hier noch halten könnte. Andererseits gibt es auch nichts, was ich nicht tun würde, damit du bleibst.“

Er öffnete mir alle Türen, ich konnte gehen. Und wenn ich das nun tat? Sicher, ich würde es überleben, doch gleichzeitig würde ich etwas wesentlich Wichtigeres als nur mein Gedächtnis für immer verlieren. Natürlich hatte ich nach wie vor Angst, aber meine Sehnsucht und mein Verlangen waren stärker als alles andere. Nicholas hatte Deborah nicht geliebt, mich hingegen liebte er. Mich? Wer war ich denn nun, nachdem feststand, dass ich nicht Deborah war? Es spielte keine Rolle. Ich war die Frau, die er liebte, und dadurch schenkte er mir eine Identität.

Nein, ich wollte ihn nicht verlieren. Ich hob langsam die Arme, schlang sie um ihn und zog ihn zu mir herab, um ihn zu küssen. Er hatte Deborah bestimmt nicht umgebracht, dessen war ich mir sicher. Es musste Lillian gewesen sein. Sie hatte Deborah gehasst und mit angesehen, wie Nicholas' kurze Verliebtheit sich in Enttäuschung und Verzweiflung verwandelt hatte.

Und dann – hätte er mir eben gestanden, er sei sich am Anfang nicht sicher gewesen, ob ich Deborah war, wenn er seine Frau umgebracht hätte? Dann wäre ihm doch sofort klar gewesen, dass ich gar nicht Deborah sein konnte. Es sei denn, er war so hinterlistig und heimtückisch, dass er mich …

Aber nein. Jetzt erwiderte er meine Küsse, so zärtlich, so liebevoll … das waren nicht die Küsse eines Mörders.

Die Nacht brach langsam herein. Nicholas legte sich zu mir auf das Bett und begann, mich zu streicheln, meine Schenkel, meine Hüften, meine Brüste. Und während seine Hände meinen Körper eroberten, eroberte sein Herz meine Seele. Warmes Verlangen pulsierte durch meine Adern, doch ich war noch zu schwach, um etwas anderes tun zu können, als still dazuliegen und seine Liebkosungen zu genießen. Mit ihnen entführte er mich in ein Land jenseits von Schmerz, Zweifeln und Angst. Ich lag in den Armen des Mannes, den ich liebte, und so verdrängte ich jeden Gedanken an die Gefahren, die noch auf mich lauern mochten. Ich wollte nur das Glück und die Zärtlichkeit spüren, die einzig Nicholas mir geben konnte.

Ich fühlte seinen Mund auf meiner Kehle, seine Finger in meinem Haar. Als er seinen nackten Körper an mich presste, merkte ich, wie ein Zittern durch seine Glieder ging. Wieder küsste er mich voller Glut und Leidenschaft, dann sah er mich an, und in seinen Augen spiegelten sich gleichzeitig Glück und Sorge wider.

„Ich weiß wirklich nicht, wie ich dich jetzt nennen soll."

„Katherine", murmelte ich. Das war ein Name, so gut wie jeder andere, und in jedem Fall besser als Deborah. Wie froh ich war, dass ich nicht Nicholas' untreue, gewissenlose Frau war. Ich sagte mir, dass das nun in der Tat ein echter Neubeginn für uns werden konnte.

Als Nicholas endlich in mich eindrang, seufzte ich auf. Ein ganz ungeahntes Gefühl von Kraft durchströmte mich, und während ich ihn fest umschlungen hielt und mich dem Rhythmus hingab, der nur uns beiden gehörte, fühlte ich mich auf einmal, als sei ich neu geboren worden. Und ich spürte, dass es Nicholas ebenso ging.

16. KAPITEL

Als ich am nächsten Morgen erwachte, stand Nicholas angezogen neben dem Bett. Er sah atemberaubend aus, ganz in Schwarz, das lange dunkle Haar straff mit einem Lederband nach hinten gebunden.

„Bekommen wir Besuch?“, fragte ich verschlafen.

Er lächelte und küsste mich zärtlich. „Ich muss nach New York zu dieser Party. Willst du mitkommen? Julia rief an und meinte, es täte dir bestimmt gut.“

Ich musste daran denken, wie ich Julia vor zwei Tagen angerufen hatte. Was war seither alles passiert! „Musst du unbedingt fahren?“

Er seufzte. „Ja. Godfrey würde mir sonst etwas antun, fürchte ich.“

„Wann kommst du wieder?“

„Die Party ist heute Abend, und morgen habe ich Geschäftliches zu erledigen. Wenn ich früh genug damit fertig werde, fahre ich noch morgen Abend zurück. Sonst Sonntagmorgen. Nun? Wie ist es? Begleitest du mich? Wenn nicht, wirst du hier allein zurechtkommen müssen. Lillian besucht übers Wochenende eine alte Schulfreundin in Albany. Sie wird erst Sonntagnachmittag wieder hier sein.“ Meine Laune besserte sich schlagartig. „Dass Lillian nicht da ist, stört dich sicher nicht, aber ich mache mir Sorgen, dich ganz allein hierzulassen“, meinte Nicholas.

Ich griff beruhigend nach seiner Hand. „Nein, das brauchst du nicht. Wirklich, es geht mir schon so viel besser.“

Er lächelte. „Ja, das habe ich gemerkt.“

Ich wurde rot. „Die letzte Nacht war wunderschön, Liebling. Bitte, versuche, schon morgen Abend wieder hier zu sein.“

Er blickte aus dem Fenster. „Es sieht nach Regen aus.“

Ich zwang mich, nicht auf die bedrohlich dunklen Wolken

zu achten. „Nein, das glaube ich nicht."

Nicholas schloss mich in die Arme und presste mich fest an sich. „Oh Katherine, ich hätte nie gedacht, dass ich so glücklich sein könnte. Ich bin nicht gerade einfach, sondern launisch, verschlossen und furchtbar eifersüchtig. Du hättest etwas Besseres als mich verdient!"

Ich strich ihm liebevoll über das Haar. „Du auch. Ich bin schließlich eine Frau ohne Vergangenheit, Nicholas ..."

Er küsste mich auf den Mund. „Das ist mir gleich. Die Vergangenheit ist tot. Jetzt zählt nur noch unsere Zukunft." Ich erschauerte unwillkürlich, und das entging ihm nicht. „Was hast du?"

„Nichts, gar nichts." Ich erwiderte seinen Kuss leidenschaftlich. „Es ist nur – ich werde dich so vermissen."

„Etwas Schöneres hättest du mir nicht sagen können." Wir küssten uns erneut, dann ging er fort.

Mittags rief Greg an. Er fragte besorgt, ob alles in Ordnung sei.

Ich lachte. „Aber ja! Mir geht es hervorragend."

„So? Das ist ja fast ein Wunder. Gestern sahst du noch aus, als lägest du im Sterben."

Sein gereizter Unterton befremdete mich. „Ja, ein paar Tage lang ging es mir wirklich schlecht, ich war auch in Behandlung. Vor deinem Besuch gestern hatte ich gerade eine Beruhigungsspritze bekommen. Doch jetzt fühle ich mich wieder viel besser."

„Wo ist Nick?"

„In New York, wegen seines neuen Buchs. Und Lillian besucht eine Freundin in Albany. Ich habe das Haus ganz für mich."

„Du solltest nicht allein sein, Deborah. Ich komme zu dir und ..."

„Nein." Ich wusste selbst nicht, ob ich nicht wollte, dass er kam oder dass er mich Deborah nannte. Seltsam, er hatte nie den geringsten Zweifel an meiner Identität gehabt.

„Du willst mich nicht sehen?", fragte er prompt enttäuscht.

„Nein, Greg, das ist es nicht", beteuerte ich sanft. „Ich bin nur endlich mal ganz allein, und ich denke, dass das sehr wichtig ist für mich. Das verstehst du doch, oder?"

Stille. „Deborah, ich mache mir Sorgen. Diese plötzlichen Stimmungswechsel ..."

„Ich sagte dir doch, ich stand unter Medikamenten!"

„Trotzdem. Und ich finde nach wie vor, dass du Raven's Cove verlassen solltest. Du hast Nick ja gestern gesehen. Ich fürchte, er ist verrückt."

„Bitte, sprich nicht so über Nicholas, Greg."

Erneutes Schweigen. Dann: „Du liebst ihn. Nach allem, was geschehen ist ... Du kannst doch nicht so blind sein!"

„Greg, bitte nicht. Ich mag dich sehr, und ich weiß, irgendwann werdet ihr beide auch wieder gute Freunde sein."

„Nein, dazu ist es zu spät. Er weiß selbst, dass ich ihn durchschaue."

Gregs düsterer Tonfall gefiel mir nicht. Er weckte unterdrückte Ängste und Zweifel in mir, und das war das Letzte, was ich wollte. „Darüber reden wir ein anderes Mal", wehrte ich bestimmt ab. „Ich rufe dich morgen an. Vielleicht können wir zusammen zu Mittag essen. Wir haben einiges zu bereden, Greg."

„Wirklich?"

„Bis morgen", beharrte ich freundlich und legte auf.

Am Abend kam das Unwetter. Es fiel mir zunehmend schwerer, meine Angst zu unterdrücken, überall im Haus glaubte ich Geräusche zu hören. Gegen neun beschloss ich, zu Bett zu gehen. Wenn ich am nächsten Morgen aufwachte, würde das Gewitter vorbei sein und Nicholas bald zurückkommen.

Als ich jedoch in mein Zimmer kam und auf den Lichtschalter drückte, blieb alles dunkel. Und plötzlich nahm ich den Duft wahr. Es war eins von Deborahs Parfums. Seit dem Tag, an dem ich den Flakon zerbrochen hatte, hatte ich den Duft nicht mehr gerochen, doch nun war er wieder deutlich zu spüren, und mit einem Mal kam mir die Dunkelheit in meinem Zimmer bedrohlich und feindselig vor.

Ich trat in den Flur hinaus, aber inzwischen war im ganzen Haus das Licht verloschen. Ein Stromausfall wegen des Gewitters? Mir fiel ein, dass ich in Nicholas' Schreibtischschublade neben dem farbverschmierten Brieföffner eine Taschenlampe gesehen hatte. Ich ging in das Arbeitszimmer. Ja, die Lampe war noch dort, und zu meiner Erleichterung funktionierte sie. Auch der Brieföffner befand sich an Ort und Stelle, er war inzwischen gereinigt worden und lag blinkend auf dem Manuskript, an dem Nicholas gerade arbeitete.

Ich zögerte. Das letzte Mal, als ich eine Manuskriptseite von Nicholas zur Hand genommen hatte, war mir beinahe schlecht geworden vor Grauen. Und doch war meine Neugier jetzt stärker als meine Angst. Ich setzte mich und begann zu lesen.

Es war die Geschichte eines Mannes, den Leidenschaft und Eifersucht so um den Verstand brachten, dass er die Frau, die er über alles liebte, tötete. Ich las bis zu der Stelle, wo er ihr die Hände um die Kehle legte und dann langsam zudrückte, bis sie tot war. Daraufhin trug er die Leiche in den Keller und vergrub sie dort …

Ich weiß nicht, welcher Irrsinn mich dazu trieb, in den Keller zu gehen, aber ich musste einfach wissen, ob Deborah dort begraben lag. Und ob Nicholas womöglich gar keine erfundenen Romane schrieb, sondern Tatsachen …

Vorsichtig stieg ich die Kellertreppe hinab. Wie schon vorhin nahm ich plötzlich wieder Deborahs Parfum wahr. Ging etwa ihr Geist in Raven's Cove um? Wollte sie mir den Weg weisen zur Lösung des Geheimnisses um ihren Tod?

Auf der vorletzten Stufe packte mich auf einmal etwas am Knöchel. Ich stürzte auf den kalten Kellerboden und verlor dabei die Taschenlampe. Das Etwas hielt mich noch immer fest. Nein, kein Etwas. Eine Hand. Jemand war ganz in meiner Nähe, ich konnte jetzt seinen Atem hören. Und Deborahs Parfum wurde immer intensiver.

Entsetzt begann ich mich zu wehren, und es gelang mir tatsächlich, mich zu befreien. Ein Schuss fiel. Instinktiv warf ich mich flach zu Boden, und dann war die Hand wieder da. Nicht mehr um meinen Knöchel, sondern an meiner Kehle.

Der Zorn verlieh mir ungeahnte Kräfte. Nein, noch einmal würde ich nicht zum Opfer werden. Ich kämpfte wie eine Besessene, packte die Hände, die sich um meinen Hals geschlossen hatten, trat um mich, kratzte und schrie. Ich hörte, wie die Waffe zu Boden fiel, und während ich mit einem Arm versuchte, meinen Angreifer abzuwehren, tastete ich mit der anderen Hand den Boden nach der Waffe ab. Im selben Moment spürte ich ihren Lauf an meiner Schläfe, und ein irres Lachen ertönte. Lillian!

„Du hast in seinem Manuskript gelesen, du elende Schnüfflerin!“, zischte sie mir ins Ohr. „Oh, ja, ich habe dich dabei beobachtet. Glaubtest du wirklich, ich würde dich allein im Haus lassen?“ Wieder dieses wahnsinnige Lachen. „Jetzt weißt du also Bescheid. Nun, er hatte jedes Recht, sie zu töten. Sie war ein verlogenes Biest, das ihn gar nicht liebte. Und er liebte sie auch nicht, genauso wenig wie dich. Wenn er wüsste, dass du ihm auf die Schliche gekommen bist, würde er dich ebenfalls auf der Stelle beseitigen. So wie sie. Ganz langsam und genüsslich. Nun, diesmal braucht er sich nicht zu bemühen, weil ich ihm diese Arbeit abnehme …“

Sie hatte vollkommen den Verstand verloren. Waren sie womöglich tatsächlich alle beide verrückt, sie – und Nicholas? Wieder schlug ich wild um mich, und ich wollte schon erleichtert aufatmen, als ich die Waffe erneut zu Boden fallen hörte, doch da schlossen sich abermals Lillians Hände um meine Kehle.

Panik erfüllte mich, als mir allmählich die Luft wegblieb, aber plötzlich geschah etwas Unglaubliches. Ich sah den Mann vor mir, der mich vor fast drei Monaten überfallen hatte. Ich konnte ihn deutlich beschreiben, er trug eine tief heruntergezogene Mütze mit Sehschlitzen. Und dann … fiel mir mein Name ein. Ich hieß Elizabeth. Elizabeth Crane …

Mit meinem Erinnerungsvermögen kehrte auf einmal auch all meine Kraft zurück. Verbissen kämpfte ich mit Lillian auf dem kalten Zementboden. Meine heftigen Angriffe überraschten sie wohl; ich konnte ihr tatsächlich entkommen, doch nur vorübergehend, dann war sie wieder über mir. In dem Augenblick stieß meine eine Hand gegen eine Latte am Boden. Ich packte sie und schlug zu. Lillian stöhnte auf und brach bewusstlos zusammen.

Wie durch Zauberhand flammte plötzlich das Licht wieder auf. Ich wollte nach oben stürzen, um die Polizei und einen Krankenwagen zu rufen, da vernahm ich Schritte, die sich eindeutig der Kellertür näherten.

Zitternd vor Angst griff ich nach Lillians Pistole. Was war, wenn das Nicholas war? Wenn er merkte, dass ich die Wahrheit kannte? Würde er mich umbringen wollen, so wie Lillian behauptet hatte? Und noch schlimmer, würde ich im Notfall die Waffe gegen den Mann richten können, den ich liebte?

Doch der Mann, der jetzt die Treppe herunterkam, war – Greg. Vor Erleichterung brach ich in Tränen aus. Greg eilte zu mir, nahm mir die Waffe ab und zog mich in seine Arme. „Tot … Ihre Leiche, hier im Keller! Es ist wahr", schluchzte ich unzusammenhängend.

Greg strich mir tröstend über das Haar, dann sah er mir fragend ins Gesicht. „Hast du sie gefunden?"

Ich schüttelte den Kopf. „Wir müssen die Polizei verständigen!“

„Ganz ruhig, Liebling. Ich bringe dich fort von diesem Irrsinn. Ich werde dich so lieben, wie du es verdienst. Ich habe dich immer geliebt.“

Ich löste mich sanft aus seiner Umarmung. „Nein, Greg. Du hast Deborah geliebt. Ich jedoch bin Elizabeth Crane. Viel mehr weiß ich noch nicht, aber es ist ein Anfang.“ Was mich verblüffte, war, dass er überhaupt nicht reagierte. „Du … du bist nicht überrascht?“

Er lächelte etwas kleinlaut. „Ich wollte es dir morgen sagen. Ich hatte meine Nachforschungen nie eingestellt, und so bin ich auf die Spur von Elizabeth Crane gestoßen, die in Perkin Springs, Connecticut, vermisst wurde.“

Kaum hatte Greg die letzten Worte ausgesprochen, sah ich nicht nur das verschlafene Gebirgsdorf vor mir, sondern auch mein kleines weißes Haus mit dem Atelier, in dem ich gemalt hatte. Es war, als hätte jemand in meinem Gehirn einen Lichtschalter betätigt. „Warum hast du mir das eben nicht am Telefon gesagt?“, wollte ich stockend wissen.

„So etwas erzählt man nicht am Telefon“, meinte er und wollte mich wieder in seine Arme ziehen. Er hielt inne, als erneut Schritte vernehmbar wurden. Und dann rief Nicholas nach mir. „Sag ihm, dass du hier bist!“, zischte Greg mir ins Ohr und richtete die Pistole auf die Treppe.

Ich erstarrte, als ich plötzlich begriff. „Greg, nein! Das kannst du doch nicht …“

Sein Lächeln war merkwürdig und Furcht einflößend. „Warum nicht? Er verdient den Tod. Er hat Deborah unglücklich gemacht. Er ist schuld, dass wir nie miteinander glücklich werden konnten. Beinahe wäre ihm das jetzt mit uns beiden auch wieder gelungen. Doch diesmal bin ich der Sieger. Du bist für mich bestimmt, Deborah.“

Fassungslos wurde mir klar, dass ich für ihn noch immer Deborah war. Er konnte uns nicht auseinanderhalten, und das Schlimmste war, er wollte es gar nicht! „Leg die Waffe fort, Greg, das ist kein Ausweg. Außerdem liebe ich dich nicht, und das hat nichts mit Nicholas zu tun."

Sein Blick verschlug mir den Atem. „Du bist noch immer ein kokettes kleines Biest. Du konntest ihn damals nicht betrügen, und du kannst es heute noch nicht. Immer hast du mit meinen Gefühlen gespielt, mich ausgenutzt. Und dann hast du mir einfach ins Gesicht gelacht. Doch schließlich habe ich dich zum Schweigen gebracht, und ich bereue es nicht ..."

Mir schnürte sich die Kehle zu, als ich die ganze grässliche Wahrheit zu erkennen begann. Nicht Nicholas. Nicht Lillian. Sondern Greg. Greg, der so blind in die Frau seines Freundes verliebt gewesen war, dass er sie umgebracht hatte, als sie ihn auslachte.

„Ich wollte dir eine zweite Chance geben", fuhr er hasserfüllt fort. „Doch du ließest es nicht zu. Deshalb habe ich an den Bremsen manipuliert. Wenn ich dich nicht haben konnte, sollte Nick dich auch nicht bekommen. Aber du bist zäh. Und du hieltest weiter zu ihm, obwohl du dachtest, er hätte dir etwas in den Tee getan." Er grinste böse.

„Liebling? Katherine? Bist du dort unten?"

Nicholas öffnete die Kellertür, und ich wollte ihm entsetzt eine Warnung zurufen, doch Greg warf den Arm um meine Schultern und hielt mir den Mund zu. Was sollte ich bloß tun? Nur ein Wunder konnte Nicholas jetzt noch retten.

Und das Wunder geschah. Lillian kam zu sich. Ihr Stöhnen lenkte Greg kurzfristig ab, und ich nutzte das aus, um ihm die Pistole aus der Hand zu schlagen. Im selben Moment jedoch zog er den Brieföffner aus der Tasche. Den er, wie ich jetzt begriff, in Nicholas' Schreibtischschublade gelegt hatte, um jeden Verdacht auf Nicholas zu lenken, nachdem er selbst mein

Bild zerstört hatte.

Nicholas kam die Treppe herabgeeilt. „Nicht!“, rief ich ihm zu, doch er stürzte bereits auf uns zu. Ich trat Greg mit aller Kraft gegen das Schienbein, und Nicholas nutzte seine Schrecksekunde, um mich von ihm fortzuzerren. Dann fing er an, mit den Fäusten blind auf Greg einzuprügeln. „Nein, Nicholas!“, rief ich entsetzt. „Hör auf, das ist keine Lösung!“

Zu meiner Erleichterung ließ Nicholas tatsächlich von ihm ab, und Greg fiel halb bewusstlos zu Boden. Doch als Nicholas ihm den Rücken zukehrte, um zu mir zu kommen, sprang ihn Greg plötzlich unerwartet von hinten an, riss ihn zu Boden und kauerte sich über ihn, während er ihm die Spitze des Brieföffners gegen die Kehle drückte. Sein irrsinniges Lachen hallte durch den Keller.

„Deine verrückte Cousine war ein Risiko für mich. Denn ich dachte zuerst, sie ahnte, dass ich Deborah an jenem Abend in ihrem Atelier umgebracht hatte, nachdem ich ihre Gemälde zerstört hatte. Doch dann wurde mir klar, dass sie dich für den Mörder hielt. Das kam mir sehr gelegen!“

Er fing wieder an zu lachen. Ich hielt entsetzt den Atem an und rechnete damit, dass er Nicholas jeden Moment den Brieföffner in die Kehle rammen würde, doch da vernahm ich plötzlich ein eigenartig sirrendes Geräusch, dann einen lauten Knall. Und gleichzeitig sah ich die blutende Wunde an Gregs Hinterkopf. Das Lachen verstummte abrupt, wurde zu einem hässlichen Gurgeln, und dann kippte Greg zur Seite und blieb reglos neben Nicholas liegen.

Mein Blick fiel auf Lillian, die die Waffe mit erstaunlich ruhiger Hand hielt. Nicholas stand auf, trat zu ihr und nahm ihr sanft die Pistole ab. Lillian lächelte ihn liebevoll an. „Du bist ja ganz nass vom Regen, Nicholas, mein Lieber. Du brauchst jetzt unbedingt einen guten, heißen Kakao.“ Damit ging sie an uns vorbei und stieg die Treppe empor.

Als sie verschwunden war, sah Nicholas nach Greg. Er fühlte seinen Puls und schüttelte dann den Kopf. Greg war tot. Er hatte für sein Verbrechen mit dem Leben bezahlt.

Nicholas legte den Arm um mich und führte mich nach oben. In der Küche hörten wir Lillian zufrieden vor sich hin summen. „Was wird mit ihr geschehen?", fragte ich leise. Ich empfand nur noch Sympathie und Mitgefühl für die Frau, die ich einmal gehasst und gefürchtet hatte.

„Sie hat uns beiden das Leben gerettet. Ich glaube kaum, dass sie vor Gericht muss", meinte Nicholas bedrückt. „Sie braucht wirklich professionelle Hilfe. Wir werden eine gute Privatklinik für sie finden, Katherine."

Ich lächelte ihn an. „Nicht Katherine. Ich heiße Elizabeth, Nicholas. Elizabeth Crane."

Polizei und Krankenwagen kamen nur knapp eine Viertelstunde nach Nicholas' Anruf. Gregs Leiche wurde abtransportiert, und eine sehr liebevolle Polizistin führte Lillian zum Polizeiwagen. Man versicherte uns freundlich, dass Lillian in eine psychiatrische Klinik und nicht aufs Revier gebracht werden würde.

Wir standen am Fenster und sahen den im Regen davonfahrenden Fahrzeugen nach, dann wandte ich mich Nicholas zu. „Weshalb bist du heute schon zurückgekommen? Wusstest du Bescheid wegen Greg?"

„Ich hatte zumindest immer schon so eine Ahnung. Deshalb habe ich ihn auch zum Antihelden in meinem neuen Roman gemacht." Ich musste lächeln. „Was ist?"

Ich streichelte seine Wange. „Nichts. Sprich weiter. Warum bist du nicht zu der Party gegangen?"

Er zog mich an sich. „Es war der Regen. Ich wollte nicht, dass du dich fürchtest."

„Katherine fürchtete sich vor dem Regen, aber nicht Elizabeth. Sie wird nie wieder Angst haben, solange wir nur zusammen sind."

„Wir werden immer zusammen sein, Elizabeth."

Hand in Hand traten wir hinaus in die regnerische Nacht und küssten uns. Mit diesem Kuss beendeten wir endgültig die Vergangenheit und besiegelten unsere gemeinsame Zukunft.

EPILOG

Nicholas und ich heirateten zwei Wochen später, und Julia und Godfrey waren unsere Trauzeugen. Inzwischen war mein Gedächtnis weitgehend zurückgekehrt. Sehr geholfen hatten mir Aufzeichnungen, die wir nach Gregs Tod in seinem Büro in Manhattan fanden.

Dass Deborah und ich uns so ähnlich sahen, lag daran, dass wir Cousinen ersten Grades gewesen waren. Wir hatten viele Jahre keinen Kontakt mehr zueinander gehabt, weil ich sie nicht besonders mochte. Außerdem war sie sehr reich und verkehrte in ganz anderen Kreisen als ich. Ich hingegen hatte ein sehr zurückgezogenes Künstlerleben in Perkin Springs geführt, wohin ich erst wenige Monate vor dem Überfall gezogen war. Davor hatte ich Kunst in Florenz studiert und ein paar enttäuschende Liebesaffären erlebt. Der Richtige war mir nie begegnet. Bis ich Nicholas kennenlernte.

Greg hatte kurz nach Deborahs Tod unser Verwandtschaftsverhältnis entdeckt. Sicher weiß ich es nicht, aber Nicholas und ich glauben, dass Greg derjenige war, der mich in Manhattan überfallen und versucht hatte, mich zu ermorden. Es sollte so aussehen, als sei ich Deborah Steele und mein Tod der Beweis dafür, dass ich nicht in Raven's Cove gestorben sein konnte. Damit wollte er einer möglichen Anschuldigung von Lillian aus dem Weg gehen.

Doch ich überlebte, und so fasste er einen neuen Plan. Anfangs wollte er mich wohl so rasch wie möglich umbringen und den Verdacht entweder auf Lillian oder auf Nicholas lenken, aber dann muss er sich wohl in mich verliebt haben. Das heißt, eher in Deborah, denn in seinem zunehmend verwirrten Geisteszustand konnte er uns nicht mehr auseinanderhalten.

Nun, die Vergangenheit ist abgeschlossen. Heute feiern Nicholas und ich unseren ersten Hochzeitstag. Und es gibt noch mehr zu feiern – wir erwarten unser erstes Kind. Abgesehen davon erscheint heute Nicholas' neuestes Buch. Nicht jene schreckliche Geschichte, mit der er gerade angefangen hatte, als ich nach Raven's Cove kam, sondern ein Liebesroman über zwei Menschen, die sich nach langen Irrwegen endlich finden. Natürlich gibt es ein Happy End. Wie könnte es auch anders sein?

– ENDE –

Elise Title

Die Angst spielt mit

Roman

Aus dem Amerikanischen von
M. R. Heinze

MIRA®

PROLOG

Der stille, gebrechliche Parker Anderson war nervös, erregt und besorgt zur gleichen Zeit. *Vierundvierzig Jahre.* Er fragte sich, ob das ein Rekord war, und lachte leise vor sich hin. *Alle haben gesagt, ich würde es nie schaffen. Alle anderen haben aufgegeben. Keiner hat daran geglaubt. Aber ich habe nie zu glauben aufgehört. Ich wusste es! Ich wusste ...*

„Zeit für unser Säftchen, Mr. A."

Parker blickte von dem Stapel Blätter auf seinem Schreibpult hoch und schenkte der kecken blonden Pflegerin in der offenen Tür ein bedauerndes Lächeln. „Dieses Zeug schmeckt wie Gift, Kelly." Er schob die Papiere in einen braunen Umschlag, bevor er seinen Rollstuhl in ihre Richtung drehte.

„Oh, so schlimm ist es nicht", erwiderte Kelly fröhlich und wusste, dass Mr. Anderson nicht allzu viel Theater machen würde. Von allen Bewohnern des Thornhill-Cove-Altenheims, die medizinische Betreuung brauchten, war der zweiundachtzigjährige Parker Anderson einer der kooperativsten. Obwohl sie in den letzten Wochen festgestellt hatte, dass er irgendwie erregt und übervorsichtig war. Wie er zum Beispiel jetzt hastig diese zerknitterten Papiere wegsteckte, als fürchtete er, sie könne tatsächlich so interessiert sein, dass sie einen Blick darauf warf.

Kelly ging über den pfirsichfarbenen Teppich des Einbettzimmers zu der Klimaanlage unter dem Fenster und stellte sie eine Stufe tiefer. Danach regelte sie die hellblauen Jalousien so, dass die Sonne nicht in den Raum brennen und die farbenfrohe Einrichtung ausbleichen konnte. Sie warf einen Blick auf den üppigen, gepflegten Rasen hinaus, der einem smaragdgrünen Teppich ähnelte, ausgenommen an der Stelle, wo der Schatten des Uhrturms des Dorchester Colleges auf die Wiese fiel.

Sie drehte sich um und warf ihrem Pflegebefohlenen einen unnachgiebigen Blick zu. „Wir dürfen nicht mit der Klimaanlage herumspielen, Mr. A. Wir wollen uns doch keine Erkältung einfangen. Es sind draußen jetzt schon fast dreißig Grad, und Willard Scott sagt, es wird am Nachmittag noch heißer. Sie wollen doch nicht von Eiseskälte in Gluthitze kommen, wenn Bertie Sanborn Sie nach dem Mittagessen zum Spaziergang abholt."

„Bertie Sanborn?"

„Ach, haben Sie die neue Helferin noch nicht kennengelernt? Bertie kam gestern an Bord. Eine ganz süße Lady, Mr. A. Sie werden sie mögen. Alle unsere Bewohner sind von ihr begeistert."

Parker, der seine goldene Taschenuhr aus seiner Weste hervorgeholt hatte, hörte nur halb zu. „Sagen Sie, Kelly, es ist schon fast zehn. War die Post noch nicht da?"

„Also … ja, Mr. A. Ich fürchte, heute war nichts für Sie dabei. Vielleicht morgen", fügte sie hinzu und zwang einen hoffnungsvollen Ton in ihre Stimme, als sie die Enttäuschung auf dem Gesicht des alten Mannes sah.

Mr. A. tat ihr leid. Seit sie hier vor drei Jahren zu arbeiten begonnen hatte, hatte Mr. A. Hunderte von Briefen geschrieben, aber nur selten eine Antwort bekommen. Und was er per Post erhielt, war ein Rätsel. Zeitungen aus allen Ecken des Landes. Nicht einmal Großstadtzeitungen, sondern Lokalzeitungen in der Art wie der *Tab* von Thornhill, volkstümliche Zeitungen, die hauptsächlich über Kleinstadtleben berichteten. Kelly vermutete, dass Mr. A. einmal an allen diesen Orten gelebt hatte und sich auf dem Laufenden halten wollte. Ohne nennenswerte Besucher und mit nur ein paar Freunden in Thornhill Cove, waren seine Briefe und die Zeitungen alles, womit Parker Anderson die Zeit totschlagen konnte.

Kelly holte die fast neue Flasche Eisensirup aus dem Nachtschränkchen des alten Mannes. Bis vor Kurzem hatte man es ihm überlassen, täglich zweimal seine Dosis zu nehmen, doch ein routinemäßiger Bluttest vor ein paar Wochen hatte einen niedrigen Eisengehalt ergeben. Dr. Bright vermutete, dass Mr. Anderson seinen Saft vergaß, und schlug vor, eine Schwester solle das Einnehmen überwachen.

„Ich verstehe nicht, wieso die Pharmafirmen nichts gegen den schlechten Geschmack von diesem Zeug machen können", klagte Parker, während er zusah, wie sie mit dem Verschluss kämpfte. „Muss ich …?"

„Aber, aber, Mr. A., haben wir nicht das ganze Wochenende darüber geklagt, dass wir ein wenig unter dem Wetter leiden?"

Parker lächelte. „Haben Sie auch unter dem Wetter gelitten, Schwester Brown?", neckte er sie.

„Verzögerungstaktik, Mr. A. Außerdem sehen Sie heute Vormittag noch immer ein wenig leidend aus."

„Ich habe nicht gut geschlafen", gab er zu.

„Möchten Sie, dass der Doktor später nach Ihnen sieht, wenn er seine Runde macht? Dr. Bright hat heute Schicht, und Sie kommen doch gut mit ihm aus."

„Nein, nein, mir geht es gut." Parker beobachtete mit Widerwillen, wie sie einen Löffel mit der schlammbraunen Flüssigkeit füllte und dafür sorgte, dass er jeden Tropfen schluckte.

„Es wäre trotzdem gut, wenn er Sie untersucht", sagte Kelly, als sie das Zittern der Hand des alten Mannes bemerkte, während er sich die Lippen mit seinem Taschentuch abwischte. Für sein fortgeschrittenes Alter hielt sie Mr. A. grundsätzlich für bemerkenswert gesund, aber im Verlauf des Wochenendes hatte Kelly eine leichte Abwärtsentwicklung festgestellt. Nun ja, dachte sie betrübt, aber mit professioneller Resignation, so ist das oft in diesem Alter.

Nachdem Schwester Brown gegangen war, griff Parker nach dem braunen Umschlag auf seinem Schreibtisch und rollte sich zu der geschnitzten Zederntruhe vor seinem Bett. Auch er bemerkte das Zittern seiner Hände, als er mit dem Kombinationsschloss herumspielte. Er runzelte die Stirn. Am Wochenende hatte er sich wirklich immer schlechter gefühlt. Vielleicht war es keine so dumme Idee, wenn Bright ihn untersuchte.

Sorgfältig legte er den braunen Umschlag in seine Zederntruhe, schloss sie und ließ den Riegel einschnappen. Diese ganze Aufregung – die war schuld. Nur davon fühlte er sich schlecht. Sobald der Brief kam – sobald er von *ihr* hörte, würde seine Energie zurückkehren. Endlich würde er die Befriedigung und die Vergeltung verspüren, die ihm so viele Jahre entgangen waren.

Er schloss die Augen, und ein schwaches Lächeln huschte über sein Gesicht. Er hätte den Vormittag verschlafen, hätte Mildred Mead nicht an seine Tür geklopft.

„Ach du liebe Zeit, habe ich Sie geweckt, Mr. Anderson?"

Es dauerte ein paar Sekunden, bis Parkers Kopf sich klärte.

„Ich wollte gerade meine Schwiegermutter auf die Sonnenterrasse bringen, und ich dachte, Sie wollten sich uns anschließen", erklärte Mildred entschuldigend. „Es wird wohl ein unerträglich heißer Nachmittag, aber auf der Terrasse gibt es noch einen Lufthauch."

Parker runzelte die Stirn. Sein Kopf schien verwirrter zu sein als vor dem Nickerchen. „Ihre Mutter?"

Mildred, eine muntere, vorzeitig ergraute Frau von dreiundfünfzig, betrachtete Parker Anderson besorgt über ihre kleine Brille hinweg. „Helen Mead, meine Schwiegermutter, Mr. Anderson. Ihre Freundin Helen von gegenüber."

Das Durcheinander in seinem Kopf klärte sich plötzlich. Parker lachte leise. „Ach Sie sind es, Milly. Die stets wache Lokalreporterin vom *Thornhill Tab.* Sind Sie hier, um den alten Leutchen Gerüchte zu entlocken, Milly?"

Mildred lachte erleichtert. Einen Moment hatte sie schon gedacht, der arme alte Knabe könnte einen Schlaganfall gehabt haben. „Gerüchte sind für mich die Luft zum Atmen", scherzte sie.

Parker warf ihr einen verschlagenen Blick zu. „Sie denken wahrscheinlich, dass mit uns Oldtimern nichts Aufregendes mehr passiert, Milly. Aber man kann nie wissen. Demnächst könnte einer von uns Sie so überraschen, dass es Ihnen die Schlupfhose auszieht."

„Also wirklich, Parker", kam eine hoheitsvolle Stimme von der offenen Tür. „Wir nennen das schon lange nicht mehr Schlupfhose."

Parker errötete, als sein Blick zur Tür zuckte und er dort die ehrfurchtgebietende und noch immer die Blicke auf sich ziehende Helen Mead entdeckte.

Helen, Mildreds hoch gewachsene, würdevolle, weißhaarige, sechsundsiebzigjährige Schwiegermutter, klopfte mit ihrem Stock. „Nun, begeben wir uns jetzt auf die Terrasse oder nicht? Alte Leute können nicht den ganzen Tag herumsitzen, um etwas zu entscheiden. Wir haben nicht mehr so viele Tage übrig."

Mildred schenkte ihrer Schwiegermutter ein geduldiges Lächeln. „Aber, aber, Mutter, von Ungeduld bekommst du bloß Verdauungsstörungen."

Helen blickte von Mildred zu Parker. „Da wir von Verdauungsstörungen sprechen – fühlen Sie sich heute besser?"

„Oh ja, viel besser", versicherte Parker.

Sobald sie auf der Terrasse Platz genommen hatten, holte Mildred eine Strickarbeit aus ihrer Tasche. „Ein Pullover für meinen Enkel Leif. Er wird nächsten Monat acht, und wie ich meiner Tochter Maggie sagte, sollte er wenigstens einen guten, dicken Pullover für den Winter haben. Sobald ich damit fertig bin, stricke ich eine Weste für ihren älteren Jungen, Michael. Maggie ist schon so lange da unten in Virginia gewesen, dass sie vergessen hat, wie die Winter in New Hampshire sind. Ich fürchte noch immer, dass sie beim ersten Schnee zurück in den Süden zieht."

„Zu diesem nichtsnutzigen Ehemann?“, murmelte Helen.

„Er ist nicht mehr ihr Ehemann, Mutter. Du weißt genau, dass ihre Scheidung im März rechtskräftig wurde, kurz bevor sie wieder hierher zog“, sagte Mildred.

„Nun ja, das Mädchen sieht schlimm aus, mehr kann ich nicht sagen“, erklärte Helen, aber wie immer, wenn es um ihr einziges Enkelkind ging, mischte sich Sorge in ihre Stimme. „Warum nimmt sie sich nicht zusammen, Mildred? Sie ist noch jung, und mit etwas Sorge um ihr Aussehen und einem gelegentlichen Lächeln wäre sie ganz attraktiv.“

„Ja, Mutter, aber Maggie ist noch nicht wieder in Thornhill eingewöhnt, und dann sind da noch Leif und Michael.“

„Alles, was diese Jungen brauchen, ist mehr Disziplin und weniger Fernsehen“, meinte Helen. „Was denken Sie, Parker? Ist das Fernsehen nicht der Ruin der Jugend?“

Parker sah Helen an, die so seltsam vor seinen Augen verschwamm. „Wie? Jugend? Ja, sie ist noch jung … erst … fünfundvierzig …“

Helen schüttelte den Kopf. „Fünfundvierzig? Maggie ist erst vierunddreißig und sieht keinen Tag über dreißig aus.“

Parker nickte mit einem vernebelten Lächeln. Doch dann fühlte er einen dumpfen Schmerz in seiner Brust. Für einen Moment klärte sich sein Kopf, und alles wurde erschreckend scharf. Er riss die Augen auf, und Alarm zeigte sich in seinem Gesicht. „Natürlich! Das ist es! So ein Narr … nach allem!“

Mit einem letzten erstickten Laut rollte Parker Andersons Kopf zur Seite, und er sackte in seinem Rollstuhl in sich zusammen.

In dem Moment, in dem der alte Mann seinen letzten Atemzug tat, trat eine Gestalt an Parker Andersons Nachtschränkchen, holte die Flasche mit dem Eisensirup heraus und hinterließ ein Duplikat.

1. KAPITEL

Schwester Kelly Brown kontrollierte, ob Parker Andersons Raum für seinen neuen Bewohner, den achtundsiebzigjährigen Ernie Novak, in bestem Zustand war.

Am Nachtschränkchen hielt sie inne und holte die Flasche aus dem Schubfach. Kellys Augen wurden ein wenig feucht angesichts des Eisensirups. Sie hatte den alten Mann wirklich gemocht.

Sie wollte schon die Flasche in ihre Tasche stecken, als ihr etwas auffiel.

Bertie Sanborn, die neue Helferin, blieb in der Tür stehen, als sie das konsternierte Gesicht der jungen Frau sah. Bertie fragte, ob etwas nicht in Ordnung sei.

Kelly öffnete die Flasche und schloss sie wieder. „Nicht kindergesichert."

Bertie warf ihr einen verblüfften Blick zu. „Da Mr. Parker von uns gegangen ist, dürfte der Verschluss auf der Medizinflasche keine große Rolle mehr spielen."

Das war auch nicht Kellys Sorge. Aber als sie Mr. A. das letzte Mal seine Medizin gab, musste sie ziemlich mit dem Verschluss kämpfen, bevor er den Saft trinken konnte.

Jenen Saft, der wie Gift schmeckte.

Maggie Mead ließ sich zwischen ihrem achtjährigen Sohn Leif und dem dreizehnjährigen Michael auf die Knie sinken. Beide hatten ihren Spaß, indem sie eine alte Zederntruhe durchwühlten. „Hey, Jungs, macht Platz für mich. Ich liebe vergrabene Schätze so sehr wie ihr", sagte Maggie.

Die beiden älteren Mead-Frauen beobachteten das begeisterte Trio aus einiger Entfernung.

„Hey, Nana", rief Michael seiner Urgroßmutter aufgeregt zu. „Kann ich die alte Pfeife haben? Ist die nicht irre?" Er schob sich die Meerschaumpfeife in den Mund und bescherte seinem kleinen Bruder einen Lachanfall.

„Wirklich, Kinder“, sagte Helen nüchtern. „Ihr müsst die Gegenstände in der Truhe mit mehr Respekt behandeln. Sie hatten eine tiefe Bedeutung für den armen, von uns gegangenen Mr. Anderson.“

Maggie betastete einen alten, vergilbten Spitzenkragen und sah zu ihrer Großmutter hoch. „Meinst du, er hatte eine Femme fatale?“ Maggies Augen funkelten. Trotz ihrer Sorgen in letzter Zeit hatte sie sich ihre lebhafte Fantasie bewahrt.

Helen zuckte mit den Schultern. „Ich weiß absolut nichts über Parkers Vergangenheit, außer dass er einmal Versicherungsdetektiv oder so etwas in der Art war.“

Maggie schob eine Locke ihrer kastanienbraunen Haare von ihrem Auge. „Er muss sich dir aber verbunden gefühlt haben. Nana“, meinte sie dann und band ihre schulterlangen Haare mittels eines Gummibandes zu einem Pferdeschwanz. „Er hat dir die Truhe hinterlassen.“

„Ist doch alles nur albernes Zeug“, warf Leif enttäuscht ein.

„Es ist der Gedanke, der zählt, junger Mann“, sagte Helen belehrend. „Ich fühle mich geehrt, dass Mr. Anderson mich als besondere Freundin betrachtet hat. Es ist wirklich sehr traurig, dass er keine Familie hatte.“

„Ich habe gesehen, wie ihn der alte Stan Hapgood ein- oder zweimal besucht hat“, bemerkte Mildred.

Helen schüttelte den Kopf. „Er hat sich ein paar Dollar verdient, indem er Parkers Testament aufgesetzt hat. Früher war Stanley Hapgood ein juristischer Magier.“

Mildred blinzelte ihrer Tochter zu. „Deine Großmutter war auf dem Dorchester College in Stan verschossen. Soviel ich gehört habe, war er damals ein sehr attraktiver Mann. Ein richtiger Cary Grant. Die Frauen sind über ihn hergefallen.“

Helen Mead gab einen geringschätzigen Laut von sich. „Ich

bin nie über irgendeinen Mann hergefallen. Wer hat dir solchen Unsinn erzählt?“

„Dein lieber Ehemann Jake – er möge in Frieden ruhen. Er hat mir vor Jahren erzählt, dass du nur Augen für Stan Hapgood hattest, bis er daherkam und dein ungeteiltes Interesse gewann.“

„Wie hanebüchen“, erklärte Helen hoheitsvoll.

„Was heißt hanebüchen?“, fragte Michael, aber Helen beachtete ihn nicht.

„Wenn du die Wahrheit wissen willst, Mildred, es war genau umgekehrt. Stanley Hapgood hatte ein Auge auf mich geworfen.“ Helen lachte leise. „Er hatte ein Auge auf alle jungen Mädchen geworfen. Frag doch die patzige alte Corinne Finn bei uns auf dem Korridor. Es gab Gerüchte, während Corinnes Ehemann drüben in Deutschland kämpfte, hätten sie und Stanley ...“ Sie stockte und betrachtete ihre Enkel.

Maggie kicherte. „Sag bloß, Nana! Frauen hatten damals zu deiner Zeit ehebrecherische Affären?“

Helen warf ihrer Enkelin einen ernsten Blick zu. „Was für ein Thema vor deinen Kindern, Maggie! Das ist eindeutig – unziemlich!“

Leifs Aufmerksamkeit wurde von einem Stapel alter Blätter in einem braunen Umschlag, den er aus der Truhe geholt hatte, abgelenkt. „Hat Mom ein schlimmes Wort gesagt?“

„Ist doch egal“, murmelte Michael gelangweilt und nahm seinem Bruder die Papiere aus der Hand.

„Gib das her“, verlangte Leif, obwohl er kein Interesse daran hatte. Es ging nur um das Prinzip.

„Ich hab sie zuerst gesehen.“

„Hast du nicht. Ich hab sie zuerst gesehen ...“

Maggie griff ein. „Ich nehme diese Papiere, danke. Warum geht ihr nicht nach draußen und spielt Ball, Jungs.“

„Ballspielen – mit dem da?“ Michael sah seinen kleinen

Bruder geringschätzig an. „Der hat zwei linke Hände und ist Rechtshänder."

„Ach ja?", erwiderte Leif. „Na, und du wirfst wie ein Mädchen."

„Ach ja ...?"

„Buben", sagte Helen scharf. „Tut irgendetwas, aber tut es im Freien. Und leise. Habe ich mich klar ausgedrückt?"

Beide Jungen nickten kleinlaut und zogen sich hastig zurück. Helen lächelte Mildred und Maggie selbstbeweihräuchernd zu.

Mildred war zu sehr damit beschäftigt, Maggie beim Durchblättern der Papiere zu beobachten, als dass sie Helen Anerkennung zollen konnte. „Ist das ein Tagebuch?", fragte Mildred ihre Tochter. „Etwas, das uns einen Hinweis auf seinen Background gibt?"

„Weshalb um alles in der Welt bist du an Parker Andersons Background interessiert?", fragte Helen.

„Komm, komm, Mutter! Oft haben gerade die Stillen irgendein Geheimnis in ihrer Vergangenheit. Vielleicht finde ich etwas, das ich in meiner nächsten Kolumne verwenden könnte."

Helen warf ihrer Schwiegertochter einen missbilligenden Blick zu, der sich wie immer auf ihre Nase für Lokalnachrichten bezog.

„Nun, ist es ein Tagebuch? Ein Terminkalender? Briefe?", fragte Mildred.

„Das ist aber komisch", murmelte Maggie.

Mildred wurde immer ungeduldiger. „Was ist komisch?"

Maggie räusperte sich und neigte den Kopf seitlich in einem Versuch, kokett zu wirken. In Jeans und einem übergroßen T-Shirt mit der Aufschrift MUTTER IM STREIK und ihrem Haar in einem zerzausten Pferdeschwanz wirkte es nicht so recht. Mit ihrer Stimme klappte es schon besser. Sie wurde rauchig, sexy.

„‚Vermutlich, Mr. Reardon'", las Maggie vor, „‚halten Sie das für eine hoffnungslose Aufgabe. Aber ich muss mich an die Hoffnung klammern. Und Sie sind meine Hoffnung, Mr. Reardon. Meine einzige Hoffnung. Ich fühle, dass ich mein Vertrauen in Sie setzen kann und dass Sie es nicht enttäuschen werden. Sie sind hart ... aber Sie sind auch sanft, Mr. Reardon. Ich täusche mich doch nicht, oder? Ich meine ... ich habe noch nie einen Schnüffler getroffen ... von Angesicht zu Angesicht.'"

Als Maggie ihre Rezitation beendete und die beiden älteren Frauen angrinste, schimmerten tatsächlich Tränen in ihren Augen. Sie hatte stets einen Hang zum Dramatischen gehabt und am College und in Aufführungen der Gemeinde häufig mitgespielt.

Mildred applaudierte zu Maggies Vorstellung. Als ehemalige Leiterin der örtlichen Doily Cart Opera Company hielt Mildred sich für eine beachtliche Expertin für Talent. „Sehr gut, Maggie. Ein Hauch von Bacall ... mit dem richtigen Schuss Hepburn."

Helen lächelte ihrer Enkelin anerkennend zu. „Du machst das wirklich recht gut, Maggie, obwohl ich sagen muss, dass das Stück an sich ziemlich antiquiert ist. Was ist das?"

Maggie blätterte zur ersten Seite. „‚Rockabye Baby, ein Kriminalstück in drei Akten von Parker Anderson'. Kein Datum, aber er muss es vor ewigen Zeiten geschrieben haben, wie das Papier aussieht."

„Ein Stück?" Helen verbarg ihre Überraschung nicht. „Ich hätte Parker nie für einen Stückeschreiber gehalten."

Maggie überflog die letzten Seiten. „Oh nein, wie frustrierend!"

„Was ist denn?", fragte Mildred.

„Er hat es nicht beendet", antwortete Maggie. „Er hat den Namen des Schuldigen nicht genannt. Hört euch das an. Das ist die letzte Seite des Stücks. Reardon spricht zuerst."

„Der Schnüffler?", unterbrach Mildred.

Maggie nickte und senkte ihre Stimme um mehrere Oktaven. „‚Ich würde meinen rechten Arm dafür verwetten, dass Decker unschuldig ist, aber ich kann nichts tun. Er wird im Gefängnis verrotten. Aber eines kann ich dir versprechen, Kleines. Ich werde sie finden. Und wenn es das Letzte ist, was ich mache, ich werde sie für dich finden.'"

„Wen finden?", fragte Mildred.

Helen brachte sie zum Schweigen und ermunterte Maggie.

Maggie nickte. „So, das wäre es. Veronica spricht zum letzten Mal."

„Veronica ist die, die vorhin gesprochen hat?", fragte Mildred.

„Ja." Maggie räusperte sich. „‚Ich weiß, dass mein Baby lebt, Sam', sagte Veronica mit Tränen in den Augen ..."

„Ich wette, Sam wurde nach dem Vorbild Sam Spade in *Der Malteser Falke* geschaffen", warf Mildred ein. „Offenbar geht es um eine Entführung. Jemand hat Veronicas Baby geraubt. Sie hat Sam engagiert, um das Baby zu finden und den Kidnapper der Justiz zu übergeben. Die Polizei hat das Verbrechen offenbar diesem Mann angehängt ... diesem Decker, aber Sam ist überzeugt, dass sie den Falschen geschnappt haben."

„Offensichtlich", meinte Helen herablassend, „sonst gäbe das Theaterstück nicht viel her."

„Ich frage mich, ob Sam wirklich glaubt, dass das Baby noch lebt, oder ob er nur Veronica trösten will", überlegte Mildred. „Offenbar liebt er sie. Der Schnüffler und das Mädchen in Nöten. Das ist perfekt. Ein Kriminalfall, eine Liebesgeschichte ..."

Helen brachte Mildred zum Schweigen. „Kommt da noch mehr, Maggie?"

„Nur ein paar Zeilen." Maggie schloss für einen Moment die Augen und schlüpfte wieder in die Rolle. Diesmal entsprach ihr Aussehen mehr der Rolle, da sie das Gummiband von ihrem Pferdeschwanz gezogen hatte, sodass ihr Haar um ihre Schultern fiel. Maggie sah ihren unsichtbaren Schnüffler an. „‚Du sollst wissen, Sam – was auch passiert, ich liebe dich. Und wenn du mein Baby findest, werde ich Himmel und Erde für dich bewegen. Das Lösegeld interessiert mich nicht. Es interessiert mich nicht einmal mehr, wer das Ungeheuer ist, das meine kleine Tochter verschleppt hat. Wenn du sie mir nur zurückbringst, Sam! Wenn ich wenigstens wüsste, dass sie lebt …‘“ Maggie sah ihr aufmerksames Zweipersonenpublikum an. „Das ist alles.“

Stille senkte sich über den Raum. Ziemlich erstaunlich angesichts der drei redseligen Personen darin.

Allerdings dauerte die Stille nicht lange an.

„Ich hatte soeben die wunderbarste Idee“, rief Mildred aus und rieb sich begeistert die Hände.

„Es ist für eine gute Sache, Kevin“, drängte Daisy Payne-Clark, obwohl sie nur wenig Hoffnung hatte, ihren Bruder zur freiwilligen Teilnahme zu bewegen. „Als stellvertretende Vorsitzende des Programms für die gefährdete Jugend ist es meine Pflicht, Gemeindemitglieder aktiv in eine Spendengala einzubauen. Und Mildreds letzte Idee für eine Spendengala ist einmalig. Ein Kriminalstück, bei dem das Publikum tatsächlich mithilft, den Mord aufzuklären. Das heißt, die Entführung. Ich habe dir doch die Geschichte erzählt, oder?“

Kevin Payne blickte von seinem Schreibtisch hoch, an dem er dank der Hartnäckigkeit seiner Schwester vergeblich versuchte, einen Stapel Hefte mit Prüfungsaufgaben in Mathematik zu verbessern. Mit einem schwachen, frustrierten Seufzer nahm er seine Hornbrille ab, putzte die Gläser mit seinem Taschentuch und lächelte seiner übereifrigen Schwester matt zu. „Ja, Daisy, du hast mir die Handlung erzählt. Das Baby einer wohlhabenden Frau wird entführt, sie und der ihr entfremdete Ehemann zahlen hunderttausend Dollar Lösegeld, aber das Baby wird nicht zurückgegeben. Das Verbrechen wird einem Landarbeiter angehängt, aber die Frau und der Privatdetektiv …"

„Der Schnüffler, Kevin. So wurde er damals in den Vierzigerjahren genannt. Schnüffler oder Plattfuß."

„In Ordnung, der Schnüffler. Also, wo war ich?" Kevin kratzte sich im Nacken und erinnerte sich daran, dass er einen Haarschnitt brauchte.

Daisy übernahm die Inhaltsangabe. „Der Schnüffler und die Mutter des Babys sind überzeugt, dass der Landarbeiter hereingelegt wurde, aber sie können es nicht beweisen. Und sie können das Baby nicht finden."

„Aber das Stück wurde nicht beendet, sodass wir nie erfahren, wer der Schuldige ist und ob das Baby am Leben ist", schloss Kevin.

„Da setzt die Teilnahme des Publikums ein. Die Leute entscheiden, wer es war." Daisy setzte sich in den Sessel gegenüber von Kevin. „Also, Sam, der Schnüffler, hat fünf Verdächtige ausgemacht – die hochnäsige, eifersüchtige Geliebte des schürzenjägerischen Ehemannes … den fanatischen, puritanischen Nachbarn … eine altjüngferliche Lehrerin … einen nervösen Buchhalter in der Firma des Ehemannes … und Veronicas lüsternen Anwalt."

„Und welche Rolle hattest du für einen trockenen Professor der Mathematik im Auge?", neckte Kevin sie.

Daisy schenkte ihrem Bruder ein wissendes Lächeln. „Du bist nicht annähernd so trocken, wie du alle glauben machen willst, Kevin Payne. Wenn du meine Meinung hören willst, so ist das eine Pose, die du bewusst eingenommen hast, um die Leute und vor allem das weibliche Geschlecht auf Distanz zu halten. Leben, mein lieber Bruder, ist mehr als Algebragleichungen und geometrische Formen ... besonders der dreieckigen Art."

„Daisy ..."

„Nur weil du dich vor langer Zeit einmal am falschen Ende eines Liebesdreiecks befunden hast, Kevin, heißt das nicht ..."

„Daisy", sagte er schärfer. „Ich bin Professor für Mathematik, nicht für Geschichte. Ich schwelge nicht in der Vergangenheit – weder in der von anderen Leuten, noch in meiner eigenen. Und ich würde es schätzen, wenn du auch nicht weiter darüber sprichst."

Daisy blickte sehr reuig drein. „Es tut mir leid, Kevin. Ich versuche nur ... deinen Horizont zu erweitern, dich zu ermutigen, ein wenig ... Spaß zu haben, zur Abwechslung einige nicht akademische Typen zu treffen. Da wir davon sprechen ... du erinnerst dich an Mildreds Tochter Maggie?"

Kevin warf seiner Schwester einen vagen Blick zu.

„Lieber Himmel, Kevin, du warst auf der Highschool nur zwei Jahre über ihr. Maggie Mead. Sie war wunderbar als Teenager. Kastanienbraune Haare. Hatte sie zu einem niedlichen Pagenkopf geschnitten. Große haselnussbraune Augen. Sie muss in einem Dutzend Schulaufführungen mitgespielt haben."

„Ach, du meinst dieses dürre Kind, das Wendy in *Peter Pan* gespielt hat ..."

„Sie hat zugenommen."

„Sie hat diesen Tenniscoach geheiratet ..."

„Sie hat sich von ihm scheiden lassen und wieder ihren Mädchennamen angenommen."

„Sie ist vor zwei Jahren weggezogen."

„Sie ist jetzt wieder da."

Kevin sah den planenden Blick in den Augen seiner Schwester. „Vergiss es."

„Vergiss was?" Daisy täuschte Verwirrung vor. „Ich wollte

nur sagen, dass Maggie daran denkt, vorzusprechen, und sie hat eine Kopie des Stücks. Ich dachte, du könntest bei ihr vorbeischauen und um der alten Zeiten willen Hallo sagen und einen Blick auf das Stück werfen, nur für den Fall, dass du …"

„Ich habe auf der Highschool zu Maggie Mead kaum zwei Worte gesprochen, Daisy. Ich erinnere mich nur an sie, weil ich sie in ein paar Schulaufführungen gesehen habe. Ich bin sicher, sie erinnert sich nicht an mich als Adam."

„Oh, ich bin sicher, dass sie …"

„Darüber hinaus bin ich nicht daran interessiert, dieses Stück zu lesen."

„Wie ist das mit der Bürgerpflicht, Kevin? Das Geld, das wir mit dieser Aufführung einnehmen, kommt einem sehr guten Zweck zugute. Du arbeitest mit jungen Menschen. Du hast eine Verantwortung."

„Da gebe ich dir recht."

Daisy war verblüfft. „Wirklich?"

Er lächelte. Für sein gradliniges Wesen brachte Kevin Payne ein überraschend schurkisches Lächeln zustande. „Wie du sagtest, es ist für einen guten Zweck. Also mache ich mit." Er hielt die Hand hoch, als seine Schwester etwas sagen wollte. „Hinter der Bühne. Kulissen, Beleuchtung, so etwas in der Art."

„Na schön", lenkte Daisy ein, verbarg jedoch nicht ihre Enttäuschung. Sie fand, dass ein Auftritt auf der Bühne Kevin helfen würde, dringend benötigte Haltung und Selbstvertrauen zu finden. Im Berufsleben fehlte es ihm an beidem nicht. In akademischen Kreisen konnte Kevin sich behaupten. Er konnte gewinnend, sogar charmant sein. Aber brachte man ihn privat mit einer attraktiven Frau zusammen, bekam er unweigerlich einen Knoten in die Zunge und an den Händen lauter Daumen.

Während Kevin seine Schwester zur Tür führte, legte er liebevoll seinen Arm um ihre Schultern. „Ich fürchte, Daisy, du musst dich damit abfinden, dass du einen eingefleischten Junggesellen als Bruder hast. Es gibt Schlimmeres."

Daisy seufzte. „Ach ja. Mildred hatte recht. Sie sagte, ich könnte dich nie dazu überreden, vorzusprechen. Obwohl sie meinte, du seist ideal für die Rolle des …" Sie hielt inne, und ihre Augen funkelten. „Ach ja, das ist ja nun nicht mehr wichtig." Sie unterdrückte ein Lächeln, als sie Neugierde in Kevins blauen Augen entdeckte.

Doch Kevin war zu klug, um sich von seiner listigen Schwester einfangen zu lassen. „Richtig", sagte er fest. „Es ist nicht wichtig."

Zwei Abende später besorgte Kevin sich eine Portion Moo-Goo-Gai-Pfanne im Mandarin House in der Stadt, als er mit keiner anderen als der verlorenen Tochter, Maggie Mead, zusammentraf. Sie wartete ebenfalls auf Essen zum Mitnehmen.

Er begrüßte sie mit einem zaghaften Lächeln, als er seine Bestellung entgegennahm. Sie lächelte zurück, aber der leere Ausdruck in ihren Augen verriet ihm, dass sie ihn nicht erkannte.

„Kevin Payne." Er räusperte sich und wechselte die Papiertüte von einer Hand in die andere. „Wir sind zusammen auf die Highschool gegangen."

Sie lächelte wieder und wirkte nachdenklich.

Er schob seine Brille zurecht. „Ich war zwei Jahre über Ihnen."

„Ach ja, richtig!"

„Also …" Er streckte befangen die Hand aus, aber bevor Maggie reagieren konnte, kam der Kellner mit ihrem Essen zum Mitnehmen. Kevin kam sich vor, als wäre er im Weg, und ging hinaus, während sie bezahlte.

Während Maggie ein paar Geldscheine aus ihrer Handtasche grub, versuchte sie, diesen Kevin Payne einzuordnen. Er hatte eine hohe, athletische Gestalt, aber irgendwie bezweifelte sie, dass er eine der Sportskanonen an der Thornhill High gewesen war. Nett aussehender Bursche, dachte sie. Sogar richtig attraktiv, aber bestimmt nicht umwerfend.

„Oh, oh“, sagte das Mädchen an der Kasse.

„Was ist denn?“, fragte Maggie.

„Der Mann, der gerade weg ist. Ich glaube, er hat Ihre Bestellung, und Sie haben die seine. Sie haben Szechuan-Rindfleisch bestellt, nicht die Moo-Goo-Gai-Pfanne, richtig?“

„Ich hasse Moo-Goo-Gai“, murmelte Maggie.

Maggie entdeckte ihn, als er gerade mit dem Auto den Parkplatz verlassen wollte, und hielt ihn an.

Kevin rollte sein Fenster herunter. Er fragte sich, ob sie ihn endlich eingeordnet habe.

„Sie haben mein Rindfleisch“, sagte sie.

„Ich habe … was?“

Maggie lächelte, als ihr klar wurde, wie komisch die Bemerkung ohne den Zusammenhang klang.

„Eine Verwechslung. Ich habe Ihre Moo-Goo-Gai-Pfanne, und Sie haben mein Szechuan-Rindfleisch.“

Kevin verzog das Gesicht. Er hasste gewürztes chinesisches Essen.

„Wollen wir tauschen?“, fragte er.

„Vielleicht sollten wir uns vorher vergewissern.“

„Ach richtig.“ Er beugte sich über den Beifahrersitz, auf dem er die Papiertüte auf eine Zeitung gestellt hatte.

Maggie stellte ihre Tüte auf die Motorhaube von Kevins Wagen und inspizierte den Inhalt des weißen Kartons. „Ja, Moo-Goo-Gai-Pfanne.“

„Ich schätze, das ist Rindfleisch.“ Er schloss den Karton wieder und dann die Papiertüte und wollte den Austausch vornehmen, als er erkannte, dass der Boden der Tüte fettgetränkt war. Die Tüte würde durchreißen, wenn er sie übergab.

„Ich habe eine Idee“, sagte Maggie. „Bringen Sie mich heim? Ich wohne gleich in der Porter Street. Darf Rindfleisch mit Huhn fahren?“

„Wie bitte …? Oh, sicher. Tut mir leid.“

Maggie ging um den Wagen herum und stieg ein, nachdem sie die beiden Tüten mitsamt der Zeitung hinten auf den Boden gestellt hatte.

Kevin fuhr los und überlegte, was er sagen sollte. Er war lausig schlecht, wenn es ans Plaudern kam. „Also … wie ist es?“

Maggie schenkte ihm ein naseweises Lächeln. „Weiß ich nicht. Ich habe es noch nicht gekostet. Wahrscheinlich ist es zu fett.“

„Nein, das habe ich nicht gemeint.“

Maggies Lächeln wurde sanfter. „Ich weiß. Tut mir leid. Meine Kinder werfen mir immer vor, dass ich unmöglich bin mit meinen Witzen.“

„Kinder?“

„Zwei störrische, aber wundervolle Jungen. Sagen Sie ihnen nur nicht, dass sie wundervoll sind, sonst lassen sie es mich büßen.“

Kevin lächelte. „Meine Lippen sind versiegelt.“

„Heute Abend fühle ich mich diesen Schlingeln gegenüber richtig großmütig, hauptsächlich weil ich den Abend freihabe“, erklärte Maggie.

„Oh?“

„Die beiden hassen nämlich würziges Szechuan-Rindfleisch“, sagte sie mit einem lässigen Lächeln. „Darum bleiben sie über Nacht bei ihren Großeltern und schlagen sich ihre kleinen Bäuche voll.“ Sie deutete auf ihr Haus und betrachtete ihn neugierig. „Sie sind das Mathematikgenie, richtig? Derjenige, der die Staatsmeisterschaft gewonnen hat.“

„Äh … ja“, sagte Kevin überrascht. „Das heißt, nein, nicht die Staatsmeisterschaft. Nur die regionale. Ich habe gegen einen Jungen aus Concord verloren, der …“ Er stockte, als er erkannte, dass er Maggies Aufmerksamkeit verloren hatte.

„Sonderbar", murmelte Maggie und starrte aus dem Fenster.

„Was ist sonderbar?"

„Das Licht brennt im ersten Stock. In meinem Schlafzimmer. Ich dachte, ich hätte es ausgeschaltet."

„Sind Sie sicher? Es gibt nicht viele Einbrüche in Thornhill."

„Wenn es ein Einbrecher ist, wird er bitter enttäuscht sein. Ich bewahre den Hope-Diamanten in meinem Schweizer Bankschließfach auf."

Sie beugte sich nach hinten und griff nach ihrem Szechuan-Rindfleisch.

„Soll ich mit Ihnen hineinkommen? Mich davon überzeugen, dass alles in Ordnung ist?", bot Kevin an.

Maggie öffnete die Tür. „Nein. Bei meinem Glück sind es meine Kinder, die schon von der großen weiten Welt genug haben." Sie sah Kevin lächelnd an. „Ich persönlich bevorzuge einen Einbrecher."

Zwei Minuten später öffnete Maggie ihre Haustür.

„Okay, Leute, ich habe meine Waffe auf euch gerichtet!", rief sie. „Das Haus ist umstellt! Kommt mit erhobenen Händen heraus, sonst durchsiebe ich euch!" Sie wartete in dem engen Korridor darauf, dass ihre beiden Söhne die Treppe heruntersausten.

Jemand kam tatsächlich die Treppe heruntergesaust. Aber es war keiner ihrer Söhne. Es war eine maskierte Gestalt, vom Scheitel bis zur Sohle in Schwarz gekleidet. Maggie sah die Gestalt nur für einen Sekundenbruchteil, ehe sie herumwirbelte und ebenfalls sauste. Direkt zur Haustür hinaus.

Kevin, der beschlossen hatte zu warten, um sicherzugehen, dass alles in Ordnung war, sprang aus seinem Wagen, als er Maggie zur Tür herausschießen sah.

„Das war tatsächlich ein Einbrecher!", keuchte Maggie, lehnte sich Halt suchend an ihn und ignorierte den fetttriefenden Karton in ihrer Hand.

Kevin starrte an ihr vorbei auf die offene Tür, ohne die über sein weißes Hemd fließende braune Soße wahrzunehmen. Dann tauschten er und Maggie einen ungläubigen Blick. „Hol mich der Teufel!“

2. KAPITEL

Louise Sheridan warf Dr. Noah Bright einen besorgten Blick zu. „Ist es … etwas Ernstes, Noah?“

Noah Bright lächelte der Frau zu, die vor mehr als zwanzig Jahren seine Lehrerin an der Volksschule von Thornhill gewesen war. Bei ihr fühlte er sich noch immer ein wenig wie ein Schulkind. „Nein, Miss Sheridan, ihr Blutdruck ist nur etwas höher als sonst. Das bekommen wir schon unter Kontrolle.“

„Es gefällt mir nicht, was da vor sich geht“, murmelte die pensionierte Lehrerin besorgt.

Noah Bright vermutete, dass Miss Sheridan wegen des Einbruchs in dem Reihenhaus der Tochter des Polizeichefs vor zwei Tagen beunruhigt war. So etwas kam in Thornhill selten vor, aber Louise lebte allein, und sie hatte darüber hinaus eine lebhafte Einbildungskraft.

„Es war wahrscheinlich nur ein Streich. Nichts, worüber Sie sich Sorgen machen müssen, Miss Sheridan. Laut Mildred Meads Artikel im *Tab* wurde bei Maggie Mead nichts gestohlen.“

Miss Sheridan war nicht beruhigt. „Sie hat ihn überrascht. Wer weiß, was er mitgenommen hätte, wären sie und Kevin Payne eine Stunde später zu ihr nach Hause gefahren … oder gar nicht zu ihr nach Hause gefahren.“

Noah lachte leise. „Wirklich, Miss Sheridan, an Ihrer Stelle würde ich mich nicht zu sehr über Mildred Meads Andeutungen aufregen, dass sich zwischen ihr und dem Professor etwas Heißes abspielt. Maggie hat meine Frau Chloe gestern im Dorchester Book Store getroffen, und Maggie hat behauptet, ihre Mutter habe den Vorfall aufgebauscht. Maggie hatte Kevin in dem chinesischen Restaurant nur zufällig getroffen, und er hat sie heimgefahen.“

Miss Sheridan beachtete ihn kaum. „Als würde diese Verbrechenswelle nicht schon für genug Aufregung sorgen", murmelte sie. „Jetzt zerrt man auch wieder alte Skandale hervor, die besser vergessen bleiben sollten."

„Es gibt keine Verbrechenswelle, Miss Sheridan", versicherte der attraktive, dunkelhaarige Arzt. „Und was Skandale angeht, weiß ich leider nicht, was Sie meinen."

Miss Sheridan verlor sich weiterhin in ihren Gedanken. „Diese Sache wird Ärger auslösen. Und Kummer. Merken Sie sich meine Worte, Noah. Könnte ich es, würde ich es aufhalten, bevor das noch weitergeht." Ihre Mundwinkel zuckten erregt, als sie aufstand.

Noah ergriff ihren Arm. „Bevor was weitergeht, Miss Sheridan?"

Ihre hellblauen Augen blitzten ihn an und erinnerten ihn daran, wie sie ihre Schüler ausgeschimpft hatte, weil sie langsam im Denken waren. „Nun, das Theaterstück natürlich, Noah. Was sollte ich sonst meinen?"

Wie in der längst vergangenen Schulzeit wand Noah sich ein wenig. „Welches Theaterstück, Miss Sheridan?"

Jetzt zeigte sie jene empörte Miene, die sie stets aufgesetzt hatte, wenn einer ihrer Schüler keine Hausaufgaben gemacht hatte. Einen Moment lang stellte Noah sich sogar vor, sie würde ihm befehlen, an die Tafel zu gehen und hundertmal „Der Name des Stückes ist ..." zu schreiben. Das Problem war, dass er noch immer nicht wusste, von welchem Theaterstück Miss Sheridan sprach.

Er erfuhr es allerdings auch nicht, weil Miss Sheridan wortlos das Untersuchungszimmer verließ.

Maggie fühlte sich erschöpft, als sie die Schule verließ. Michael war beim Rauchen auf der Toilette erwischt worden. Um alles noch schlimmer zu machen, hatte er die Meerschaumpfeife von seiner Urgroßmutter geraucht.

In den drei Jahren, die Maggie diese Schule besucht hatte, war Mr. Hemming, der Direktor damals und jetzt, kein einziges Mal gezwungen gewesen, ihre Mutter vorzuladen. Doch Mildred Mead hatte auch nie eine hässliche Scheidung durchgemacht und ihre Kinder von ihrem Vater, ihrem Zuhause, ihren Freunden und ihrer Schule weit weggebracht. Bis zu der Scheidung waren Michael und Leif leuchtende Beispiele gesunder Anpassung gewesen. Jetzt wurde Michael vorgeworfen, verdrossen, unverantwortlich und rebellisch zu sein – alles Mr. Hemmings Worte. Was den achtjährigen Leif betraf, so hatte er begonnen zu schwindeln, zu prahlen, sich zu prügeln und seinen Klassenkameraden alles Mögliche zu klauen. Und worüber beklagte er sich am meisten? Dass ihn die Kinder von Thornhill nicht mochten!

Maggie sah das jüngste Fehlverhalten ihrer Kinder als Auswirkung ihrer eigenen Mängel als alleinerziehende Mutter an, wobei sie seit ihrer Scheidung von Rob auch nicht viel besser auf sich aufgepasst hatte. Sie brauchte nicht ihre Mutter und Großmutter, um zu wissen, dass sie sich gehen ließ … dass sie sich wie ein Model für eine Modenschau der Heilsarmee kleidete … dass ihr Haus ein Katastrophengebiet war … dass ihr Geschenkehandel per Postversand stagnierte … dass ihrem Leben, kurz gesagt, Ordnung, Disziplin und ein Zweck fehlten.

All das hatte dazu geführt, dass Maggie sich von ihrer Mutter dazu überreden ließ, die Hauptrolle in *Rockabye Baby* zu übernehmen. Mildred überzeugte Maggie, dass sie durch das Theaterstück von ihren Schwierigkeiten abgelenkt werden, eine bessere Perspektive ihres Lebens bekommen und neuen Kontakt zu der Gemeinde finden würde.

Es gab noch einen anderen Grund, warum Maggie zugestimmt hatte. Das Stück an sich faszinierte sie. Sie liebte die Elemente Kriminalfall und Liebesgeschichte, und sie war von den Personen begeistert, besonders von der sinnlichen Veronica und dem sprücheklopfenden, smarten und doch sanften Plattfuß Sam. In Parker Andersons unvollendetem Stück blieb die Zukunft des Paares offen. Doch Mildred, die als Co-Regisseurin arbeitete, glaubte fest an Happy Ends. Das Publikum würde schon dafür sorgen, dass der Kidnapper der Gerechtigkeit übergeben, das Baby gefunden und seiner Mutter zurückgegeben wurde und dass Veronica und Sam glücklich bis ans Ende ihrer Tage zusammenlebten.

Na schön, vielleicht gab es ein Happy End nur in erfundenen Geschichten. Doch angesichts ihrer gegenwärtigen Situation dachte Maggie, sollte sie das Glück überall da beim Schopf packen, wo sie es fand.

Das Vorsprechen für *Rockabye Baby* wurde in der renovierten Grange Hall auf der Old Fowler Road abgehalten. Maggie war seit ihrer Rückkehr nach Thornhill noch nicht dort draußen gewesen, aber ihre Mutter hatte ihr erzählt, dass im letzten Herbst vor der Renovierung die Grange Hall als geheimer Treffpunkt einer Gruppe gedient hatte, die sich der schwarzen Magie verschrieben hatte. Die Oberhexe, Karin Niels, Ehefrau eines hochgeschätzten Bankpräsidenten von Thornhill, hatte inzwischen den Hexenzirkel und ihren Ehemann Lawrence verlassen und hatte sich jetzt in Atlanta, Georgia, den Kochkünsten verschrieben.

Maggie sah auf die Uhr, als sie auf den frisch gepflasterten Parkplatz der Grange Hall bog. Es war fast Mittag, was bedeutete, dass sie wegen Michaels Streich gut fünfzig Minuten zu spät zum Vorsprechen kam.

Zuerst dachte Maggie, die Halle wäre leer, doch dann entdeckte sie ihre Mutter im eindringlichen Gespräch mit ihrer Co-Regisseurin Jeanne Squires oben auf der Bühne.

Mildred, ein Klemmbrett an ihre Brust gedrückt, winkte

Maggie zu sich. „Wieder Michael“, sagte Mildred.

Maggie hob eine Augenbraue. „Übersinnliche Fähigkeiten, oder verbreiten sich Gerüchte dermaßen schnell?“

„Einfache Kombinationsgabe, mein lieber Watson. Du hast einen ganz bestimmten Gesichtsausdruck, wenn dir eines deiner Kinder Kummer verursacht hat. Und da Leif heute Vormittag seinen Großvater in einem Streifenwagen begleitet, musste es Michael sein. Was hat er angestellt?“

„Frag nicht. Ich habe gerade während der längsten Stunde meines Lebens Mr. Hemmings Theorien über die Entwicklung von Jugendlichen gelauscht und dabei Kopfschmerzen entwickelt. Komme ich zu spät zum Vorsprechen?“

„Du kommst spät, aber nicht zu spät. Wir warten verzweifelt auf dich.“

„Waren keine möglichen Veronicas da?“

„Zwölf. Die meisten waren schrecklich. Die paar, die gut genug gesprochen haben, hatten nicht das richtige Aussehen für die Vierzigerjahre. Mit unseren Sams sind wir auch nicht besser dran.“ Mildres Blick schweifte zur Bühne.

Maggie folgte dem Blick ihrer Mutter und sah jetzt Kevin Payne auf der Bühne stehen.

„Oh nein“, murmelte Maggie. „Ich wusste nicht, dass er was mit der Aufführung zu tun hat.“

„Meinst du Kevin? Ich dachte, ihr zwei wärt …“

„Wir zwei wären gar nichts“, unterbrach Maggie sie. „Und wir beide, Mutter, hatten schon unseren Krach wegen deines Artikels im *Tab.*“

„Ich begreife noch immer nicht, was dich daran so aufgeregt hat. Ich habe nichts von einer Beziehung zwischen dir und Kevin geschrieben.“

„Es geht darum, was man zwischen den Zeilen lesen konnte, Mutter.“

„Oder was du da gelesen hast, weil du es finden wolltest“,

erklärte Mildred und putzte einen Fleck von der Wange ihrer Tochter.

„Mutter, Kevin Payne ist ein netter Mann, aber er ist nicht …"

„Charmant? Aufregend? Ein Ladykiller?"

Maggie seufzte matt. „Ich weiß, was du denkst. Ich habe so einen geheiratet."

„Und du hast dich von ihm scheiden lassen, meine Liebe."

Maggie gab auf. Wie konnte sie nach all den Jahren glauben, bei ihrer Mutter das letzte Wort zu haben?

Mildred schob ihre Brille zurecht. „Lassen wir Jeanne nicht warten. Wo ist deine Kopie des Scripts?"

Maggie zuckte mit den Schultern. „Ich habe heute Morgen das ganze Haus durchsucht, konnte es aber nicht finden."

„Wie gut", meinte Mildred, „dass ich mehrere Kopien gemacht habe." Sie reichte Maggie ein paar Seiten von ihrem Klemmbrett.

Maggie drehte sich zur Bühne. Als ihr Blick auf den von Kevin Payne traf, wurde sie rot.

„Du kannst dir den Text einen Moment ansehen", sagte Mildred.

„Was? Ach so, ja", murmelte Maggie und senkte rasch ihren Blick auf das Script. Es war eine Szene zwischen Veronica und Sam aus dem zweiten Teil des Stücks – eine Liebesszene.

Maggie sah sich verstohlen in der Halle um und fragte sich, wer mit ihr lesen würde. Ihre Mutter? Außer Kevin, der an den Kulissen arbeitete, und Jeanne Squires, die sich das Vorsprechen anhörte, war niemand hier. Sie hoffte nur, dass Kevin ging, bevor sie auf die Bühne kam, damit es keine verlegene Unterhaltung gab. Aber sie hatte kein Glück.

„Ich … äh … bin gleich weg", sagte Kevin.

Maggie nickte leicht, sah ihn mit einem langen Brett kämpfen und griff nach dem anderen Ende. Gemeinsam trugen sie es zum hinteren Teil der Bühne.

„Danke."

„Gern geschehen."

Ein Lächeln zuckte über sein Gesicht. „Sie sind sicherlich nicht dazu gekommen. Ihr Szechuan-Rindfleisch zu essen."

Maggie lachte. „Nein!"

„Ich habe es gekostet. Es war nicht ... schlecht."

„Es ist mir ja so peinlich ..."

„Was spielt ein wenig Rindfleisch unter Nachbarn schon für eine Rolle?"

„Nein, ich meine ... diesen kleinen Artikel von meiner Mutter im *Tab* über den Einbruch bei mir. Sie hat es so dargestellt, als wären wir auf – einer heißen Verabredung gewesen."

„Oh ... ja. Ich meine ... nein. Was ich meine, ist, dass es mir nichts ausmacht."

„Oh. Nun ja ... das ist gut."

Mildred kam auf die Bühne. „Ich kann leider nicht mit dir lesen, meine Liebe. Ich habe einen Termin beim Friseur und komme schon zu spät. Kevin, wären Sie ein Schatz? Sie brauchen nur den Text zu lesen, gar nicht zu spielen."

„Ich kann beide Rollen lesen, Mutter", sagte Maggie fest, als sie Kevins entsetzte Miene sah.

„Oh nein, das geht nicht, Maggie." Mildred löste noch eine Kopie von ihrem Klemmbrett. „Hier, Kevin! Ich bin weg." Mildred blinzelte ihnen zu. „Hals- und Beinbruch."

Maggie warf Kevin einen mitfühlenden Blick zu. „Ich habe es versucht."

„Ihre Mutter erinnert mich sehr an meine Schwester Daisy", sagte er.

Am Fuß der Bühne klatschte Jeanne Squires nervös in die Hände. „Können wir anfangen? Seite einundsechzig."

Veronica machte den Anfang, und Maggie räusperte sich. „Viele Leute in dieser Stadt würden ihre Seele für einen Nickel verkaufen, Sam."

Kevin nahm seine Brille ab und begegnete ihrem Blick. „Du nicht."

„Du auch nicht, Sam. Ich glaube, deshalb ..." Das Script verlangte eine Pause, und Maggie brauchte sie wirklich. Ihr Puls beschleunigte sich, und sie fühlte sich seltsam, als der Blick aus Kevins blauen Augen ihren Blick festzuhalten schien.

„Veronica, wir können nicht mehr davor weglaufen."

„Ich bin mein ganzes Leben weggelaufen, Sam. Ich habe Angst davor, stehen zu bleiben."

Sie senkte die Augen. Er trat einen Schritt näher. Seine Hand glitt unter ihr Haar an ihren Nacken. Das stand nicht im Script.

Maggie versuchte sich auf die Worte auf dem Blatt zu konzentrieren. Sams Berührung jagte kleine Schockwellen durch sie. Sam? Nein, nicht Sam. Kevin!

„Oh, Sam ... das ist unmöglich." Ihre Stimme klang fremd.

Kevins Augen waren auf Maggies volle Lippen gerichtet. „Aber es wird passieren, Veronica."

Trotz einer neuen Klimaanlage in der Halle begann Maggie zu schwitzen. „Es darf nicht passieren, Sam." Sie wusste nicht einmal, ob es der richtige Text war. Sams Hand – nein, nein, Kevins Hand lag noch immer in ihrem Nacken. Zog er sie näher, oder kam sie ihm entgegen? Sie wusste es nicht.

Kevin verspürte ein fast schmerzliches Verlangen, sie in die Arme zu ziehen. „‚Es darf nicht' gibt es nicht, Baby."

„Sam, ich bin so schwach. Du bist so tough. Du musst tough bleiben. Du musst dafür sorgen, dass es richtig und wahr und ehrlich bleibt."

Sie lag jetzt in seinen Armen, und Tränen liefen ihr über die Wangen. Seine Hand legte sich an ihr Gesicht, seine Scriptseiten flatterten zu Boden.

„Ich ... ich brenne", murmelte sie atemlos. „Ein inneres Feuer ..."

Sein Kopf senkte sich, seine Lippen kamen näher …

„Feuer!“, kreischte Jeanne Squires und rannte auf die Bühne.

Kevin und Maggie sahen die hektische Regisseurin benommen an, und Maggie dachte, die Frau wolle ihr erklären, wie sie den Satz gelesen haben wollte – bis sie den beißenden Rauch roch.

Graue Schwaden zogen aus den rechten Kulissen. Zu dritt rannten sie los. Rauch quoll unter der Tür zu dem Raum mit den Kostümen hervor. Kevin berührte vorsichtig die Klinke. Sie fühlte sich kühl an, sodass er die Tür einen Spalt aufzog.

Das Feuer beschränkte sich auf einen Punkt. Auf die offene Kleidertruhe mitten im Raum.

„Oh nein, nein, nein!“, schrie Jeanne. „Die Kleider, die uns Miss Finn für die Aufführung geliehen hat! Sie wird uns umbringen, wenn sie das herausfindet!“

Während Maggie versuchte, das Feuer mit einer Decke auszuschlagen, jagte Kevin zu dem Feuerlöscher auf dem Korridor. Nachdem das Feuer gelöscht war, hatte sich der Inhalt der alten Schiffstruhe in Lumpen verwandelt.

„Wie konnte das passieren?“, stöhnte Jeanne.

Maggie legte tröstend den Arm um die matronenhafte alte Jungfer. „Die Versicherung wird schon bezahlen. Es war nicht Ihre Schuld. Sie sind nicht dafür verantwortlich.“ Aber wer dann? Sie sah Kevin an, dass er das Gleiche dachte.

Eine halbe Stunde später bestätigte Leonard Zimmer, Chef der freiwilligen Feuerwehr von Thornhill, Maggies und Kevins Verdacht. Jemand hatte das Feuer gelegt.

„Wie hat Corinne Finn die Nachricht aufgenommen, dass ihre alten Kleider verbrannt sind?“, fragte Maggie am nächsten Morgen im Altenheim ihre Großmutter.

„Seltsamerweise“, bemerkte Helen, „gar nicht wütend.“

Mildred schenkte Tee ein und sah ihre Schwiegermutter an.

„Das ist wirklich seltsam."

„Na ja", sagte Maggie mit einem Schulterzucken, „unsere Versicherung deckt den Schaden ja voll und ganz. Die Sachen haben ihr bestimmt nicht mehr gepasst, und sie freut sich wahrscheinlich über das Geld."

„Ich weiß nicht", sagte Helen langsam.

„Was meinst du damit, Mutter?", fragte Mildred.

„Ich meine, wir könnten unverhofft die Büchse der Pandora geöffnet haben."

Maggie stellte ihre Teetasse ab und sah ihre Großmutter wissbegierig an. „Spann uns nicht auf die Folter."

„Kennt eine von euch Ernie Novak?", fragte Helen.

„Diesen nervösen kleinen Mann, der in Mr. Andersons Zimmer auf der anderen Seite des Korridors gezogen ist?", fragte Maggie.

„Natürlich kenne ich Ernie", sagte Mildred. „Er ist ein pensionierter Buchhalter. Er war so reizend, Paula Dubois zu helfen, als sie ihr Geschäft ‚Apfelkuchen frei Haus' eröffnete. Und er hat von ihr keinen Dime genommen. Sie bringt ihm noch immer Apfelkuchen. Wie geht es ihm?"

„Es ging ihm gut", antwortete Helen, „bis wir über Parker Andersons Stück sprachen." Es klopfte, und Helen legte den Zeigefinger an die Lippen. „Herein!"

„Oh, Entschuldigung ..."

Maggie stieß unwillkürlich einen überraschten Ruf aus, als sie Kevin Payne in der Tür stehen sah.

„Kevin, kommen Sie herein", sagte Mildred hocherfreut.

Kevins Blick glitt rasch über Maggie zu Helen. „Ich wollte nur ... Daisy hat mich gebeten, hierherzukommen. Nicht hierher. In Mr. Novaks Zimmer."

Mildred zog Kevin in den Raum. „Ich wusste nicht, dass Daisy eine Freundin von Mr. Novak ist."

„Essen auf Rädern", murmelte Kevin und stemmte sich gegen Mildred. „Sie kennen Daisy. Sie hat immer etwas zusätzlich gebracht." Er hielt eine kleine Dose hoch. „Kandierte Nüsse."

„Vielleicht ist er auf der Terrasse", meinte Helen.

Kevin fühlte, wie sein Blick zu Maggie hingezogen wurde.

Mildred sah sie ebenfalls an. „Maggie, willst du Kevin nicht auf die Terrasse begleiten? Er könnte sich sonst verlaufen."

„Heiß draußen, nicht wahr?", murmelte Kevin.

„Ja. Heiß." Maggie fächelte sich mit der Hand Luft zu. „Hier entlang", sagte sie und wandte sich nach rechts.

„Ein Jammer wegen der Kostüme."

„Ja, ein Jammer." Sie lächelte. „Aber die Show geht weiter."

Er warf ihr einen schnellen Blick zu. „Sie waren gut."

Sie sah ihn verwirrt an. „Wann?"

„Beim Vorsprechen."

„Oh." Befangenes Schweigen entstand. „Sie auch."

Wieder Schweigen. „Jeanne Squires hat mich angerufen."

Maggie blieb stehen. „Wirklich?"

Kevin wischte sich einen Schweißtropfen von der Stirn. „Sie hat mir die Rolle angeboten."

„Sam?"

„Ja."

„Oh."

„Sie sagte, Sie werden – Veronica spielen."

„Ja."

Er ging wieder weiter.

„Ich sagte – in Ordnung", murmelte er.

Maggie war sich plötzlich deutlich bewusst, wie nahe sie einander waren. Ihre Schulter berührte praktisch seinen Ärmel. Es war ihr vorher nicht aufgefallen, wie groß er war. Mindestens einen Meter fünfundachtzig. Sie selbst war auch nicht klein, einen Meter siebzig, aber neben ihm fühlte sie sich klein.

„Zur Terrasse … hier durch." Ihre Stimme war so heiser wie

die von Veronica geworden.

Sie traten auf die Terrasse. Mr. Novak war nicht da.

„Vielleicht im Garten“, meinte Maggie.

„Ja, vielleicht.“

„Kevin“, sagte Maggie, als sie über den schattigen Pfad hinter dem Altenheim gingen. „Sie werden ein großartiger Sam sein.“

Er warf ihr einen überraschten Blick zu. „Denken Sie?“

„Ja, das denke ich.“

Er starrte sie eingehend an. „Ich weiß nicht, was es ist, Maggie Mead, aber Sie entlocken mir auf der Bühne etwas, von dem ich nie wusste, dass ich es habe.“

Maggie begann zu grinsen. „Ich fühle mich geschmeichelt, Sam.“

Wäre ich Sam, würde ich diese Frau packen und sie küssen, bis sie außer Atem ist, dachte Kevin.

„Oh, da ist er, am Bach“, sagte Maggie.

Ernie Novak schien Zeitung zu lesen, wie er da auf der Bank an einer einsamen, abgeschiedenen Stelle neben dem munter plätschernden Bach saß. Als Maggie und Kevin näher kamen, sahen sie, dass er nicht wirklich las. Sein Kinn lag auf seiner Brust, seine Augen waren geschlossen.

„Er muss eingeschlafen sein“, murmelte Maggie. Doch Unbehagen stieg in ihr hoch. Wie sein Kopf herunterhing …

Kevin berührte den alten Mann sanft an der Schulter. „Mr. Novak? Mr. Novak!“

Kevins besorgter Blick zuckte zu Maggie. Sie bückte sich und tastete nach Ernie Novaks Handgelenk.

„Er hat noch einen Puls!“

3. KAPITEL

Ernie Novak hatte einen leichten Schlaganfall erlitten. Die Ärzte hofften, dass er sich voll erholte. Im Moment lag er im Harriet Mitchner Hospital in Thornhill. Helen Mead war sichtlich betroffen, als Maggie ihr die Verbesserung von Ernie Novaks Zustand meldete.

„Das gefällt mir nicht", erklärte Helen grimmig.

„Wieso?", fragte Maggie. „Er wird wieder gesund."

„Haben die Proben schon begonnen?", fragte Helen.

„Für *Rockabye Baby?* Nein, sie fangen morgen an."

Helen runzelte die Stirn. „Als ich Ernie den Inhalt von Parkers Stück erzählte, wurde der arme Mann kreidebleich. Ich fürchte, das hat seinen Schlaganfall ausgelöst."

„Ach Nana, sicher nicht. Vielleicht dachte er an etwas anderes, während ihr miteinander gesprochen habt."

„Oder", sagte Helen vorsichtig, „das Stück hat ihn an etwas anderes erinnert."

Maggies Blick kreuzte sich mit dem ihrer Großmutter. „Nana, du denkst doch nicht, dass das Stück auf einer wahren Begebenheit beruht? Einer tatsächlichen Entführung? Hier in Thornhill?" Maggie verspürte plötzlich Erregung und Sorge.

Helen sah finster drein." Ich erinnere mich an keine Entführung in Thornhill, es sei denn, sie hätte stattgefunden, als dein Großvater und ich in Groton, Connecticut, lebten."

„Wann war das?"

„1944 bis 1948. Dein Großvater war der großen Marinebasis in Groton zugeteilt. Er war ein erfahrener Schweißer."

„Hmm ... 44 bis 48", überlegte Maggie. „Das passt, Nana. Das Stück ist Mitte der Vierzigerjahre angesiedelt. Ernie Novak muss sich an die Entführung erinnert haben, als du ihm den Inhalt des Stücks erzählt hast." Ein Licht ging Maggie auf. „Nana, erinnerst du dich daran, was Mom sagte?"

„Deine Mutter sagt sehr viel, Maggie“, erwiderte Helen trocken.

„Über Mr. Novak. Über seinen Beruf. Er war Buchhalter, Nana. Ernie Novak war Buchhalter!“

„Nun, warum regst du dich darüber so auf, Maggie? Ich persönlich halte das eher für eine langweilige Betätigung.“

„Nein, nein, Nana. Das Stück! Rodney Upton in dem Stück. Der Buchhalter, der für Veronicas Ehemann arbeitete. Einer der Verdächtigen!“ Maggie sprang auf.

„Wohin gehst du?“, fragte Helen.

„In die Bücherei, Nana. Ich mache ein wenig Rollenstudium.“

Kevin wählte die Nummer von Jeanne Squires, um diesen Unsinn zu beenden. Er wollte einfach sagen, dass er keine Zeit habe, um in einem Stück auf der Bühne aufzutreten.

Es war besetzt, aber seine Entscheidung stand fest.

Beim zweiten Versuch hörte er es klingeln. Jeanne hob beim vierten Klingeln ab.

„Miss Squires, hier ist Kevin Payne.“

„Ja?“ Er konnte sie kaum hören.

„Es geht um das Stück, Miss Squires. Sehen Sie …“

Er konnte nicht weitersprechen, weil aus dem Hörer ein lang gezogenes Weinen erklang.

Kevin war äußerst betroffen. „Miss Squires? Jeanne? Was ist denn passiert? Was stimmt denn nicht?“

„Ich kann nicht …“, stieß sie zwischen Schluchzern hervor.

„Was können Sie nicht?“, drängte er.

„Er … hat … es … herausgefunden!“ Jeanne schluchzte herzzerreißend. „Er sagte … so schreckliche … Dinge. Und … und er verbietet mir …“

Kevin erinnerte sich daran, dass sie ihrem puritanischen Vater verschwiegen hatte, im Theater, einem Ort der Sünde, zu arbeiten. „Ihr Vater?", tippte er. „Was hat er herausgefunden?"

„Alles ... über das Stück. Ich kann nicht ... kann es nicht machen. Es tut mir ... leid."

„Aber, Miss Squires ..."

„Sie werden ... sensationell sein als ... Sam, Kevin", sagte sie und legte auf.

Kevin starrte ungläubig auf den Hörer.

Es klingelte an der Tür. Kaum hatte er sie geöffnet, als Maggie auch schon wie ein Sturmwind hereinfegte, schwer beladen mit Fotokopien des *Tab.* Sie schoss dem ultraordentlichen Schreibtisch einen schnellen Blick zu und warf die Blätter auf den Teppich vor dem Kamin.

„Das ist unglaublich", murmelte sie, während sie die Blätter auf dem ganzen Teppich ausbreitete. „Stehen Sie nicht einfach so da!" Sie setzte sich mit gekreuzten Beinen auf den Teppich.

Kevin kauerte sich zögernd neben sie. Sie zog ihn am Arm, sodass er sich auf die Knie sinken lassen musste. Das passte ihr auch noch nicht. Sie versetzte ihm noch einen Stoß, bis er richtig saß.

„Was soll das?", fragte er, während sie weiterwühlte.

„Warten Sie! Lassen Sie es mich ein wenig ordnen. Es ist fantastisch ... Sam ... echt!"

„Sam?"

Sie sah ihn verständnislos an.

„Sie haben mich soeben Sam genannt."

„Nein, ich sagte, Sam ist echt."

Jetzt sah Kevin sie verständnislos an.

„Die ganze Sache, Kevin. Alles echt! Parker Anderson hat es nicht erfunden. Er hat lediglich die Namen geändert, um die Unschuldigen zu schützen. Oder ..." Sie stockte. „ ... die Schuldigen."

„Was?" Kevin griff nach dem ersten Blatt – einer Fotokopie eines Artikels im *Thornhill Tab* vom 6. Juli 1947. Er las die Schlagzeile. „Merrill-Baby entführt. Hunderttausend Dollar Lösegeld." Kevin las den ganzen Artikel. Zweimal. Dann griff er nach dem nächsten Blatt, das Maggie ihm reichte. „Lösegeld bezahlt. Baby noch immer vermisst."

„Die Polizei hat das kleine Mädchen nie gefunden. Der Kidnapper behielt das Geld und gab Julianna Merrill nicht zurück", sagte Maggie, während Kevin sie anstarrte. Sie griff nach einer weiteren Fotokopie und fasste zusammen: „Ein Farmer namens Higgins aus Robin's Creek wurde des Verbrechens angeklagt und verurteilt. Alle glaubten, er habe das Baby getötet und die Leiche versteckt. Alle ausgenommen Arlene Merrill, die Mutter des Babys."

„Und Parker Anderson?", fragte Kevin. „Wie passt er dazu?" Maggie zuckte mit den Schultern. „Er wird nicht erwähnt. Aber es würde passen, wenn man gemäß seines Stückes in Betracht zieht, dass er im wahren Leben ein Schnüffler war, der von Arlene Merrill engagiert wurde, um ihr Baby zu suchen."

„Sie denken ... der Rest ist wahr?", fragte er.

„Dass er und Arlene Merrill ... sich verliebten?"

Kevin wurde rot. „Nein ... ich meinte ... die Verdächtigen. Ob die Verdächtigen in dem Stück ..."

„Ob sie im wahren Leben Verdächtige waren?", beendete Maggie den Satz. „Ja. Ja, ich bin ganz sicher. Ich weiß sogar, wer einer von ihnen ist. Oder ich bin zumindest sehr sicher."

„Wer?" Doch bevor sie antwortete, nickte er. „Der Buchhalter Rodney Upton." Sein schmales, attraktives Gesicht begann zu leuchten. „Ernie Novak."

Impulsiv umarmte sie ihn kurz als Belohnung für sein schnelles Begreifen.

Ihre kurze Berührung brachte ihn aus dem Gleichgewicht. Er griff hastig nach einem anderen fotokopierten Artikel.

Maggie zog sich zurück. Sie hatte in den letzten vierundzwanzig Stunden doch ein wenig zu viel an Kevin Payne denken müssen.

„Also, was meinen Sie?", fragte Maggie.

Kevin antwortete nicht sofort. „Ich bin verwirrt", sagte er schließlich. Es war in vielerlei Hinsicht eine Untertreibung.

„Ja", murmelte Maggie. „Ich auch." Sie richtete ihre Aufmerksamkeit auf die Artikel.

Eine Frage tauchte in Maggies Gedanken auf. Reagierte sie so auf Kevin oder auf diese Person, die so unerwartet auf der Bühne zum Vorschein gekommen war? Und dann kam ihr noch ein weiterer beunruhigender Gedanke. Hatte sie ihn vorhin wirklich Sam genannt? Begannen sich die Grenzen zu verwischen?

Kevin, der sonst stets nach Worten suchte, überraschte sich selbst, als ihm einige richtige Worte einfielen. „Haben Sie schon zu Mittag gegessen?"

„Also … nein." Sie sah auf ihre Uhr.

„Erwarten Ihre Kinder Sie?", fragte er.

„Oh … nein. Nicht vor fünf. Leif hat Baseballtraining, und Michael trägt den *Tab* aus." Ein Lächeln umspielte ihre Lippen. „Es war die Idee meiner Mutter. Sie glaubt, dass Michael sich bessern wird, wenn er Verantwortung übernehmen muss."

Befangene Stille.

„Also", sagte Maggie endlich. „War das nur eine rhetorische Frage? Oder … haben Sie an etwas Bestimmtes gedacht?"

Kevin hob verwirrt die Augenbrauen.

Maggie lächelte. „Mittagessen?"

„Oh … ja. Mittagessen. Sie … sagten …"

Maggies Blick glitt über den Stapel Fotokopien in ihren Armen. Ihre Augen leuchteten auf. „Schlagen wir doch zwei Fliegen mit einer Klappe. Ein wenig Mittagessen und ein wenig Detektivarbeit."

„Detektivarbeit?"

Die Cafeteria im Harriet Mitchner Hospital war gar nicht so schlecht für ein Krankenhaus. Außerdem ging es weniger um das Essen als um einen Besuch bei Ernie Novak.

Maggie sah zu, wie ihr Gegenüber sorgfältig etwa ein Drittel des Päckchens mit Salatdressing über seinen Salat goss. Kevin fing das Lächeln auf, das sie unbewusst zeigte.

„Schon gut, ich neige zu Zurückhaltung. Und man hat mir schon vorgeworfen, übergenau, überordentlich und übervorsichtig zu sein."

Maggie wunderte sich, wer die Vorwürfe ausgesprochen hatte, fragte ihn jedoch nicht danach. Stattdessen sagte sie: „Hat wohl was mit dem Gebiet zu tun."

„Welchem Gebiet?"

„Mathematik." Sie spritzte den ganzen Senf auf ihr Sandwich. „Ich bewundere Sie, Kevin. Ich beneide Sie sogar."

„Wirklich?"

„Ja. Sie wirken so … ausgeglichen. Sie. Ihr Leben. Sie haben einen Rhythmus, eine Routine, eine Struktur."

„Es klingt außerordentlich öde, wenn man es so in Worte fasst." Er beugte sich auf seinem Stuhl vor und sah sie an. Seine Augen waren sehr blau und sehr ablenkend.

„Nein, nicht öde. Vernünftig", behauptete Maggie.

Kevin spießte sich ein Stückchen Schinken auf seine Gabel und schob es sich langsam in den Mund. „Darf ich Ihnen ein Geständnis machen, Maggie?"

Maggie nickte und nahm einen Schluck von ihrem Drink.

„Ich wollte aus dem Stück aussteigen. Ich habe sogar bereits Jeanne Squires angerufen."

„Aussteigen? Warum? Sie waren unglaublich gut."

Er spielte mit seiner Gabel. „Ich … habe mich da oben wie ein Fremder gefühlt. Als hätte Sam mich beiseitegeschoben und wäre in meine Haut geschlüpft. Es war … beunruhigend."

„Mir ging es ähnlich mit Veronica", gab Maggie ruhig zu.

Aber es war auch ... erregend." Ihre Blicke trafen sich. „Und zu wissen, dass es die beiden wirklich gegeben hat, macht es noch faszinierender." Sie zögerte. „Warum haben Sie beschlossen, doch dabeizubleiben?"

„Ich habe es eigentlich gar nicht beschlossen. Ich hatte gar keine Gelegenheit dazu." Er schilderte Maggie kurz sein Telefongespräch mit der verstörten Jeanne Squires.

Maggie runzelte die Stirn. „Ihr Vater ist ein Tyrann."

„Das ist sein Ruf in der Stadt, seit ich mich erinnern kann."

„Warten Sie nur, bis meine Mutter hört, dass dieser alte Zuchtmeister Jeanne befohlen hat, aus dem Stück auszusteigen. Sollte mich nicht überraschen, wenn Mom direkt zu ihm marschiert und ihm die Meinung geigt. Was kann er schon dagegen haben?"

„Maggie, zeigen Sie mir noch einmal diese Zeitungsartikel." Kevin setzte seine Lesebrille auf und überflog die Blätter. „Hier", verkündete er dramatisch und deutete auf eine Stelle.

Maggie ging um ihn herum und spähte ihm über die Schulter. Dann sah sie Kevin an. „Die Adresse der Merrills? Holly Hill Road?"

„Raten Sie, wo dieser alte Tyrann, Norton Squires, wohnt, Maggie."

Ihre Blicke begegneten sich. „Holly Hill Road?"

Kevin nickte.

Maggie presste die Hand an ihren Mund. „Tyrone Knight, Veronicas puritanischer Nachbar."

Zuerst Novak, jetzt Squires." Kevins blaue Augen schimmerten. „Die Sache wird heißer."

„Gehen wir nach oben zu Novak", schlug Maggie vor.

Als sie auf den Ausgang zugingen, hielt Kevin sie am Arm fest. „Wir müssen ... behutsam sein, Maggie. Wir wollen dem armen Kerl nicht noch einen Schlaganfall verpassen. Immerhin könnten wir völlig danebenliegen."

„Meine Großmutter ist überzeugt, dass Mr. Novak verstört war, als sie ihm von dem Stück erzählte."

„Umso mehr ein Grund, nichts zu überstürzen ..."

Sie fasste lächelnd in ihre Tasche und holte eine kleine Dose heraus. „Daisys kandierte Nüsse. Sie haben sie gestern auf der Bank vergessen, nachdem wir Mr. Novak bewusstlos aufgefunden hatten. Wir überbringen sie jetzt. Als Genesungsgeschenk."

„Die Nüsse waren sehr aufmerksam von Ihrer Schwester, Kevin. Richten Sie ihr meinen Dank aus", sagte Ernie Novak höflich. Der alte Mann sah blass und schwach zwischen den weißen Laken aus, aber seine Stimme war kräftig.

Kevin plauderte mit Ernie, bis Maggie sich einmischte. „Meine Großmutter wird sich freuen, dass es Ihnen so gut geht, Mr. Novak. Das muss man ihr lassen. Sie hat ein scharfes Auge. Sie hat schon Stunden vor Ihrem Schlaganfall die ersten Anzeichen bemerkt. Sie erinnern sich, Mr. Novak? Sie hat mit Ihnen über die Spendensammlung für das Programm für die gefährdete Jugend gesprochen."

Mr. Novak winkte ab. „Dieses schreckliche Stück", murmelte er, und alle Farbe wich aus seinem Gesicht.

Maggie tätschelte beruhigend die Hand des alten Mannes. „Ich verstehe, Mr. Novak, dass es schlimme Erinnerungen in Ihnen wachruft, wo Sie doch für Mr. Merrill gearbeitet haben. Standen Sie der Familie sehr nahe?"

Eine Träne lief über das verwitterte Gesicht. „Ich habe die kleine Julianna geliebt. Keine zwei Jahre alt, als ich sie das letzte Mal sah." Seine Augen schlossen sich, und noch mehr Tränen liefen über das faltige Gesicht. „Das hübscheste, süßeste Kleinkind, das Sie je gesehen haben. Haare wie gesponnenes Gold. Und ihr Lächeln ..."

Maggie schwankte ein wenig, als sie und Kevin aus dem Krankenhaus in den hellen Sonnenschein traten. Kevin stützte sie am Arm.

„Alles in Ordnung?“, fragte er leise.

Maggie nickte, aber Kevin war nicht überzeugt.

„Es ist nur …“ Maggie stockte und schluckte schwer.

Kevin war betroffen, Tränen in ihren Augen zu sehen. „Maggie, was ist denn los?“

„Ach Kevin, ich muss daran denken, wie schrecklich es für Arlene Merrill gewesen sein muss. Ihr Baby entführt – für immer verloren.“ Sie als Mutter konnte den Schmerz und die Verzweiflung auf eine so schreckliche Art und Weise nachvollziehen.

Kevin legte tröstend den Arm um ihre Schultern.

Maggie schaffte ein schwaches, aber dankbares Lächeln. „Ich muss Leif am Spielfeld abholen. Es sind nur ein paar Blocks. Wollen Sie mitkommen?“

„Sicher“, sagte Kevin und fühlte, dass sie nicht allein sein wollte.

Als sie das Spielfeld erreichten, entdeckte Maggie Michael auf seinem Fahrrad, der auch das Ende von Leifs Training beobachtete. Sie entdeckte auch den beachtlichen Stapel nicht zugestellter *Tab* im Rucksack ihres Sohns.

Sie ging mit leicht missbilligender Miene auf Michael zu. Aber seine Miene war wesentlich missbilligender, als er den Mann an ihrer Seite betrachtete.

Maggie übernahm die Vorstellung. „Mr. Payne unterrichtet Mathematik“, erklärte sie ihrem Sohn und wandte sich an Kevin. „Mike ist sagenhaft in Mathe, Kevin.“

„Ich hasse Mathe“, kam Michaels verdrossene Antwort.

Maggie warf ihrem Sohn einen scharfen Blick zu, aber Kevin lächelte bloß. „Ob du es glaubst oder nicht, aber als Kind habe ich auch Mathe gehasst."

„Ich bin kein Kind. Ich bin dreizehn."

„Dreizehn und demnächst drei, wie du dich im Moment aufführst", murmelte Maggie, verlegen über Michaels offene Feindseligkeit Kevin gegenüber. Allerdings verstand sie Michaels Sorge wegen eines neuen Mannes an der Seite seiner Mutter. Sie zerzauste ihm die Haare, um ihn zu beruhigen.

Michael fand die Geste nicht gerade beruhigend und hätte noch eine Spitze abgefeuert, wäre nicht Leif zu ihnen gekommen. „Hey, Mom, hast du diesen abgefälschten dritten Schlag gesehen, den ich gefangen habe?"

Maggie drückte ihren jüngeren Sohn an sich. „Du bist ein richtiger Willie Mays."

„Willie Mays war kein Fänger", sagte Leif frustriert. „Lass es gut sein, Mom."

Alle lachten, die Spannung schwand. Michael fuhr mit seinem Fahrrad weiter, um die restlichen Zeitungen zuzustellen. Leif ließ sich von Kevin Eis kaufen und fand es nicht bedrohlich, dass ein Mann mit Mom ging.

„Nette Kinder", sagte Kevin, als Leif ins Haus lief. Maggie holte die Post aus dem Briefkasten.

„Ob Sie es glauben oder nicht, das sind sie wirklich." Maggie blickte von dem Stapel auf, der hauptsächlich aus Rechnungen und brieflichen Bestellungen bestand.

„Ich glaube es", sagte er leise.

Sie zog einen großen weißen Umschlag hervor und zeigte ihn stirnrunzelnd Kevin.

Er blickte ebenfalls finster drein. „Adressiert an Veronica Morgan zu Händen von Maggie Mead."

Maggie verspürte eine heftige Sorge, die sie davon abhielt, den Umschlag einfach aufzureißen.

Kevin nahm ihr den Umschlag ab und riss ihn mit seiner unnachahmlichen Sorgfalt sachte auf. Ein einzelnes weißes Blatt lag darin. Er zog es langsam heraus und entfaltete es.

Die kurze Nachricht bestand aus Buchstaben in unterschiedlichen Formen und Größen, die aus einer Zeitung ausgeschnitten worden waren. Es waren nur zwei Wörter:

SIE LEBT!

4. KAPITEL

Sie lebt, sage ich euch. Ich spüre es.“ Ihre Stimme war angespannt, aber ihre haselnussbraunen Augen schimmerten. Sie betupfte ihre Augen mit einem weißen Taschentuch.

„Tun Sie sich das nicht selbst an, meine Liebe. Sie machen sich nur krank.“ Die Stimme, die sie anflehte, sich zu beruhigen, klang gepresst und ernst.

„Niemand glaubt mir. Warum glaubt mir niemand? Ich bin eine Mutter. Ich weiß es.“ Sie hob ihr flehendes Gesicht.

„Wir sind alle verzweifelt. Wir wünschen uns alle, wir könnten etwas tun“, kam die glühende Antwort.

„Wirklich?“ Ihre Stimme klang gedämpft, bebend.

Mildred klatschte in die Hände, um die dritte Lesung der Dialoge zu stoppen. Sie brach in den Kreis ein und legte ihre Hand auf die Schulter ihrer Tochter. „Nein, Maggie, diese letzte Frage muss verzweifelter sein.“

Maggie schüttelte den Kopf. „Ich glaube, Veronica ist misstrauisch, vorsichtig. Sie ist nicht überzeugt, dass dieser Farmarbeiter es getan hat. Und sie vermutet, dass jemand aus ihrer Umgebung in die Sache verwickelt sein könnte.“

Anna Blair, ein Neuling in Thornhill, die soeben mit Maggie die Szene gespielt hatte, war nicht so sicher. „Ich glaube nicht, dass Veronica der Person, die ich spiele, gegenüber misstrauisch ist. Ich meine, Rhonda Willians, eine so harmlose Frau, eine vertrocknete, altjüngferliche Lehrerin, die ständig versucht, alle und jeden zu trösten, einschließlich Veronica, ist doch über jeden Verdacht erhaben.“

„Ja, aber sie hat gelegentlich auf Veronicas Baby aufgepasst, und Veronica überlegt bereits, wer alles Kontakt zu ihrem Baby hatte“, zeigte Maggie auf. „Und manchmal sind es die stillen, harmlosen Typen, auf die man achten muss.“

Lydia Powell, die elegante Besitzerin von Eva Fashions auf der Main Street, die Yvonne, die Geliebte von Veronicas Ehemann spielte, hatte ihre eigene Theorie. „In Szene drei des ersten Aktes war klar, dass Veronica wusste, dass ich mit ihrem Mann eine Affäre habe. Sie konfrontiert Doug damit und verlangt, dass er geht, obwohl sie dann in ihrem Kummer ganz allein ist. Und jetzt, wenn sie dieses Gespräch mit Rhonda hat, fühlt Veronica sich verraten und verlassen, und ich glaube, das ist das Motiv für ihren Satz. Was sie wirklich fragt, ist: Kümmert sich irgendjemand um mich? Gibt es jemanden, der zu mir hält? Wendet sie sich nicht deshalb an Sam?“

George Denk, der junge, schlaksige Polizist aus Thornhill, der Veronicas Ehemann Doug spielte, runzelte die Stirn. „Sie will mich bloß eifersüchtig machen. Sie revanchiert sich für meine Untreue, aber tief in ihrem Inneren will sie mich noch immer. Sie benützt Sam, um mich zurückzugewinnen. Deshalb wirft sie sich dem Plattfuß an den Hals.“

„Ich werfe mich ihm nicht an den Hals“, protestierte Maggie und konnte Kevin nicht ansehen. Sie hätte sich keine Sorgen machen müssen. Kevin betrachtete eingehend seine Schuhe.

Mildred unterdrückte ein Lächeln. „Maggie hat recht. Sie überspielt es nicht. Sie und Kevin treiben ihre Beziehung genau richtig voran. Aber Sie haben recht, wenn Sie es so sehen, George. Als untreuer Ehemann projizieren Sie Ihre eigenen Schuldgefühle auf Ihre Frau.“

„Aber Veronica und Sam werden ein Liebespaar“, zeigte Lydia rasch auf. „Wie immer ihre Motive am Anfang gewesen sein mochten, niemand kann abstreiten, dass sich zwischen den beiden sehr bald eine glühend heiße Geschichte entwickelt.“

Maggie zupfte an einem losen Faden von einem Knopf an ihrer Bluse. Und Kevin widmete sich noch immer angestrengt seinen Schuhen.

Polizeichef Harvey Mead saß ruhig in der letzten Reihe der Grange Hall. Lächelnd betrachtete er seine Frau Mildred, als sie die Darsteller aufmunterte. Als er jedoch seine Aufmerksamkeit auf seine Tochter Maggie richtete, wurde sein Lächeln von einem besorgten Stirnrunzeln ersetzt. Er machte sich Sorgen wegen der Nachricht, die sie gestern mit der Post erhalten hatte. „Sie lebt!" Was bedeutete das? Und warum war es an Maggie geschickt worden?

Er ging durch den Mittelgang, als sich die Gruppe auflöste. Mildred hielt Maggie und Kevin zurück. Gut, dachte er. Er wollte mit den beiden sprechen.

„Gibt es etwas?", fragte Maggie aufgeregt, als sie ihren Vater entdeckte.

Harvey Mead nickte. „Hier am Ort abgeschickt."

Maggie und Kevin wechselten einen Blick.

Harvey zog seine Augen schmal zusammen. „Bevor ich mich noch weiter um die Sache kümmere, habe ich eine Frage. Denkt jemand von euch, es ... es könnte sich um einen Reklametrick handeln?"

„Das meinst du nicht ernst, Dad!", rief Maggie. Aber sie wusste natürlich, dass er es ernst meinte. Mit Polizeiarbeit spaßte er nie. „Sicher, das Stück ist für einen guten Zweck gedacht, und wir wollen ein volles Haus, aber niemand würde ..."

„Oh, ich weiß, dass es niemand von euch war", versicherte Harvey hastig. „Vielleicht ein Streich? Kinder machen so etwas."

Kevin wehrte ab. „Welches Kind weiß schon über das Stück Bescheid? Noch viel weniger über unsere Theorie, dass es auf Tatsachen beruht."

Maggie nickte nachdenklich. „Michael", flüsterte sie.

„Warum Michael?", fragte Mildred. Dann erinnerte sie sich an Maggies fehlendes Script. Michael hätte es in die Hände bekommen können. Und er hätte auch die fotokopierten Zeitungsartikel seiner Mutter über die echte Entführung sehen können.

Maggie hatte die gleichen Gedanken wie ihre Mutter. „Es wäre möglich“, murmelte sie. Ihr Blick traf auf Kevins, und sie war überrascht, Zweifel in seinen Augen zu finden. Er glaubte an sie und ihr Kind!

Harvey rieb sich die Wange. „Ich könnte ein Wort mit dem Jungen wechseln. Streng vertraulich.“

„Nein“, sagte Maggie ruhig, während ihr Blick noch immer mit Kevins Blick verschlungen war.

Mildred stimmte Maggie zu. „Wir haben keinen Beweis, Harvey.“

„Ich sage ja nur“, verteidigte sich Harvey, „dass es höchstwahrscheinlich ein Streich war. Wenn wir den Reklamegag ausschließen, bleibt als einzige andere Möglichkeit nur …“

„… dass Julianna Merrill vielleicht noch lebt“, beendete Maggie den Satz. „Ich glaube, Parker Anderson gab nie die Hoffnung auf, sie zu finden.“

„Vielleicht sollten wir seine Truhe noch einmal durchsuchen“, schlug Kevin vor und dachte plötzlich mehr wie ein Plattfuß als wie ein trockener Mathematikprofessor. „Wir könnten irgendwelche Anhaltspunkte übersehen haben.“

„Gute Idee“, sagte Maggie rasch. „Wir müssen mehr über Parker Anderson erfahren. Er ist unser Bindeglied zu dem Verbrechen.“

„Nun mal langsam“, warf Harvey ein. „Wir wollen doch nicht eure Bühnenrollen mit dem wirklichen Leben verwechseln. Ihr beide seid nicht zwei Privatdetektive. Und wenn hier irgendjemand Spuren verfolgt, ist es die Polizei.“ Er klopfte sich gegen die Brust. „Ich werde es mir ansehen.“

Mildred schenkte ihrem Mann ein dermaßen liebenswürdiges Lächeln, dass er mit Recht vorsichtig wurde. „Ja, Liebster“, meinte sie nachgiebig. „Aber vielleicht könnten Maggie und

Kevin mit dir kommen. Nur, um einen Profi bei der Arbeit zu beobachten. Für ihre Rollen in dem Stück."

Nach achtunddreißig Ehejahren hatte Harvey gelernt, wann er seiner Frau nachgeben sollte. „In Ordnung." Er sah Maggie und Kevin scharf an. „Ihr zwei könnt zusehen. Aber ich warne euch beide. Hier und jetzt. Ihr werdet keine Nachforschungen auf eigene Faust anstellen. Erstens ist der Fall seit vierundvierzig Jahren abgeschlossen. Ein Mann wurde verurteilt und ins Gefängnis gesteckt."

„Wo er nach sieben Jahren hinter Gittern an einem Herzinfarkt starb, wobei er bis zum bitteren Ende seine Unschuld beteuerte", fügte Maggie hinzu. Sie hatte ihre Hausaufgaben in der Bücherei gemacht.

Harvey ignorierte die Bemerkung seiner Tochter. „Und zweitens könnten einige unschuldige Leute durch diese Sache verletzt werden. Leute, die nicht mehr jung sind und nicht noch einmal diese schmerzlichen Erinnerungen durchleben wollen. Man weiß nie, wie diese Oldtimer reagieren."

Maggie wusste, dass ihr Vater dabei speziell an Ernie Novak dachte. Und dann war da auch noch Norton Squires, der sicher äußerst verstört auf die Bühnenaufführung des Entführungsdramas reagieren würde. Gab es noch andere? Und waren sie auch wirklich alle unschuldig?

Nach einem Anruf bei seiner Mutter im Altenheim informierte Harvey Maggie und Kevin, dass sie bis zum Morgen warten mussten, um ihn bei der Durchsuchung von Parker Andersons Truhe zu beobachten.

„Mutter sagt, sie fühlt das Wetter und legt sich zeitig hin. Wir können morgen früh hinauskommen."

Maggie ergriff die Hand ihres Vaters. „Es ist doch nichts Ernstes?"

Mildreds Augen funkelten. „Nichts Ernsteres als ein wilder

Abend mit Gin Rummy."

Harvey grinste. „Ich habe am Telefon Stimmen im Hintergrund gehört."

„Wahrscheinlich ihre alten Freundinnen, die sie drängten, wieder zum Spielen zu kommen", sagte Mildred leise lachend.

„Mutter glaubt, wir wüssten nicht, dass sie regelmäßig zum Kartenhai wird", sagte Harvey auf Maggies und Kevins verwirrte Gesichter hin. „Als ich jung war, hielt sie mir Predigten gegen das Spielen und denkt, sie müsse noch immer als Vorbild dienen."

Mildred hakte sich bei ihrem Mann unter. „Nun, Liebster, da du keine Pläne für den Abend hast, kannst du mich in diese neue Pizzeria auf der Elm Street ausführen."

„Pizza?" Harvey war mehr für Fleisch und Kartoffeln.

Doch Mildred hatte sich bereits entschieden. Und für ihren Mann gleich mit dazu. „Ich weiß etwas, Maggie", sagte sie fröhlich. „Wir nehmen die Jungs mit. Mike und Leif lieben Pizza."

„Warum gehen wir nicht alle?", schlug Harvey vor und deutete auf Maggie und Kevin.

„Du weißt doch, dass Maggie von Tomaten Ausschlag bekommt, Liebster", erklärte Mildred hastig. „Vielleicht wollen sie und Kevin ein wenig Zeit für sich haben. Um ... die Anmerkungen zu dem Stück zu diskutieren, die ich ihnen gegeben habe ... beim Dinner."

„Eines kann man meiner Mutter niemals vorwerfen – behutsames Vorgehen", sagte Maggie mit einem breiten Lächeln. Sie saß Kevin in dem schwachen Kerzenschein des Escargot gegenüber, Thornhills Antwort auf das französische Café.

„Das macht mir nichts." Kevin brach ein Stück von dem französischen Brot ab und warf ihr einen überraschend verschlagenen Blick zu. „Ich bin sogar froh, dass Ihre Mutter nicht behutsam war. Dieses Dinner hat mich vor einer von Daisys

Cocktailpartys bewahrt, auf denen sich immer ein oder zwei infrage kommende junge Frauen befinden, die sie mir unbedingt vorstellen will."

„Geht es darum, dass Sie ganz allgemein nicht infrage kommenden jungen Frauen vorgestellt werden wollen? Oder geht es speziell um Daisys infrage kommende junge Frauen?"

Kevin bestrich sein Brot mit Butter. „Ein wenig von beidem." Er betrachtete das Brot und sah dann Maggie mit einem etwas verlegenen Lächeln in die Augen. „Nein, sehr viel von beidem."

„Geht mir genauso", sagte Maggie fest, stellte ihr Glas Chardonnay weg und bediente sich an dem Brot. „Warum glauben alle, dass eine geschiedene Frau nichts anderes will, als sich wieder zu verheiraten? Wenn ein Kind seine Hand auf einen heißen Herd legt, lernt es seine Lektion und macht es nicht wieder. Warum sollte eine erwachsene Frau dumm genug sein, sich zweimal an derselben Stelle zu verbrennen?" Sie tippte auf ihr Herz.

„Tut mir leid", sagte Kevin ruhig.

Maggie lächelte sanft. „Warum? Sie waren nicht mein ungetreuer Ehemann."

Kevin sah sie einen Moment verwirrt an. „Beziehen Sie sich auf Ihren echten Ehemann oder den im Stück?"

Maggie begegnete seinem Blick. „Es ist recht erstaunlich, wie ähnlich die beiden einander sind. Die Kunst spiegelt das wirkliche Leben wider."

Die Kellnerin brachte ihr Essen – Ente à l'orange mit wildem Reis und Spargel.

Nachdem sie ein paar Minuten schweigend gegessen hatte, legte Maggie ihre Gabel weg. „Was halten Sie von dieser Nachricht, Kevin? Ich meine … es ist möglich, dass Michael mir einen Streich spielen wollte."

„Diese Nachricht war irgendwie Angst einflößend, fast wie eine Warnung", sagte Kevin langsam.

„Ja", murmelte Maggie.

„Sie haben auch etwas Angsteinflößendes gefühlt?"

„Ja."

„Das war nicht Michael", sagte Kevin überzeugt. „Ich glaube, es war überhaupt kein Kind."

„Aber wer dann?"

Kevin überlegte eine Weile. „Vielleicht jemand in dieser Stadt, der tatsächlich weiß, dass Julianna Merrill noch lebt, und der seit vierundvierzig Jahren mit einem schlechten Gewissen herumläuft."

„Sie meinen den echten Kidnapper?"

„Nicht unbedingt", meinte Kevin. „Wir haben noch immer keinen Beweis, dass der Farmer Higgins, der verurteilt wurde, nicht der echte Kidnapper war."

„Ich verstehe, worauf Sie hinauswollen. Er könnte einen Komplizen gehabt haben", sagte Maggie begeistert. Ihre laute Stimme zog Blicke von den umliegenden Tischen an. Maggie entschuldigte sich überschwänglich. „Sie werden sich mir nie mehr weiter als bis auf eine Meile nähern wollen, wenn ich uns weiterhin zum Spektakel mache."

Kevin lächelte und versicherte ihr, er schäme sich nicht, mit ihr zusammen gesehen zu werden.

Als sie später vor Maggies Haus hielten, waren alle Lichter aus.

„Ich wette, meine Eltern haben die Jungen nach dem Abendessen ins Kino ausgeführt", sagte Maggie.

„Im Kinocenter spielen sie diesen neuen Science-Fiction-Thriller", sagte Kevin. Sein Fuß glitt von der Kupplung ab. Der Wagen machte einen Satz, der Motor erstarb. Kevin startete ihn nicht wieder.

„Die Jungs lieben solche Filme", sagte Maggie. „Ich hassc sie. Keine zehn Pferde könnten mich …" Sie sah ihn an. „Mögen Sie diese Filme?"

„Ich? Nein. Nein, ich gehe nicht oft ins Kino. Ich mag … Dokumentarfilme. Die werden selten gezeigt … im Kinocenter. Ich sehe sie mir aber im Fernsehen an. Wenn ich Gelegenheit habe.“ Er begann, ein Fenster herunterzudrehen.

„Ich wollte aufräumen“, murmelte Maggie.

„Wie bitte?“

„Das Haus ist ein Saustall. Meine Jungs glauben, es wäre gegen ihre Religion, irgendetwas wegzuräumen.“

„Ich war auch kein ordentliches Kind.“ Warum hatte er das gesagt? Er war immer penibel gewesen. Daisy zog ihn deswegen sogar auf.

„Ich versuche, alles ein wenig zu organisieren“, sagte Maggie. „Ich arbeite an dem zusätzlichen Schlafzimmer. Ich will ein Büro daraus machen. Für mein Geschäft.“

Kevin hatte das Fenster voll heruntergedreht, schwitzte aber trotzdem. Er überlegte, ob er das Jackett ausziehen sollte. Für den Anfang lockerte er seine Krawatte.

„Ich habe unten in Harmon angefangen“, fuhr Maggie fort.

Kevin sah sie verständnislos an.

„Harmon, Virginia. Wo ich früher lebte. Dort habe ich meinen Geschenkehandel per Postversand begonnen. Ich habe ihn zusammen mit zwei anderen Frauen geführt. Sie sind noch immer in Harmon. Ich sollte unseren Markt im Osten ausweiten, was ich sicher schaffen werde.“

„Oh, sicher. Sie sind sehr … fähig.“ Er wischte sich verstohlen den Schweiß von der Oberlippe.

„Danke.“ Sie betrachtete ihn. Dann gab es eine leichte Veränderung in ihrem Aussehen und in ihrer Stimme. „Sie machen nicht viele Worte, Sam, wie?“

Einen Moment war er verblüfft, aber dann grinste er und legte den Kopf schief. „Sie wollen doch keinen Kerl, der mit den Wölfen heult, oder, Mrs. Morgan?“

Sie lächelte listig. „Wollen Sie damit sagen, dass Sie von einer ganz besonderen Art sind, Sam?“

„Ich will damit sagen, dass ich von Ihrer Art bin, Veronica. Viel mehr von Ihrer Art als ihr schnapssaufender, weiberjagender Tunichtgut von Ehemann.“

Sie warf ihm einen langen, forschenden Blick zu. „Fällen Sie immer so höhnische Urteile über Menschen?“

„In meinem Geschäft, Süße, kann man es nicht riskieren, sie nicht zu fällen.“

„Wollen Sie es dann riskieren, einen Drink mit mir zu nehmen, Sam?“

„Bestes Risiko, das mir in dieser Nacht angeboten wurde.“

Kevin stieg als Erster aus dem Wagen, ging darum herum und öffnete ihr die Tür. Maggie streckte die Hand heraus. Er ergriff sie, half ihr heraus, zog dann ihre Hand an seine Lippen.

Sie lächelte gewinnend. „Ein galanter Plattfuß. Und noch dazu großartig im Improvisieren.“

„Sie machen es mir einfach, Puppengesicht.“ Seine Stimme war belegt, heiser. Ihre Blicke trafen sich, hielten einander fest. Maggies Lächeln war offen und wagemutig.

Als sich seine Lippen auf die ihren pressten, gab sie einen leisen Laut der Hingabe von sich.

Der erste Kuss war schnell und harmlos. Der Nächste war langsam und heftiger, Maggies Lippen öffneten sich unter den seinen, und ihr Körper erbebte in seinen Armen.

„Sie küssen großartig“, murmelte sie, und ihr Atem kitzelte seinen Mund. Er küsste sie weiter, bis ein Wagen vorbeifuhr und seine Scheinwerfer sie beide für einen Moment voll erfassten.

Sie lösten sich wie zwei nervöse Teenager voneinander und schluckten gleichzeitig.

Maggie konnte Kevin nicht direkt in die Augen sehen, als sie sagte: „Ich weiß nicht, wie es mit Ihnen ist, aber ich könnte jetzt wirklich einen Drink gebrauchen.“

„Ich auch.“

„Limonade?“

„Großartig.“

Sie gingen auf das Haus zu, stießen mit den Schultern zusammen und rückten sofort weiter auseinander.

Maggie zögerte an der Tür. „Es ist wirklich schlimm drinnen. Ich möchte nicht, dass Sie denken …“

„Ich fälle im wirklichen Leben keine höhnischen Urteile, Maggie“, sagte er ruhig.

Dennoch stieß er einen geschockten Ruf aus, sobald er eintrat, nachdem sie die Haustür geöffnet hatte. Es sah schlimm aus? Es sah aus wie New Orleans am Morgen nach dem Mardi Gras!

Maggie wirbelte zu ihm herum und warf ihm einen Blick zu, den er fälschlich für Verlegenheit ansah.

„Es ist nicht … so schlimm“, log er tapfer.

„Sind Sie verrückt?“ Sie wich von ihm zurück und zertrat eines von Leifs Miniaturautos. „Kevin, das ist nicht meine Unordnung! Jemand war hier drinnen! Jemand hat mein Haus verwüstet!“

Es dauerte ein paar Sekunden, bis er Maggies Worte begriff, doch dann packte Kevin ihre Hand. „Ssst. Er könnte noch hier sein“, flüsterte er heiser.

Maggies Blick schoss zur Haustür, als sie in Panik den Atem anhielt.

Stille. Absolute Stille. Kevin packte Maggie an den Schultern. Sie atmete noch immer nicht.

„Rufen Sie von nebenan die Polizei“, wisperte er.

„Was wollen Sie machen?“, wisperte sie zurück.

Er griff nach einem umgefallenen Messingkerzenleuchter.

„Kevin, Sie können nicht …“

„Ssst. Los jetzt!“ Er schob sich an der Treppe vorbei zur Küche und versuchte dabei, über keinen der herumliegenden Gegenstände zu stolpern.

Maggie schlich sich zur Haustür. Sie hatte schon die Hand am Türknauf, doch im letzten Moment wirbelte sie herum, packte den zweiten Kerzenleuchter und folgte Kevins Spuren.

Er zuckte zusammen, als sie ihn an der offenen Küchentür einholte. Sie zuckte ebenfalls zusammen, als sie die Zerstörung sah. Die Küche sah aus, als hätte ein irrer Küchenchef darin getobt. Alle Schranktüren standen offen, der Inhalt war verstreut.

Und dann stieß Maggie einen schrillen Schrei aus. „Die Kinder!" Sie raste zur Treppe. „Leif! Michael!"

Kevin rannte mit ihr nach oben und sorgte dafür, dass er jede Tür als Erster öffnete, nur für den Fall …

Die Zimmer waren leer. Die Jungen waren noch nicht nach Hause gekommen. Maggie sackte blass und ausgelaugt gegen Kevin. Er hielt sie fest. Er fühlte, wie ihr ganzer Körper zitterte. Es erzeugte in ihm das Verlangen, sie zu beschützen.

Kevin bekam in der Polizeistation von Thornhill George Denk ans Telefon. „Treiben Sie den Chef auf", sagte er nach einer knappen Meldung. „Er ist wahrscheinlich mit Mildred und Maggies Jungen im Kinocenter. Ach, und George, Sie sollten Mildred besser vorschlagen, die Kinder über Nacht mit zu sich zu nehmen."

Maggie saß am Küchentisch, versuchte ein Glas Limonade an ihre Lippen zu heben, ohne zu zittern, und lächelte Kevin dankbar zu, als er auflegte. Sie stellte das Glas ab und legte ihre Hände darum. „Ich habe nicht einmal daran gedacht … was es bedeuten würde … für die Jungs … wenn sie hier hereinkommen." Sie schluckte schwer und kämpfte die Tränen zurück.

Er ging zu ihr und zog sie sanft auf die Beine. Sie war ganz nachgiebig. Er legte die Hand unter ihr Kinn. Sie blickte zu ihm auf.

Es zuckte um seine Lippen. „Du kommst schon wieder in Ordnung, Puppengesicht."

Plötzlich lächelte sie. Wie Sonnenschein an einem dunklen, wolkenverhangenen Tag. „Wie ich schon sagte, Sam, du bist von einer ganz besonderen Art."

Als Harvey Meads Wagen mit kreischenden Reifen vor dem Haus zum Stehen kam, hatten Maggie und Kevin ihre wahre Identität und zumindest einen Teil ihrer Haltung wiedergefunden.

Sie saßen still im Wohnzimmer, Maggie auf dem beigen Sofa mit der Überdecke, Kevin auf dem Schaukelstuhl aus Walnussholz, während Harvey durch das Haus ging. Sie nippten an ihrer Limonade in völligem Schweigen.

Harvey kam wieder ins Wohnzimmer und setzte sich neben seine Tochter. „Bist du in Ordnung?", fragte er schroff vor Sorge.

„Ja, es geht mir gut."

„Was für ein Chaos", murmelte er.

Maggie musste lächeln. „Kevin hat es vorhin gar nicht so schlimm gefunden."

Kevin lächelte ihr zu. „Ich war nur höflich."

Harvey Mead, dem im Moment nicht nach Humor war, warf ihnen harte Blicke zu. „Wer immer dein Haus durch den Wolf gedreht hat, wollte nicht nur ein wenig Spaß haben. Er hat etwas gesucht."

„Was?", fragte Maggie bedrückt.

„Was immer es auch war, das er beim ersten Mal nicht gefunden hat", vermutete Harvey.

Kevin runzelte die Stirn. „Und wenn er es diesmal auch nicht gefunden hat?"

Harvey Mead hatte darauf keine Antwort.

Plötzlich sprang Maggie vom Sofa auf. „Die Meerschaumpfeife!"

„Was?", fragten beide Männer gleichzeitig.

Sie blickte von ihrem Vater zu Kevin. „Michael hat diese

Pfeife aus Mr. Andersons Truhe mitgehen lassen."

Kevin warf ihr einen verblüfften Blick zu. „Du meinst, die Pfeife war wertvoll?"

„Nein", sagte sie ungeduldig. „Aber irgendetwas anderes in dieser Truhe könnte es sein. Versteht ihr nicht? Der Kidnapper hat Angst, dass sich in Parker Andersons Truhe etwas befindet, das ihn mit dem Verbrechen in Verbindung bringt. Und er fürchtet, dass Michael dieses Beweisstück ebenfalls hat mitgehen lassen."

„Warte", warf ihr Vater ein. „Wer wusste überhaupt, dass Michael die Pfeife mitgehen ließ?"

„Mr. Hemming, der Schulleiter, und Dutzende von anderen Leuten. Mutter wusste es und kann es irgendwo erwähnt haben. Nana könnte etwas bei ihren alten Freundinnen erzählt haben. Wahrscheinlich wusste es halb Thornhill, inklusive der Kidnapper."

„Maggie, wir wissen noch immer nicht, ob da ein Kidnapper ist", behauptete Harvey. „Wir haben kein einziges Beweisstück, das einen der beiden Einbrüche in dein Haus mit diesem alten Verbrechen in Verbindung bringt."

„Was ist mit der Nachricht?", zeigte Kevin auf.

Harvey zuckte mit der Schulter. „Die war ziemlich nebulös. Da kann man leicht alles hineinlesen, was man will." Er rieb sich die Wange. „Jedenfalls ist Denk unterwegs, um das Haus auf Fingerabdrücke zu untersuchen. Der Eindringling hat wahrscheinlich Handschuhe getragen, aber wir wollen nichts auslassen. Die Jungs können ein paar Tage bei uns bleiben, damit du aufräumen kannst."

Maggie lächelte. „Ich habe nach einer Motivierung für das Aufräumen gesucht, aber ich wäre auch mit etwas weniger Extremem ausgekommen."

Harvey zögerte und warf Kevin einen nachdenklichen Blick zu, bevor er seine Tochter wieder ansah. „Wenn du die Nacht nicht gern allein hier verbringen willst, kann ich dich auch mit zu uns nehmen."

Maggie vermied es eifrigst, Kevin anzusehen. „Nein, ich komme hier gut zurecht, Dad."

Harvey warf Kevin noch einen Blick zu, ehe er zur Tür ging.

Nachdem sie die Tür geschlossen hatte, sah sie Kevin auf sich zukommen. Sie verspürte Panik, weil sie dachte, er würde auch gehen, doch er stoppte vor ihr. „Ich dachte, ich bleibe noch."

„Ist … nicht nötig."

„Doch. Ich bin ganz wild auf schöne Jungfern in Not."

Sie drückte ihre Lippen auf seinen Mund, schlang langsam ihre Arme um ihn und schmiegte sich an ihn. In dem Moment klingelte es an der Tür.

5. KAPITEL

Nachdem George Denk mit der Suche nach Fingerabdrücken fertig war, sah er nach Maggie und Kevin, die versuchten, das Schlafzimmer der Jungen in Ordnung zu bringen.

„Wir können erst sicher sein, wenn wir Ihre Abdrücke und die der Jungen aussondern“, sagte George. „Aber ich würde nicht zu viel erwarten. Die meisten Einbrecher tragen Handschuhe.“

Kevin räumte Kleider in den Schrank. „Haben Sie eine Ahnung, wie der Kerl hereinkam, George?“

„Auf dem gleichen Weg wie beim ersten Mal, vermutlich“, antwortete Maggie verlegen. „Das Garagenfenster hat keinen Riegel. Es liegt nach hinten hinaus. Und ich schließe nie die Tür zwischen der Küche und der Garage ab, weil ich dort immer mit Lebensmitteln und Päckchen hereinmarschiere.“

„An Ihrer Stelle, Maggie“, sagte George fest, „würde ich gleich morgen früh einen Riegel anbringen lassen. Und schließen Sie auch diese Küchentür ab.“

Maggie salutierte dem Polizisten, und George wünschte ihnen eine gute Nacht. Als er zur Tür ging, fragte Maggie ganz nebenbei, ob ihr Vater ihm die Nachricht gezeigt habe, die sie erhalten hatte.

Seltsamerweise schlug George sich an den Kopf. „Ich wusste doch, dass mich etwas gestört hat! Alle Buchstaben dieser Nachricht waren aus Magazinen ausgeschnitten. Und bei der Probe heute habe ich das Time-Magazin durchgesehen und mich geärgert. Ich wollte diesen Artikel über Angeln lesen, aber in der Mitte des Artikels war ein großes Stück herausgeschnitten worden. Ich wollte das Magazin auf die Polizeistation mitnehmen und die Buchstaben vergleichen, aber dann habe ich es vergessen.“

„Wem gehörte das Magazin?“, fragte Kevin.

„Weiß ich nicht. Es lag einfach herum."

„Vielleicht ist es noch da", sagte Maggie aufgeregt. „Vielleicht ist sogar ein Adressaufkleber darauf."

„Ich fahre gleich morgen früh zur Grange Hall", sagte George, „und hole es. Aber vielleicht gibt es ja gar keine Verbindung."

„Selbst wenn es eine gibt", meinte Kevin, „könnte jeder das Magazin in die Hand bekommen haben."

„Mich bedrückt nur, was diese Nachricht bedeutet", sagte George. „Der Chef scheint sie für einen Streich zu halten. Wahrscheinlich wird er mich auslachen, wenn ich diese ausgeschnittenen Buchstaben zurückverfolge, als wäre ich einem heißen Verbrechen auf der Spur."

Nachdem George gegangen war, lächelte Maggie Kevin an. „Einem heißen Verbrechen auf der Spur", murmelte sie. „Klingt schon irgendwie toll."

„Und irgendwie gefährlich", fügte Kevin ernst hinzu.

„Was sagst du da, Kevin?" Jetzt sah sie nur noch den gehemmten, befangenen Mathematikprofessor. Von Sam war keine Spur da. Als hätte sich die Persönlichkeit des Plattfußes aus sich selbst heraus erschaffen. Maggie war nicht auf das Ausmaß ihrer Enttäuschung vorbereitet.

Er zögerte. „Maggie, dein Vater hat recht. Vielleicht sollten wir die Aufklärung von Verbrechen den Profis überlassen."

Mechanisch setzte sie ein Lächeln auf. Mechanisch sagte sie, dass er wahrscheinlich recht habe.

Kevin starrte auf die Bücher, die er aufgehoben hatte. „Ich weiß nicht, was in letzter Zeit mit mir los ist." Langsam blickte er wieder auf. „Ich wünschte, ich wäre mehr wie der glatte, smarte, wagemutige Sam Reardon, Maggie, aber glaube mir, ich bin es nicht. Im wirklichen Leben bin ich …" Er sank auf Michaels unteres Etagenbett. „Ich bin in so was nicht gut, Maggie. Ich bin darin überhaupt nicht gut."

Maggie setzte sich neben ihn. „Ich nehme an, wir beide haben uns … ein wenig mitreißen lassen. Ich … ich komme mir plötzlich ziemlich albern vor. Wem wollte ich etwas vormachen? Die sinnliche, schwüle, schlaue Veronica, die Männer zum Wahnsinn treibt!“ Sie lachte trocken. „Wohin treibt Maggie Mead die Männer? In die Arme anderer Frauen! Frauen mit vollen, feuchten Lippen, großen blauen Augen, Porzellanhaut, gertenschlanken Körpern, perfekt gekleidet. Frauen, die alles mit Stil machen.“

„Maggie, du hast deinen eigenen besonderen Stil. Du bist … einzigartig.“

„Ich sage dir, was ich bin, Kevin. Ich bin eine vierunddreißig Jahre alte, abgehetzte Geschiedene mit zwei überaktiven Kindern und einem Geschäft, das mir aus den Händen zu gleiten droht. In diesem Moment besteht mein Leben aus Chaos und Konfusion. Vorhin habe ich mich ein paar Minuten lang für großes Drama entschieden, und ich habe dich auf diesen Trip mitgenommen. Es tut mir leid, Kevin.“

Sie tätschelte in einer völlig unschuldigen Geste seinen Schenkel, doch Kevin war verlegen, als sein Herz in seiner Brust hämmerte. Warum fühlte er sich jedes Mal in ihrer Nähe aus dem Gleichgewicht gebracht und benommen? Wie konnte er damit leben, dass seine Welt jedes Mal außer Kontrolle geriet, wenn er sie sah?

Er konnte es nicht.

Er stand so abrupt auf, dass er mit dem Kopf voll gegen den Holzrahmen knallte.

„Oh Kevin, bist du in Ordnung?“, fragte Maggie besorgt, als er wieder neben sie sank.

„Bestens.“ Vorsichtiger stand er wieder auf. Maggie sprang neben ihm auf. Er hielt noch immer die Bücher in seinen Armen.

Maggie nahm sie ihm ab, warf sie auf das Bett und führte ihn zu Michaels Schreibtischstuhl. „Lass sehen!“

„Ich bin in Ordnung“, murmelte er und fühlte sich albern und ungeschickt.

„Wenigstens hast du dir die Haut nicht aufgeschlagen. Aber das gibt eine Beule.“

Sie stand so nahe, dass er nur den Kopf zu neigen brauchte, um sein Gesicht an ihren weichen, vollen Brüsten zu verbergen. Durch ihr dünnes T-Shirt erkannte er die feine Spitze ihres BHs. Wie sie wohl reagieren würde, wenn er ... oh nein, es ging schon wieder los!

Er versuchte, sich auf den pochenden Schmerz in seinem Kopf zu konzentrieren, doch er verspürte noch ein ganz anderes beunruhigendes Pochen, das ihn ablenkte. Oh Maggie, ich weiß nicht, wie es mit anderen Männern ist, aber mich treibst du zum Wahnsinn!

„Ich hole etwas Eis.“

Er stöhnte, während seine Fantasie mit ihm durchging.

„Oh Kevin, tut es so weh?“

Bei Maggies Worten zuckte er zusammen. Sie war mit dem Eisbeutel zurückgekommen. Er fühlte, wie sein Gesicht vor Verlegenheit heiß wurde.

Ihre kühle Hand legte sich an seine brennende Wange. „Du bist erhitzt“, stellte sie besorgt fest. „Du warst doch nicht ohnmächtig oder sonst etwas, während ich weg war?“

Ich war sonst etwas, dachte er reuig, schüttelte jedoch den Kopf.

„Vielleicht solltest du dich ein paar Minuten hinlegen.“ Sie nahm bereits Michaels Bücher weg, um Platz für ihn zu schaffen.

„Nein“, sagte Kevin mit scharfer Verzweiflung. „Ich wollte gehen.“ Aber er rührte sich nicht. Er brauchte noch ein paar Minuten, um wieder er selbst zu werden.

Maggie räumte weiter Michaels Bett ab. Wieso war sie dermaßen dafür bestimmt, verlassen zu werden? Männer wollten nie die Veronicas dieser Welt verlassen. Was machte diese Frauen so anders? Abgesehen von ihrem Sex-Appeal?

Sie stellte die Bücher ihres Sohns zurück auf das Regal, als ihr ein nicht vertrautes auffiel.

„Elizabeth Barrett Browning?“, murmelte sie.

„Was hast du gesagt?“, fragte Kevin.

Sie warf ihm einen Blick zu. „Ein Gedichtband. Elizabeth Barrett Browning.“ Sie öffnete es und stieß einen langen, leisen Pfiff aus. „Kevin, sieh dir das an!“

Er trat zu ihr und betrachtete die Widmung. „Für Parker. Wegen all der Arten, die ich zählen kann. Auf immer, Arlene.“

„‚Wie ich dich liebe? Lass mich die Arten zählen‘“, sagte Maggie aufgeregt.

Kevin warf ihr einen seltsamen Blick zu.

Sie lachte. „Das ist ein Gedicht.“ Sie blätterte in dem Buch. „Siehst du?“

Kevin entschied, dass dies die Nacht seiner Demütigung war. „Richtig. Sicher. Ein Gedicht.“

Maggie runzelte die Stirn. „Michael muss es zusammen mit der Pfeife gemopst haben.“

„Warum sollte ein dreizehnjähriger Junge einen Gedichtband haben wollen?“

„Er wusste wahrscheinlich nicht einmal, dass es Gedichte sind.“ Sie zögerte, ehe sie fortfuhr: „Das Hobby seines Dads ist das Sammeln von Erstausgaben. Vielleicht dachte Michael, das Buch sei wertvoll, weil es alt ist, und er wollte Punkte machen, indem er es seinem Dad schickt. Ich fürchte, Rob hat sich seit unserer Trennung nicht besonders um die Kinder gekümmert. Und jetzt ist es natürlich noch schlimmer, da wir hier sind und Rob noch immer in Harmon ist.“

„Es geht mich ja nichts an, Maggie, aber du bist hoffentlich nicht zu hart zu Michael, weil er das Buch genommen hat.“

Sie hörte heftiges Mitgefühl für ihren Sohn in Kevins Stimme und verspürte erneut ungewollte Gefühle.

„Meine Eltern haben sich getrennt, als ich Kind war", sagte er ruhig. „Mein Dad hat sich auch nicht viel gekümmert. Vor und nach der Scheidung. Ich glaube, er hat sich nie viel aus Kindern gemacht. Wir ketteten ihn an, waren ihm im Weg, kosteten ihn Zeit und Geld."

„Tut mir leid, Kevin, ich hatte keine Ahnung."

„Es war ziemlich bitter, aber ich habe es nie gezeigt. Ich dachte, wenn ich meine Gefühle enthüllte ... nun ja ... Ich wollte nicht, dass die Leute mich bemitleiden. Ich habe alles unter Verschluss gehalten. Aber an manchen Abenden, wenn ich sicher war, dass Daisy und meine Mom fest in ihren Zimmern schliefen, weinte ich mir die Seele aus dem Leib – fühlte mich verletzt, allein, schuldig. Ich hatte das Gefühl, er hätte uns nicht verlassen, wenn ich ein besserer Sohn gewesen wäre – mehr der Sohn, den er sich wünschte."

„Das hatte nichts mit dir zu tun", sagte Maggie besänftigend.

„Ja, jetzt verstehe ich das. Aber erkläre das einem unsportlichen Kind, dessen Vater nach Sport verrückt ist." Kevin wunderte sich über sich selbst. Er sprach sonst nie so, nicht mit seiner Mutter oder seiner Schwester Daisy. Er hatte es nicht einmal Emily Newman erzählt, seinem längst verschwundenen Mädchen, das er hatte heiraten wollen, bis er entdeckte, dass sie einen Verlobten zu viel hatte ... und er war der überzählige gewesen.

Impulsiv drückte Maggie seine Hand. „Ich werde es Michael nicht schwermachen", flüsterte sie.

Sie schwiegen eine Weile, und ihre Hand lag noch immer in seiner. Irgendwie fühlte sich diese Berührung intimer an als ihre früheren Küsse. Jetzt waren es nicht zwei Theaterfiguren, die sich berührten, sondern zwei echte Menschen.

Als Maggies Griff sich verstärkte, zog Kevin sie näher an

sich. Doch sie wollte seine Aufmerksamkeit aus einem anderen Grund.

„Kevin, sieh dir dieses Schildchen an. Dieses Buch wurde in Boston gekauft. Ich frage mich, ob Parker Anderson von dort kam. Vielleicht gibt es noch Freunde oder Kollegen, die ihn kannten, als er an der Merrill-Entführung arbeitete."

„Das wäre möglich."

Maggie betrachtete ein paar Herzschläge lang das Buch. „Ich wollte ohnedies nach Boston fahren und Schulkleidung für die Kinder kaufen."

„Es ist erst Mitte Juli, Maggie."

„Es gibt immer großartige Schlussverkäufe nach dem 4. Juli." Maggies Augen funkelten. „Wir sollten es im Auge behalten."

Kevin dachte, dass er sich in diesen haselnussbraunen Augen verlieren könnte. Was musste ihr Ex-Ehemann für ein Narr sein, dass er diesen Augen den Rücken zugewandt hatte.

„Maggie", murmelte er. „Du lässt mich auf neue Arten fühlen, die ich nie zuvor gekannt habe."

Sie lächelte herausfordernd. „Kannst du sie zählen?"

Kevin schlug den letzten Nagel ein und testete das Garagenfenster. Es gab nicht nach.

„Da, das sollte erst einmal reichen. Aber du solltest morgen ein richtiges, schweres Vorhängeschloss kaufen."

„Das mache ich", versprach Maggie, obwohl sie bezweifelte, dass es noch mehr Einbrüche in ihrem Haus geben würde. Der Eindringling hatte das Haus offenbar gründlichst durchsucht.

„Wie wäre es mit einer Tasse Kaffee, bevor du dich auf den Weg machst?", fragte Maggie mit ihrer Veronica-Stimme.

„Nein, danke, ich trinke das Zeug nie abends."

„Nicht einmal entkoffeinierten?"

„Nein, ich bin wirklich kein großer Kaffeetrinker."

Maggie nickte. „Dann machst du dich besser auf den Weg."

Sie war sehr stolz auf ihren nonchalanten Ton.

Kevin zögerte. „Kommst du sicher hier so ganz allein klar?"

War das ein Angebot? Sie sagte sich rasch, dass es keine Rolle spielte. „Ich komme klar. Der Eindringling hat das Haus diesmal gründlich durchsucht."

„Nicht gründlich genug."

„Richtig. Der Gedichtband. Nun, es ist nicht gerade ein erstklassiger Hinweis, bedeutet aber, dass Arlene Merrill wirklich etwas für Parker Anderson übrig hatte."

„Und er hat uns die Spur nach Boston verschafft." Warum sagte er „uns"?

„Wir haben eigentlich etliche Spuren. Andersons Wurzeln liegen in Boston, und dann ist da Norton Squires, und vergessen wir Ernie Novak nicht. Sobald er aus dem Krankenhaus kommt, wollen wir mit ihm eine kleine Unterhaltung führen."

„Ernie Novak kannst du abschreiben. Meine Schwester hat ihn besucht, und er hat klargemacht, dass er sich weder mit uns noch mit sonst jemandem an die Vergangenheit erinnern möchte. Und bei seiner schlechten Gesundheit können wir nicht riskieren, ihn aufzuregen."

Maggie musste zustimmen. „Squires wird wahrscheinlich auch eine harte Nuss zu knacken sein. Ich dachte, ich fange mit Jeanne an. Eine Verabredung zum Lunch. Vielleicht kann sie für uns ein paar Dinge herausfinden."

„Jeanne steht unter der Fuchtel ihres Vaters. Ich bezweifle, dass sie ihm irgendwelche Informationen entlocken kann."

„Ich werde ihr genaue Anleitungen liefern", sagte Maggie mit einem gewinnenden Lächeln.

Kevin lächelte zurück. Unbewusst folgte er Maggie zurück in die Küche.

Maggie sah sich in ihrer Küche um, die sie daran erinnerte, wie ihre Jungen vor ein paar Monaten beschlossen hatten, sie mit einer selbst gebackenen Geburtstagstorte zu überraschen. Sie hatten so ziemlich alles benützt, was sie in die Finger bekamen.

„Ich hätte nichts gegen eine Tasse Kräutertee." Die Worte kamen einfach so aus Kevins Mund.

„Kräutertee?" Er wollte hierbleiben und Kräutertee trinken? Hatte sie Kräutertee? Sie trank nicht einmal normalen Tee. Nur Kaffee.

Kräutertee? Einen Moment! Hatte nicht Leif letzte Woche im Supermarkt irgendeinen Tee in den Einkaufswagen geworfen? Sie erinnerte sich. Er hatte den Namen gemocht, und sie hatte mit ihm eine kleine Diskussion über Werbetricks geführt ...

„Ich habe etwas", sagte Maggie. „Wahrscheinlich irgendwo in diesem Chaos auf der Theke."

„Hey, hier ist eine Schachtel Sandmännchen-Tee. Meine Lieblingsmarke." Kevin klang triumphierend, als er die Schachtel unter einem Haufen anderer Dinge hervorzog.

„Ich setze das Wasser auf", sagte sie eifrig und freute sich ganz albern, weil Kevin sie nicht verließ.

Sie füllte den Kessel am Wasserhahn, als das Telefon klingelte. Sie griff nach dem Hörer und warf automatisch einen Blick auf die Küchenuhr. Es war fast Mitternacht.

„Hallo?" Sorge schwang in ihrer Stimme mit. Es war schrecklich spät für einen Anruf. Vielleicht war eines der Kinder krank.

Zuerst kam nur schweres Atmen, dann eine dumpfe Stimme: „Du bist eine schlaue Puppe. Schlaue Puppen können tote Puppen sein." Die Leitung war schon tot.

Der Kessel floss über. Maggie war erstarrt. Kevin kam zu ihr und drehte den Wasserhahn ab. Maggie hielt noch immer den Hörer. Den toten Hörer.

Kevin nahm ihn ihr ab und legte auf. „Wer war das?", fragte er besorgt.

Maggie hörte nicht einmal seine Frage. Ihr Magen krampfte

sich zusammen. Sie schauderte. Kevin zog sie sofort in die Arme.

Es dauerte eine Weile, bis sie die erschreckende Botschaft hervorbrachte.

Kevin starrte sie sprachlos an. Dieser Anruf konnte nicht als Streich abgetan werden. Das war eine direkte Drohung, die etwas mit dem Merrill-Kidnapping zu tun haben musste.

„Maggie", sagte er fest. „Du wirst heute Nacht nicht hierbleiben. Wenn dieser Kerl wieder anruft, wirst du nicht hier sein."

Sie sah Kevin eine Weile an. „Ich bin nicht sicher, dass es ein Er war. Die Stimme klang so dumpf."

„Wer immer es auch war, du wirst dir heute Nacht keine Drohungen mehr anhören. Und morgen verschaffst du dir eine Geheimnummer und Sicherheitsschlösser."

Maggie nickte gehorsam. Sie ließ sich nicht leicht einschüchtern, aber sie war auch nicht närrisch. Nein, dachte sie, sie war schlau. *Eine schlaue Puppe.*

„Kevin!", sagte sie und packte seinen Ärmel. „Er hat mich eine Puppe genannt."

„Was?"

„Puppe. Niemand verwendet mehr diesen Ausdruck. Er ist altmodisch."

„Unser Kidnapper", sagte Kevin. „Der könnte altmodische Ausdrücke verwenden. Wir sollten deinen Vater anrufen."

In diesem Moment klingelte das Telefon erneut. Maggie zuckte zusammen.

Kevin packte sie am Arm. „Schnapp dir deine Handtasche und lass uns von hier verschwinden."

Maggie griff nach ihrem Notizbuch und Parker Andersons Gedichtband. Sobald sie Gelegenheit hatte, wollte sie ihn sorgfältiger durchgehen. Sie vergaßen beide den Anruf bei der Polizei.

Darauf zu bestehen, dass Maggie nicht über Nacht zu Hause

blieb, war eine Sache. Was Kevin mit ihr machen sollte, war eine andere. Sie musste die Nacht bei ihm verbringen.

„Du könntest mich für die Nacht zu Paula Dubois bringen", schlug sie vor. Paula war eine junge Frau, die Mildred Mead unter ihre Fittiche genommen hatte, als Maggie am College war. Paula war damals noch ein Teenager gewesen. Ein schwangerer Teenager, der aus dem Elternhaus geworfen worden war. Mildred hatte sie bei sich aufgenommen, war Patin ihrer Tochter Jessica geworden und hatte Paula geholfen, ein erfolgreiches Geschäft mit Apfelkuchen zu starten.

„Es ist schrecklich spät, um jetzt noch bei jemandem aufzutauchen", sagte Kevin. „Du würdest Paula wecken."

„Das stimmt." Sie zögerte. „Ich könnte mir ein Zimmer im Hotel nehmen."

„Und morgen früh fragt die halbe Stadt, warum!" Kevin räusperte sich. „Wir wollen doch nicht, dass sich herumspricht, was alles passiert ist, Maggie, zumindest bis wir morgen mit deinem Vater gesprochen haben."

„Du hast wahrscheinlich recht."

„Du bleibst bei mir", sagte er. „Ich nehme die Couch …"

„Oh nein, ich nehme die Couch."

„Wie auch immer", murmelte Kevin.

Befangenes Schweigen trat ein.

Eine Minute später betätigte Kevin die Fernsteuerung für sein Garagentor. Er fuhr den Wagen selten in die Garage, aber jetzt tat er es, damit keine neugierigen Nachbarn seinen Schlafgast sahen. Anders als Maggie hielt Kevin die Tür zwischen Garage und Küche verschlossen. Als sie neben ihm stand, fummelte er mit dem Schlüssel und stellte entnervt fest, dass seine Hand zitterte.

Maggie fühlte sich ihrerseits ebenfalls ziemlich unbehaglich. Es war lange, lange her, seit sie eine heimliche Nacht in der Wohnung eines Mannes verbracht hatte. Rasch tadelte sie sich dafür, dass sie dem Anlass zu viel romantische Bedeutung beimaß.

Als Kevin endlich das Schloss schaffte und die Küchentür öffnete, begann sein Telefon zu klingeln. Maggie packte hart seinen Arm.

„Und wenn er das ist?“, flüsterte sie, als könne der Anrufer ihre Stimme hören.

Zweites Klingeln.

„Oder sie?“, flüsterte Kevin zurück.

Drittes Klingeln.

„Wenn wir nun verfolgt wurden?“ Ihr Griff an seinem Ärmel verstärkte sich.

„Oder vielleicht soll jetzt ich gewarnt werden.“

Viertes Klingeln.

„Geh nicht ran, Kevin.“

„Und wenn es nicht der Kidnapper ist?“

Fünftes Klingeln.

„Wenn er es doch ist?“

Kevin presste die Lippen aufeinander und überlegte die Frage. Er brauchte nicht allzu lange zu überlegen.

Es gab kein sechstes Klingeln.

6. KAPITEL

Maggie, wenn wir wissen, was gut für uns ist, hören wir auf, Plattfuß zu spielen."

„Ein Baby wurde entführt, Kevin. Ein Unschuldiger kam ins Gefängnis. Und der Schuldige ist noch immer auf freiem Fuß."

„Indizien. Wir haben keinen einzigen Beweis."

„Du hast recht, Kevin. Wir haben keinen Beweis. Noch nicht."

„Hat dir dieser Anruf nicht genug Angst gemacht?", fragte er mit sorgenvoll gerunzelter Stirn.

„Dieser Anruf beweist nur, dass wir einer Sache auf der Spur sind. Irgendjemand will mir Angst machen, damit ich aufhöre herumzuschnüffeln. Wer? Und warum?"

„Nun", überlegte Kevin, „vielleicht ist es jemand, der Angst hat, du könntest andere hässliche Geheimnisse aus der Vergangenheit aufdecken – mal angenommen, es ist nicht der Kidnapper. Oder es wäre auch möglich, dass es ein Verwandter des Kidnappers ist – jemand, der nicht will, dass die Wahrheit über diesen oder sonst jemanden enthüllt wird."

Maggies Augen weiteten sich. „Kevin, mir ist soeben etwas eingefallen!"

Genau das fürchtete er. „Was?", fragte er automatisch.

„Was ist, wenn Baby Julianna nicht nur überlebt hat, sondern auch nach Thornhill zurückgekommen ist und sich rächen will? Wenn sie uns aus dem Weg haben will, damit sie zu ihren eigenen Bedingungen mit dem Kidnapper fertig werden kann?"

„Woher sollte sie wissen, wer der Kidnapper ist? Woher sollte sie überhaupt wissen, dass sie als Kind entführt worden war?"

„Parker Anderson. Er hat nie aufgegeben, Kevin. Was ist, wenn er nach all diesen Jahren endlich die Wahrheit herausgefunden hat? Wenn Anderson endlich einen handfesten Beweis gefunden hat? Und dafür mit seinem Leben bezahlt hat?"

„Was für einen Beweis? Wo ist der Beweis? Und was ist damit denn passiert?"

„Ich weiß es nicht. Vielleicht ist er noch immer vorhanden, und wir können ihn einfach nicht erkennen. Oder …" Sie blinzelte. „Warte einen Moment, Kevin! Ich habe eine Theorie. Was ist, wenn der Kidnapper mit Anderson einen Handel abgeschlossen hat?"

„Was für einen Handel?"

Maggies Augen funkelten. „Wenn Anderson den Beweis zerstörte, würde der Kidnapper den Aufenthaltsort von Julianna Merrill enthüllen." Sie hielt das für eine brillante Theorie und sah Kevin Beifall heischend an. Doch Kevin wirkte alles andere als erfreut. *Betroffen* passte als Beschreibung sicher besser.

„Maggie, denk doch nach. Du servierst eine wilde Theorie nach der anderen, und jede beruht nur auf reinem Raten."

„Ich sage dir, woran ich denke, Kevin. Ich denke an die arme Arlene Merrill." Sie stockte und richtete den Blick auf Kevin.

„Arlene Merrill", wiederholte sie. „Was wurde aus ihr? Wohin ist sie gegangen? Lebt sie noch?" Sie hielt ihre Fragen für rein rhetorisch, bis Kevin die Antworten lieferte. Zögernd.

„Nein. Sie ist tot."

Maggie sah ihn verblüfft an. „Woher weißt du das?"

„Ich … habe Daisy dazu gebracht, Ernie Novak ein paar Dinge zu entlocken."

„Hast du nicht gesagt …"

„Novak gab Daisy eine kurze Schilderung, und dann sagte er: ‚Schluss damit!' Und Daisy sagt, dass er es ernst meint. Es ist einfach zu schmerzlich für ihn."

„Na schön, was hat er ihr erzählt?", fragte Maggie begierig. Kevin ließ sich mit der Antwort ein paar Sekunden Zeit.

„Die Merrills zogen ungefähr sechs Monate nach der Entführung aus Thornhill weg."

„Zusammen? Haben sie wieder zueinandergefunden?"

„Nein. Die Entführung war der Tropfen, der das Fass zum Überlaufen brachte. Er kehrte zurück in den Mittleren Westen, und sie ..."

„Zog nach Boston? Um bei Parker zu sein? Damals muss sie ihm dieses Buch mit den Browning-Gedichten gekauft haben."

„Sie ging tatsächlich für eine Weile nach Boston", bestätigte Kevin. „Aber ich schätze, es hat nicht funktioniert. Novak sagte, Arlene wäre letztlich nach San Diego zurückgekehrt, wo sie Angehörige hatte."

„Und sie starb in San Diego?"

Kevin nickte und vermied es, Maggie in die Augen zu sehen.

„Wann?"

„Wann?", echote er und täuschte Begriffsstutzigkeit vor.

„Kevin, wann starb sie?"

Er rieb sich den Nacken. Seine Muskeln waren steif. „Sie starb ein paar Monate, nachdem sie nach San Diego zurückgekehrt war."

Maggie betrachtete ihn eingehend. Irgendetwas gab es, das er ihr brennend gern nicht mitteilen wollte. „Wie ist sie gestorben, Kevin?" Sie bekam eine Gänsehaut. „Mord?"

Er ließ sich mit der Antwort Zeit. „Sie beging Selbstmord."

Maggie starrte ihn entsetzt an. „Oh Kevin, wie tragisch!"

Kevin nickte langsam.

Sie fühlte Tränen in ihren Augen brennen. „In gewisser Weise war es Mord. Arlene muss endlich überzeugt gewesen sein, dass der Kidnapper Julianna getötet hatte, und damit konnte sie nicht leben. Obwohl sie Parker liebte, war sie so verzweifelt." Als Mutter verstand Maggie Arlene Merrills Verzweiflung nur zu gut. „Der Kidnapper hätte ihr genauso gut ein Messer ins Herz stechen können."

Als sie diese letzten Worte aussprach, liefen ihr Tränen über die Wangen. Kevin streckte tröstend die Hand aus, doch Maggie zog sich zurück und warf ihm einen vorwurfsvollen Blick zu.

„Warum hast du mir das nicht erzählt, als du es herausgefunden hattest?", fragte sie. „Warum hast du gewartet, bis ich es zur Sprache bringe? Hast du gehofft, ich würde es vergessen? Warum wolltest du es vor mir verschweigen, Kevin?"

Er seufzte. „Weil ich wusste, dass du dann ganz sicher an der Sache festhängen würdest."

Trotz ihres Mitgefühls und ihrer Trauer um die schon lange verstorbene Arlene Merrill verzog sich Maggies Mund zu einem langsamen Lächeln. „Kevin Payne. Du kannst reden, aber du hängst doch selbst schon an der Sache. Deshalb hast du deine Schwester dazu gedrängt, mit Novak zu sprechen. Du kannst dieser schrecklichen Angelegenheit genauso wenig wie ich den Rücken zuwenden."

„Nein, das stimmt nicht. Na gut, vielleicht dachte ich kurze Zeit, sehr kurze Zeit, wir könnten …"

Doch Maggie schnitt ihm begeistert das Wort ab. „Es ist, als wären Veronica und Sam zu einem Teil von uns geworden. Wir sind gezwungen zu beenden, was die beiden begannen, besonders jetzt nach dem tragischen Ende der beiden. Siehst du das nicht? Es ist Schicksal, Kevin."

Er sah das wilde, entschiedene Glitzern in ihren Augen. Oh, diese Augen! Er brauchte seine ganze Willenskraft, um nicht diesen gefährlichen haselnussbraunen Augen zu verfallen. „Es ist verrückt, Maggie. Es ist zu gefährlich. Abgesehen davon glaube ich nicht an Schicksal. Oder an Märchen. Wir sollten aus dieser Sache aussteigen, bevor wir zu tief verstrickt werden." Er versuchte, entschieden zu klingen. Er versuchte noch angestrengter, das raue Verlangen in sich zu unterdrücken. Er versagte total in beiden Punkten.

„Wüsste einer von uns, was gut für uns ist, wären wir dann überhaupt hier?“, murmelte sie mit einem vollen Vibrato.

Kevin starrte sie an. Wer sprach jetzt? Maggie oder Veronica? Die Grenzen zwischen Realität und Schauspielerei verwischten sich mehr und mehr. „Wir steuern auf großen Ärger zu. Das weißt du“, murmelte er.

Ihre haselnussbraunen Augen wanderten langsam über sein Gesicht. „Ärger scheint die Geschichte meines Lebens zu sein.“ Ihre Stimme war tief und atemlos. Eine lose Welle ihres kastanienbraunen Haars fiel ihr in die Augen. Kevin strich sie zurück.

Maggie neigte sich ihm leicht entgegen. Sie standen noch immer in seiner Küche, in das schwache Licht der Straßenlampe vor seinem Fenster getaucht. Sie verspürte eine trunkene Schwäche und warf ihm ein mutwilliges Lächeln zu. Er streichelte ihre Wange und danach zärtlich ihr Haar. Ihr Lächeln schwand, und sie seufzte tief auf. „Wir stecken gemeinsam in dieser Sache, nicht wahr, Kevin?“

Er beugte sich vor und drückte seine Lippen auf die ihren. Maggie verlangte nach mehr, trotz all ihrer Bemühungen zur Selbsterhaltung. Beunruhigende Empfindungen jagten durch ihren Körper. Heftige Anziehung mischte sich mit nervöser Spannung. Sie konnte damit nicht fertig werden, sagte sie sich immer wieder. Sie sollte es gar nicht erst versuchen.

Kevin hatte seinerseits beunruhigende Gedanken. Na schön, vielleicht konnte er wieder in die Rolle des Schnüfflers, des Plattfußes schlüpfen und Maggie an sich ziehen, sie mit heißen, harten Küssen verschlingen, sie auf seine Arme heben und sie zu seinem Bett tragen und sie wild und leidenschaftlich im verwegenen Sam-Reardon-Stil lieben. Doch früher oder später – und bei seinem Glück wahrscheinlich früher – würde die Realität hereinbrechen. Kalte, harte Realität würde ihn daran erinnern, dass er nicht wirklich Sam Reardon war. Er war kein zynischer, raubeiniger, harter Privatdetektiv aus den Vierzigerjahren, der in einer Zeitfalte steckte mit einer heißen kleinen Nummer, die in der Abteilung Aussehen und Unverfrorenheit genug aufzuweisen hatte, dass dem stärksten Mann die Knie schwach wurden.

„Kevin?"

Maggie musste ihn ein wenig anstoßen, um ihn wieder aus seinen Überlegungen aufzuschrecken.

„Tut mir leid", murmelte er und wischte sich einen Schweißtropfen von der Stirn.

Maggie dachte, dass er sich bloß für den keuschen Kuss auf ihre Lippen entschuldigte. Sie wusste wenig über die stürmischen Gedanken, die ihm durch den Kopf gegangen waren.

„Nennen wir es einen Gutenachtkuss", sagte Maggie und bemühte sich um Nonchalance.

Kevin lächelte mühsam. „Maggie, ich bin in so etwas einfach nicht gut", gestand er.

Sie zwang sich zu einem Lächeln. „Ist schon gut." Etwas Besseres fiel ihr im Moment nicht ein.

„Also … dann sollten wir uns jetzt hinlegen", sagte er und fürchtete, falls er noch mehr sagte, würde es zu anzüglich klingen, zu sehr wie aus einem Schnüfflerfilm aus den Vierzigerjahren.

„Wenn du ein Kissen und eine Decke übrig hast, rolle ich mich auf deiner Couch zufrieden wie ein Kätzchen zusammen", erwiderte sie mit falscher Fröhlichkeit und eilte an ihm vorbei ins Wohnzimmer.

Er kam hinter ihr her. Maggie fand, dass Kevins peinlichst saubere Wohnung ihre fehlgeschlagenen Versuche in puncto Ordentlichkeit weit in den Schatten stellte. Andererseits wohnten bei ihm auch keine zwei aktiven Jungen.

„Schlaf bitte in meinem Bett, Maggie."

Sie wirbelte zu Kevin herum.

„Ich meine … ich nehme … die Couch …“, stammelte er.

Maggie lachte lauf auf. „Wieso fühle ich mich plötzlich wie ein Schulmädchen?“

„Das muss an meinem pubertären Verhalten liegen.“ Als wolle er sie überzeugen, zeigte er ein sehr jungenhaftes Lächeln. Ein sehr ansprechendes Lächeln.

Maggie lächelte zurück. Sie war unweigerlich beeindruckt.

„Ich glaube allmählich“, sagte er leise, „wenn wir zusammen sind, ist es für uns das Schwerste, mit uns selbst fertig zu werden.“

Maggie ließ sich seine Bemerkung ein paar Sekunden durch den Kopf gehen. „Vielleicht ist mehr an ‚uns selbst‘ dran, als wir erkennen.“ Sie zwang ihren Blick zur Couch. „Sieht bequem aus“, stellte sie fest. „Und ich will dich wirklich nicht aus deinem eigenen Bett vertreiben, Kevin.“

Wie sehr er doch in Versuchung geriet zu sagen: *Wir könnten mein Bett teilen,* aber er verschluckte die Worte, weil er wusste, dass er den Vorschlag nicht mit Stil in die Tat umsetzen konnte, wenn er nicht vorgab, ein anderer zu sein. Und wenn er jemals Maggie Mead in sein Bett nahm, wollte er nicht, dass irgendetwas daran nur vorgetäuscht war.

Kevin klopfte an seine Badezimmertür, nachdem die Dusche abgestellt worden war.

„Bin gleich fertig“, rief Maggie.

„Hör mal, morgen ist Waschtag, und darum bin ich … ein wenig knapp … mit Pyjamas. Hoffentlich reicht das.“ Genau genommen schlief er für gewöhnlich in seinen Boxershorts und besaß nur einen Pyjama. Daisy hatte ihn vor ein paar Weihnachtsfesten gekauft, und Kevin hatte Schwierigkeiten gehabt, ihn jetzt zu finden. „Du wirst in der Hose versinken, aber …“

Die Tür öffnete sich. Maggie hatte ihren feuchten Körper in

ein Veloursbadetuch gewickelt und lächelte ihn verlockend an. „Wir könnten uns den Pyjama teilen. Welche Hälfte willst du? Die obere oder die untere?", scherzte sie.

Kevin lächelte nicht. Er kapierte den Scherz nicht. Verdammt, er hörte den Scherz nicht einmal. Er war zu sehr damit beschäftigt, von dieser schimmernden Nymphe fasziniert zu sein. Der aus der offenen Tür quellende Dampf schien sich in einer zärtlichen Umarmung um sie beide zu schlingen.

„Na schön, es war nicht so lustig", sagte Maggie entschuldigend und bemerkte nichts von seiner Reaktion auf ihr Erscheinungsbild nach der Dusche. Sie nahm ihm das Oberteil des Flanellpyjamas aus der Hand und zog es an, knöpfte es bis oben hin zu und ließ das Handtuch darunter zu Boden fallen. Kevin starrte nach unten.

„Du bist an der Reihe."

Kevins Kopf ruckte hoch, sein Gesicht wurde dunkelrot.

„Mit dem Badezimmer", sagte Maggie und unterdrückte ein Lächeln.

Es klopfte scharf an der Haustür. Kevin wollte sich soeben ins Bett legen, und Maggie machte es sich gerade auf der Couch bequem.

Alarmiert sprang Maggie hoch, jagte zum Schlafzimmer und prallte mit dem oben herum nackten Kevin in der Tür zusammen.

„Wer kann das sein?", flüsterte sie besorgt.

„Ich weiß es nicht", flüsterte er zurück, während noch mehrmals energisch geklopft wurde. Er packte Maggie an den Schultern und schob sie schnell ins Schlafzimmer. „Bleib hier drinnen und verschließ die Tür gut. Und wenn du etwas Schlimmes hörst, mach dich durch das Fenster davon."

„Was willst du tun?", fragte Maggie angstvoll.

Kevin ließ sie los, lief an den Kamin und griff nach einem der

Feuerhaken, während mehrere andere lautstark auf den Holzfußboden fielen.

Maggie presste die Hand vor den Mund. Kevin glaubte, es wäre ihre Reaktion darauf, dass er nach einer Waffe griff, aber das war es nicht.

Die Haustür wurde mit einem Nachschlüssel geöffnet. Kevin winkte Maggie heftig zu, die Schlafzimmertür zu schließen, und schaltete dann rasch alle Lichter aus. Dann eilte er zu der Seite der Haustür, sodass er für den Eindringling bereit war.

Er atmete flach, während er dastand und zusah, wie sich die Haustür öffnete. Er hielt den Schürhaken mit beiden Händen hoch über seinem Kopf, aber er zitterte so heftig, dass die behelfsmäßige Waffe leicht gegen die Tür stieß.

Mehr Warnung brauchte der Eindringling nicht. Bevor Kevin begriff, was passierte, flog ihm die Tür mit voller Kraft entgegen und presste ihm die Luft aus den Lungen, aber er hielt den Feuerhaken fest und wollte ihn benützen, komme was da wolle.

Er schaffte einen halben Schlag, bevor eine untersetzte Gestalt seinen Arm packte und ihn hinter seinen Rücken drückte. Der Feuerhaken klapperte zu Boden. Kevin gab sich nicht geschlagen. Er sammelte seine ganze Kraft, riss sich los und warf sich auf den Eindringling.

Hinter der geschlossenen Schlafzimmertür hörte Maggie Stöhnen, Möbelrücken, umstürzende Gegenstände. Im Zimmer brannte kein Licht, aber die Straßenlampe leuchtete auch hier herein und erlaubte es Maggie, gut genug zu sehen, um nach einer Waffe zu suchen. Es fiel ihr gar nicht ein zu fliehen. Bis Hilfe eintraf, konnte Kevin schon …

Sie vertrieb den entsetzlichen Gedanken und riss eine hölzerne Buchstütze von Kevins Schreibtisch. Bevor sie sich kopfüber in das tobende Chaos im Wohnzimmer stürzte, wählte sie 911.

„Miss Mead? Freut mich, von Ihnen zu hören."

„Hören Sie mir zu ..."

„Ihr Dad hat angerufen und sucht Sie schon überall in der Stadt. Wo waren Sie denn?"

„Das versuche ich Ihnen doch zu sagen", zischte sie. „Ich bin in Kevin Paynes Haus, 43 Cyprus ..."

„Hey, genau dorthin ist Ihr Dad gefahren. Überrascht mich, dass er noch nicht eingetroffen ist."

Maggies Augen zuckten zu der geschlossenen Schlafzimmertür. „Er kommt ... hierher?"

„Er sollte jeden Moment an Ihre Haustür klopfen."

Maggie schloss die Augen. „Oh ... nein."

Sie legte auf. Aus dem Wohnzimmer kam kein Laut mehr. Maggie fühlte, wie ihre Haut nasskalt wurde und ihr Herz in ihrer Brust hämmerte, als sie sich zur Tür schob.

Mit angehaltenem Atem schob sie die Tür einen Spalt auf und spähte ins Wohnzimmer. Sie konnte nichts sehen. Aber sie konnte etwas hören. Leises Stöhnen. Von zwei verschiedenen Stellen im Raum. Und dann kam ein gemurmelter Fluch von einer sehr vertrauten Stimme.

Beide Männer blinzelten, als das Licht anging. Kevin lag rücklings hingestreckt auf dem Fußboden neben dem Kamin und versuchte, wieder zu Atem zu kommen. Harvey Mead saß auf dem Fußboden, lehnte sich gegen die Wand und rieb sich den Kopf.

„Chief Mead?", stieß Kevin hervor.

Harvey warf Kevin einen bedauernden Blick zu. Dann wanderten seine Augen zu seiner Tochter, die in der offenen Schlafzimmertür stand. Er bemerkte sowohl ihr aschfahles Gesicht als auch ihre Nachtbekleidung. An der rosigen Farbe der Wangen ihres Vaters erkannte sie, dass er absolut falsche Schlussfolgerungen über das Arrangement dieser Nacht zog. Es war nicht so, dass sie, eine erwachsene Frau mit Kindern, die Notwendigkeit empfand, ihrem Vater irgendetwas zu erklären, aber …

„Es ist nicht so, wie du denkst, Dad. Sieh mal, ich habe diesen Anruf bekommen …“

Harvey stand auf. „Und ob du Anrufe bekommen hast! Ich habe dich die ganze Nacht angerufen. Und die ganze Stadt nach dir abgesucht. Bei dir zu Hause … hier. Ich war sogar im Hotel. Ich habe vor Sorge fast den Verstand verloren.“

Kevin, der ebenfalls aufgestanden war, sah den Polizeichef benommen an. „Warum haben Sie Maggie mitten in der Nacht gesucht?“

Maggie fragte sich genau das Gleiche. Alarm schoss in ihr hoch. Ihr Dad war nicht hier aufgetaucht, um ihre Ehre zu verteidigen. Etwas stimmte da nicht. Ganz und gar nicht. „Was ist passiert?“, flüsterte sie heiser.

Harvey warf ihr einen bekümmerten Blick zu. „Es ist wieder eingebrochen worden.“

„Wollen Sie mit diesem Theater aufhören, Bertie“, murmelte Helen am nächsten Morgen. „Sie haben doch den Arzt gehört. Es geht mir gut. Ich bin nicht nur eine sture alte Frau, sondern auch eine dickköpfige. Es ist eine kleine Beule, mehr nicht.“

Bertie Sanborn schüttelte die Kissen hinter Helen Meads Kopf auf und ignorierte die Befehle ihrer Pflegebefohlenen. „Ich verstehe es nicht“, sagte sie. „Warum hat irgendjemand Ihr Zimmer dermaßen verwüstet?“

„Ich habe es Ihnen doch erklärt. Es muss etwas mit Parker Andersons Hinterlassenschaft zu tun haben. Seine Truhe wurde durchwühlt, nicht wahr?“

„Der Rest des Zimmers ebenfalls“, erinnerte Bertie sie.

„Ja, aber nur, weil ich etwas aus der Truhe genommen und auf ein Regal gestellt haben könnte. Ich habe Ihnen doch erzählt, was Maggie mir heute Morgen sagte, nachdem ich sie erst einmal beruhigt hatte. Mein Urenkel Michael hat genau das gemacht. Er hat ein paar Gegenstände aus der Truhe genommen und sie in sein Zimmer gebracht. Ich werde mich mit diesem Kind darüber unterhalten müssen, dass das Eigentum anderer Leute respektiert werden sollte."

„Er ist doch noch ein Junge. Und was hat er denn so Wertvolles genommen?"

Helen gab keine Antwort. Sie dachte an etwas anderes. „Ist Ernie Novak noch im Krankenhaus?"

Bertie brachte Helens Schreibpult in Ordnung. „Er kommt heute Nachmittag zurück. Warum? Ist er ein Freund von Ihnen?"

„Um ehrlich zu sein, Bertie, ich habe mir nie viel aus dem Mann gemacht. Aber er könnte mir helfen, dieser Sache auf den Grund zu gehen."

Bertie warf ihr einen verständnislosen Blick zu. Helen musste sich daran erinnern, dass die Helferin ein wenig langsam im Begreifen war.

„Das Kidnapping, Bertie. Ich habe Ihnen davon erzählt. Das Merrill-Baby. Meine Enkelin ist überzeugt, dass sich alles darum dreht."

Es klopfte an Helens Tür, und Bertie öffnete.

„Wie geht es ihr?", fragte Corinne Finn, schob sich an Bertie vorbei und ging direkt zu Helens Bett.

„Es geht ihr sehr gut", antwortete Helen herablassend.

„Also, ich bin betroffen. Wie konnte so etwas passieren?" Corinne betrachtete den Raum. „Was wurde gestohlen? Du hast doch sicher keine Wertsachen hier. Nein, natürlich nicht. Aber vielleicht etwas von sentimentalem Wert." Sie presste ihre knochige, geäderte Hand an ihre Brust. „Wenn ich nur an meine schönen Kleider denke! Wie dumm von mir, sie deiner Enkelin für dieses absolut alberne Stück zu leihen."

„Es war nicht Maggies Schuld, dass deine Kleider verbrannt sind, Corinne. Und woher weißt du, dass es ein albernes Stück ist? Hast du es gelesen?"

„Nein, aber Mildred hat mir den Inhalt geschildert. Um Himmels willen, diese Entführung muss vor über vierzig Jahren stattgefunden haben. Wen interessiert denn so etwas heute noch?"

„Hast du die Merrill-Familie gekannt, Corinne?", fragte Helen beiläufig.

„Nun ... jeder kennt jeden bis zu einem gewissen Grad in einer solchen Kleinstadt", erwiderte Corinne. „Ich erinnere mich selbstverständlich an die Tragödie und an den Prozess." Sie schüttelte den Kopf. „Damals war es das Schlimmste, das je in Thornhill passiert ist."

„Wie gut hast du die Merrills gekannt?", drängte Helen.

„Nur flüchtig", antwortete Corinne und beobachtete Bertie aus den Augenwinkeln. Die Helferin räumte Helens Pult auf. „Bertie", sagte Corinne, „seien Sie doch ein Schatz und sehen Sie nach, ob das neue Time-Magazin mit der Post gekommen ist." Sobald Bertie den Raum verlassen hatte, wandte Corinne sich an Helen. „Was geht hier vor sich, Helen? Glaubst du ehrlich, dass dieser Einbruch etwas mit einem Verbrechen zu tun hat, das vor mehr als vierzig Jahren begangen wurde? Das erscheint unglaublich. Lächerlich. Was würde das denn bedeuten?" Corinne spielte mit dem Diamantstecker in ihrem Ohr.

„Was glaubst du, was es bedeutet, Corinne?", fragte Helen, als sie das nervöse Zittern von Corinnes Hand bemerkte.

„Ich ... ich weiß es nicht."

„Du hast aber die Merrills gekannt. Mehr als nur flüchtig", behauptete Helen.

Corinnes Hand zitterte jetzt heftig. „Ja, ich kannte sie ziemlich gut. Sie waren Mitglieder meiner Kirche. Er war ein sehr angesehener Geschäftsmann in der Stadt."

„Und sie? Wie war Mrs. Merrill?", fragte Helen ruhig.

Corinne runzelte die Stirn. „Arlene? Nun ja, Arlene Merrill war eine andere Geschichte."

„Oh?“

„Arlene Merrill war nichts weiter als ein billiges Flittchen, das einen guten, ehrlichen, anständigen Mann mit Tricks in die Ehe gelockt hat.“

„Mit welchen Tricks?“

„Sie sagte ihm, sie sei von ihm schwanger. Aber ob Julianna wirklich sein Kind war ... nun ja, das ist eine völlig andere Frage. Die Frau war für ihre lockere Moral bekannt.“

Kelly strich ihren weißen Schwesternkittel glatt und betrat das Sprechzimmer des Arztes.

Noah Bright, der diensttuende Arzt dieser Woche im Altenheim, sprach gerade mit Maggie Mead und beruhigte sie wegen des Zustandes ihrer Großmutter. Kevin Payne war ebenfalls anwesend.

Noah lächelte Kelly zu. „Wie geht es Mrs. Mead?“, fragte er.

„Sie hat ein herzhaftes Frühstück gegessen und mit ihren Angehörigen und zwei der anderen Bewohner geplaudert.“ Sie warf Maggie einen Blick zu. „Wirklich, sie ist wieder sie selbst.“

„Ich bin froh, dass der Schlag auf ihren Kopf nicht härter war“, murmelte Maggie, die noch immer erschüttert war.

„Ich habe Ihre Großmutter genau untersucht“, sagte Noah. „Wir behalten sie trotzdem im Auge, nicht wahr, Schwester?“

„Oh ja, Doktor. Ich habe einer der Helferinnen gesagt, sie solle Mrs. Mead auch im Auge behalten. Bertie Sanborn. Sie mag Ihre Großmutter ganz besonders, Miss Mead.“

„Sehen Sie, Maggie, Sie brauchen sich keine Sorgen zu machen. Und Ihr Vater hat strenge Sicherheitsvorkehrungen für das Heim getroffen gegen weitere Einbrüche.“

Maggie nickte, und Kevin drückte ermutigend ihre Schulter.

„Ist das alles, Dr. Bright?“, fragte Kelly.

„Ach, nur noch eines“, sagte er, stand auf und ging an einen Schrank. „Mr. Novak kommt um die Mittagszeit, und ich möchte, dass er eine Weile eine tägliche Dosis Eisen bekommt." Er reichte ihr eine Flasche.

Kelly untersuchte sie genau.

„Was ist denn?", fragte der Arzt. „Habe ich Ihnen die falsche Flasche gegeben?"

Kelly schüttelte langsam den Kopf. „Es geht nur darum, ob sie einen kindersicheren Verschluss hat."

„Wir benützen immer Flaschen mit Kindersicherung. Unsere Schützlinge kommen normalerweise mit diesen Verschlüssen nicht zurecht, sodass wir nicht befürchten müssen, sie würden irrtümlich eine Extradosis nehmen."

Kelly starrte noch immer auf die Flasche. Maggie fühlte, dass die Schwester etwas daran störte, und ging zu ihr. „Was stimmt denn nicht, Kelly?"

Sie hob den Kopf und warf Maggie einen verwirrten Blick zu. „Ich dachte an diese Flasche mit Eisenpräparat, die ich in Mr. Andersons Zimmer am Tag seines Todes fand."

„Was war damit, Kelly?", fragte Maggie leise.

„Sie hatte keinen kindersicheren Verschluss." Sie sah Maggie verwirrt an. „Als ich ihm früher an diesem Tag seine Dosis gab, hatte sie einen … da bin ich sicher."

Polizeichef Harvey Mead hatte noch nie einen Fall gehabt, der seine eigene Familie betraf. Er brauchte eine Zigarre, um seine Nerven zu beruhigen. Zögernd glitt seine Hand zu der untersten Schublade seines Schreibtisches. Er hatte Mildred vor sechs Monaten versprochen, mit diesen Sargnägeln aufzuhören. Und er hatte Wort gehalten. Was nicht leicht gewesen war.

Was konnte schon eine kleine Zigarre schaden? Er zog die Schublade auf und holte eine letzte davon heraus, schenkte ihr einen langen, bewundernden Blick, biss langsam die Spitze ab und steckte sie zwischen die Lippen. Er riss soeben ein Streichholz an, als die Tür aufflog.

Das Streichholz verbrannte seine Finger, weil er hastig die unangezündete Zigarre versteckte. Mit einem finsteren Blick betrachtete er die Neuankömmlinge.

„Was ist denn jetzt schon wieder?“, fragte er in Erwartung schlechter Nachrichten.

Maggie zog Kevin herein und schloss die Tür. Dann schnüffelte sie. „Ich rieche Rauch.“

„Du bildest dir etwas ein“, entgegnete ihr Vater schroff.

Sie betrachtete ihn abschätzend, kam dann jedoch zum Kern der Sache. „Was würdest du sagen, wenn ich behaupte, dass Parker Anderson nicht eines natürlichen Todes gestorben ist?“

„Maggie“, warf Kevin ein, „du sprichst nicht nur mit deinem Dad, sondern auch mit dem Polizeichef.“ Er sah Harvey an. „Sie will sagen, dass wir gerade etwas erfahren haben, das auf ein falsches Spiel bei Parker Andersons Tod hindeutet.“

Maggie erzählte rasch von den vertauschten Flaschen.

„Und wo ist diese erste Flasche?“, fragte Harvey ruhig.

Maggie zuckte mit den Schultern. „Der Mörder hat sie offenbar mitgenommen und vernichtet.“

Harvey blickte verlangend auf seine Zigarre, die er neben seinen Drehstuhl hatte fallen lassen. „Du hast also keinen Beweis und kommst auch an keinen heran.“

„Wir haben einen Beweis“, sagte Maggie heiter. „Oder zumindest eine Möglichkeit, ihn ans Tageslicht zu bringen.“

Harvey sah Kevin an. Kevin sah Harvey an. Endlich richtete Harvey seinen Blick genervt auf seine Tochter. „Du willst damit doch nicht behaupten, dass ich einen Gerichtsbeschluss zur Exhumierung von Parker Anderson beantragen soll? Aufgrund eines Flaschenverschlusses?“

„Und aufgrund der Aussage der Schwester“, sagte Maggie. „Und Noah Bright hat bestätigt, dass Gift die Symptome ausgelöst haben könnte, die Parker Anderson an dem Wochenende vor seinem Tod zeigte.“ Maggie ging um den Schreibtisch ihres Vaters herum und legte die Arme um seinen Nacken. „Vertrau mir, Dad. Du wirst es nicht bedauern.“

Nachdem Maggie und Kevin das Büro verlassen hatten, starrte Harvey Mead auf seine Zigarre hinunter. Seine letzte Zigarre. Jene Zigarre, die seine Tochter ungewollt unter ihrem Schuh zermalmt hatte.

Er schloss die Augen und schüttelte sehr bedauernd den Kopf.

7. KAPITEL

Er nahm einen Schluck aus seiner Taschenflasche und wischte sich mit dem Handrücken über die Lippen, ohne seinen Blick von ihr zu nehmen. „Wer hat das Lösegeld übergeben, Puppengesicht?“

„Phillip Evans.“ Sie blies einen Rauchring.

„Der Paragrafenreiter?“

Sie nickte und nahm noch einen Zug.

„Wohin ist er damit gefahren?“

„Birch Road. Fünf Meilen außerhalb der Stadt. Dort steht eine verlassene Mühle. Er sollte das Geld in einer braunen Papiertüte hinterlegen und sofort zu mir zurückkommen. Dann sollten wir einen Anruf erhalten und erfahren, wo wir ... sie finden würden.“ Ihre Stimme stockte. Sie schloss die Augen.

Er nahm ihr die baumelnde Zigarette aus den Fingern und drückte sie aus.

„Woher wissen Sie, dass er den Zaster abgeliefert hat?“

Sie riss die Augen auf. „Phil?“

„Ja, Ihr guter Kumpel Phil.“

Sie betrachteten einander mehrere Herzschläge lang.

„Ich ... bin ihm gefolgt.“

Er lächelte. „Schlaue Puppe.“

„Ich habe ihm vertraut, aber ...“

„Vertrauen und Vertrauen sind zweierlei, richtig?“

„Richtig, Mr. Reardon. Es gibt alle möglichen Arten von Vertrauen. Und jemand, dem ich vertraue, könnte derjenige sein, der mein Baby geraubt hat.“

„Und hunderttausend Kröten.“

„Das Geld ist mir verdammt egal.“

„Das Geld Ihres Mannes.“

„Bald schon meines Exmannes, Mr. Reardon.“

„Darüber werden Sie mir noch etwas erzählen.“

„Nein, ich …“

„Später, Mrs. Morgan. Konzentrieren wir uns erst einmal auf das arme Schwein im Knast. Die Übergabe fand zweihundert Meter von der Hütte des Landarbeiters entfernt statt.“

„Ja, das hat ihm die Bullen auf seine Schwelle gelockt.“

„Aber Sie denken, dass niemand dumm genug ist, eine Übergabe auf seiner eigenen Schwelle abzuwickeln.“

„Sind Sie auch Gedankenleser, Mr. Reardon?“

Er zeigte ihr ein Grinsen und knipste es wieder aus. „Vielleicht glaubte er, besonders schlau zu sein. Vielleicht hoffte er, die Bullen würden genau wie Sie denken.“

„Wo sollte er denn das Geld versteckt haben? Und wo ist …“, Pause, tiefer Atemzug, „… mein Baby?“ Sie drängte die Tränen zurück.

„Was ist mit ihrem Demnächst-Ex?“

Ihre Augen zuckten zu seinem Gesicht. Ungläubig. „Doug? Sie denken, mein Mann …“

„Ihr Bald-schon-Exmann, Mrs. Morgan.“

„Sie sind verrückt, Reardon. Ich dachte, ich würde einen Profi bezahlen. Wenn Sie auch nur denken, Doug …“

„Würde ich nicht denken, dann wäre ich kein Profi, Mrs. Morgan.“

Ihre Blicke hielten einander fest.

„Gut!“, rief Mildred begeistert, und die übrigen Darsteller applaudierten.

„Was ist mit dem Anwalt, Kevin?“

„In keinem Artikel stand sein Name. Außerdem dürfen wir nicht vergessen, Maggie, dass alles schon über vierzig Jahre her ist. Er könnte tot oder längst aus Thornhill weggegangen sein. Selbst wenn er noch hier sein sollte, was könnte er uns sagen, was er damals der Polizei nicht sagte?“

Maggie hörte nur halb zu. Sie ging hinter der Bühne hin und her, während die anderen Darsteller vorn eine Szene probierten.

„Dann ist da die Lehrerin“, murmelte Maggie halb zu sich selbst. „Ein weiteres fehlendes Glied. Wie Veronica sagt, oft sind es die Stillen, auf die man aufpassen muss.“ Sie schnippte mit den Fingern. „Ich weiß, mit wem wir sprechen sollten. Miss Sheridan. Ich hatte sie in der dritten Klasse und dann wieder in der sechsten. Sie war schon damals alt wie die Berge. Sie hat wahrscheinlich auch in den Vierzigerjahren an der Volksschule von Thornhill unterrichtet.“

„Du denkst, sie wäre *unsere* Lehrerin?“

„Das wäre hübsch. Aber selbst wenn sie nicht unser Mädchen ist, könnte sie wissen, wer gemeint ist. Und vergiss nicht die Geliebte des Ehemannes. Wenn du überlegst, Kevin, sind das Hauptverdächtige. Sie kriegt den Mann, und er gewinnt auf der ganzen Linie: Er bekommt sein Geld zurück und die Frau, die er liebt …“

„Und das Baby?“, unterbrach Kevin.

„Ja, das Baby“, wiederholte Maggie. „Nun, vielleicht verschwand der Ehemann von hier, traf sich im Mittleren Westen mit seiner Geliebten und dem Baby, änderte den Namen und begann ein neues Leben.“ Sie klimperte mit den Wimpern. „Was hältst du davon, Schnüffler?“

„Wieder eine deiner brillanten Theorien“, erwiderte Kevin. „Aber wie dein Vater, der tüchtige Polizeichef, sagen würde – zeig mir einen Beweis.“

„Nun, das wollen wir doch machen, nicht wahr?“ Sie schenkte Kevin ein aufreizendes Lächeln. „Was hältst du davon, Reardon?“

Kevin warf ihr einen trägen Blick zu. „Weißt du was, Puppengesicht? In all meinen Jahren in diesem Geschäft habe ich nie eine Lady wie dich getroffen.“

„Ist das gut?“

Er grinste verschlagen. „Welcher Schnüffler hat schon jemals etwas getan, das gut für ihn war?“

„Kein Schnüffler, der auch nur einen Schuss Pulver wert ist“, antwortete sie von oben herab.

Die Probe war für diesen Tag fast schon vorbei, als Maggie sich plötzlich an etwas erinnerte. Sie stieß Kevin an.

„Das Magazin“, zischte sie.

„Was …? Oh ja, richtig!“ Das Time-Magazin. „Glaubst du, Denk hat es geholt?“, flüsterte er.

Maggie schüttelte den Kopf und deutete mit ihm ein paar Reihen nach vorn, wo Anna Blair, die die Lehrerin/Babysitterin in dem Stück spielte, ein Time-Magazin las.

Maggie und Kevin sahen ein paar Minuten zu, wie Anna langsam umblätterte.

„Das könnte das Magazin sein“, sagte Kevin.

„Oh nein, sie steckt es in ihre Tasche“, murmelte Maggie und sprang auf.

Kevin hielt sie am Arm fest. „Wohin willst du?“

„Wir müssen sie ablenken.“

Kevin beobachtete, wie Maggie zu ihrer Mutter eilte, die gerade eine Szene zwischen Doug und seiner Geliebten beendete. Sie flüsterte ihr etwas ins Ohr.

Einen Moment später rief Mildred zu einer schnelle Probe einer Szene zwischen Veronica und der Lehrerin auf.

Maggie schoss Kevin ein flüchtiges Lächeln zu, bevor sie wieder auf die Bühne ging.

Er lächelte nicht zurück. Schnüffler und Plattfuß zu sein war eine Sache, Taschendieb eine andere.

Polizeichef Harvey Mead setzte sich zum Mittagessen an seinen Schreibtisch. Behutsam wickelte er das schöne, dicke Sandwich mit Corned Beef und Sauerkraut aus und wollte gerade seine Zähne in den ersten Bissen schlagen, als seine Tür aufflog.

Er warf dem hereinplatzenden Paar einen kläglichen Blick zu, ehe er himmelwärts sah.

„Macht ihr zwei eine Gewohnheit daraus?“, murmelte er.

Maggie lächelte breit. „Daddy hasst es, wenn er gestört wird, während er sich über sein liebstes verbotenes Essen hermacht.“

„Verboten?“ Kevin warf ihr einen verblüfften Blick zu.

„Mutter hat Wurstwaren von Daddys Diätplan gestrichen. Zu viel Salz. Zu viel Fett. Zu viel Cholesterin. Zu viele Kalorien.“

„Warum ist für einen alles schlecht, was gut ist?“, grollte Harvey.

„Mach weiter, Dad“, sagte Maggie träge. „Iss dein Sandwich. Wir verpetzen dich nicht. Schließlich kann man nicht immer brav sein.“

Kevin fühlte, wie Hitze an seinem Hals hochkroch, als Maggie in seine Richtung blinzelte.

„Später“, sagte Harvey und wickelte das eingeschmuggelte Sandwich zurück in das Butterbrotpapier. „Welchem Umstand verdanke ich diesen Überraschungsbesuch?“ Er sah Kevin direkt an. „Wenn ihr wieder über Flaschenverschlüsse sprechen wollt, spart es euch.“

„Soll das heißen, du hast keinen Gerichtsbeschluss beantragt?“, fragte Maggie enttäuscht.

Ein trockenes Lächeln spielte um Harveys Mund. „Wir haben den Gerichtsbeschluss. Wir hatten zwar nur Vermutungen, aber da es im Anderson-Fall keine Angehörigen gibt, hat Richter Lewis die Erlaubnis erteilt.“

„Und?“, fragte Maggie begierig.

„Wir sollten Ende der Woche etwas erfahren.“ Er seufzte. „Etwas oder nichts.“

„Es wird nicht nichts sein", versicherte Maggie.

Ihr Vater starrte auf das eingewickelte Sandwich und fragte sich, wie lange es wohl dauerte, bis das Sauerkraut das Roggenbrot völlig aufgeweicht hatte.

„Und das wird auch etwas bringen", sagte Maggie und überreichte ihrem Vater mit großer Geste das Time-Magazin.

Harvey starrte darauf. „Das ist wichtig genug, um mich beim Lunch zu stören?"

„Wenn du nicht an deinen Worten zusammen mit deinem Sandwich ersticken willst, Dad, solltest du die fehlenden Buchstaben aus diesem Magazin mit den ausgeschnittenen Buchstaben dieser mysteriösen Nachricht vergleichen, die ich erhalten habe."

Harvey nahm das Magazin.

„Es gehört Corinne Finn", erklärte Maggie, beugte sich über den Schreibtisch ihres Vaters und tippte auf den Adressaufkleber.

„Ich kann lesen", murmelte er.

„Das ist es, Nana. Die Buchstaben passen perfekt. ‚Sie lebt.' Und das Magazin gehört Corinne Finn", verkündete Maggie atemlos.

Helen Mead hob eine schneeweiße Augenbraue. „Interessant."

„Interessant? Ist das alles, was du sagen kannst? Bist du in Ordnung?" Maggie warf Kevin über ihre Schulter einen Blick zu, der ausdrücken sollte: *Vielleicht kommt es von dem Schlag, den sie auf den Kopf erhalten hat.*

Helen, schlau wie immer, lachte lautlos. „Ich bin perfekt in Ordnung, Maggie Mead. Und wenn ich das selbst sagen darf, ich bin auch recht dick im Schnüffelgeschäft drin."

Jetzt hob Maggie eine Augenbraue. „Schnüffelgeschäft?"

Helen lächelte verschlagen. „Ich hatte bereits einen kleinen Plausch mit Corinne."

„Sie wussten von dem Magazin?", fragte Kevin.

„Ich vermutete lediglich, dass Corinne Finn mehr über den Merrill-Fall wusste, als sie uns wissen ließ", erklärte Helen fröhlich.

„Hat sie dir etwas erzählt?", fragte Maggie begierig.

„Ah, ich verstehe", neckte Helen. „Du denkst nicht mehr, dass das alte Mädchen übergeschnappt ist."

„Nana, ich habe nie ..."

„Was hat sie Ihnen erzählt, Mrs. Mead?", fragte Kevin und zog seinen Stuhl näher zu der alten Frau heran.

Helen schenkte Kevin ein warmes Lächeln. „Wissen Sie, junger Mann, ein mathematischer Verstand kann wirklich ganz praktisch im Schnüffelgeschäft sein. Maggie war leider nie eine gute Schülerin in Mathematik."

„Nana", sagte Maggie frustriert, „du weichst nur aus. Vielleicht hat dein kleiner Plausch mit Corinne gar nichts ergeben."

Helen lächelte. „Nun, was würdest du sagen, wenn ich dir erzähle, dass Arlene Merrills Ehemann Roger nicht unbedingt der Vater des entführten Babys war?"

Maggie klappte den Mund auf. Kevin starrte Helen ungläubig an.

„Laut Corinne, die die Merrills von der Kirche her kannte, war Roger ein aufrechter Bürger. Arlene dagegen war ein billiges Flittchen aus miesen Verhältnissen. Und wie Corinne es darstellte, hat nicht nur Roger während der Ehe auf anderen Weiden gegrast. Auch Arlene knabberte an fremden Grashalmen."

Es dauerte ein paar Sekunden, bis Maggie ihre Stimme fand. „Woher weiß Corinne das alles?"

„Waren es nur Gerüchte?", fragte Kevin vorsichtig. „Kleinstadttratsch?"

Helen lächelte selbstzufrieden. „Das wollte Corinne mich glauben machen."

„Aber das glaubst du nicht?“, fragte Maggie.

„Ich glaube“, erwiderte Helen mit offensichtlicher Befriedigung, „dass Roger Merrill auf Corinnes Weide graste. Und es sollte mich nicht wundem, wenn Corinne eine Ahnung hat, wer Arlenes Geliebter war.“

Maggies Augen weiteten sich. „Der Geliebte, der Arlenes Baby gezeugt hat?“

„Vielleicht“, säuselte Helen.

„Ich wusste es“, sagte Maggie atemlos. „Habe ich es dir nicht gesagt, Kevin? Roger Merrill und seine Geliebte! Unsere Hauptverdächtigen!“

Kevin biss nicht so schnell an. „Noch ist nichts bewiesen.“

Maggie seufzte. „Es würde aber passen. Angenommen, Corinne wusste, dass Roger der Kidnapper war. Vielleicht wollte sie uns dazu bringen zu glauben, dass ihr Geliebter dem Baby nichts angetan hat. Deshalb schickte sie die Nachricht, dass Julianna noch lebt.“

Helen schwieg zu der Begeisterung ihrer Enkelin. Schließlich sagte sie: „Es würde helfen, mehr über Roger Merrills Charakter zu erfahren, bevor wir ihn als Kidnapper abstempeln.“

„Da brauchen wir nur in Parker Andersons Stück nachzusehen“, erwiderte Maggie. „Parker beschreibt Roger Merrill als selbstgerechten, hochnäsigen, kaltblütigen Bastard. Also, wenn wir darüber nachdenken, hat Parker nicht alles getan, um mit dem Finger auf Roger als den wahren Schuldigen zu zeigen?“ Sie seufzte. „Vielleicht erfahren wir schon bald mehr. Wenn Parker Anderson ermordet wurde …“

„Aber wer ermordete ihn?“, warf Kevin ein. „Roger Merrill? Wir wissen nicht einmal, ob er noch lebt.“

„Vielleicht Corinne“, schlug Maggie vor. „Um das Andenken an Roger zu bewahren.“

„Corinne ist zu eitel und egoistisch, um irgendetwas anderes außer sich selbst zu bewahren", sagte Helen.

„Na schön", meinte Maggie. „Vielleicht tötete sie Parker, weil sie nicht nur eine unschuldige Zuschauerin bei dem Kidnapping war."

„Interessant", sagte Helen Mead.

Kevin erklärte kurz Maggies Theorie für Helen – dass Parker Anderson den Kidnapper zwar gestellt, aber den Beweis vernichtet hatte im Austausch für die Information über den Aufenthaltsort von Julianna Merrill, dem entführten Baby.

„Was ist", fragte Maggie aufgeregt, „wenn Julianna nicht nur lebt, sondern sogar hier in Thornhill ist? Wenn Parker Anderson ihr die Wahrheit sagte, bevor er starb?"

„Oder wenn er ihr nicht alles gesagt hat", warf Helen ein. „Dann könnte sie zurückgekommen sein, um den Entführer zu finden."

„Langsam, Ladies", unterbrach Kevin die beiden Frauen. „Wir wissen doch nicht einmal, ob Corinne Roger Merrills Geliebte war. Das ist doch alles nur geraten. Corinne sagte kein Wort, um diese Theorien zu stützen."

„Überlasst Corinne mir", schlug Helen vor, und ihre hellblauen Augen funkelten. „Ich könnte ihr mit einigen schlaueren Fragen die Wahrheit entlocken."

Maggie stand auf. „In der Zwischenzeit schlagen wir einen anderen Weg ein."

„Tun wir das?" Kevin warf Maggie einen vorsichtigen Blick zu.

„Zuerst haben wir eine Verabredung mit Jeanne Squires", sagte Maggie fröhlich. „Falls Corinne wirklich Rogers Geliebte war, wer sollte das eher wissen als ein neugieriger Nachbar?"

„Norton Squires?" Helen blickte finster drein. „Dieser puritanische Zuchtmeister! Oh ja, er kennt bestimmt alle Sünden seiner Nachbarn. Aber er wird sie dir nicht enthüllen, Maggie.

Der Mann hortet seine Geheimnisse zusammen mit seinen Millionen."

„Vielleicht verrät er uns nichts, Nana", sagte Maggie mit einem hinterlistigen Lächeln. „Aber er könnte seiner Tochter etwas enthüllen."

„Und wenn das nichts erbringt?", fragte Helen.

„Dann gehen wir zu Plan B über. Ein Besuch bei Miss Sheridan, der pensionierten Lehrerin."

Helen lächelte anerkennend. „Ja, sie müsste damals unterrichtet haben."

Maggies Augen funkelten. „Sie könnte sogar die bewusste Lehrerin sein."

Helen rieb sich begeistert die Hände. „Oh, das macht viel mehr Spaß als öde Kartenspiele und leerer Klatsch."

Kevin zog eine finstere Miene. „Und wenn es tatsächlich kein leerer Klatsch ist?"

Maggie hakte sich bei Kevin unter. „Dies, Mr. Reardon, nennt man ein Verbrechen aufklären."

Während das dynamische Duo zu Maggies Wagen auf dem Besucherparkplatz des Thornhill-Altenheims ging, versuchte Kevin, sich um die Lunchverabredung mit Jeanne Squires zu drücken.

„Wäre es nicht besser, es wäre ein reiner Damen-Lunch? Eine Unterhaltung von Frau zu Frau? Meine Gegenwart könnte Jeanne unangenehm sein."

Maggie lachte. „Deine Gegenwart wird ihr Herz flattern lassen."

„Was? Komm schon, Maggie ..."

Sie blieb auf der Stelle stehen und packte Kevin am Arm. „Willst du mir ehrlich sagen, du wärst dir deines Sex-Appeals nicht bewusst, Kevin Payne?"

„Meines ... was?"

„Vermutlich hast du nicht bemerkt, dass Jeanne Squires während unseres Probesprechens vor Verlangen dahingeschmolzen ist?"

„Es war nicht *unser* Probesprechen. Es war *dein* Probesprechen. Und ich bereue noch immer den Tag …"

„Oh, mach hier keine Haarspalterei, Kevin. Dein Problem ist, dass du es nicht verstehst, deine Reize einzusetzen."

„Maggie …"

„Du wirst allerdings besser darin, das muss ich sagen. Es ist erstaunlich, wie Schauspielerei das Selbstvertrauen eines ansonsten scheuen, zurückgezogenen Menschen heben kann."

„Ich würde nicht so weit gehen, Maggie. Ich mag nicht die aufgeschlossenste Persönlichkeit besitzen, aber ich bin nicht der bemitleidenswerte Introvertierte, für den du mich zu halten scheinst."

„Dafür halte ich dich nicht, Kevin", sagte Maggie leise.

„Ach? Was denkst du denn dann über mich?"

„Ich garantiere dir, dass du an der Oberfläche absolut nicht mein Typ bist."

„Der scheue, zurückgezogene Typ", scherzte Kevin.

Sie lächelte breit. „Der zurückhaltende Typ. Der Typ, der abstoßend organisiert ist und Risiken vermeidet und sich nie von seinen … Impulsen an der Nase herumführen lässt."

Kevin lachte trocken. „Dem letzten Punkt widerspreche ich. Zumindest seit ich dich getroffen habe."

„Willst du damit sagen, dass ich dein ruhiges, ordentliches Leben störe, Kevin?"

„Zutiefst."

Maggie hatte sich für das Cold Springs Restaurant in Overton für ihr Mittagessen mit Jeanne Squires entschieden, damit sie sich nicht den neugierigen Blicken der Leute in Thornhill aussetzen mussten.

„Du hättest den Highway nehmen können“, meinte Kevin, als Maggie die alte gewundene Palmer Road einschlug.

„Hier ist es viel schöner, auch wenn die Straße schlimmer ist, als ich sie in Erinnerung hatte. Wann wurde sie denn zum letzten Mal geteert?“, fragte Maggie, als sie durch eine tiefe Querrinne ratterte.

„Du könntest versuchen, langsamer zu fahren“, schlug Kevin vor.

„Ich sagte Jeanne ein Uhr, und wir wollen nicht zu spät kommen.“

„Wenn du nicht zu spät kommen willst, hättest du den Highway nehmen sollen“, nörgelte Kevin. Er freute sich gar nicht auf dieses kleine Mittagessen. „Wenn du nicht langsamer fährst, kommen wir vielleicht gar nicht hin.“

„Schon gut, schon gut“, sagte sie und trat vom Gaspedal auf das Bremspedal. Es gab einen hohlen, klickenden Laut, als sie die Bremse trat. Eine Sekunde später rammten das Bremspedal und ihr Fuß den Wagenboden.

Sie nahmen eine S-Kurve mit achtzig Stundenkilometern.

„Maggie, bist du verrückt?“, sagte Kevin scharf. „Brems!“

„Ich kann nicht!“ Maggie umkrampfte das Lenkrad, während sie mit dem nutzlosen Bremspedal pumpte. „Keine Bremsen!“

„Keine Bremsen?“

„Keine Bremsen!“

Kevin packte die Handbremse, während Maggie mit dem Lenkrad kämpfte, um den Wagen sicher aus der Kurve herauszubringen.

Er riss an der Handbremse. Nichts!

„Ich wollte die Handbremse reparieren lassen, aber meine Bremsen waren gut.“

„Bremsen nutzen sich ab, Maggie!“

Maggie runzelte die Stirn. „Nicht so plötzlich. Nicht ohne Vorwarnung.“ Sie stieß scharf den Atem aus. „Oh nein, die

Straße wird abschüssig!"

Kevins Herz begann zu hämmern, als er sah, wie der Tacho kletterte. Wenn sie jetzt wieder auf eine Kurve trafen, würden sie es nicht schaffen.

Maggie war weiß wie ein Geist. „Hoffnungslos, Kevin! Ich kann den Wagen nicht auf der Straße halten ..."

Er presste sich gegen sie und packte das Lenkrad. Sie kamen auf ein ansteigendes Straßenstück, und der Wagen wurde langsamer. Doch gleich darauf würde es wieder ein Gefälle geben. „Wir werden es schaffen", rief er. „Wir müssen nur kühlen Kopf bewahren. Lass das Lenkrad los, Maggie. Klettere nach hinten und schnall dich an!"

Ihre Finger fühlten sich wie am Lenkrad erstarrt an. „Ich ... ich kann nicht."

„Doch, du kannst. Tu es! Jetzt!"

Maggie nahm sich zusammen und kletterte auf den Rücksitz. Der Hügel verlief ein Stück eben, aber kaum hatte sie den Sicherheitsgurt einschnappen lassen, als die Straße sich wieder scharf senkte. Auf diesem Abschnitt gab es Kurven und Gegenverkehr. Wütende Fahrer hupten, als Maggies Kleinwagen gefährlich schlingerte.

Maggie biss sich so hart auf die Lippe, dass sie blutete. Als sie die Augen für eine Sekunde schloss und nicht ihr ganzes Leben an sich vorbeiziehen sah, nahm sie das als gutes Zeichen. Auch jeden nachfolgenden Atemzug legte sie als gutes Zeichen aus. Am meisten aber betrachtete sie Kevins kühle, kontrollierte, meisterhafte Fahrweise als gutes Zeichen. Wenn sie das hier überlebten, wollte sie ihn ermutigen, am nächsten Rennen in Indianapolis teilzunehmen.

Sie kamen wieder zu einer scharfen Kurve. Maggie klammerte sich mit aller Kraft an die Rückenlehne von Kevins Sitz.

„Festhalten!", schrie Kevin.

Als ob sie freiwillig loslassen würde …

Der Wagen schwenkte so hart nach rechts, dass Maggie trotz des Sicherheitsgurts, der ihr praktisch alles abschnürte, gegen die Tür prallte. Besorgt spähte sie über Kevins Schulter.

Sie kamen von der Straße ab. Und steuerten direkt auf … Wasser zu.

8. KAPITEL

In der einen Sekunde hielt Maggie den Atem an, sagte ihre Gebete, versicherte ihren Kindern stumm, dass sie sie liebte, und bat sie um Verzeihung, dass sie sie als Halbwaisen zurückließ. In der nächsten Sekunde fand sie sich benommen noch am Leben und unverletzt, als der Wagen knirschend im zwanzig Zentimeter tiefen Wasser eines Baches zum Stehen kam.

„Kevin?“ Ihre Stimme klang hoch und dünn vor Angst, er könnte nicht so viel Glück gehabt haben.

Doch er drehte sich mit einem zitterigen Lächeln in seinem bleichen Gesicht um. „Wir haben es geschafft!“

„Du siehst schrecklich aus.“

Er nickte und sagte mit bemerkenswertem Elan: „Gehört alles zu einem normalen Tagewerk, Puppengesicht!“

Kevins durchgeweichte Laufschuhe schmatzten, als er und Maggie zwischen den Tischen durchgingen und Ausschau nach Jeanne Squires hielten. Maggie, deren Schuhe erfreulich trocken waren, weil Kevin sie galant auf trockenen Boden getragen hatte, litt unter Blasen dank des meilenweiten Fußmarsches. Beide fühlten sich in ihrem gegenwärtigen Zustand fehl am Platz in dem romantischen Restaurant mit seinen verwitterten Holzwänden und den dicken Eichenbalken, die mit Farmerwerkzeug und Lampen geschmückt waren.

„Ich hoffe, sie hat nicht … oh gut, da ist sie“, sagte Maggie erleichtert und deutete auf eine der gemütlichen Nischen an der Hinterwand.

Jeanne Squires winkte nervös, als sie näher kamen.

„Ach du meine Güte“, sagte sie. „Ich fürchtete schon, Sie hätten es vergessen.“

„Ein kleines Problem mit dem Wagen“, sagte Maggie bewundernswert beiläufig.

„Ach, das tut mir ja so leid“, sagte Jeanne, während Maggie heimlich Kevin auf Jeannes Seite der Sitzbank drängte.

Anstatt sich zu ihnen zu setzen, blieb Maggie am Tisch stehen. „Unterhaltet euch einen Moment, und ich rufe den Automobilclub an und sorge dafür, dass der Wagen abgeschleppt wird.“

„Lass mich das machen.“ Kevin wollte aufstehen, wurde jedoch von Maggies Hand auf seiner Schulter zurückgedrückt.

„Bin gleich wieder da“, sagte Maggie unbekümmert und eilte davon.

Kevin wandte sich resigniert an Jeanne. Er lächelte befangen und konnte nicht übersehen, dass sich die Mittvierzigerin heute mit ihrem Aussehen große Mühe gegeben hatte. Sie trug eine neue grüne Bluse, die noch die Falten von der ursprünglichen Verpackung hatte, und ihr geblümter Rock mit den großen Hüfttaschen sah aus, als wäre er in einer Teen-Boutique gekauft worden. Jeanne trug ihr Haar sogar anstatt zu dem üblichen Knoten geschlungen offen und nur mit zwei grünen Spangen hinter den Ohren festgehalten.

„Hübsches Wetter“, murmelte sie und nippte an ihrem Wasser.

Kevin nahm einen Schluck von seinem eigenen Wasser. „Ja. Schön.“

„Und … wie laufen … die Proben?“

„Die Proben. Nun ja, sie laufen. Wir haben natürlich noch viel Arbeit vor uns.“ Er legte die Hände an sein Wasserglas. „Es ist … schade, dass Sie … ausscheiden mussten.“

Jeanne seufzte dramatisch. „Mein Vater.“

Die Kellnerin brachte zwei zusätzliche Speisekarten.

„Der Hähnchensalat ist ausgezeichnet“, sagte Jeanne. „Ich habe letzten Monat mit meiner Bridgerunde hier gegessen. Aber mein Vater verachtet Salate als Mittagessen. Er sagt, dieses ganze Grünzeug füllt nur den Teller, damit es so aussieht, als würde man eine Menge Essen bekommen, während man in Wirklichkeit nur ..." Sie stockte, und Tränen stiegen ihr in die Augen.

Kevin hatte keine Ahnung, was er sagen sollte. Er entschied sich für „Ich mag Salate, besonders Hähnchensalat."

Sie fischte in ihrer Handtasche nach einem Taschentuch, fand keines und betupfte mit der Serviette ihre Augenwinkel. „Es ist mir ja so peinlich. Bitte entschuldigen Sie."

„Es ist schon in Ordnung, Miss Squires. Jeanne. Wirklich."

„Es geht um meinen Vater, wissen Sie."

Er wusste es nicht, aber er nickte.

„Er hält sich für so unglaublich vernünftig." Sie brachte ein trockenes Lachen zustande. „Er war ja nie aufgeschlossen, aber was das Stück angeht, benützt er so extreme Worte."

„Was für Worte?", fragte Kevin leise.

Sie strich ihre Serviette glatt. „Unanständig. Skandalös. Beschämend. Liederlich."

„Was glauben Sie, warum empfindet er so?"

Anstelle einer Antwort brach Jeanne erneut in Tränen aus. Kevin reichte ihr seine eigene Serviette, die auf seinem Teller noch immer wie ein Fächer angeordnet war, und sie nahm sie dankbar.

„Er hat sogar einen gepfefferten Brief an den Vorstand von ‚Gefährdete Jugend' geschrieben und angedroht, alle Zuwendungen an die Organisation zu streichen, wenn das Stück aufgeführt wird."

„Der Vorstand hat sich noch nicht bei Mildred Mead gemeldet. Ich vermute, sie lassen sich nicht erpressen ..."

Ein Schluchzer kam über Jeannes Lippen.

„Ich wollte Ihren Vater nicht einen Erpresser nennen, Jeanne." Er sah sich sehnsüchtig nach Maggie um. Was hielt sie so lange auf, zum Teufel? Er verpatzte dieses Gespräch.

Jeanne ergriff seine Hand. „Ach, das ist es nicht, Kevin. Es ist nichts, was Sie gesagt haben. Es ist … was ich getan habe."

Kevin starrte sie an. „Was haben Sie … getan?"

Ihr Griff an seiner Hand verstärkte sich, und auch sie sah sich nach Maggie um. Doch anders als Kevin achtete sie darauf, dass Maggie nicht zu sehen war.

„Oh bitte, sagen Sie es keiner Menschenseele, Kevin! Wenn Vater es herausfindet … Ich weiß nicht, was mich gepackt hat. So etwas habe ich noch nie zuvor getan. Mein Vater besitzt einen so starken Willen. Ich habe mich in meinem Leben nie gegen ihn gestellt. Nicht dass ich es mir nicht gewünscht hätte … aber ich kann es nicht. Zumindest dachte ich, ich könnte es nicht …" Sie hob ihre zitternde Hand. „Sie müssen mir verzeihen."

„Was haben Sie getan, Jeanne?"

Sie wirkte von seiner direkten Frage ermuntert. „Ich hätte für ihn den Brief zur Post bringen sollen. Vater verlässt das Haus nicht mehr oft. Aber ich habe den Brief nicht aufgegeben." Sie bemühte sich sichtlich, nicht wieder in Tränen auszubrechen. „Ich … ich habe den Brief zerrissen."

Kevin hatte das Gefühl, dass die arme, eingeschüchterte Frau letztlich zusammenbrechen und ihre „Sünde" ihrem Vater gestehen würde. Sie tat ihm leid. „Jeanne, haben Sie eine Ahnung, warum Ihr Vater dermaßen gegen das Stück ist?"

Sie faltete die Serviette zu immer kleineren Quadraten. „Oh ja, ich bin sicher, ich kenne den Grund." Sie sprach so leise, dass Kevin sich zu ihr hinüberbeugen und den schweren, fruchtigen Duft ihres aufdringlichen Parfums ertragen musste. „Mein Vater will nicht an sie erinnert werden."

„An sie?"

Jeanne warf ihm einen betrübten Blick zu. „Arlene Merrill."

„Sie wissen über Arlene Merrill und die Entführung Bescheid? Darüber, dass die Merrills neben Ihrem Vater gewohnt haben?"

„Ja“, sagte sie. „Mein Vater hat eine Sammelmappe. Sie ist voll alter Zeitungsartikel über den Prozess. Und dann gibt es da natürlich noch die Briefe.“

„Briefe?“

„Die Liebesbriefe.“

Kevin war fassungslos. „Arlene Merrill schickte Ihrem Vater ... Liebesbriefe?“

„Oh nein. Es waren seine Briefe an sie. Aber er hat sie natürlich nicht abgeschickt. Niemals.“

Kevin war sprachlos. Jeanne schien noch mehr sagen zu wollen, klappte jedoch ihre Speisekarte auf, als Maggie zurückkam, die sehr blass aussah. Kevin nahm an, dass sie noch von ihrer knappen Rettung erschüttert war.

Er täuschte sich.

„Jeanne“, sagte Maggie sanft und griff nach ihrer Hand. „Ich fürchte, es hat einen Unfall gegeben. Ihr Vater ...“

Bevor Maggie weitersprechen konnte, stieß Jeanne einen spitzen Schrei aus und sprang auf. „Oh nein! Nein! Es ist alles meine Schuld!“

Alle in dem Restaurant sahen Jeanne an, die lautstark weinte und darum kämpfte, über Kevins Schoß hinweg aus der Nische zu klettern. Kevin seinerseits kämpfte darum, ihr auszuweichen, aber irgendwie klemmten sie einander nur noch fester ein.

„Bitte, Jeanne“, flehte Maggie. „Er wird wieder gesund. Er ist wohl auf der Treppe ausgerutscht. Er hat sich das Bein gebrochen, aber ...“

„Oh nein!“, rief Jeanne. „Ich hätte bei ihm sein müssen! Ich hätte ... Bitte, Kevin, lassen Sie mich hinaus!“

„Ich versuche es“, erwiderte Kevin.

Sobald er sich aus der Nische schieben konnte, rannte Jeanne zum Ausgang. Maggie packte Kevin am Arm und lief hinterher. Da ihr Wagen noch in dem Bach feststeckte, mussten sie sich von Jeanne nach Thornhill mitnehmen lassen.

Sie kamen zu spät. Mit kreischenden Reifen jagte Jeannes Wagen los, bevor Maggie und Kevin den Parkplatz erreichten.

„Großartig“, murmelte Maggie.

„Übrigens“, sagte Kevin mit hochgezogener Augenbraue, „woher wusste der Automobilclub von Norton Squires Unfall?“

„Sehr komisch, Kevin. Mein Vater hat es mir erzählt. Und das sind noch nicht alle schlechten Neuigkeiten.“

„Oh?“ Kevin fürchtete sich fast vor dem, was noch kam.

„Die Ergebnisse von Parker Andersons Autopsie sind gekommen.“ Sie zeigte Kevin ein träges Lächeln im Stil der Veronica Morgan. „Volltreffer, Hübscher. Anderson starb an Herzversagen, oh ja, aber ausgelöst durch Arsen.“

Kevin starrte sie an. „Und der Unfall von Squires?“

„Sieht so aus, als wäre er gestoßen worden.“

„Hat dein Vater mit ihm gesprochen?“

„Norton Squires ist kein Mann, mit dem man unter den besten Umständen leicht sprechen kann. Überflüssig zu erwähnen, dass es nicht die besten Umstände waren. Mr. Squires hat sich heftig geweigert, der Polizei irgendeine Erklärung zu geben. Das war keine Überraschung. Eine Überraschung für Dad war dabei allerdings, dass Squires nicht wie üblich mürrisch war. Er war sichtlich verängstigt. Und das ist nicht typisch Norton Squires.“

Kevin ging wieder in das Restaurant, um ein Taxi zu rufen. Er wählte gerade, als ihm jemand auf die Schulter tippte. „Vielleicht kann ich behilflich sein, Professor Payne.“

Kevin drehte sich um und sah Stanley Hapgood vor sich, Thornhills hochgeschätzten, weißhaarigen Anwalt im Ruhestand.

„Ich wollte ein Taxi bestellen“, erklärte Kevin und legte auf.

„Mein Enkel und ich hatten gerade unser Mittagessen beendet, als wir Miss Squires ziemlich hastig wegfahren sahen. Ein Notfall?“

„Ihr Vater. Er ... glitt auf der Treppe aus und brach sich das Bein."

Stanley Hapgood schüttelte den Kopf. „Die meisten Unfälle passieren zu Hause. Und je älter wir werden, desto vorsichtiger müssen wir sein."

„Ja, Sie haben vermutlich recht", murmelte Kevin.

„Nicht einmal die Jungen können es sich leisten, sorglos zu sein", fügte der alte Anwalt überflüssigerweise hinzu.

Kevin war zu diesem Zeitpunkt für alle Anzeichen einer Drohung hellhörig und warf dem noch immer attraktiven und adretten Anwalt einen scharfen Blick zu. Doch Stanley Hapgood lächelte nur harmlos vor sich hin.

„Mein Enkel Dwayne", sagte er freundlich, „holt den Wagen. Wir können Sie mitnehmen und Ihnen den horrenden Fahrpreis ersparen, den Taxis heutzutage verlangen."

Sie traten ins Freie, und Hapgood wiederholte sein Angebot gegenüber Maggie, die mit Dwayne gesprochen hatte. Sie nickte dankend und glitt auf den Rücksitz des schimmernden alten schwarzen Lincoln Continental. Kevin setzte sich zu ihr, während Hapgood vorn neben seinem Enkel einstieg.

Maggie war mit Dwayne Hapgood auf die Highschool gegangen. Es hatte sogar eine Zeit gegeben, in der Dwayne jeden Abend versucht hatte, mit ihr auszugehen. Aber Dwayne hatte versucht, mit jedem beliebten Mädchen in seiner Klasse auszugehen. Obwohl Dwayne recht gut aussah und klug genug war, um seinen Abschluss als Anwalt zu machen, hatte Maggie sich nie für ihn erwärmen können. Er hatte von sich selbst stets eine etwas bessere Meinung gehabt als alle anderen. Alle ausgenommen Dwaynes karrieresüchtige Ehefrau Laurie und Stanley Hapgood, der seinen Enkel anhimmelte.

„Mein Enkel und ich haben gerade gefeiert", erklärte Stanley hörbar stolz. „Dwayne hat beschlossen, sich um den Posten des Stadtdirektors zu bewerben."

„Oh. Nun … viel Glück, Dwayne“, murmelte Maggie und dachte, dass er wenigstens ihre Stimme nicht bekommen würde.

„Soll das heißen, dass Sie Ihre Anwaltspraxis aufgeben?“, fragte Kevin.

„Falls er gewählt wird“, sagte Stanley.

„Sobald ich gewählt werde“, verbesserte Dwayne.

„Ein Jammer mit Norton“, sagte Stanley. „Hat Maggie es dir erzählt, Dwayne?“

„Ja. Zum Glück hat er sich nur das Bein gebrochen.“ Er blickte zu Maggie zurück. „Wo können wir euch zwei absetzen?“

Maggie sah auf ihre Uhr. „Am Goose-Hollow-Spielfeld, wenn es dir nichts ausmacht. Ich erspare meiner Mutter die Fahrt und hole meinen Sohn vom Training ab.“

„Ach richtig, mein Junge trainiert auch. Ich nehme an, ich werde Laurie die Fahrt auch ersparen.“ Er blickte über den Rückspiegel zu Kevin. „Und Sie, Kevin? Wohin wollen Sie?“

Weder Kevin noch Maggie entging die wenig dezente Anspielung in der Frage des jungen Hapgood.

Kevin legte den Arm hinter Maggie über die Lehne. „Sie können uns beide am Spielfeld aussteigen lassen, Dwayne.“

„Was macht er schon wieder hier?“, murmelte Michael und warf Kevin, der ein paar Meter weiter weg am Trinkbrunnen stand, einen feindseligen Blick zu.

„Ich könnte dir die gleiche Frage stellen“, erwiderte Maggie. „Solltest du nicht in der Schule sein?“

„Ich bin krank.“

„Von der Schule?“

„Vom Magen.“

Maggie war sicher, dass sie von Michaels Direktor hören würde, bevor der Tag um war, beschloss jedoch, keine Staatsaffäre aus einem sommerlichen Schuleschwänzen zu machen.

„Wie läuft das Training?“, fragte sie in einem Ton, von dem

sie hoffte, ihr Sohn würde ihn nicht als Entschuldigung für sein Verhalten ansehen, gleichzeitig aber als Zeichen dafür erkennen, dass sie flexibel sein konnte.

„Bin gerade erst gekommen", murmelte er, den Blick weiterhin auf Kevin gerichtet.

„Er ist ein sehr netter Mann, Michael", sagte Maggie leise.

„Warum hängst du immer mit ihm herum?"

Maggie wurde von Kevin einer Antwort enthoben.

„Hi, Michael! Wie läuft es?", fragte Kevin und klopfte dem Jungen beiläufig auf die Schulter.

Michael zuckte nicht nur mit den Schultern, sondern schüttelte auch Kevins Hand ab. Maggie warf ihm einen finsteren Blick zu.

„Ich habe heute mit Dad gesprochen", sagte Michael abrupt.

Maggie sah ihn eingehend an. „Dad hat angerufen?"

„Leif wollte mit ihm sprechen, und darum habe ich ihn angerufen", sagte Michael abwehrend. „Er wollte uns heute Abend anrufen. Er macht es auch noch."

Maggie sprach nicht gern mit ihrem Sohn über ihren Exmann vor Kevin, aber an Michaels Blick erkannte sie, dass er das absichtlich tat.

„Fein", sagte sie, suchte das Feld nach Leif ab und entdeckte ihn tagträumend am Spielfeldrand. Sie seufzte innerlich. Leif hatte wahrscheinlich wirklich Michael ermuntert, ihren Vater anzurufen. Beide Jungen wurden unruhig, wenn zu viel Zeit zwischen den Anrufen verging, aber Rob steckte in einer neuen Romanze und vergaß seine Söhne oft wochenlang.

„Dad will mit dir sprechen, Mom", fügte Michael mit einem herausfordernden Blick auf Kevin hinzu. „Er will, dass wir zurück nach Harmon kommen."

„Michael", sagte Maggie scharf, ergriff ihren Sohn am Arm und ging von Kevin weg.

„Er will es wirklich, Mom. Er sagt, wenn wir nicht zurückziehen, wirst du aus deinem Geschäft gedrängt. Seine Worte, Mom. Aus dem Geschäft gedrängt."

„Dein Vater sollte nicht meine Geschäfte mit dir besprechen. Er sollte überhaupt nicht darüber sprechen. Ich werde nicht herausgedrängt. Ich helfe, das Geschäft zu erweitern." Maggie unterdrückte ihr schlechtes Gewissen. Sie war so mit Detektivarbeit beschäftigt gewesen, dass sie das Geschäftliche hatte schleifen lassen.

Michael sprach absichtlich lauter. „Er sagt, er hat mit Ellen Baker und Sue Poole gesprochen, und sie sagen, solange du hier oben bist, bist du für sie keine Hilfe. Die lassen dich fallen, Mom."

„Michael, ich werde das jetzt nicht mit dir besprechen. Ich hatte einen sehr ... ermüdenden Tag."

Sie war erleichtert, als sie den Pfiff hörte, der das Training beendete. Sie winkte, als Leif vom Feld lief, und bemerkte mit Bedauern, wie er sich etwas abseits von den anderen Kindern hielt, die sich kameradschaftlich zusammengruppierten. Michael, klug für seine dreizehn Jahre, bemerkte es auch.

„Leif hat heute Morgen geweint", rief er, sodass Kevin es hören musste. Genau wie die anderen Eltern, die auf ihre Kinder warteten. „Er hasst es hier, und ich auch. Wir wollen beide zurück nach Hause und auf unsere alte Schule und zu unseren alten Freunden. Wir wollen mehr Zeit mit unserem Dad verbringen."

Nachdem sein Protest vorüber war, sprang Michael auf sein Fahrrad und fuhr davon.

Maggie stand ganz still, versuchte sich zu fassen, versuchte sich einzureden, dass keiner sie anstarrte und dachte, was für eine schreckliche Mutter sie doch war, da sie den Kindern den Vater wegnahm. Woran Michael sich nicht erinnerte, waren die neun Monate nach der Scheidung, als sie noch in Harmon wohnten. Der Vater der beiden hatte sie in der Hitze einer neuen Romanze die meiste Zeit ignoriert. Hatte er doch ein paar Minuten für die beiden, brachte er stets seine Geliebte mit – eine Dreiundzwanzigjährige, die für die Kinder ungefähr genauso viel übrig hatte wie für radioaktiven Niederschlag.

„Bist du in Ordnung?“, fragte Kevin leise.

„Nein“, gab sie flüsternd zu.

Er berührte ihre Schulter, aber es war eine zögernde Berührung. Wollte sie wieder nach Harmon ziehen? Plötzlich erfüllte ihn der Gedanke, Maggie könne ihn verlassen, mit Verzweiflung. Und dann lachte er sofort über sich selbst. *Ihn verlassen!* Wem machte er etwas vor? Sie war gar nicht mit ihm zusammen, wie sollte sie ihn da verlassen? Was hatten sie denn bis jetzt miteinander geteilt? Lediglich pure Fantasie. Und sehr reale Gefahr. Keines von beidem war die Basis für eine intime Beziehung, selbst wenn es zufällig zu Intimitäten kommen sollte.

Als Maggies jüngerer Sohn näher kam, entging Kevin nicht der abschätzige Blick, den ihm der Junge zuwarf. Er begann, sich bei Maggies Kindern wie ein Paria zu fühlen.

„Wie war das Training?“, fragte Maggie mit gezwungener Fröhlichkeit.

„In Ordnung. Hast du Mike bestraft?“, fragte Leif besorgt.

Maggie zerzauste ihm lächelnd die Haare. „Nein, aber wenn er noch einmal die Schule schwänzt …“

„Nein, ich meine, weil er Dad angerufen hat.“

Maggie verspannte sich. „Leif, es ist in Ordnung, wenn Michael und du euren Vater anruft. Ich habe euch das mindestens hundertmal gesagt.“

„Mike hat gesagt, dass du böse sein wirst. Er hat gesagt, dass du nicht wirklich willst, dass wir Dad anrufen.“

„Das ist nicht wahr. Hol jetzt deine Sachen, und dann gehen wir nach Hause.“

Leif warf Kevin einen vorsichtigen Blick zu. „Kommt er mit?"

„Leif, das ist eine unhöfliche Frage", entgegnete Maggie scharf.

„Wirkt auf mich wie eine ziemlich vernünftige Frage", sagte Kevin liebenswürdig und wollte sich nicht von einem Achtjährigen einschüchtern lassen. Was die Einschüchterung durch einen Dreizehnjährigen anging, nun ja, daran musste er noch arbeiten. „Ich wollte euch bis zur Abzweigung zu meiner Straße begleiten, aber vielleicht willst du mit deiner Mom allein sein."

Maggie war von Kevins Takt beeindruckt. Und sie war überrascht von dem enttäuschten Blick ihres Sohnes. Was denn? Hatte Kevin tatsächlich Leif für sich gewonnen? Wäre das nicht nett gewesen! Doch dann machte Maggie sofort einen Rückzieher. Langsam, mahnte sie sich. Das Letzte auf der Welt, was du willst, ist, dass deine Kinder sich zu sehr an einen Mann hängen. Besonders wenn du nicht weißt, ob du dich wirklich zu ihm hingezogen fühlst oder ob du es überhaupt willst.

„Ist die Eisdiele vor Ihrer Abzweigung?", fragte Leif und scharrte mit den Füßen auf der Erde.

Kevin und Maggie lächelten. „Allerdings", antwortete Kevin. „Wie wäre es, wenn wir uns eine doppelte Portion mit Schokoladensoße gönnen?"

Leifs Gesicht hellte sich auf. „Klingt gut."

„Da fällt mir ein", sagte Maggie und lächelte Kevin an, „wir hatten kein Mittagessen. Ich würde sagen, wir gehen direkt zum Dessert über."

Kevin grinste. Wer hätte vor zwei Stunden, als er Todesangst hatte, gedacht, dass er jemals wieder grinsen würde. Oder überhaupt atmen.

Nach der Eiscreme geriet Leif mit Kevin in ein ausführliches Gespräch über seine Baseballkartensammlung. Er war begeistert, dass Kevin nicht nur Karten als Kind gesammelt hatte, sondern sie noch irgendwo in einem Schrank aufbewahrte und sie gelegentlich suchen wollte.

„Mann, das wäre toll. Dann haben Sie ja die großen alten Stars."

Kevin lächelte. „Ja, ziemlich alt."

Bevor es einem von ihnen bewusst wurde, bogen sie um die Ecke von Maggies Straße.

Sie entdeckten gleichzeitig den Streifenwagen. Maggies Herz krampfte sich zusammen.

„Hey, vielleicht ist Großvater hier", sagte Leif und lief voraus.

Es war tatsächlich Harvey Mead, der ihnen die Tür öffnete. Er drückte seinen Enkel an sich.

Michael kam an die Seite seines Großvaters. Maggie und Kevin beobachteten, wie das sonnige Lächeln des Jungen sofort verschwand, als er Kevin sah.

Kevin blieb stehen. Er hatte genug Konfrontationen für einen Tag gehabt. „Ich gehe nach Hause", sagte er und wandte sich ab.

Doch Harvey Mead rief: „Ich möchte mit Ihnen sprechen, Kevin. Mit dir auch, Maggie." Er wartete, bis Leif ins Haus gegangen war. „Burt Ehester an der Tankstelle hat euren Wagen untersucht", sagte Harvey ernst. „Die Bremsen haben nicht versagt. Die Leitungen wurden durchgeschnitten."

Weder Maggie noch Kevin sagten ein Wort.

„Ihr zwei hättet umkommen können." Harveys Stimme wurde schärfer. „Parker Anderson wurde ermordet. Deine Großmutter wurde angegriffen. Und ich glaube keinen Moment, dass Norton Squires auf der Treppe ausgerutscht ist. Wir haben hier in Thornhill einen gewalttätigen mehrfachen Mörder."

„Oder vielleicht mehr als einen", sagte Maggie leise.

Bevor Harvey darauf eingehen konnte, flog die Haustür auf.

„Hey, Mom, Telefon!", rief Michael.

„Wer ist es, Michael?"

„Weiß nicht. Ich konnte sie nicht verstehen. Vielleicht ist sie betrunken. Oder sie weint."

Sie alle liefen ins Haus. Maggie griff nach dem Hörer.

„Hallo?"

Kevin und Harvey standen aufmerksam neben ihr.

„Bitte … Sie müssen … aufhören!"

Michael hatte recht. Die Anruferin weinte. Zuerst dachte Maggie, es wäre die noch immer verstörte Jeanne Squires.

Doch es war nicht Jeanne Squires. Maggie erkannte die Stimme. „Ich werde … umgebracht werden! rief die Frau. „Wir alle … werden umgebracht werden!" Sie müssen … aufhören. Ein Mörder läuft frei herum!" Die Leitung war tot.

Maggie sah Kevin und ihren Vater an. „Das war Louise Sheridan. Wir sollten zu ihr fahren. Und zwar schnell!"

9. KAPITEL

Louise Sheridan lebte seit 1938 im Haus 9 Mill Run Road. Ihr älterer Bruder Edgar hatte das zweigeschossige Holzziegelhaus im Kolonialstil für sich, seine zukünftige Frau und seine Schwester gebaut, nachdem die älteren Sheridans gestorben waren. Doch die Ehe kam nicht zustande. Edgars Verlobte ließ den liebeskranken jungen Geschichtsprofessor vor dem Altar stehen. Weder Edgar noch seine jüngere Schwester Louise heirateten jemals, und die beiden lebten in dem geräumigen Kolonialhaus vierundvierzig Jahre zusammen, bis Edgar starb. Seither wohnte Miss Sheridan, wie jedermann unter siebzig Jahren sie nannte, allein dort.

Es war Ewigkeiten her, dass Maggie auf der Ostseite der Stadt war. Einst eine solide Gegend mit Einfamilienhäusern, war es in den letzten Jahren offenbar steil bergab gegangen. Die einst gepflegten Häuser hätten jetzt dringend einen frischen Anstrich und Gartenarbeiten sowie eine generelle Verjüngung gebraucht. Die Mill Run Road bot einen besonders traurigen Anblick. Eine Sackgasse mit mehreren Häusern, vor denen die Schilder ZU VERKAUFEN genauso verkommen aussahen wie die Häuser selbst.

Miss Sheridans Haus lag am Ende der Sackgasse auf der linken Seite. Das Haus gegenüber und das neben ihr standen zum Verkauf.

„Es ist so isoliert", murmelte Maggie. „Warum bleibt sie hier? Wäre es nicht viel angenehmer für sie im Altenheim?"

„Ich bin sicher, das Haus gehört ihr, und die Abgaben sind hier draußen bescheiden", sagte Harvey, steuerte den Streifenwagen in die Einfahrt und hielt hinter Miss Sheridans zwanzig Jahre altem Wagen.

Maggie war als Erste aus dem Auto. Das Haus brauchte ebenfalls einen Anstrich, aber der Vorgarten war gepflegt. Alle

Rollos waren heruntergezogen, sowohl im Erdgeschoss als auch im ersten Stock. Vielleicht wollte Miss Sheridan nicht, dass das Sonnenlicht ihre Möbel ausbleichte. Oder vielleicht war sie nicht diejenige, die die Rollos heruntergezogen hatte.

Ein Mörder läuft frei herum!

Maggie stand wie erstarrt da. Kevin trat neben sie. „Vielleicht solltest du besser hier warten“, sagte er sanft.

„Bleibt ihr beide hier“, bestimmte Harvey.

Der Polizeichef ging auf das Haus zu. Kevin sah Maggie an. Sie sah ihn an. Die Botschaft zwischen ihnen war klar. Angst oder nicht, sie konnten nicht zurückbleiben.

Sie folgten Harvey und trafen mit ihm an der Haustür zusammen. Der Polizeichef sah das Paar finster an, als er den Messingklopfer anhob. „Ich dachte, ich hätte euch gesagt, ihr sollt zurückbleiben.“

Weder Maggie noch Kevin antworteten auf diese Bemerkung.

Genauso wenig, wie Miss Sheridan auf das Klopfen antwortete.

„Wir sollten probieren, ob die Tür offen ist“, schlug Kevin vor.

Harvey schoss ihm einen Blick zu. „Vielen Dank.“

Maggie griff zuerst nach dem Türknauf. Er gab nicht nach. „Zugeschlossen.“

„Keine große Überraschung“, murmelte Harvey.

„Ich weiß nicht“, entgegnete Kevin. „Kaum jemand in Thornhill schließt die Tür ab.“

„In dieser Gegend schon“, sagte Harvey knapp und eilte hinter Maggie her, die sich auf den Weg ums Haus gerum gemacht hatte.

Die Küchentür an der Hinterseite des Hauses war ebenfalls verschlossen. Doch diese Tür hatte einen Glaseinsatz ohne Rollo. Maggie spähte in die Küche.

„Was siehst du?“, fragte Kevin besorgt.

„Nicht viel.“ Und dann stieß sie einen alarmierten Ruf aus.

„Was ist? Was ist?“, fragte Harvey.

„Der Herd ist an. Da kocht etwas.“ Sie presste ihr Gesicht an den Türrahmen. „Es verbrennt.“

„Ganz ruhig“, warnte Harvey. „Bevor wir die Tür aufbrechen, schwärmen wir aus und sehen nach, ob eines der Fenster nachgibt. Wenn die alte Dame bloß eingeschlafen ist, wollen wir sie nicht zu Tode erschrecken, indem wir die Tür einschlagen.“

Maggie übernahm die Westseite. Alle Fenster waren verriegelt.

Als sie an die Hintertür zurückkehrte, waren Kevin und Harvey schon da. Sie hatten auch nicht mehr Glück gehabt. Harvey zog seinen Dienstrevolver und schlug mit dem Griff die Scheibe in der Hintertür ein, fasste hindurch und öffnete die Tür.

Zuerst stellte Maggie den Herd ab. Harvey ging an die Esszimmertür und rief laut: „Miss Sheridan? Miss Sheridan, ich bin es, Chief Mead! Sind Sie zu Hause?“

Keine Antwort.

„Vielleicht macht sie eine Besorgung“, sagte Maggie.

„Ihr Wagen parkt vor dem Haus“, zeigte Harvey auf.

„Zu einer Nachbarin?“

„Vielleicht hat sie sich oben hingelegt“, meinte Kevin.

„Wahrscheinlich schwerhörig“, murmelte Harvey.

Zu dritt marschierten sie durch das schwach erleuchtete Esszimmer, das so aussah, als wäre es vierzig Jahre lang nicht benützt worden.

In der Diele war nur das Ticken einer Uhr zu hören. Maggie warf einen kurzen Blick in das düstere Wohnzimmer mit schweren Brokatvorhängen. Kein Anzeichen von Leben. Fröstelnd wandte sie sich ab. Die beiden Männer gingen schon die Treppe hoch. Sie eilte hinterher.

Der Korridor im ersten Stock war schmal und hatte drei Türen, von denen zwei offen standen. Eine führte in ein maskulin wirkendes Schlafzimmer, das Edgar gehört haben musste, und die andere öffnete sich zu einem altmodischen Badezimmer mit einer Eisenbadewanne mit Klauenfüßen. Die dritte Tür war geschlossen.

Harvey klopfte an. „Miss Sheridan? Miss Sheridan, sind Sie da drinnen? Ich bin es, Harvey Mead!"

Als er keine Antwort erhielt, probierte er den Türknauf. Die Tür war verschlossen. Harvey warf Kevin einen grimmigen Blick zu. „Wir sollten sie aufbrechen."

Kevin nickte. Aus seinem Gesicht war alle Farbe gewichen. Er sah Maggie an, die noch weißer war als er, und drückte ihre Hand. „Bleib draußen", sagte er.

Maggie nickte bloß. Diesmal wollte sie gehorchen.

„Wir werfen uns ganz altmodisch dagegen", sagte Harvey zu Kevin.

„In Ordnung."

Kevin und Harvey stellten sich auf. Harvey nickte grimmig. Als die Schultern der beiden Männer gegen die Tür krachten, atmete Maggie bebend ein und schloss die Augen.

Die Tür gab relativ mühelos nach. Was immer Harvey und Kevin in dem dunklen Schlafzimmer erwartet hatten, es war jedenfalls keine pistolenschwingende alte Lady.

Miss Sheridan schrie und drückte den Abzug. Ein Schuss krachte. Harvey gab einen erstaunten Laut von sich. Der Schwung vom Aufbrechen der Tür riss ihn vorwärts, sodass der Schuss dazu führte, dass er mit dem Gesicht nach unten auf den Boden fiel.

Kevin, ebenfalls noch in Bewegung, warf sich blindlings auf die alte Frau, unmittelbar bevor sie auf dem Boden zusammenbrach. Kevin stolperte über einen Läufer und landete fast auf ihr.

Maggie, die sich beim Krachen des Schusses auf den Boden des Korridors geworfen hatte, hob den Kopf und schrie alarmiert auf, als sie drei zusammengebrochene Gestalten auf dem Fußboden von Miss Sheridans Schlafzimmer liegen sah.

„Wie geht es ihm, Dr. Fischer?“, fragte Mildred besorgt, als der Arzt aus Miss Sheridans Schlafzimmer trat. Maggie, die sofort nach dem Anruf beim Arzt ihre Mutter verständigt hatte, hielt Mildreds Arm. Kevin stand gleich hinter ihnen und sah genauso besorgt drein.

Der drahtige kleine weißhaarige Arzt, der auch als Gerichtsarzt des Countys fungierte, lächelte den dreien beruhigend zu. „Der Polizeichef kommt in Ordnung. Vollständig. Wir müssen ihn ins Krankenhaus schaffen und die Kugel aus seinem Schenkel holen. Und er wird das Bein für eine Weile schonen müssen. Kevin, Sie können mir helfen, ihn in den Wagen zu bringen. Mildred, vielleicht wollen Sie mit uns fahren.“

„Ich habe meinen Wagen“, murmelte Mildred. „Ich folge Ihnen.“

Doch Maggie sah, wie verstört ihre Mutter war, und drängte sie, mitzufahren. Mildred nickte und ging in das Schlafzimmer.

Miss Sheridan war kurz nach Dr. Fischers Eintreffen zu sich gekommen und erneut in einem hysterischen Anfall zusammengebrochen. Der Arzt verabreichte ihr sofort ein Beruhigungsmittel, und die pensionierte Lehrerin schlief jetzt tief in Edgars altem Bett.

„Wird mein Dad wirklich wieder ganz gesund?“, fragte Maggie.

„Ja“, versicherte Dr. Fischer. „Zum Glück hat ihn der Schuss tief getroffen.“ Er kratzte sich am Hals. „Ich kann es noch immer nicht glauben, dass die alte Louise Sheridan den Polizeichef angeschossen hat.“

„Sie wollte bestimmt nicht auf meinen Vater schießen", sagte Maggie. „Sie hatte schreckliche Angst. Als Dad und Kevin in den Raum platzten, dachte sie, es wäre jemand anders."

Dr. Fischer zog die Augen schmal zusammen. „Und wer?"

Maggie seufzte. „Wüssten wir das, Dr. Fischer, könnten wir künftige – Zwischenfälle verhindern."

Maggie und Kevin holten die Jungen und fuhren zum Krankenhaus. Leif und Michael saßen still und verängstigt auf den Rücksitzen, obwohl Maggie ihnen versichert hatte, dass ihr Großvater sich erholen würde.

Kevin setzte Maggie und die Jungen vor dem Eingang des Krankenhauses ab. „Ich warte in der Halle auf euch", sagte er leise.

Maggie lächelte dankbar und ging mit den Jungen nach oben, kam jedoch eine halbe Stunde später allein in die Halle zurück.

„Dad geht es gut", berichtete sie. „Sie haben ihm ein Schmerzmittel gegeben. Jetzt ist er etwas schläfrig."

„Und deine Mom?"

„Sie hat mich mit Fragen über Miss Sheridan gelöchert."

Kevin warf ihr einen nachdenklichen Blick zu. „Was ist eigentlich genau passiert?"

„Das werden wir herausfinden."

„Ich habe befürchtet, dass du das sagst."

„Gleich morgen früh besuchen wir Miss Sheridan."

„Im Gefängnis?"

„Mein Vater hat George Denk in Miss Sheridans Haus angerufen und ihm gesagt, dass er sie nicht ins Gefängnis bringen soll. Kannst du dir diese arme verwirrte alte Frau im Knast vorstellen?"

„Wo ist sie dann?"

„In einem Privatzimmer hier im Krankenhaus. Wir können ihr helfen, indem wir herausfinden, auf wen sie wirklich schießen wollte. Sobald wir das wissen, werden alle Teilchen zusammenpassen."

„Bist du immer so unerschütterlich optimistisch?"

Maggie warf Kevin einen ungläubigen Blick zu. „Optimistisch? Ich? Maggie Mead, die geborene Sorgentante?"

Kevin berührte ihre kühle, glatte Wange. „Nun, wenigstens brauchst du dir jetzt keine Sorgen um deinen Dad zu machen."

Maggie blinzelte. „Dafür muss er sich um uns Sorgen machen. Aber das ist nichts Neues. Ich stamme aus einer langen Reihe von Sorgern. Keiner von den Meads wäre glücklich, wenn er absolut nichts hätte, worüber er seinen Schlaf verlieren kann."

Wie er so in der Halle des Krankenhauses dastand, sehnte Kevin sich danach, mehr darüber zu wissen, was Maggie Mead Sorgen bereitete. Sorgte sie sich zum Beispiel um ihn? Darüber, was sich zwischen ihnen abspielte? Er sah sie an und dachte, wie schön sie war, obwohl es ihr verdammt egal zu sein schien, wie sie aussah. Er liebte ihr wildes, ungezähmtes Haar, das in Wellen um ihre Schultern fiel, ihren anmutig geschwungenen Hals, ihre Stupsnase und ihren Verstand, der so hell und scharf wie ein Laser war.

Zusammen mit der Erregung kamen zuckende Warnlichter, die ihm rieten, sich in den Griff zu bekommen.

„Wenn du hier bei deiner Familie und deinem Dad bleiben willst, kann ich heimfahren, und du rufst mich an, wenn du und die Jungs bereit seid. Ich hole euch dann ab." Er sagte das alles überstürzt.

„Die Jungs wollen bis zum Ende der Besuchszeit um acht bleiben. Und dann wollen sie mit meiner Mutter fahren und die Nacht bei ihr verbringen. Ich habe ihr gesagt, dass ich ihr den Wagen lasse. Bis zu meinem Haus ist es nicht so weit zu gehen, und du kannst dort deinen Wagen nehmen." Auch sie sprach, ohne Atem zu holen.

„Bist du hungrig? Vielleicht könnten wir unterwegs anhalten und einen Happen essen“, schlug Kevin vor.

Maggie überlegte das Angebot für ein paar Sekunden. „Wie wäre es, wenn ich dir zeigte, was für eine Zauberin ich in der Küche bin?“

„Eine Zauberin?“ Kevin lächelte. „Klingt nach einem Angebot, das ich nicht ablehnen kann.“

Das Telefon klingelte, als Maggie und Kevin ihre Küche durch die Hintertür betraten. Nach Miss Sheridans Anruf und dieser erschreckenden Warnung am Vortag zögerte Maggie, hob jedoch endlich ab.

Es war kein Drohanruf, allerdings die zweitschlimmste Sorte von Anrufen. Es war ihr Exmann Rob.

„Rob, ich kann jetzt wirklich nicht mit dir sprechen.“

Aber er wollte sie gar nicht sprechen hören. Er wollte sprechen. Eine Tirade loslassen. Nach fünf Minuten überlegte Maggie, ob sie auflegen sollte, aber er würde nur noch einmal anrufen und wütender und hässlicher werden. Sollte er sich alles auf einmal von der Seele sprechen.

Endlich unterbrach sie ihn. „Wenn du dir solche Sorgen um die Jungen machst, warum lässt du sie nicht für ein paar Wochen zu dir kommen? Michael schließt in zehn Tagen die Sommerschule ab, und ich könnte mit beiden zu dir fliegen …“

Sie behielt ihre ausdruckslose Miene bei, als Rob wieder mit einem Haufen Ausreden ankam, warum es zeitlich jetzt nicht passte.

Sie sah zu Kevin, der in einer alten Ausgabe des *Thornhill Tab* blätterte und so tat, als würde er nicht zuhören.

Wieder vergingen Minuten, ehe Maggie unterbrechen konnte. „Mein Geschäft geht dich nichts an, Rob. Darum kümmere ich mich ganz allein. Und zwar von Thornhill und nicht von Harmon aus.“

Von Rob kam ein kurzer Zwischenruf.

„Natürlich haben die Jungs Heimweh. Es dauert eine Weile, bis man sich an einem neuen Ort eingewöhnt. Das ist nur natürlich."

Kevin warf einen Blick zu Maggie hinüber, die wiederum zuhörte. Was immer Rob im Moment auch sagte, Maggie wurde fast scharlachrot.

Sie fing Kevins Blick auf, wandte ihm den Rücken zu und zischte ins Telefon: „Das ist eine absolut lächerliche Lüge! Die Jungs haben sich das nicht ausgedacht. Das ist deine schmutzige Denkweise, Rob. Die kannst du bei anderen anwenden." Damit knallte sie den Hörer auf den Apparat.

Eine lange Stille trat ein. Maggie konnte sich nicht dazu bringen, sich zu Kevin umzudrehen.

Kevin sprach zuerst. „Eine absolute Lüge, ganz sicher. Aber … lächerlich?"

Sie wirbelte mit geweiteten Augen herum. „Was?"

„Dein Exmann hat behauptet, wir hätten eine Affäre, nicht wahr?" Kevin staunte über seine eigene Direktheit.

Maggie sah ihn weiterhin mit diesen großen, schimmernden Augen an, in denen er sich verlieren konnte. Dann brach sie plötzlich in Lachen aus.

Kevin runzelte die Stirn. Erschien es ihr nicht nur lächerlich, sondern geradezu hysterisch lustig, sich eine Affäre mit ihm vorzustellen? Er fühlte sich wütend und gedemütigt.

„Ich für mein Teil finde es nicht lachhaft, dich zu begehren", sagte er fest.

„Oh Kevin … es tut mir leid. Ich habe nicht gelacht, weil …" Sie stockte. „Du begehrst mich?"

Kevin wich der Frage aus. „Warum hast du gelacht?"

„Ich weiß nicht", gab sie zu. „Vielleicht … die Nerven." Zögernd durchquerte sie den Raum und blieb vor ihm stehen. „Es ist gar nicht lächerlich. Vielleicht verdammt närrisch. Eindeutig kompliziert. Aber nicht … überhaupt nicht … lächerlich."

Einen Moment sah Maggie Mead ihn mit so offenem, verführerischem Verlangen an, dass Kevin danach war, sich zum Narren zu machen – wie das Mathematikgenie der Highschool, das das beliebteste Mädchen der Schule zum Abschlussball einlud.

Der Moment ging vorbei, und er zog sie in die Arme. In *seine* Arme, nicht in die Arme des hartgesottenen Schnüfflers Sam Reardon. Er küsste sie begierig. „Ich will dich, Maggie. Wie sehr ich dich will!" Er fühlte, wie sie sich in seinen Armen verkrampfte. „Was ist? Soll ich aufhören? Sag es mir, Maggie. Sag mir, was ich tun soll", murmelte er.

Er sprach mit einem zärtlichen, befangenen Verlangen, das erotischer und verführerischer war als jede zungenfertige Aufforderung, die von einem abgebrühten Schnüffler kommen mochte. Sie lächelte ihn an.

„Richte dich nach deinem Instinkt", murmelte sie und presste sich gegen ihn, und ihr williger Körper erteilte ihm begeistert Zustimmung.

Sie lagen zusammen auf Maggies großem Doppelbett, in dem sie immer allein geschlafen hatte. Kevin begann sie auszuziehen, und seine Finger ließen sich Zeit und waren sanft und geschickt. Das war eine Überraschung. Das war eine gewaltige Überraschung. Sie hatte gedacht, er könnte nervös sein und lauter Daumen haben. Ihn zu ermutigen, sich nach seinem Instinkt zu richten, war eindeutig ein guter Rat gewesen. Allerdings begann sie sich jetzt zu fragen, wie viele Frauen dieser einzigartige und überraschende Mann schon ausgezogen hatte. Wie lange das her war. Wie glühend das stattgefunden hatte. Wie neugierig sie denn wohl noch wurde. Lag das, genau wie das Sorgen, in der Mead-Familie?

Als seine Hände erfahren ihren BH öffneten und sie fühlte,

wie seine große glatte Handfläche ihre Brust bedeckte, hörte sie auf, neugierig zu sein, hörte sie auf, sich Sorgen zu machen, hörte sie auf zu denken. Sie stöhnte leise und verspürte ein peinliches Drängen, obwohl Kevin noch kein einziges Kleidungsstück unterhalb ihrer Taille entfernt hatte. Wie sehr sie ihn doch begehrte! Sie stürzte sich geradezu auf die Knöpfe an Kevins Hemd – bei Weitem nicht so tüchtig und zuversichtlich wie er.

Sie hatte seit ihrem Ehemann keinen Mann geliebt. Und sie war nervös. Rob, der schnell mit Kritik und langsam mit Lob war, hatte ihr in puncto Sex nie viele Punkte gegeben. Entweder hatte er sich beklagt, dass sie nicht aggressiv genug war oder dass sie zu direkt war. In der einen Nacht hatte er ihr vorgeworfen, schüchtern zu sein, in der nächsten, keine Finesse zu besitzen und aufdringlich zu sein. Nicht dass Maggie ihn für den Don Juan der Liebhaber gehalten hätte. Rob war sehr fordernd, sehr direkt, sehr auf Technik bedacht. Er machte Liebe, als würde er Forschung für ein Sexhandbuch betreiben, das er schreiben wollte. Forschung, die er schnell hinter sich bringen musste.

Kevin hatte absolut keine Eile. Er hielt sich noch immer an ihren Brüsten auf, liebkoste, streichelte, kostete und bewunderte sie.

Er sagte ihr, dass ihre Brüste schön, perfekt, köstlich wären – Komplimente, die sie strahlen ließen und mit Freude und Stolz erfüllten.

Sie öffnete sein Hemd, ließ ihre Hände langsam über seine breite Brust gleiten, erregte sich an der feinen Muskulatur seines Körpers. Eine feste, solide Brust, an der sich nicht die Muskeln von hartem Training wölbten wie bei Rob. Rob, für den ein perfekter Körperbau bedeutete, nicht alt zu werden, reizvoll für die ganz jungen Mädchen zu bleiben, die ihre Tennisschläger in seine Richtung schwangen. Kevin war nicht eitel. Das liebte sie am meisten an ihm.

Und dann hörte Kevin abrupt auf, sie zu berühren. Seine Miene war konsterniert.

„Was ist denn?“, fragte Maggie nervös.

„Ich ... ich bin nicht ... vorbereitet zu dir gekommen“, sagte Kevin und wurde rot.

Maggie sah ihn verständnislos an. Dann dämmerte ihr die Bedeutung seiner Worte. „Oh ... vorbereitet.“

„Nimmst du ... die Pille?“, fragte er befangen.

Maggie schüttelte den Kopf. Sie hatte nie die Pille genommen. Bei Rob hatte sie eine Spirale verwendet, hatte sie sich jedoch wieder herausnehmen lassen, nachdem sie nach Thornhill zurückgezogen war. Sie hatte sie auch nicht gebraucht. Sex war das Letzte in ihren Gedanken gewesen.

„Ich könnte loslaufen“, bot Kevin an und konnte sich kein ernüchternderes Zwischenspiel vorstellen. *Geh nicht weg, Liebling! Bleib einfach hier zwanzig Minuten liegen, während ich schnell in die Stadt springe und ein paar Gummis kaufe.*

Maggie küsste ihn. „Warte. Ich habe mich gerade an etwas erinnert. Geh nicht weg, Liebling. Ich komme gleich zurück.“

Sie bot einen äußerst aufreizenden Anblick, als sie barbrüstig aus dem Raum jagte und nicht zwanzig Minuten, sondern eine Minute später wiederkehrte. Ihre, Augen schimmerten, und ein triumphierendes Lächeln lag auf ihren Lippen.

„Voilà!“, rief sie und hielt ein Päckchen hoch.

„Woher?“ Kevin setzte sich auf.

„Michael. Er hat es in seine Schublade gelegt, um mich zu reizen. Also, wenn er fragt, werde ich sagen, dass ich ... gereizt wurde und es konfisziert habe.“

„Maggie, Maggie, Maggie“, murmelte er. „Du bist eine äußerst findige Frau.“

Sie legte sich wieder zu ihm auf das Bett. „Ich werde dir zeigen, wie findig ich bin ...“

10. KAPITEL

Maggie schmiegte sich an Kevins warmen Körper. Seine Arme lagen um sie, ein dünnes Laken bedeckte sie beide. Sie blickte zu ihm hoch. Er lächelte.

„Was denkst du?“, fragte sie leise.

„Wie gut ich mich fühle. Wie gut es war.“ Er erkannte, wie anmaßend das klang, und fügte hastig hinzu: „Für mich.“

Sie lächelte zurück. „Und für mich.“

„Wirklich?“

„Du bist ein großartiger Liebhaber, Kevin.“ Sie zögerte. „Hast du ... viel Praxis?“

Sein Lächeln vertiefte sich. „Ist jetzt die Zeit für Karten auf den Tisch?“

Maggie stieß ihn leicht an. „Los, sag schon!“

Kevin drehte sich auf die Seite und sah sie an. „Ich mag wählerisch und ordentlich sein, aber ich bin kein Mönch, Maggie. Das hier ist allerdings etwas anderes. Was hier passiert, ist besonders.“ Er strich ihre zerzausten Haare zurück. „Du bist besonders.“

Tränen schimmerten in ihren Augen. „Darauf war ich nicht vorbereitet, Kevin.“

Er lächelte breit. „Ich weiß. Ich auch nicht. Das nächste Mal allerdings ...“

„Du weißt, was ich meine, Kevin. Ich war nicht darauf vorbereitet ... wieder ... so sehr ... zu empfinden.“

Sie wollte abrücken, doch Kevin hielt sie fest. „Wir stehen nicht unter Druck, Maggie. Wir können uns Zeit lassen.“

Sie entspannte sich. „Du hast recht. Keine Eile.“ Sie griff nach Parker Andersons Buch mit Browning-Gedichten, das auf dem Nachttischchen lag. „Wie wäre es, wenn ich dir ein paar Liebesgedichte vorlese?“, fragte sie sanft.

„Mmmm. Das wäre schön", sagte er, doch als er sich gerade ausstrecken wollte, schnellte er in sitzende Haltung hoch.

„Was ist denn?", fragte Maggie.

„Liebesgedichte", murmelte Kevin. „Ich wusste, dass ich vergessen hatte, dir etwas zu erzählen."

„Über Liebesgedichte?"

„Nein. Liebesbriefe. Norton Squires' Liebesbriefe an Arlene Merrill."

Maggie setzte sich ebenfalls auf. „Jeanne hat dir das erzählt? Hat sie dir die Briefe gezeigt?" Ihr Gesicht rötete sich.

Kevin lächelte. „Nennt man das vielleicht das glückliche Leuchten nach der Liebe?"

„Erzähl mir alles! Kevin, hältst du es für möglich, dass Norton Squires der geheimnisvolle Liebhaber von Arlene war? Der Vater ihres Babys?"

„Langsam! Jeanne hat mir erzählt, dass ihr Vater die Briefe schrieb, aber nie abschickte. Ich bezweifle, dass sie überhaupt wusste, was er für sie empfand."

„Ich würde gern diese Briefe sehen", überlegte Maggie. „Sie könnten heiße Hinweise enthalten."

„Wenn die Briefe überhaupt noch in seinem Besitz sind", sagte Kevin ruhig.

„Was meinst du damit?"

„Was ist, wenn noch jemand über diese Briefe Bescheid wusste, Maggie? Was ist, wenn er oder sie genauso gedacht hat wie wir? Dass sich in den Briefen Hinweise auf die Identität des Kidnappers befinden?"

„Du meinst, der Kidnapper war hinter diesen Briefen her, und deshalb wurde Norton Squires diese Treppe hinuntergestoßen?"

„Ich meine, ich rufe Jeanne am Morgen an und frage sie, ob die Briefe noch im Haus sind", sagte Kevin.

Maggie schauderte trotz der warmen Nacht. „Unser Kidnapper scheint durch Thornhill zu wandern und alle Spuren zu verwischen, die uns zu seiner Schwelle führen könnten. Zuerst Parker Anderson, der vergiftet wird. Dann die Einbrüche bei mir und meiner Großmutter, um sicherzugehen, dass wir keine belastenden Beweise haben. Und dann dieser Drohanruf bei mir."

„Vielleicht warst du nicht die Einzige, die einen Drohanruf erhalten hat", meinte Kevin.

„Du denkst an Miss Sheridan? Sie hatte eindeutig Todesangst. Und wir dürfen Ernie Novak nicht vergessen. Vielleicht will er nicht mehr mit uns sprechen, weil auch er bedroht wurde."

„Wir sollten auch bedenken, dass wir vielleicht nicht die Einzigen sind, die versuchen, die Identität des Kidnappers aufzudecken", zeigte Kevin auf.

„Du meinst Julianna Merrill", flüsterte Maggie und sah diese Nachricht vor sich. „Sie lebt."

„Wir haben nur diese Nachricht", sagte Kevin. „Ich nehme an, es wird etliche Frauen in Juliannas Alter geben, die neu in der Stadt sind."

Maggie nickte. Sie dachte an eine ganz bestimmte Frau. „Nimm Anna Blair als Beispiel. Julianna – Anna."

„Die im Stück die Rolle der Lehrerin bekommen hat? Lebt sie nicht schon eine Weile hier?"

„Nein. Sie zog erst kurz vor dem Vorsprechen nach Thornhill. Einmal hat sie bei den Proben mir gegenüber bemerkt, dass sie durch ihre Teilnahme an der Aufführung Leute in der Gemeinde kennenlernen möchte."

„Das wird ihr bestimmt helfen", überlegte Kevin.

„Und vergiss nicht, sie hat dieses *Time*-Magazin in ihre große Tasche gesteckt. Sie könnte es durchaus im Altenheim mitgenommen haben."

„Es würde deine Theorie stützen, wenn sie jemand im Altenheim gesehen hätte."

„Meine Mutter hat ein paar Fotos von den Darstellern gemacht. Wir könnten sie ins Heim mitnehmen und herumzeigen."

Kevin zögerte. „Vielleicht erzählen wir deinem Vater von unserer Theorie und lassen ihn …"

„Er muss tagelang liegen, Kevin. Wir können nicht einfach abwarten. Wenn Julianna den Kidnapper jagt, was wird sie mit ihm machen, sollte sie ihn vor uns finden? Wenn sie das Gesetz in ihre Hände nimmt …"

Kevin ergriff Maggie an den glatten nackten Schultern. „Umso mehr ein Grund für dich, mehr Angst zu haben, als du hast. Wir könnten es mit einem Opfer zu tun haben, das auf Blut aus ist, und mit einem frei herumlaufenden Kidnapper, der bereit ist, alles zu tun, auch zu morden, um nicht gefasst zu werden. Und irgendetwas sagt mir, dass beide möchten, dass wir uns um unseren eigenen Kram kümmern."

„Denkst du, ich hätte keine Angst? Ich habe Todesangst. Aber was passiert, wenn wir jetzt aussteigen? Es geht hier um hilflose Menschen, die sich nicht selbst schützen können, Kevin. Wir können ihnen nicht den Rücken zuwenden."

„Maggie, ich sage ja nicht, dass wir ihnen den Rücken zuwenden sollen", erklärte Kevin langsam. „Ich spreche dabei nur von deinem Rücken."

„Oh, verstehe."

„Ich will nicht, dass dir etwas passiert, Maggie."

„Zu spät, Kevin. Etwas ist schon passiert."

„Maggie …"

„Wir sind ein Team. Und wir stecken zu tief drin, um uns abzuwenden. Wir müssen nur … wirklich vorsichtig sein."

Kevin hatte das deutliche Gefühl, dass Maggie nicht nur von dem Schnüffelspiel sprach.

Sie gab ihm einen leichten Kuss und griff nach ihrem Hausmantel. „Ich habe mein Versprechen nicht vergessen, dir zu zeigen, was für eine großartige Köchin ich bin. Abgesehen davon kann ich mit vollem Magen besser denken."

Sie bückte sich, um nach ihren Hausschuhen zu suchen, kam jedoch mit etwas anderem wieder hoch.

„Kevin, sieh dir das an!" Sie streckte ihm einen vergilbten Umschlag entgegen. „Der muss in dem Buch gesteckt haben und herausgefallen sein, als es auf den Boden fiel. Muss unter dem Einband gesteckt haben."

Kevin blickte in den Umschlag. Er war leer. Und es gab keine Adresse darauf.

„Sieh dir den Absender an." Maggie tippte auf die linke obere Ecke des Umschlags.

„Anderson und Regent, Privatdetektive, 307 Boylston Street, Boston, Massachusetts", las er laut vor.

„Er hatte einen Partner, Kevin. Parker Anderson arbeitete mit jemandem namens Regent. Womöglich haben sie zusammen an dem Merrill-Fall gearbeitet. Wenn dieser Regent noch lebt, könnte er uns Hinweise geben."

„Es dreht sich hier um vierundvierzig Jahre, Maggie."

Doch sie hörte nicht hin. „Ich glaube", sagte sie und nahm den Umschlag wieder an sich, „es ist höchste Zeit für einen kleinen Einkaufsbummel durch Boston."

Kevin überprüfte seinen Wagen, bevor er am nächsten Morgen Maggie abholte. Sie kam nicht allein. Sie öffnete für Michael und Leif die hintere Tür und setzte sich dann nach vorn zu Kevin.

„Die Jungs kamen zeitig von ihrer Großmutter zurück, und als sie hörten, dass wir nach Boston fahren, wollten sie mit."

„Aber sicher", murmelte Kevin, drehte sich um und lächelte die beiden freundlich an.

Leif lächelte zurück. Michael sah ihn finster an.

Ob Michael schon das Fehlen des Kondoms entdeckt hatte?

Und zwei und zwei zusammengezählt hatte? Oder eins und eins in diesem Fall?

„Wart ihr zwei schon mal im Museum der Wissenschaften?", fragte Kevin bewusst beschwingt.

„Wissenschaften sind langweilig", murmelte Michael.

Leif hatte aufgeregt gewirkt, bis Michael seinen Kommentar abgab. „Ja, Wissenschaften sind langweilig", echote Leif jetzt.

Maggie schenkte Kevin ein mattes Lächeln. Die Jungs brauchten nur Zeit, sagte sie sich selbst. Dann würden sie ihn lieben.

Oh, woher kam denn auf einmal dieses heikle L-Wort? Sie konnte mit *lieb haben* fertig werden. Nach der letzten Nacht war auch *Lust* zu schaffen. Aber *Liebe* war etwas ganz anderes. Liebe überstieg im Moment eindeutig ihre Fähigkeiten.

„Na schön, wie wäre es mit dem Computer-Museum?", schlug Kevin vor.

Selbst der mürrische Michael konnte nicht widerstehen. „Ja, das wäre nicht so schlecht."

Mehr brauchte Leif nicht. „Irre", rief er aufgeregt.

„Wie wäre es, wenn wir euch Jungs zwei Stunden durch das Museum streifen ließen, während Kevin und ich einkaufen gehen? Es sei denn, ihr wollt uns lieber beim Einkaufen begleiten ..."

„Ausgeschlossen", antworteten beide Jungen gleichzeitig.

Maggie lächelte und wandte sich an ihren älteren Sohn. „Du musst mir versprechen, deinen Bruder genau im Auge zu behalten, während ihr da seid."

Michael zog eine Grimasse, aber Maggie wusste, dass er im Grunde seines Herzens ein sensibles und vertrauenswürdiges Kind war. Sie war sicher, dass er auf seinen Bruder aufpasste.

„Fahren wir zuerst zum Krankenhaus, wie du versprochen hast?", fragte Leif. „Um Großvater zu besuchen?"

Maggie blickte zu Kevin.

„Sicher", sagte er.

Während Maggie und die Kinder zu Harvey gingen, beschloss Kevin, nach Miss Sheridan zu sehen.

Eine flotte blonde Krankenschwester erklärte ihm, dass die Lehrerin noch immer unter starken Beruhigungsmitteln stand. Als Kevin sich gerade bei ihr bedankte und wieder gehen wollte, kam George Denk in Uniform aus dem Aufzug.

„Wollen Sie Miss Sheridan besuchen?", fragte Kevin.

George rieb sich das Kinn. „Nicht direkt."

„Wie meinen Sie das?"

„Mein Wachdienst fängt jetzt an."

„Miss Sheridan wird bewacht?"

„Anweisung vom Chef. Erteilt Befehle direkt vom Krankenbett aus. Nichts hält den Chef auf."

Kevin lächelte.

George runzelte die Stirn. „Sagen Sie, Kevin, haben Sie schon die schlimmen Neuigkeiten gehört?"

Kevins Lächeln schwand. „Welche schlimmen Neuigkeiten?"

Maggie stockte, als sie und Kevin aus dem Krankenhaus traten. Die Jungen waren schon zum Wagen vorausgelaufen.

Sie warf ihm einen ungläubigen Blick zu. „Sie sind beide aus dem Stück ausgestiegen? Welche Entschuldigungen haben sie denn angeführt?"

„Lydia behauptet, sie würde an dem Wochenende, an dem das Stück aufgeführt wird, auf einer Einkaufstour weg sein", antwortete Kevin.

„Und das hat sie jetzt erst herausgefunden?"

Er zuckte mit den Schultern. „Sie sagte George, es sei eine Last-Minute-Sache."

„Und Mort Shaeffer?"

„Er wurde in der Maxwell-Werkzeugfabrik zur Nachtschicht eingeteilt. Und da die meisten Proben abends stattfinden und die

Aufführungen spätabends sind …“

„Weiß meine Mutter das schon?“

Kevin schüttete den Kopf. „Die beiden meinten, Mildred habe schon genug Sorgen mit Harvey im Krankenhaus. George hat es nur erfahren, weil er heute Vormittag mit ihnen eine Szene vor der Probe am Montag durchgehen wollte.“

„Was denn für eine Probe?“, fragte Maggie sarkastisch. „Ohne unsere Geliebte und unseren Buchhalter gibt es keine Probe. Wie soll meine Mutter so spät zwei Hauptrollen ersetzen?“ Sie starrte Kevin an. „Zwei Darsteller springen einfach so ab?“ Das ist kein Zufall.“

Kevin widersprach nicht.

Nachdem sie die Jungen am Museum abgesetzt hatten, fuhren Maggie und Kevin in die Boylston Street. Sie erwarteten nicht, den Namen Regent zu finden, da sie nicht damit rechnen konnten, dass ein über siebzigjähriger Privatdetektiv noch arbeitete. Aber sie fragten sich von Büro zu Büro durch, bis sie auf „Berman Press, seit 1935“ stießen.

Die Empfangsdame war erst Anfang zwanzig, aber ihrem Chef, Seymour Berman, kamen die Namen Anderson und Regent, Privatdetektive, bekannt vor.

„Ja, ja, ich erinnere mich“, sagte der Verleger freundlich. „Ich war noch ein Kind, aber ich war oft bei meinem Vater im Büro.“

„Wir versuchen, Mr. Regent zu finden“, sagte Kevin.

„Den Schachspieler? So haben wir ihn genannt, weil er immer Schach spielte. Warum suchen Sie ihn?

„Er könnte Informationen über einen Fall haben“, erklärte Maggie.

Seymour sah sie zweifelnd an. „Er ist gut dreißig Jahre schon aus dem Geschäft heraus.“

„Es ist ein alter Fall“, sagte Kevin.

Seymour zuckte mit den Schultern. „Also, ich weiß nicht

einmal, ob der alte Knabe noch lebt. Zum letzten Mal habe ich von ihm gehört, als er mir vor zehn Jahren eine Weihnachtskarte aus einem Altenheim in Brookline schickte. Wahrscheinlich ist er schon von uns gegangen." Seymour lachte leise. „Aber wenn er noch lebt, können Sie darauf wetten, dass er noch immer Schach spielt."

Hätte Seymour ernsthaft gewettet, hätte er gewonnen. Sie fanden Lawrence Regent, den Schachspieler, im Aufenthaltsraum des Auburn-Manor-Pflegeheims vor einem Schachbrett und ihm gegenüber einen besiegt wirkenden Pfleger. Mitte siebzig, an einen Rollstuhl gefesselt, das hagere Gesicht von Falten durchzogen, schlug der Schachspieler seinen Gegner gnadenlos.

Maggie und Kevin stellten sich als Bekannte von Parker Anderson vor. Maggie war ein wenig nervös wegen der schlechten Nachricht vom Tod seines ehemaligen Partners, aber Regent nahm es mit dem Gleichmut hin, der manchmal mit dem hohen Alter kommt.

„Wussten Sie, dass er sich in Thornhill zur Ruhe gesetzt hatte?", fragte Maggie.

Regent stellte sorgfältig die Schachfiguren auf dem Brett auf. „Natürlich. Wir waren Partner." Er sah Kevin an. „Spielen Sie?"

Kevin lächelte. „Schlecht."

Regent grinste. „Gut. Setzen Sie sich."

Maggie sah auf ihre Uhr. Sie mussten in vierzig Minuten am Museum sein. Sie hoffte, dass Kevin schnell verlor.

Er tat es.

Regent betrachtete sie.

„Ich spiele nicht. Tut mir leid."

Regent grinste sie an. „Schon gut, schon gut. Sie brauchen sich deswegen keine grauen Haare wachsen zu lassen, Kleines. Kann ich Ihnen irgendwie helfen?"

„Sie könnten uns erzählen, was Sie über den Merrill-Fall wissen."

Regent nickte langsam. „Mein Partner ist nie darüber hinweggekommen. Oder sollte ich sagen, er ist nie über sie hinweggekommen."

„Arlene Merrill?", fragte Kevin.

„Das war schon eine. Das war wirklich eine. Und mit etwas Glück ... Ich lag gerade im Krankenhaus, als sie nach Boston kam, um uns zu engagieren. Parker ist nach Thornhill gefahren, getarnt als Versicherungsvertreter. Ich sage Ihnen was über diesen Beruf. Wenn Sie was erreichen wollen, dürfen Sie sich nie mit einem Rock auf was einlassen. Das gibt nie ein Happy End, ausgenommen in Hollywoodfilmen."

„Haben Sie überhaupt mit ihm an dem Fall gearbeitet?", fragte Kevin.

„Ich war nie in Thornhill, aber Parker hat mich darüber informiert."

Maggie erzählte ihm von Parkers unvollendetem Script.

Regent lächelte. „Ja, Parker hatte immer den heimlichen Traum zu schreiben. Aber wie die Dinge lagen, konnte er sich nicht einmal selbst ein Happy End schreiben."

„Wir denken, dass er ziemlich nahe an ein Happy End gekommen ist", sagte Maggie und schilderte Regent kurz den Handel, den Parker ihrer Meinung nach mit dem Kidnapper geschlossen hatte, einen Handel, den der Kidnapper nicht eingehalten hatte.

Regent blinzelte ein paarmal. „Der Bastard hat ihn ausgelöscht."

„Der Bastard hat auch etliche andere seither angegriffen und bedroht. Wir versuchen, alle aufzuspüren, die als Kidnapper infrage kommen, und benützen Parkers Script als Kompass. Den Anwalt haben wir bisher noch nicht gefunden. Er gehört an die Spitze der Verdächtigenliste. Besonders wenn er und Arlene in mehr als nur juristische Angelegenheiten verwickelt waren", sagte Maggie. „Wir hoffen, dass Sie uns helfen können."

Regent rieb sich den Nasenrücken. „Es ist lange her. Und Namen ... ich bin nicht so gut mit Namen ..." Regent lachte plötzlich. „Hapgood! Stanley Hapgood."

„Hapgood", murmelte Maggie. „An den habe ich auch zuerst gedacht. Aber er war Parkers Anwalt. Er setzte Parkers Testament auf. Meine Großmutter erwähnte es gleich nach seinem Tod. Das schien ein guter Grund zu sein, um ihn auszuschließen. Warum hätte Parker ausgerechnet den Anwalt nehmen sollen, den er für den Schuldigen hielt?" Maggie hatte noch eine letzte Frage an den Schachspieler. „Hat Parker jemals erwähnt, dass Julianna vielleicht nicht das Kind von Arlenes Ehemann war?"

Der alte Mann seufzte. „Nein, hat er nicht. Wahrscheinlich hätte er es nur geglaubt, wenn er es von Arlene selbst gehört hätte. Und soviel ich weiß, hat er es nie von ihr gehört."

„Halten Sie es denn für möglich?"

„Sicher, aber ich war ja auch nicht in sie verliebt."

„Na schön, dann haben wir alle von Parkers Verdächtigen identifiziert", sagte Maggie, als Kevin zum Museum fuhr.

„Trotzdem bringt es uns nicht weiter", zeigte Kevin auf. „Und was ist, wenn Parker jemanden übersehen hat?"

„Das glaube ich nicht", antwortete Maggie.

Kevin nahm die Ausfahrt an der Atlantic Avenue, als er den schwarzen Wagen bemerkte, der ihnen in die Ausfahrt folgte. Als Kevin am Ende der Rampe rechts fuhr, tat es der schwarze Wagen auch.

Maggie fiel auf, dass Kevin oft in den Rückspiegel blickte. Sie sah nach hinten.

„Erkennst du den Fahrer des schwarzen Wagens?", fragte Kevin.

Der schwarze Wagen fiel hinter einen Lieferwagen zurück.

„Ich glaube, ein Mann." Sorge mischte sich in Maggies Stimme. „Verfolgt er uns?"

„Ich bin mir nicht sicher." Doch als Kevin das nächste Mal links abbog, tat es der schwarze Wagen ebenfalls.

Erst als sie auf die Congress Street einbogen und der schwarze Wagen geradeaus weiterfuhr, seufzten sie erleichtert.

„Ein Zufall", sagte Kevin. „Wir sind paranoid."

Doch Maggie atmete erst richtig erleichtert auf, als ihre Söhne bei dem Wächter vor dem Museum auf sie warteten.

Leif kletterte zuerst in den Wagen. „Junge, das war irre."

Michael schob sich neben seinen Bruder und sah mürrischer als sonst drein.

„Hat es dir nicht gefallen?", fragte Maggie.

„Würde es dir gefallen, wenn dir die ganze Zeit in dem Museum irgend so ein unheimlicher Kerl folgt?"

Maggies Puls begann so heftig zu jagen, dass sie Sterne vor den Augen sah.

„Er ist uns nicht gefolgt", widersprach Leif. „Er hat nur die gleichen Computerspiele gemocht wie wir. Du siehst dir zu viele Horrorfilme an, Mike." Es war ein Satz, den er von Maggie gehört hatte, die das zu Michael bei ein paar Gelegenheiten gesagt hatte.

Michael zeigte Leif die Zunge und sah dann finster aus dem Fenster. „Ich hasse Großstädte. Ich hasse Museen. Sie machen mich krank."

Maggies Herz krampfte sich zusammen. Michael war nicht der Einzige, der sich krank fühlte.

„Ach, wie nett", sagte die Schwester fröhlich. „Es ist Ewigkeiten her, dass Mr. Regent Besucher hatte, und jetzt drei an einem Tag. Das wird ihn freuen, besonders wenn Sie Schach spielen."

Der Besucher lächelte. „Ich spiele viele Spiele."

Die Schwester ging in den Aufenthaltsraum voran und sah zu, wie der Besucher zu dem alten Mann trat. Ein paar Worte wurden gewechselt, und dann fuhr der Besucher den Schachspieler aus dem Zimmer und durch die Terrassentüren in den Garten hinaus. Um fünf Uhr, der Zeit zum Abendessen im Auburn-Manor-Pflegeheim, machte Ron Pollard sich auf die Suche nach dem Schachspieler.

Er fand den Rollstuhl unter einem alten Apfelbaum.

Lawrence Regent, der Schachspieler, war mausetot.

11. KAPITEL

Am späten Samstagnachmittag betrat Maggie direkt nach ihrer Rückkehr aus Boston auf der Main Street Eva Fashions. Eine junge Verkäuferin bediente eine letzte Kundin, und Lydia Powell, die Besitzerin, arbeitete im Hintergrund des Ladens an den Büchern. Als sie Maggie entdeckte, eilte sie ins Hinterzimmer.

Maggie ignorierte die Verkäuferin, die sie ansprach, und verschwand hinter dem Vorhang. Lydia war nicht im Lager. Zuerst dachte Maggie, sie wäre durch die Hintertür entkommen, doch dann hörte sie ein leises Klicken aus dem Bad der Angestellten.

Maggie klopfte. „Bitte, Lydia, wir müssen miteinander reden."

Keine Antwort.

„Ich weiß, dass Sie da drinnen sind, Lydia."

Es entstand eine lange Pause. „Ich ... fühle mich nicht gut", erklang eine erstickte Stimme hinter der Tür. „Bitte ... gehen Sie weg."

„Lydia, ich weiß, was passiert ist. Ich weiß, dass Sie Angst haben."

Eine lange Stille. Dann öffnete sich die Tür einen Spalt. Lydia spähte heraus. Sie sah wirklich nicht gut aus. Krank vor Angst.

Maggie lächelte mitfühlend. „Haben Sie einen Anruf bekommen? Oder einen Brief?"

Tränen schimmerten in den Augen der Boutiquebesitzerin. „Ich weiß nicht, worum es geht, Maggie. Ich will es auch nicht wissen. Wenn Sie hier sind, um mich zu überreden, in dem Stück mitzuspielen ... ich kann nicht. Bitte ..."

„Ich will Sie zu nichts überreden, Lydia. Ich dachte nur, wenn Sie zufällig den Brief hätten ..."

„Es war ein Anruf", gestand sie schwach.

„Ein Mann oder eine Frau?"

„Maggie, ich möchte nicht darüber sprechen. Ich möchte in nichts verwickelt werden."

„Lydia, zu viele Menschenleben stehen auf dem Spiel, als dass Sie nicht verwickelt sein könnten. Sagen Sie mir, war es ein Mann oder eine Frau?"

„Ich weiß es nicht. Die Stimme war … kratzig, rau. Erschreckend!"

„Was sagte die Stimme?"

Lydia öffnete die Badezimmertür etwas weiter und sah sich im Lagerraum mit Panik in den Augen um. „Sind Sie sicher, dass Ihnen niemand gefolgt ist?"

Maggie fühlte einen Druck in ihrer Brust. „Niemand ist mir in Ihren Laden gefolgt." Wenigstens das konnte sie mit Sicherheit behaupten.

Lydia zerrte an den Knöpfen ihrer mauvefarbenen Seidenbluse. „Die Stimme sagte nur: ‚Hören Sie zu spielen auf … oder hören Sie zu leben auf.'" Sie hatte die Worte kaum ausgesprochen, als sie die Hand an den Mund presste. „Oh … mir wird schlecht."

Lydia schlug die Badezimmertür zu.

Maggie hörte die arme Frau würgen, während sie das Hinterzimmer verließ.

„Oh … Kevin … ich habe Sie nicht erwartet", sagte Jeanne Squires nervös, als sie in der halb offenen Tür stand.

„Ich habe heute Morgen angerufen, aber niemand war zu Hause." Kevin stand auf der von Säulen getragenen Veranda des großen Ziegelhauses der Squires.

„Sie haben angerufen? Warum?"

„Um mich nach Ihrem Vater zu erkundigen. Und nach Ihnen. Sie waren so verstört, als Sie gestern aus dem Restaurant wegliefen …"

„Oh, das war unhöflich von mir. Sie dort festsitzen zu lassen. Ich war so durcheinander, dass ich völlig vergaß, dass Maggies Wagen zusammengebrochen war."

„Nun, Stanley Hapgood war dort und hat uns nach Thornhill mitgenommen."

„Oh, dann ist es ja gut."

Jeanne bat Kevin nicht ins Haus.

„Und Ihr Vater?"

„Es geht ihm viel besser, danke."

„Ist er zu Hause?", hakte Kevin nach.

„Also ... nein."

„Oh." Kevin war überrascht. „Dann muss er sich viel besser fühlen. Normalerweise erholt man sich mit einem kaputten Bein zu Hause, besonders ... im Herbst des Lebens."

„Nun ja, er läuft nicht draußen herum", gab Jeanne zu. „Er hat beschlossen, sich woanders zu erholen."

„Woanders?", drängte Kevin sanft.

Jeanne sah ihn kläglich an. „Oh Kevin, ich weiß nicht, was mit meinem Vater los ist."

„Sie meinen ... er ist verschwunden?", fragte Kevin besorgt.

„Oh nein, nein. Er ist nicht verschwunden. Nein. Er ist ... er ist ..." Sie biss sich hart auf die Lippe. „Möchten Sie hereinkommen, Kevin?"

„Ja, gern."

Sie lächelte zum ersten Mal. Es kostete sie Mühe.

Die Diele des Squires-Hauses war kühl und düster. Jeanne ging zu dem vorderen Wohnraum. Sie war so verkrampft, dass sie Mühe hatte, die schwere, geschnitzte Wohnzimmertür aufzuschieben.

„Darf ich?", bot Kevin an.

„Danke."

Das Wohnzimmer roch muffig, und Kevin tippte darauf, dass

es selten benützt wurde. Es gab allerdings kein Staubkörnchen. Die Möbel schimmerten von Politur.

„Wir bekommen selten Gäste“, sagte Jeanne leise. „Mein Vater hat nicht viele Freunde. Möchten Sie Platz nehmen, Kevin?“ Sie deutete formell auf einen braunen Ledersessel.

Kevin hatte das Gefühl, unvermittelt in ein viktorianisches Salon-Melodram geraten zu sein. „Danke.“ Er setzte sich.

„Darf ich Ihnen eine Erfrischung anbieten? Limonade? Tee? Kaffee?“

„Nein, danke. Bitte, Jeanne, wollen Sie sich nicht setzen, damit wir nur … reden können?“

Jeanne verschränkte die Hände ineinander und blieb stehen. „Das ist alles so … verwirrend. Mein Vater … ich habe nie gesehen, dass er sich so … sonderbar benimmt.“ Sie warf Kevin einen aufgewühlten Blick zu. „Sie wurden doch nicht … verfolgt?“

„Verfolgt?“

„Ich meine, haben Sie jemanden gesehen, der sich draußen herumgetrieben hat?“, fragte Jeanne nervös.

„Warum? Ich kann mir nicht vorstellen, dass Ihr Vater Sie allein gelassen hätte, wenn Sie in Gefahr wären.“

„Es ist nur … mein Vater … bevor er wegging … Also, er war so eisern, dass ich nicht …“ Sie knetete ihre Hände.

„Dass Sie nicht …?“, drängte Kevin.

„Er bestand darauf, dass ich niemanden ins Haus lasse. Aber natürlich hat er nicht jemanden wie Sie gemeint. Trotzdem fühle ich mich schrecklich, weil ich so gegen seine Wünsche handle.“

„Es ist schon gut, Jeanne“, beruhigte Kevin sie, stand auf und führte sie zu einer mit blauem Samt bezogenen Couch, setzte sich neben sie und ergriff ihre Hand. Trotz des warmen Tages waren ihre Finger kalt wie Eis.

Seine leichte Berührung trieb Jeanne Tränen in die Augen.

„In Ihrer Nähe mache ich mich immer zur Närrin, Kevin."

„Sie machen sich nicht zur Närrin, Jeanne. Sie sind aufgeregt, das ist alles. Ich möchte Ihnen helfen."

Sie lächelte dankbar. Er reichte ihr sein Taschentuch, und sie betupfte sich die Augen. „Ich habe meinen Vater nie verstanden. Natürlich, da ich bis zu meinem siebzehnten Lebensjahr nicht bei ihm gelebt habe …"

„Sie haben als Kind nicht bei Ihrem Vater gelebt?"

„Ach, wussten Sie das nicht? Meine Mutter starb im Kindbett, und meine Tante kümmerte sich um mich, bis ich alt genug war, um in ein Internat zu kommen."

„Und Ihr Vater?"

„Er hat mich besucht. Und dann, als ich siebzehn war, kam ich nach Hause … endgültig. Mein Vater machte sich nie etwas aus kleinen Kindern. Aber als junge Frau konnte ich ihm helfen."

Kevins Gedanken jagten. Es war zu viel! Wie alt war Jeanne? Mitte vierzig. Juliannas Alter. Nicht in Thornhill aufgewachsen. Konnte Jeanne die mysteriöse Julianna Merrill sein, die ihre wahre Identität nicht gekannt hatte, bis Parker Anderson sie ihr vor Kurzem enthüllte?

„Kevin, Sie sehen so blass aus. Alles in Ordnung?"

Er starrte Jeanne an und sah sie in einem neuen Licht. Sie war einverstanden gewesen, die Regie in dem Stück zu übernehmen. War sie auch eine großartige Schauspielerin? „Es ist nur die Hitze."

„Es ist stickig hier drinnen, aber wenn ich ein Fenster öffne, wird es nur noch heißer."

Er schüttelte den Kopf. „Sie sagten. Ihr Vater sei … anderswo?"

Jeanne warf ihm einen sonderbaren Blick zu. „Ja."

„Wo ist er, Jeanne?"

Sie zog sich zurück. „Warum wollen Sie das wissen, Kevin?"

Ihr Ton wurde offen misstrauisch.

„Ich weiß nicht. Sie taten so geheimnisvoll. Gibt es einen Grund, warum Sie mir nicht sagen können, wo er ist?“

Jeanne versteifte sich. „Er ... hat mich gebeten, es ... niemandem zu sagen.“

„Warum?“, fragte Kevin bedächtig.

„Ich weiß es nicht.“ Sie stand auf. „Ich will nicht unhöflich sein, Kevin, aber ich habe ein Treffen in meiner Kirche.“

„Jeanne, nur noch eines. Die Briefe ...“

„Briefe?“

„Die Liebesbriefe, die Ihr Vater an Arlene Merrill schrieb“, erinnerte er sie.

Jeanne presste ihre Hände zusammen. „Das war ein Fehler, Kevin, ich habe mich geirrt. Es ... es gibt keine Briefe.“

Nein, dachte Kevin, bestimmt gab es keine mehr. Dafür hatte irgendjemand – vielleicht oder wahrscheinlich sogar Julianna Merrill selbst – gesorgt. Was ihm viel mehr Kopfzerbrechen bereitete, war: Hatte sie auch dafür gesorgt, dass es Norton Squires nicht mehr gab?

Bertie Sanborn arrangierte Astern und Lilien in Helen Meads Vase. Mildred hatte die Blumen in ihrem Garten gepflückt und vor ein paar Minuten hergebracht.

„Wie geht es Harvey?“, fragte Helen ihre Schwiegertochter.

„Er ist mürrisch, unruhig und störrisch“, antwortete Mildred.

Beide Frauen lächelten. Es war ein gutes Zeichen.

Mildred erzählte die schlechte Neuigkeit über das Stück. „Ich weiß nicht, wie ich diese Rollen wieder besetzen soll. Die Aufführung findet in knapp drei Wochen statt.“

Helen runzelte die Stirn. „Sehr verdächtig, dass die beiden auf diese Weise ausgestiegen sind.“

„Ach, ich weiß nicht. Beide haben gute Gründe angegeben.

Es ist nur so frustrierend. Wir haben so hart gearbeitet. Und Maggie und Kevin sind einfach großartig."

Helen lächelte. „Ja, sie spielen sehr hübsch zusammen, nicht wahr?"

„Ich habe Maggie seit Ewigkeiten nicht mehr so strahlen sehen. Und Kevin Payne – praktisch jedermann in der Stadt sagt, dass der Mann förmlich von Sex-Appeal trieft."

„Und letzten Monat haben sie gesagt, er würde nur tröpfeln", sagte Helen lachend.

Mildred seufzte. „Wenn jetzt das Stück abgesetzt wird, fürchte ich, die beiden könnten wieder auseinandertreiben."

„Ach, darüber würde ich mir keine Sorgen machen. Sie scheinen in letzter Zeit abseits der Bühne mehr Spaß miteinander zu haben als auf der Bühne."

„Stimmt, aber Harvey ist nicht allzu erfreut darüber. Er ist überzeugt, dass Maggie und Kevin in ernste Schwierigkeiten kommen könnten." Mildred zog eine finstere Miene.

Bertie brachte die Blumenvase zu Helens Nachttisch und warf Mildred einen mitfühlenden Blick zu. „Was für ein Jammer, dass Sie das Stück nicht aufführen können. Ich habe mich so darauf gefreut."

Mildred schenkte Bertie ein flüchtiges Lächeln. „Nun, ich habe noch nicht aufgegeben." Und dann betrachtete sie die Hilfskraft genauer. Ja, sie war ein wenig untersetzt, ein wenig nachlässig und etwas zu alt. Aber sie hatte ein ziemlich junges Gesicht, und mit den richtigen Kleidern, dem richtigen Make-up und einer guten Ausleuchtung konnte sie bestimmt recht attraktiv aussehen.

„Haben Sie jemals Theater gespielt, Bertie?", fragte Mildred.

Bertie kicherte. „Theater? Ich? Nein, nie."

Helen betrachtete ebenfalls Bertie. „Sie haben eine schöne Stimme beim Vorlesen. Sehr ausdrucksstark."

„Na ja, lesen … das ist etwas ganz anderes“, sagte Bertie und wurde rot.

„Möchten Sie Probe sprechen?“, fragte Mildred. „Für die Rolle der Geliebten des Ehemannes. Es ist keine sehr große Rolle, aber eine Wesentliche. Es kann nicht länger als zwei Tage dauern, um den Text zu lernen. Und es wäre für einen so guten Zweck.“

Bertie zögerte. „Ich würde gern helfen, aber … ich weiß nicht, ob ich etwas tauge.“

Helen warf Bertie einen verschlagenen Blick zu. „Haben Sie Angst mitzumachen?“

„Na ja, da wird so viel über einen frei herumlaufenden Kidnapper gesprochen. Ich bin nicht sehr … abenteuerlustig. Ich möchte kein Risiko eingehen.“

„Nein, natürlich nicht“, sagte Mildred verständnisvoll. „Aber ich bin sicher, Sie wären nicht in Gefahr.“

„Es sei denn, Sie sind so schlecht, dass das Publikum mit Tomaten wirft“, neckte Helen sie.

Die drei Frauen lachten, als Helens Tür aufflog und Maggie atemlos hereinstürmte.

„Also“, rief sie, „es ist Sabotage! Lydia hat einen Drohanruf erhalten, damit sie nicht mitspielt. Das Gleiche trifft garantiert auf Mort Shaeffer zu. Er geht nicht ans Telefon, aber ich habe in der Maxwell-Werkzeugfabrik angerufen. Mort hat nicht gelogen. Er hat jetzt die Nachtschicht. Aber er hat selbst darum gebeten.“

Mildred blickte matt zu Bertie Sanborn, die Maggie entsetzt anstarrte. Nun ja, jetzt gab es wohl keine Chance mehr, dass die Helferin für das Stück vorsprechen würde.

Bertie hastete zur Tür, als Maggie sie rief. Bertie blieb stehen und warf Maggie einen nervösen Blick zu.

„Bertie, ich habe eine Frage an Sie: Waren Sie hier im Dienst, als Parker Anderson starb?“

„Also … ja."

Maggie zog ein Foto aus ihrer Handtasche, ein Bild von den Darstellern. „Haben Sie jemanden von diesen Leuten hier an jenem Tag gesehen? Besonders diese Frau", sagte sie und deutete auf Anna Blair.

Bertie betrachtete verwirrt das Foto. „Es ist nicht sehr scharf. Sie meinen die hübsche dunkelhaarige Frau?"

„Ja", sagte Maggie. „Ihr Name ist Anna Blair."

Bertie hob ihren Blick fragend zu Maggie. „Sie kommt mir ein wenig bekannt vor, aber ich bin mir nicht sicher. Ich meine, ich habe sie gesehen, aber vielleicht nicht hier im Heim. Oder wenn es hier war, weiß ich nicht mehr, wann. Ich … ich will niemanden in Schwierigkeiten bringen, Miss Mead."

„Natürlich nicht, Bertie. Ich war nur neugierig." Es war eine lahme Erklärung, aber Maggie fiel nichts Besseres ein.

Bertie ging. Rasch. Und prallte fast mit Corinne Finn zusammen.

Mildred seufzte, als Corinne den Raum betrat. „Na ja", sagte Mildred, „wenn es sein muss, könnte ich die Rolle der Geliebten selbst spielen und Harvey dazu bringen, Morts Rolle zu übernehmen."

Harvey Mead wollte sich gerade über eine Schachtel Pralinen hermachen, als Kevin Payne in das Krankenzimmer stürmte. Harvey schob die Schachtel unter die Decke und sah vorsichtig zur Tür.

„Sind Sie allein?"

Kevin nickte zerstreut.

„Gut." Harvey holte die Schachtel hervor und fischte eine besonders große Praline heraus. „Pralinen stehen ebenfalls auf Mildreds Verbotsliste." Er verschlang noch eine und bot Kevin die Schachtel an.

„Nein, danke."

„Wo ist Maggie?"

„Unterwegs. Ich habe sie bei Ihrer Mutter aufgespürt. Ich dachte, sie könnte schon hier sein."

Harvey betrachtete den jungen Mann. Er brauchte kein Detektiv zu sein, um zu wissen, dass Kevin etwas auf dem Herzen hatte.

„Spucken Sie es aus, Kevin. Offenbar haben weder Sie noch meine Tochter meinen Rat wegen des Detektivspielens befolgt."

Kevin musste lächeln. „Ich frage mich, ob es mir im Blut liegt."

Harvey lachte leise. „Ich weiß nicht, was Ihnen im Blut liegt, mein Sohn, aber ich weiß, was – oder sollte ich sagen, wer – Ihnen unter die Haut geht."

„Wahrscheinlich stimmt das. Ich weiß nicht genau, wie alles gekommen ist. Um ehrlich zu sein, Chief Mead, im Moment weiß ich eine ganze Menge nicht." Er machte eine Pause. „Eines ausgenommen ..."

„Sie lieben sie."

„Das auch", sagte Kevin, ohne zu überlegen, und wurde im nächsten Moment rot.

„Na schön, dann sollten Sie mir lieber das andere sagen, das Sie wissen", meinte Harvey und unterdrückte ein Lächeln.

Wie auf ein Stichwort erschien Maggie.

„Hast du deinen Wagen wieder von Burt geholt?"

Maggie nickte. „Ich würde gern die dreckige Ratte in die Finger bekommen, die mit meinen Bremsen herumgespielt hat." Sie sah Kevin an. „Wir müssen dem Kidnapper ziemlich dicht auf den Fersen sein, dass er zu so drastischen Maßnahmen greift."

Harvey setzte sich voll auf und warf seiner Tochter einen strengen Blick zu. „Du sprichst, als wäre es ein Stück. Ihr hättet umkommen können, Maggie. Es reicht jetzt, verstanden?"

Bevor Maggie widersprechen konnte, mischte Kevin sich ein.

„Chief, die Gefahr für uns könnte so oder so vorbei sein. Zumindest die Gefahr durch den Kidnapper."

Maggie und ihr Vater sahen Kevin verwirrt an.

„Ich will damit sagen", erklärte Kevin, „dass ich glaube, dass unser Kidnapper ... tot ist."

„Was?", rief der Polizeichef.

„Wer?", fragte Maggie.

Kevin sah Maggie an. „Norton Squires." Er wandte sich an Harvey. „Ich glaube, Jeanne hat ihn getötet."

„Jeanne Squires? Seine Tochter?", murmelte Harvey ungläubig.

„Ich bin nicht sicher, ob sie seine Tochter ist", sagte Kevin langsam. „Und ich bin ziemlich sicher, dass ihr Name nicht Jeanne ist. Ich glaube, sie ist Julianna Merrill."

Maggie runzelte die Stirn. „Ich habe gerade herausgefunden, dass Anna Blair fast sicher an dem Tag im Altenheim war, an dem Parker starb. Was hat eine neu in eine Gemeinde Zugezogene im örtlichen Altenheim zu suchen? Es sei denn, sie ist Julianna und war bei Parker. Wobei sie zu spät kam."

Kevin schüttelte den Kopf. „Ich glaube, wir können Anna Blair als Verdächtige streichen. Wir haben ja nur eine reine Vermutung. Mit Jeanne ist das etwas ganz anderes." Er schilderte seinen Besuch bei Jeanne Squires.

Maggie war beeindruckt, aber Harvey überschlug sich nicht gerade. „Haben Sie denn nicht bedacht, dass die Frau die Wahrheit sagen könnte? Dass ihr Vater einfach irgendwohin gegangen ist und ihr befohlen hat, niemandem den Ort zu verraten?"

„Nun ja, ich habe das bedacht", entgegnete Kevin. „Aber ihr Verhalten war seltsam. Und dann hat sie als Kind nicht bei Squires gelebt. Ich glaube, Squires ist der Kidnapper, und sie wollte sich an ihm rächen. Aber wir können ihre Geschichte überprüfen. Wenn sie die Wahrheit sagt, wird sie sicher dem Polizeichef den Aufenthaltsort ihres Vaters verraten."

Maggie stimmte zu. „Ja, du hast eine gewisse Autorität, die uns fehlt."

„Also nein, ich weiß gar nicht, was ich dazu sagen soll", erwiderte Harvey spöttisch. „Ich meine, es ist so nett von euch beiden zu denken, ich könnte zu dieser Ermittlung etwas beitragen. Und es ist so freundlich von euch, dass ihr mich mitmachen lasst."

„Du brauchst nicht zu schmollen, nur weil Kevin und ich dir geholfen haben, dieses Verbrechen zu lösen, Dad."

„Und von welchem Verbrechen sprechen wir?", fragte Harvey.

„Nun, wenn Kevin recht hat", überlegte Maggie, „hat Parker Anderson irgendwie herausgefunden, dass Norton Squires der Entführer von Julianna war. Squires sagte ihm, dass Jeanne das Merrill-Mädchen ist. Parker informierte Jeanne über ihre wahre Identität. Sie muss diese Information erstaunlich gefunden haben. Bevor sie sich davon überzeugen konnte, dass es stimmt, stirbt Parker, vergiftet von Norton. Jeanne suchte weiterhin nach Beweisen, fand die belastenden Briefe, die keinen Zweifel daran ließen, dass ihr Vater der Schuldige war, und tötete ihn. Da hast du es."

Kevin runzelte die Stirn. „Wenn ich das alles so höre, hat die Theorie einige Löcher."

„Löcher? Was für Löcher?", fragte Maggie. „Du bist doch derjenige, der gesagt hat, dass es Jeanne war."

„Ja", erwiderte Kevin, „aber warum hat mir Jeanne dann überhaupt von den Briefen erzählt?"

„Vielleicht ist es ihr herausgerutscht", meinte Maggie. „Die Frau muss doch gestört sein. Und in deiner Nähe verliert sie ohnedies völlig den Verstand."

„Aber vielleicht ist sie auch völlig unschuldig“, räumte Kevin ein.

„Vielleicht versteckt Norton Squires sich vor Julianna“, warf Harvey lakonisch ein.

Maggie betrachtete ihren Vater. „Du meinst, Norton Squires könnte unser Kidnapper sein, auch wenn Jeanne nicht Julianna ist?“

„Wir könnten ein paar Dinge klären, wenn wir Norton Squires finden“, sagte Harvey. „Ich habe George Denk als Wache vor Miss Sheridans Zimmer gestellt. Geht zu ihm und sagt ihm, dass er für einen Moment herkommen soll, und ihr zwei haltet an seiner Stelle Wache.“

„Sie sind überzeugt, dass der Kidnapper Miss Sheridan angreifen will?“, fragte Kevin.

„Sie kann noch immer nicht klar denken, aber sie murmelt ständig, dass jemand hinter ihr her sei. Und ich möchte nicht das Risiko eingehen, dass sie recht hat.“

Die Krankenschwester kam gerade aus Miss Sheridans Zimmer, als Maggie und Kevin vor der Tür der pensionierten Lehrerin ihren Posten bezogen.

„Wie geht es ihr?“, fragte Maggie.

„Sie ist noch ziemlich aufgeregt, aber der Arzt will sie auch nicht zu stark unter Medikamente setzen.“

„Meinen Sie, ich könnte hineingehen und mit ihr ein paar Minuten reden?“, fragte Maggie.

Die Schwester zögerte, nickte dann jedoch.

Maggie trat leise ein für den Fall, dass die Lehrerin schlief. Doch Miss Sheridans Augen waren offen und glasig, und einen Moment fürchtete Maggie, sie könne soeben gestorben sein. Doch dann richteten sich Miss Sheridans Augen direkt auf Maggie.

„Du bist gekommen“, flüsterte sie schwach. „Ich wusste

es … du bist gekommen, Julianna.“

„Nein, Miss Sheridan …“

„Oh Julianna, verzeih mir! Kannst du mir jemals verzeihen … was ich getan habe.“ Tränen strömten über das Gesicht der alten Frau. „Hätte ich ihn doch bloß nicht so geliebt! Hätte ich doch bloß schon damals die Wahrheit gestanden …“

12. KAPITEL

„Dad bleibt noch skeptisch, was Miss Sheridan mir vorhin auf ihrem Zimmer gesagt hat“, meinte Maggie, als sie mit Kevin das Krankenhaus verließ. „Na ja, sie stand unter Medikamenten und hat fantasiert, aber ihr stand die Schuld über das ganze Gesicht geschrieben.“

„Ja, aber sie hat eigentlich nichts gestanden, wie dein Vater schon aufgezeigt hat.“

„Aber sie hätte, wäre nicht dieser Arzt hereingekommen und hätte mich hinausgeworfen.“

„Was ist mit Squires? Vor Kurzem warst du mit mir einig, dass Norton Squires wahrscheinlich der Kidnapper ist.“

„Ich weiß, aber wenn Squires sich vor dem wahren Kidnapper, Miss Sheridan, versteckt? Sie hat meinen Vater angeschossen, Kevin. Und es wäre ihr leichtgefallen, Mr. Andersons Eisensaft zu vergiften. Sie kennt Dutzende von Einwohnern des Altenheims und besucht sie oft. Sie war damals in Roger Merrill verliebt und wollte Arlene Merrill dafür bestrafen, dass sie ein Kind bekam, das nicht von ihm war.“

„Wir wissen doch nicht einmal, ob das wahr ist.“

Maggie seufzte. „Es wäre günstig, könnten wir Roger aufspüren. Mein Vater hat zwei von seinen Leuten darauf angesetzt, aber bisher ist nichts dabei herausgekommen.“

Es war fast sieben Uhr abends, als Kevin vor dem „Palace of Pizza“, an der Main Street hielt. Maggie hatte vom Krankenhaus telefonisch eine Bestellung aufgegeben und die Jungen angerufen, damit sie wussten, dass sie eine Pizza mitbrachte.

Kevin zögerte. „Hältst du es für gut, wenn ich dir und den Jungs beim Abendessen Gesellschaft leiste?“

„Ich weiß, dass Michael schwierig ist, Kevin“, antwortete Maggie. „Aber er wird schon auftauen, wenn er sich daran gewöhnt, dass du mit uns zusammen bist."

Kevin berührte ihre Wange. „Ich bin gern mit dir zusammen, Maggie." Er wollte mehr sagen. Er wollte ihr sagen, wie sehr er sie mochte. Er wollte ihr alles gestehen. Doch Kevin parkte in zweiter Reihe, und jemand hupte ihn an. Maggie sprang aus dem Wagen, und er fuhr um den Block. Ein zweites Geständnis war im Ansatz abgewürgt worden.

Michael war in Höchstform. Sobald er Kevin hinter Maggie ins Haus kommen sah, grollte er: „Was macht er denn hier?"

„Michael, lass es", sagte Maggie schmeichelnd.

„Wir sind gar nicht mehr mit dir allein." Michael hatte sich noch nie schmeicheln lassen.

„Was für eine Pizza?", rief Leif und kam in die Diele.

„Pilze ..."

„Ich hasse Pilze", murrte Michael.

„... auf der halben Pizza", fuhr Maggie heiter fort, „und Peperoni und Zwiebeln auf der anderen Hälfte." Sie lächelte ihren älteren Sohn an. „Du magst doch noch immer Peperoni und Zwiebeln, oder?"

„Ich habe keinen Hunger", sagte Michael schmollend. „Und Dad hat angerufen."

„Ist mir beides recht", murmelte Maggie trocken.

„Ich habe Dad erzählt, dass wir in Boston im Computer-Museum waren", sagte Leif und folgte Maggie, Kevin und der Pizza in die Küche. Michael trottete hinterher.

„Und ich habe ihm von dem Kerl erzählt, der uns gefolgt ist", fügte Michael hinzu.

Maggie richtete die Augen zur Decke.

„Hey, willst du was Lustiges hören?", fragte Leif und nahm sich ein Stück Pizza.

„Etwas Lustiges könnte ich jetzt gut gebrauchen", sagte Maggie und seufzte.

„Ich habe den Kerl wieder gesehen“, verkündete Leif. „Hier in Thornhill.“

Maggie wurde weiß. Sie beugte sich zu Leif hinunter. „Wo hast du ihn gesehen?“

„In der Stadt. In Murdoch's Eisenwarenhandlung“, sagte Leif.

„Wann?“, fragte Kevin.

„Vor einer Weile.“

„Was hast du vor einer Weile in der Stadt gemacht?“ Ärger und Panik mischten sich in Maggies Stimme. „Warst du allein?“

„Ich war bei ihm“, sagte Michael. „Und was ist schon dabei? Es war halb sieben. Und ich musste meinen Basketball aufpumpen. Meine Pumpe ist kaputt. Es war noch hell draußen, haufenweise Leute, und das ist nur drei Querstraßen von hier.“

Kevin legte eine Hand auf Maggies Schulter. „Mike hat recht. Er konnte nicht ahnen, dass ein Gang in die Stadt bei hellem Tageslicht ein Problem sein könnte.“ Da er keine Dankbarkeit von Michael erwartete, war er auch nicht enttäuscht, als er keine bekam. „Hast du den Kerl auch im Laden gesehen, Mike?“

„Nein“, schnappte er. „Und mein Name ist Michael.“

Maggie sank auf einen Küchenstuhl. „Michael, begreifst du nicht, dass wir uns Sorgen machen? Wenn euch ein Mann von Boston nach Thornhill gefolgt ist …“

„Ach, er wohnt in Thornhill, Mom“, meinte Leif lässig.

„Was?“

„Ja“, sagte Leif. „Im Computer-Museum war ich mir nicht sicher, aber bei Murdoch's habe ich mich erinnert, dass ich ihn manchmal am Spielfeld gesehen habe.“

„Am Spielfeld?“ Maggie bekam eine Gänsehaut. Hatte dieser Kerl die ganze Zeit Leif im Auge behalten? Warum? Bei den Möglichkeiten wurde Maggie krank vor Angst.

Michael nahm sich ein Stück Pizza – mit Zwiebeln und

Peperoni. Maggie beobachtete ungläubig seine Lässigkeit. Hatte ihr Sohn überhaupt keine Angst? Leif war ein Kind, aber Michael war fast vierzehn.

„Sicher hängt der Kerl beim Spielfeld herum", sagte Michael. „Er hat ein Kind im Team."

Maggie klappte der Mund auf. Sie wusste nicht ob sie Michael die restliche Pizza an den Kopf werfen oder ihn vor Erleichterung umarmen sollte.

„Und dieses Kind", fragte Kevin. „Dieser Junge. War der auch im Computer-Museum?"

„Ich habe keinen Jungen aus meinem Team gesehen", sagte Leif.

Michael warf einen raschen Blick auf seine Mutter, sah, dass er zu weit gegangen war, und zog eine reuige Miene. „Na schön, ich habe den Jungen gesehen. Da war im Museum so ein Programm, in das er ging. Aber ich schwöre, der Vater ging ganz allein durch das Museum und ist uns gefolgt. Und er ist irgendwie unheimlich."

„Du meinst, der Mann hat die Zeit im Museum totgeschlagen, während er auf seinen Sohn wartete." Maggies Stimme klang gepresst, als sie zu Michael sprach.

„Kennst du seinen Namen, Michael?", fragte Kevin.

Michael zog die Nase kraus. „Nein."

Maggie schüttelte traurig den Kopf. „Ich bin wirklich betroffen über dich, Michael. Du hast mir absichtlich Angst gemacht. Du wolltest, dass ich glaube, ihr wärt im Museum bedroht worden. Du wusstest, dass der Mann euch nicht verfolgt." Stille hing sekundenlang zwischen ihnen. „Das war ein Tiefschlag, Michael. Bist du dermaßen wütend auf mich?"

Kevin konnte sehen, dass Michael die Tränen zurückdrängte. Er wollte sich zum Gehen wenden, weil er wusste, dass der Junge sich seinetwegen beherrschte. Dabei würde es ihm vielleicht guttun zu weinen.

Doch Maggie duldete nicht, dass Michael sie noch weiter manipulierte.

„Nein, Kevin“, sagte sie fest. „Geh nicht. Ich möchte, dass du bleibst. Wir können die Pizza warm machen. Leif, schaltest du das Backrohr ein? Und dann hol Teller und Gläser aus dem Schrank. Auch wenn es nur Pizza ist, sollten wir uns alle an einen Tisch setzen und wie zivilisierte Menschen essen.“

Leif blickte zu Michael, der stocksteif mit starrer Miene dastand. Dann machte Leif sich sehr leise an seine Aufgaben.

„Wollen wir uns setzen?“, fragte Maggie bald darauf.

Michael rührte sich nicht. Kevin fing den funkelnden Blick des Jungen in seine Richtung auf. Leif fing ihn ebenfalls auf und starrte Kevin auf die gleiche Weise an. Beide Jungen gaben ihm die Schuld für die Spannung und die erstickend unglückliche Stimmung in der kleinen Küche.

Als Kevin sich neben Maggie setzte, sah er die Anspannung auf ihren Zügen. Er fühlte ihren Schmerz. Leif saß steif auf seinem Stuhl, Michael stand noch immer da und schwankte zwischen Nachgeben und gesteigerter Rebellion. Maggie hatte als alleinerziehender Elternteil keine leichte Rolle. Aber er auch nicht als brandneuer Liebhaber eines alleinerziehenden Elternteils.

Kevin musste etwas unternehmen, um seinetwillen genauso wie um dieser unglücklichen kleinen Familie willen. Er legte den Kopf schief, stieß mit seinem Fuß den Stuhl ihm gegenüber unter dem Tisch hervor und sah Michael unter gesenkten Lidern hervor an.

„Hock dich auf dein Hinterteil, Kleiner“, sagte er mit seiner trockenen, knallharten Plattfußstimme.

Michael war so überrascht, dass er sich setzte.

Leif starrte Kevin an, als wäre er ein Außerirdischer, der soeben, von einem anderen Planeten kommend, in ihrer Küche gelandet war. Aber eindeutig ein interessanter Außerirdischer.

Maggie lachte. Sie lachte so heftig, dass Sekunden später Leif ebenfalls lachte. Dann Kevin. Und letztendlich auch Michael.

Das Nachlassen der Spannung wurde von dem Telefon gestört.

Michael hob ab.

„Wenn das wieder dein Vater ist, sag ihm, ich rufe ihn später zurück", sagte Maggie, und ihre Spannung kehrte voll zurück.

Einen Moment später streckte Michael ihr den Hörer entgegen. „Das ist nicht Dad. Der Typ heißt Squires."

Maggie schoss Kevin einen aufgeschreckten Blick zu und riss Michael den Hörer aus der Hand.

„Maggie, ich weiß, dass dein Vater damit nicht einverstanden wäre", sagte Mildred besorgt.

„Kein Grund zur Sorge, Mom."

„Viel Grund zur Sorge. Seit wann verlangst du, dass ich die Türen verschließen soll, wenn ich zu euch komme und bei den Jungs bleibe?"

„Nun ja, wir hatten diese Einbrüche."

Mildred sah Kevin an. „Was halten Sie davon?"

„Ich weiß nur, dass Squires angerufen hat und mit uns sprechen will."

„An irgendeiner verlassenen Stelle draußen in Lakewood. Das gefällt mir nicht", sagte Mildred und packte Kevin an der Hand, während Maggie nach ihrer Tasche griff. „Ihr werdet vorsichtig sein?"

Er schenkte ihr sein flottes, zuversichtliches Plattfuß-Lächeln. „Darauf können Sie zählen."

An der Tür hatte Mildred noch eine Neuigkeit. „Einen Moment. Ich wollte euch nur sagen, dass wir mit dem Stück wieder im Geschäft sind. Ich habe Paula Dubois überredet, Lydias Rolle zu übernehmen. Und ich habe Noah Bright überzeugt, dass er perfekt als Buchhalter wäre. Er ist ein großartiger Schauspieler. Er hat ein wenig gezögert, weil seine Frau Chloe jeden Tag ihr Kind erwartet, aber wir halten die Daumen, dass sie erst nach dem letzten Vorhang so weit ist."

Als sie das sagte, fand Maggie irgendwie die Worte *letzter Vorhang* beunruhigend.

Sie fuhren an der Grange Hall vorbei und auf der alten Fowler Road nach Lakewood, vorbei an einigen unbewohnten Jagdhütten. Zwei Meilen nördlich der Grenze zu Lakewood stand jedoch eine Jagdhütte, die angeblich bewohnt war – von Norton Squires.

„Was meinst du, was wird Squires sagen?", fragte Kevin.

„Ein Geständnis wäre nett." Maggie beugte sich vor. „Bei der Lehmstraße rechts ab. Die Hütte steht am Ende der Straße."

Als Kevin nickte, fühlte er, wie seine Zuversicht einen Hechtsprung machte. Maggie war auch nervös. Sie legte ihre Hand auf seinen Schenkel. Er legte seine Hand auf die ihre. Er musste etwas loswerden, bevor sie sich noch weiter in Gefahr begaben.

„Maggie?"

„Ja?"

„Ich muss dir etwas sagen."

„Jetzt?"

Er warf ihr einen flüchtigen Blick zu. „Ja." Er blickte in die Dunkelheit hinaus, während er fuhr. „Ich bin in dich verliebt, Maggie. Es hat mich völlig überrascht. Ich dachte, ich wäre darüber weg, mich wild und leidenschaftlich zu verlieben." Seine Stimme bebte.

„Und das macht dir Angst?", fragte sie leise.

Er schoss ihr noch einen Blick zu. „Dir nicht?"

„Es versetzt mich in blankes Entsetzen."

Sie sahen die Lehmstraße, und Kevin bog rechts ein und hielt an. „Maggie, wirst du wirklich in Thornhill bleiben? Ich weiß, du bekommst eine Menge Druck, nach Harmon zurückzukehren – von deinem Exmann, deinen Geschäftspartnerinnen ... den Jungs."

„Ich will bleiben, Kevin."

Die Ungewissheit in dieser Erklärung war nicht zu überhören. Kevin wusste genau wie Maggie, dass es nicht immer ausreichte, etwas zu wollen.

Er trat auf das Gas und fuhr weiter. Ein schwacher Lichtschein kam von der einzelnen Hütte, als sie über die Hügelkuppe fuhren. Ein dunkler Wagen parkte neben dem Gebäude.

Maggies Hand legte sich wieder auf Kevins Schenkel, als er sechs Meter von der Hütte entfernt anhielt. Kevin schaltete den Motor aus, und beide betrachteten sekundenlang das schwach erleuchtete Gebäude.

„Was denkst du?", flüsterte Maggie.

„Ich denke", sagte Kevin langsam, „dass du dich hinter das Lenkrad setzen und warten solltest. Ich gehe hinein und spreche mit Squires."

„Aber er hat mich angerufen, Kevin."

„Du hast ihm gesagt, dass ich mitkommen würde, und er hat sich nicht dagegen gewehrt."

Maggie sah einen großen Schatten hinter dem Fenster. „Er weiß, dass wir hier draußen sind."

Kevin öffnete die Wagentür, und die Innenbeleuchtung des Wagens ging an. „Komm schon, Maggie. Rutsch rüber! Wenn alles bestens ist, gebe ich dir von der Haustür aus ein Zeichen."

Sie packte ihn am Arm. „Aber wenn nicht – alles bestens ist?"

„Dann haust du so schnell von hier ab, wie diese alte Mühle fährt, Puppengesicht."

„Und lasse dich zurück? Das könnte ich nicht. Das weißt du. Das würde ich nicht tun."

Langsam öffnete Kevin sein Jackett. Maggie stieß einen gedämpften Ruf aus, als sie den Revolver in der Innentasche sah.

„Ist er … geladen?"

Kevin nickte.

„Hast du jemals …?"

Er schüttelte den Kopf. „Ich will ihn nur zum … Schutz."

Maggie hatte eine Menge Angst um Kevin. „Bleib auf dem Boden der Realität, Kevin. Denk bloß nicht, du wärst Sam Reardon, wenn du da drinnen bist."

Er beugte sich zu ihr hinunter und gab ihr einen leichten Kuss. „Im Moment bin ich recht zufrieden, Kevin Payne zu sein."

Als er sich zurückzog, schlang sie die Arme um seinen Nacken und küsste ihn leidenschaftlich auf den Mund. „Ich liebe dich, Kevin." Ihre Stimme bebte, klang jedoch ernsthaft.

Nach diesem Eingeständnis wusste Kevin, dass er fast alles tun würde, um Maggie Mead in Thornhill zu halten.

Maggie trommelte nervös auf das Lenkrad, während sie zusah, wie Kevin zu dem Haus schlich. Jetzt war er an der Tür. Klopfte. Die Tür öffnete sich. Eine hohe Gestalt stand da, trat beiseite. Kevin warf einen flüchtigen Blick zurück zu dem Wagen, gab ihr jedoch kein Zeichen. Er schlüpfte in die Hütte. Die Tür schloss sich.

Finstere Angst umhüllte Maggie, als sie Kevin verschwinden sah. Sie kämpfte darum, ruhig zu bleiben. Es war nicht einfach, da in der Dunkelheit zu sitzen. Maggie rollte die Fenster ganz herunter und ignorierte die Mücken und die nächtlichen Insekten, die zu Besuch hereinkamen. Das Geräusch von Grillen und dem Wind, der in den Zweigen der Tannen raschelte, schien sich zu verstärken, genau wie das Hämmern ihres Herzens.

Und dann kam ein neues Geräusch. Maggie stockte der Atem. Zweige, die unter einem Fuß knackten? Nur ein Kaninchen, versuchte sie sich einzureden. Ihre Hände umklammerten das Lenkrad, während sie in die Dunkelheit starrte. Das Gebiet um die Hütte lag in tiefstem Schatten. Maggie konnte nichts Verdächtiges entdecken. Sie wünschte sich, Kevin käme wieder ins Freie und würde sie zu sich winken. Warum hatte er es nicht getan? Zog Squires es letztlich doch vor, mit Kevin allein zu sprechen? Oder gab es einen anderen, unheilvolleren Grund, warum Kevin nicht an die Tür kam?

Maggie hielt es keine Sekunde länger aus. Sie entriegelte die Wagentür und stieg aus. Das unverwechselbare Krachen eines Schusses empfing sie. Ihr Mund formte sich zu einem lautlosen Schrei, und in diesem Moment, wo sie sich vor Schock nicht bewegen konnte, flog die Tür der Hütte auf.

Zwei Gestalten stolperten heraus. Norton Squires auf Krücken und Kevin an seiner Seite. Einen Moment hoben sie sich als Silhouetten vor dem Licht im Inneren der Hütte ab.

Maggie wollte auf die beiden zulaufen, doch Kevin winkte sie zurück zum Wagen, und die Männer flohen rasch die Stufen der Veranda hinunter. Maggie hatte sich gerade hinter das Lenkrad geschoben, als die beiden den Wagen erreichten und sich auf die Rücksitze warfen. Squires versuchte nicht einmal, seine Krücken in den Wagen zu ziehen.

„Fahr!", befahl Kevin scharf.

Maggie wandte sich zu ihm, sah Blut an seinem Jackett, und ihr Herz blieb stehen.

Ein zweiter Schuss krachte. Der Außenspiegel splitterte. Ein paar entsetzliche Momente lang sprang der Motor nicht an, tat es dann doch, und Maggie wendete wild und fuhr in verwegenem Tempo die Lehmstraße entlang, umgeben von pfeifenden Kugeln, Kevins flachem Atmen und Norton Squires' schmerzlichem Schluchzen.

13. KAPITEL

Maggie klammerte sich auf dem Krankenhauskorridor an Kevin. „Als ich das Blut sah ... ich dachte ...“

„Ich weiß, Maggie. Es ist schon gut. Es war Squires’ Blut. Als es ihn erwischte, fiel er gegen mich.“

George Denk kam zu ihnen. „Der Chief will euch sehen.“

Kevin legte den Arm um Maggie, als sie zu Harveys Zimmer gingen.

„Ich frage mich“, sagte Maggie, bevor sie das Zimmer betraten, „ob wir unser Stück hier im Krankenhaus spielen müssen. So viele von unseren Zuschauern landen hier.“

Sobald sie eintraten, fragte Harvey, der in der Nähe seines Bettes am Fenster stand: „Seid ihr zwei in Ordnung?“

Das Paar nickte.

„Gut! Dann kann ich euch die Hölle heißmachen“, grollte er.

„Willst du nicht zuerst hören, was passiert ist?“, fragte Maggie mit bebender Stimme.

„Ja, in Ordnung“, lenkte Harvey ein.

Maggie bemühte sich um Ruhe. „Squires rief mich an und wollte mit mir sprechen.“ Sie lächelte ihren Vater beschwichtigend an. „Ich nahm Kevin mit, weil ich wusste, dass du dich besser fühlen würdest, wenn ich nicht allein fahre.“ Sie lenkte ihr Lächeln zu Kevin. „Und damit du uns nicht für totale Amateure hältst, ist Kevin nicht unvorbereitet zu Squires gegangen.“

Kevin versuchte, heimlich seinen Kopf bei Maggies letzter Bemerkung zu schütteln. Zu spät. Harvey richtete den Blick auf ihn.

„Sagen Sie bloß“, murmelte der Polizeichef.

„Ich habe Squires nicht angeschossen, falls Sie das denken“, versicherte Kevin hastig. Er holte seine Waffe hervor. „Ich habe überhaupt nicht geschossen. Ich hatte keine Zeit. Es ist alles so schnell passiert."

„Was ist so schnell passiert?", fragte Harvey und nahm die Waffe von Kevin entgegen.

Maggie betrachete dies als ihr Stichwort. „Jemand hinter der Hütte schoss durch das Fenster auf Squires. Ich saß im Wagen und hielt Wache, als ich Schritte hörte."

„Du warst im Wagen?", fragte Harvey.

„Also ... ja. Ich stieg aus ..."

„Du warst nicht in der Hütte bei Kevin und Squires?"

„Also ... nicht direkt. Nein."

Harvey hob eine Augenbraue und nickte Kevin zu. „Wie wäre es, wenn Sie redeten? Sicher, das ist nicht leicht in Gegenwart meiner Tochter. Sie schlägt nach meiner Frau ... und meiner Mutter." Er seufzte. „Die Mead-Frauen ! Ein nicht zu bändigendes Trio."

Maggie warf ihrem Vater einen vernichtenden Blick zu, aber Kevin lächelte. Als Maggie ihn kritisch betrachtete, wurde seine Miene nüchtern, und er begann mit seiner Geschichte.

„Squires öffnete auf mein Klopfen. Er wirkte verstört und aufgeregt, und er holte mich sofort ins Haus. Er fragte mehrmals, ob ich sicher nicht verfolgt worden wäre. Ich sagte ihm, ich wäre sicher. Maggie und ich, wir hätten beide darauf geachtet. Jemand muss Squires' Aufenthaltsort aus einer andern Quelle gekannt haben."

„Haben Sie gesehen, wer den Schuss abgefeuert hat?", fragte Harvey.

„Nein", antwortete Kevin. „Es passierte alles so schnell. Wir sprachen, und dann barst die Fensterscheibe, Squires stöhnte auf und fiel gegen mich. Er war nur gestreift worden, und wir konnten beide ins Freie fliehen. Maggie fuhr uns direkt hierher, und Squires wird versorgt, während wir hier miteinander sprechen."

„Worüber haben Sie und Squires gesprochen, bevor er angeschossen wurde?“, fragte Harvey.

Kevins Blick ruhte für einen Moment auf Maggie. „Er sagte, dass Julianna lebt. Dass sie mit ihm telefoniert und verlangt habe, dass er ihr die Identität ihres Entführers enthüllt. Dass sie nach Thornhill zurückgekommen wäre, um – Gerechtigkeit zu üben. Squires sagte, das wären ihre exakten Worte gewesen.“

„Und was waren Squires’ exakte Worte?“, drängte Harvey.

„Er schwor ihr, er habe immer geglaubt, dieser Farmer hätte sie entführt. Er ... äh ... schwor mir das Gleiche“, sagte Kevin. „Dann verlangte sie die Briefe.“

„Briefe?“

„Die Liebesbriefe“, warf Maggie ein. „Squires schrieb Arlene Merrill Liebesbriefe. Er war verrückt nach ihr. Jeanne hat uns das erzählt ... Aber woher wusste Julianna von den Liebesbriefen?“

„Nun ja, Jeanne wusste Bescheid“, sagte Kevin. „Falls natürlich Jeanne Julianna wäre, wie ich dachte, hätte sie Squires nicht wegen der Briefe anrufen müssen. Sie hatte die Briefe schon gesehen.“

„Na schön, dann streichen wir Jeanne von der Liste als Julianna“, sagte Maggie. „Aber Jeanne könnte diese Briefe bei jemandem erwähnt haben. Sagen wir ... Anna Blair.“

„Hat einer von euch die Briefe bei jemandem erwähnt?“, fragte Harvey zuerst Kevin, dann seine Tochter.

Kevin überlegte. „Ich nicht.“

Maggie schüttelte den Kopf. „Ich habe es auch nicht herumerzählt. Ich habe nur Mom und Nana ...“ Sie warf ihrem Vater einen betroffenen Blick zu. Sie wusste genau, was ihr Vater jetzt dachte. Sie hätte die Information genauso gut auf die Titelseite des *Tab* setzen können.

„Einen Moment“, warf Kevin ein. „Noch jemand könnte von den Briefen gehört haben. Jeanne erzählte mir von den

Briefen in einer Nische im Cold Springs Restaurant. Stan Hapgood war auch da. Mit seinem Enkel Dwayne. Ich weiß nicht, wo sie saßen, aber möglicherweise nahe genug, dass sie Jeanne belauschen konnten."

„Und du meinst, einer von ihnen sagte es Julianna?", fragte Maggie. „Aber woher sollte einer von ihnen wissen ... Warte! Ich hab's! Julianna hat möglicherweise auch Hapgood angerufen und ihn bedroht. Um sie zu beschwichtigen, erzählte er ihr von Squires' Briefen."

„Wäre möglich", sagte Kevin. „Julianna scheint sich an alle unsere Verdächtigen gewandt zu haben. Warum dann nicht auch an Hapgood?"

„Hat Squires die Briefe übergeben?", fragte Harvey.

„Nein", antwortete Kevin. „Er sollte sie genau an der Stelle hinterlegen, die der Kidnapper vor mehr als vierzig Jahren den Merrills für das Lösegeld genannt hatte."

Maggie fröstelte.

„Und was hat Squires getan?", fragte Harvey.

„An dem Vormittag, an dem er die Briefe hinterlegen sollte, brach jemand in sein Haus ein, stieß ihn die Treppe hinunter und verschwand mit den Briefen."

„Und Squires behauptet noch immer, er könne den Eindringling – ihn oder sie – nicht identifizieren?"

„Der Eindringling war in Schwarz gekleidet, und das Gesicht war mit einer Skimaske verhüllt."

Harvey setzte sich auf sein Bett. Sein Bein pochte ein wenig von dem langen Stehen. „Ich kann diesen schlechten Tag mit einer weiteren schlechten Nachricht abschließen." Er hob eine Spätausgabe des *Boston Globe* von seinem Bett. Auf einer der hinteren Seiten war eine kleine Meldung rot umrandet.

„Oh nein!", rief Maggie, als sie den Artikel zusammen mit Kevin las.

Harvey beobachtete die beiden genau. „Ist das derselbe

Regent, den ihr besucht habt?“

Sie nickten beide. Maggie biss sich auf die Unterlippe. „Wir müssen ja doch verfolgt worden sein. Wir haben den Bastard direkt zu dem armen alten Mann geführt. Und er ... er hatte uns nicht einmal etwas Wichtiges zu sagen.“

Kevin legte den Arm um Maggie. „Nein, aber er hätte sich an etwas erinnern können.“

„Die Polizei von Boston arbeitet daran. Sie wird sich mit euch in Verbindung setzen.“ Maggie sank neben ihren Vater. Er ergriff ihre Hand. „Du kannst dir nicht die Schuld daran geben, Maggie. Wir müssen uns jetzt darauf konzentrieren, den Killer zu schnappen, bevor er wieder zuschlägt. Oder bevor Julianna – falls sie tatsächlich existiert – Gerechtigkeit auf ihre eigene Weise übt.“

Im Thornhill-Cove-Altenheim schlug Helen Mead Bertie Sanborn bei Gin Rummy, als Corinne Finn in den Raum stürmte, die Augen weit aufgerissen, den Hausmantel falsch geknöpft.

„Was ist denn, Corinne?“, fragte Helen und half der Zitternden zu einem Stuhl. „Bertie, hole ein Glas Wasser.“

„Es ist so schrecklich! Ich habe solche Angst! Ich weiß nicht, was ich tun soll!“ Corinne stieß die Worte hektisch hervor. „Sie ... sie ist in meinem ... Bett! Ich war mit dem Duschen fertig und ... ich wollte mich ins Bett legen ... und ...“ Corinne schlug die Hände vor ihr Gesicht. „Ich war es nicht! Ich habe es nicht getan, ich habe es nicht getan“, schluchzte sie.

Bertie legte beruhigend ihren Arm um Corinne. „Aber, aber, ist ja schon gut“, murmelte sie.

Helen nickte Bertie zu. „Bleiben Sie bei ihr. Ich sehe nach, was sie so aufgeregt hat.“ Sie erhob sich.

Bertie nickte, als sie Corinne noch einen Schluck Wasser anbot.

Die Tür zu Corinnes Suite war geschlossen, aber nicht abgesperrt. Als Helen die Tür öffnete, stieß sie einen erschrockenen Ruf aus. Nicht wegen des Dings in Corinnes Bett, sondern wegen der Person, die ihr die Sicht darauf verstellte.

„Ernie, was machen Sie hier?", fragte Helen schneidend.

Ernie Novak drehte sich langsam um. Er war so bleich, dass Helen fürchtete, er könnte wieder einen Schlaganfall bekommen. Doch Ernie brach nicht zusammen. Er trat bloß beiseite, sodass Helen die Sicht auf Corinnes Bett nicht länger blockiert war.

Helen presste die Lippen zu einer schmalen Linie zusammen. „Ach du meine Güte", murmelte sie und trat näher.

Es sah fast echt aus, war es natürlich nicht. Es war eine lebensgroße Babypuppe, die in eine Decke eingewickelt war. Die Puppe war neu, doch die Decke war alt. Ein Zettel hing daran. Helen trat näher, um ihn lesen zu können.

„Diese Decke ist alles, was mir von meinem wirklichen Ich geblieben ist. Du wirst für deine Schuld bezahlen", las Helen laut vor und hob den Blick zu Ernie. Er nickte langsam.

Tränen rollten über die Wangen des alten Mannes. „Ich hörte den Lärm, als Corinne zu Ihrem Zimmer lief. Ich bin hierhergegangen und habe nachgesehen", sagte er traurig.

„Wer hat dieses … Ding … hingelegt? Und warum?", fragte Helen.

„Ich dachte, sie wäre tot", flüsterte Ernie. „Wir alle dachten das." Er schüttelte langsam den Kopf. „Arme Corinne."

„Corinne war Roger Merrills Geliebte, nicht wahr?", fragte Helen leise.

Ernie nickte wieder.

„Wusste Arlene Merrill das?"

„Ja, sie wusste es", sagte Ernie. „Aber wie konnte sie ihm daraus einen Vorwurf machen, wenn sie …" Er wandte sich ab.

„Julianna war nicht Rogers Baby, nicht wahr, Ernie?"

Er schüttelte den Kopf.

Helen trat zu ihm und legte ihm leicht die Hand auf die Schulter. Sie erinnerte sich daran, was ihre Enkelin ihr von dem Gespräch mit Ernie im Krankenhaus erzählt hatte. Wie er Julianna geliebt hatte.

„Sie war Ihr Kind“, murmelte Helen. „Ihr und Arlenes Kind.“

Ernie ließ den Kopf hängen, antwortete jedoch nicht.

Als Helen Minuten später zu ihrem Zimmer zurückging, sah sie eine Frau mit einem vage bekannten Gesicht aus dem Aufenthaltsraum kommen. Sie brauchte einen Moment, um die Frau einzuordnen, aber dann traf es sie.

Anna Blair. Die Frau, die in dem Stück die Lehrerin spielen sollte. Die Frau, nach der Maggie Bertie gefragt hatte, ob sie sie im Altenheim gesehen hatte, als Parker Anderson starb.

Helen rief sie an. Anna drehte sich um und warf Helen einen vorsichtigen Blick zu.

Helen stellte sich vor. Anna nickte nervös.

„Besuchen Sie jemanden?“, fragte Helen beiläufig und entdeckte ein nervöses Zucken um die Mundwinkel der Frau, als diese vage nickte.

Anna sah auf die Uhr. „Ich muss wirklich gehen.“

Doch Helen ließ sie nicht so leicht davonkommen. Sie ergriff Anna fest am Arm. „Erzählen Sie, wie die Proben laufen! Meine Tochter hat mir berichtet, dass sie die Rollen der Geliebten und des Buchhalters neu besetzt hat. So eine Erleichterung! Ist es nicht aufregend, dass das Publikum einen Kriminalfall lösen wird? Wen halten Sie denn für den Schuldigen, Miss Blair?“

„Ich … ich weiß nicht. Ich habe nicht darüber nachgedacht.“ Röte überzog ihre Wangen.

„Ach, da ist ja niemand“, stellte Helen fest, als sie einen Blick in den Aufenthaltsraum warf. „Was haben Sie gesagt, wen Sie besucht haben?“

Annas Mundwinkel zogen sich herunter. „Ich … habe nicht direkt … einen Besuch gemacht.“

Helen schaffte einen verwirrten Blick, obwohl sie nicht im Geringsten verwirrt war.

Wenn es jemals einen Fall gegeben hatte, in dem zu viele Köche den Brei verdarben, war es dieser. Harvey Mead saß in seinem Büro und warf seinen unverbesserlichen Köchen – oder in diesem Fall Schnüfflern – einen warnenden Blick zu.

„Jetzt hört alle her“, sagte der Polizeichef und blickte von Maggie zu Kevin und zuletzt zu seiner Mutter. „Ihr erschwert mir nur meine Arbeit.“

„Was ist mit Anna Blair?“, erwiderte Helen. „Ich habe sie praktisch auf frischer Tat ertappt.“

„Und was ist mit Squires?“, fragte Maggie.

Helen lächelte abfällig. „Es ist so klar wie der helle Tag, Harvey Mead, dass Anna Blair …“

„Es ist kein Verbrechen, im Altenheim gesehen zu werden“, unterbrach Harvey sie und zwang sich zu einem ruhigen Ton.

„Aber was machte sie da?“, warf Maggie ein.

„Sie hat keinen der Heimbewohner besucht, Harvey“, sagte Helen schnippisch.

Harvey seufzte. „Ich weiß, Mutter. Anna Blair hatte eine geheime Verabredung mit ihrem Geliebten. Miss Blair ist äußerst zurückhaltend, was seinen Namen angeht, aber unter diesen Umständen hat sie ihn mir anvertraut. Ich habe ihre Geschichte bei dem fraglichen Gentleman überprüft. Überflüssig zu erwähnen, dass er zum Personal des Altenheims gehört.“ Er machte eine Pause. „Und verheiratet ist.“ Wieder eine Pause. „Und der Grund, weshalb niemand im Aufenthaltsraum war, ist, dass dieses Treffen nicht dort stattfand. Miss Blair ging lediglich hinterher dort hinein, um sich zu fassen. Und du, Mutter, hast ihren Gemütszustand bestimmt nicht durch den dritten Grad verbessert."

„Ach du liebe Zeit", murmelte Helen. „Kein Wunder, dass das arme Ding so nervös war."

Harvey richtete den Blick auf Maggie und Kevin. „Ich verfolge alle Spuren in diesem Fall, der einen zum Wahnsinn treiben kann. Also, während ich an der Sache eifrigst außerhalb der Bühne arbeite, könnt ihr beide alle eure Energie dafür einsetzen, auf der Bühne an dem Fall zu arbeiten."

„Und was soll ich tun, Harvey?", fragte Helen Mead schneidend. „In das Altenheim zurückkehren und Däumchen drehen?"

Harvey lächelte. „Du, meine unerschrockene Mutter, kannst Ernie und Corinne im Auge behalten. Es wird immer klarer, dass alle unsere Verdächtigen wirklich mehr wissen, als sie sagen. Unsere mysteriöse Julianna jagt ihnen Todesangst ein, und wir können nur hoffen, dass einer von ihnen zusammenbricht und seine oder ihre Rolle in dieser Sache gesteht – oder den Killer verrät."

Es war nahezu elf Uhr nachts, als Maggie von einer Idee getroffen wurde. Sie rief Kevin an, der sich mit einem benebelten „Hallo", meldete.

„Ich bin es. Habe ich dich geweckt?"

„Bist du in Ordnung?"

„Ich habe dich geweckt! Mir geht es gut. Ich muss dich sehen."

„Jetzt?"

„Ich habe einen Plan, Kevin."

„Maggie ..."

„Bitte komm zu mir."

Er zögerte.

„Die Jungs schlafen. Ich warte unten auf dich."

„Sag mal, Puppengesicht, ziehst du oft so ’ne Nummer ab?“

Sie lächelte. „Nie.“

„Dann könnte dies der Beginn von etwas Neuem sein.“

„Gefällt mir, wie sich das anhört“, flüsterte sie ins Telefon.

„Halte den Gedanken fest, Puppengesicht. Ich bin unterwegs.“

14. KAPITEL

Sie waren alle im Publikum: die Lehrerin Louise Sheridan, der Buchhalter Ernie Novak, die andere Frau in dem Drama, Corinne Finn, der Anwalt Stanley Hapgood mit seinem Enkel Dwayne, und der Nachbar der Merrills, Norton Squires, begleitet von seiner Tochter Jeanne. Und alle richteten die Augen auf die Bühne.

Gemurmel war von den Schauspielern zu hören, und dann rief eine tiefe männliche Stimme zur Ordnung. „Also schön, ich will, dass ihr euch alle hinsetzt und zuhört. Einer von euch, einer, der hier in diesem Raum sitzt, ist ein Kidnapper. Einer von euch hat ein unschuldiges Baby geraubt, hat hunderttausend Dollar eingesackt und hat einen Unschuldigen im Gefängnis sterben lassen." Kurze Pause. „Ich sage zwar einer von euch, aber ich denke, ihr alle habt eure Hand in dieser abscheulichen Tat gehabt. Jeder Einzelne von euch ist bis zu einem gewissen Grad schuldig."

„Nein, das ist nicht wahr!", rief Yvonne, die Geliebte. „Ich bin unschuldig, sage ich Ihnen. Unschuldig!"

Der Schnüffler schnaubte abfällig. „Unschuldig? Sagen Sie bloß, Sie hätten keine Affäre …"

„Seine Frau hatte auch eine", entgegnete die Geliebte. „Sie war ihm untreu …"

„Ja?", drängte der Schnüffler. „Mit wem, Süße?"

Ihre Augen richteten sich auf alle Männer im Raum und verharrten auf jedem Einzelnen. „Sollen die es Ihnen doch sagen", erwiderte sie mit einem geringschätzigen Lächeln.

Der Anwalt schlug mit der Hand auf den Tisch. „Ich sehe nicht ein, was das mit dem Kidnapping zu tun hat."

Der Schnüffler beugte sich näherund flüsterte verschwörerisch: „Sie waren verrückt nach ihr, nicht wahr? Manche Frauen sind einfach … unwiderstehlich."

„Na schön, es musste herauskommen. Sicher, wir hatten für eine Weile etwas Tolles laufen."

Der Schnüffler war jetzt praktisch Nasenspitze an Nasenspitze mit dem Anwalt. „Sie meinen, bis zu dem Baby? War es von Ihnen? Sie wollten, dass sie ihren Mann verlässt, und zu dritt hätten Sie dann bis ans Ende Ihrer Tage glücklich gelebt? Aber sie sagte Nein, nicht wahr? Und Sie sind nicht daran gewöhnt, einen Korb zu bekommen. Ein Mann von Ihrem Format. Ein Mann, dem die Frauen jahrelang nachgelaufen sind!"

„Sie stellen hier einige gefährliche Behauptungen auf, Mister. An Ihrer Stelle ..."

Händeringend unterbrach der Buchhalter: „Er hat sie nie geliebt! Nicht so wie ich. Es war nicht sein Kind. Sie hat es mir gesagt. Hören Sie? Sie hat es mir gesagt! Es war mein Kind!"

Der Schnüffler wirbelte herum und starrte den Buchhalter finster an. „Sie liebten dieses Baby, richtig. Und ob es nun von Ihnen war oder nicht, Sie glaubten, dass es Ihr Kind war. Und dann, als Sie die Mutter des Babys endlich durchschauten, als Sie erkannten, dass sie Sie zum Narren gehalten hatte, mussten Sie handeln. Sie mussten sich an ihr rächen."

„Nein, nein! Glauben Sie wirklich, ich wollte, dass das passiert? Ich hätte alles ... einfach alles gegeben, um sie glücklich zu machen. Sie und das Baby."

Der Nachbar zitterte. „Sie war wollüstig durch und durch. Ich versuchte mein Bestes." Er schloss die Augen. „Ich dachte, ich könnte ihr vor Augen führen, wie falsch sie sich verhielt ..."

„Wie haben Sie das denn versucht?" Der Schnüffler grinste verächtlich. „Indem Sie ihr Kind raubten?"

„Ich gebe zu, ich habe daran gedacht. Als sie mir erzählte ..." Er stockte und presste die Hände vors Gesicht.

„Was hat sie Ihnen erzählt? Dass das Kind von Ihnen war?", fragte der Schnüffler kopfschüttelnd. „Ja, ich verstehe allmählich. Sie wusste, dass ihr Mann sie im Stich lassen wollte, und sie dachte, da sie mit allen euch müden Typen herumgemacht hatte, könnte sie euch alle wegen Alimenten für das Kind anhauen." Er machte eine Pause. „Allerdings ist es dann nicht so gelaufen."

In der Ecke schluchzte die Lehrerin leise. Der Schnüffler ging zu ihr.

„Laut Polizei haben Sie behauptet, Sie hätten an dem Tag, als das Baby verschwand, einen Anruf von der Haushälterin bekommen, die Sie bat, herüberzukommen und auf das Baby aufzupassen. Und angeblich war das Baby schon verschwunden, als Sie ankamen."

Aller Augen richteten sich auf sie.

Sie krampfte ihre Hände ineinander. „Ja."

„Nein", sagte er. „So ist das nicht gewesen. Sie haben einen Anruf bekommen, in Ordnung. Aber nicht von der Haushälterin, sondern von Ihrem Geliebten ..."

„Nein, nein, nein!", rief sie und wich vor ihm zurück. „Bitte, sprechen Sie nicht weiter!"

„Ich muss aber, mein Engel. Und Sie auch. Hat er Ihnen gesagt, dass Sie das Kind entführen sollen?"

Sie blickte ihn entsetzt an. „Nein, sage ich Ihnen. So war es nicht. Sie verstehen das nicht. Ich bin unschuldig."

„Wen decken Sie dann?", schnarrte der Schnüffler.

„Niemanden, das sage ich Ihnen doch. Niemanden. Wir sind unschuldig. Wir alle sind unschuldig. Es war alles ... ein Fehler!"

„Na ja", sagte der Schnüffler trocken. „So sehe ich das aber überhaupt nicht, mein Engel. Wie ich das sehe, wird einer von euch die Rechnung bezahlen müssen. Und ich weiß auch schon, wer das ist!" Er trat in die Mitte des Raums und blickte starr geradeaus. „Ich glaube, wir alle wissen das."

Zuerst herrschte absolute Stille. Und dann fiel der Vorhang

nach dem zweiten Akt.

Es dauerte ein paar Momente, weil das Publikum dermaßen in das Drama auf der Bühne verstrickt war, aber dann brach begeisterter Beifall los. Es gab allerdings eine sehr ernste Gruppe von Zuschauern in der ausverkauften Premierenvorstellung von *Rockabye Baby*, die nicht klatschte. Harvey Mead, der hinten im Zuschauerraum saß, war nicht im Geringsten überrascht, dass die fünf tatsächlichen Verdächtigen das Ende des zweiten Aktes ohne große Begeisterung begrüßten. Er hatte das Gefühl, dass sie wahrscheinlich alle am liebsten das Theater verlassen hätten, wäre ihnen nicht bewusst gewesen, wie verdächtig das gewirkt hätte. So hielten sie also durch, bis im dritten Akt das Publikum bei der Entscheidung half, wer es gewesen war.

Maggie ging hinter die Bühne, um sich für den dritten Akt umzuziehen. Sie schwitzte ausgiebig, weniger von den heißen Bühnenscheinwerfern, als vielmehr von der wachsenden Spannung.

Sie betrat ihre Garderobe. Anna Blair und Paula Dubois waren schon da. Maggie tätschelte die Schulter der zierlichen blonden Besitzerin des Apfelkuchenversands.

„Sind Sie sicher, dass ich nicht zu dick aufgetragen habe?“, fragte Paula besorgt. „Ich habe mich eigentlich selbst nie als Femme fatale gesehen.“

„Nein, Sie haben es genau richtig gespielt. Sehr realistisch“, versicherte Maggie und richtete ihre Aufmerksamkeit auf Anna Blair, deren Hand sichtlich zitterte, als sie ihr Make-up auffrischte. „Sie waren auch großartig, Anna“, sagte Maggie und betrachtete die Frau genau.

„War ich das?“ Annas Stimme klang gepresst.

„Ja“, stimmte Paula zu. „Bei Ihrem Spiel bekomme ich eine Gänsehaut.“ Sie war mit dem Kämmen ihrer schulterlangen Haare fertig und stand auf. „Ich laufe für einen Moment nach vorn zu meiner Tochter. Das ist Jessies erstes Theaterstück.“

„Sagen Sie meinen Jungs von mir Hallo“, bat Maggie. „Sie sitzen direkt hinter Jessie und meiner Mom.“

Paula blieb an der Tür stehen. „Hoffentlich ist Ihre Mutter zufrieden. Sie hat so hart gearbeitet. Sie und Kevin auch, Maggie. Besonders an diesen Textänderungen in letzter Minute. Ich muss zugeben, dadurch wird die Lösung noch viel aufregender. Ich kann den dritten Akt gar nicht erwarten, wenn die Zuschauer mit dem Finger zeigen.“

Maggie lächelte, als sie sich daran erinnerte, wie sie Kevin angerufen hatte, er solle mitten in der Nacht zum Überarbeiten des Stücks zu ihr kommen. Sie wandte sich an Anna, nachdem Paula gegangen war. „Was halten Sie von den Änderungen?“

„Was?“, fragte Anna zerstreut, griff nach einem Behälter mit Handlotion und ließ ihn auf den Boden fallen.

Maggie bückte sich und hob ihn auf. „Alles in Ordnung, Anna? Kann ich Ihnen irgendwie helfen?“

Anna schloss die Augen. „Nein, Sie können nichts tun. Nichts ... niemand kann etwas tun.“ Sie öffnete langsam wieder die Augen und warf Maggie einen harten, scharfen Blick zu. „Hättet ihr euch doch alle um eure eigenen Angelegenheiten gekümmert! Jetzt ... jetzt gibt es kein Zurück mehr.“

Maggie starrte Anna mit offenem Mund hinterher, als die zornige Frau aus dem Raum floh. Oh nein, dachte Maggie. Ihr Verdacht, Anna könnte Julianna Merrill sein, kehrte auf einen Schlag zurück.

Maggie eilte hinter Anna aus der Garderobe. Der Korridor war von Schauspielern, Bühnenhelfern und Besuchern verstopft. Maggie entdeckte Kevin und wiederholte hastig Annas Worte.

„Ich habe sie soeben zur Hintertür hinausgehen gesehen“, sagte er.

„Hol meinen Vater. Er ist im Zuschauerraum und behält

die anderen im Auge."

Kevin packte sie. „Was geht hier vor sich?"

„Ich will nur sicherstellen, dass sie uns nicht durch die Lappen geht."

Er hielt sie fest. „Maggie, keinen Unfug jetzt. Halte nur Ausschau, wo sie ist, und geh ihr aus dem Weg. Die Frau ist offenbar gestört.

Sie gab ihm einen raschen Kuss. „Ich werde vorsichtig sein."

Es war ein heißer, schwüler Abend. Der Kontrast zwischen der voll klimatisierten Grange Hall und der Hitze im Freien machte Maggie schwindelig. Sie sah sich um. Es gab nur eine Lampe über der Tür, und sie warf nicht viel Licht. Dies war ein reiner Notausgang und führte nur ins Gebüsch. Der Parkplatz der Grange Hall lag auf der Südseite des Gebäudes.

Maggie konnte nicht weit sehen. Sie entdeckte kein Anzeichen von Anna. Sie lauschte auf Schritte. Nichts. Mit einer unheimlichen Vorahnung schob Maggie sich vorsichtig an der Hinterseite des Gebäudes entlang zum Parkplatz.

Ein Geräusch. Sie stockte. Erstarrte. War das Anna Blair alias Julianna Merrill, die in den Schatten lauerte?

Maggie war fast schon an der Ecke des Gebäudes, hatte jedoch Angst weiterzugehen. Wenn Anna nun gleich hinter der Ecke auf sie lauerte? Annas Worte wiederholten sich in Maggies Gedanken wie eine stecken gebliebene Schallplatte. Es gibt kein Zurück … kein Zurück … kein Zurück …

Maggie brach kalter Schweiß aus, als sie jetzt voll begriff, wie verrückt ihre Jagd war. Sie hätte auf ihren Vater und Kevin warten sollen.

Maggie wirbelte herum. Das einzig Vernünftige war, wieder hineinzugehen, ihren Vater und Kevin aufzuspüren und es ihnen zu überlassen, Anna zu finden.

Ihr wurde fast schwindelig vor Erleichterung, als sie es ohne Zwischenfall bis zu der Hintertür schaffte. Sie drehte den Knauf und entdeckte, dass die Tür verschlossen war. Natürlich, es war eine Feuertür!

Maggie schlug gegen die Metalltür. Hoffentlich hörte jemand auf dem Korridor ihr Klopfen und machte ihr auf. Sicher hatte Kevin mittlerweile ihren Vater gefunden. Ob die beiden aber auf diesem Weg herauskamen? Nein. Nicht, wenn ihr Vater in der Eingangshalle gewesen war.

Maggies Hämmern an der Tür brachte kein Ergebnis. Der dritte Akt musste bald beginnen, und alle würden auf die Bühne eilen, einschließlich Kevin. Zum Glück trat sie erst in den letzten zehn Minuten auf.

Verdammt! Sie musste um das Gebäude herumgehen und es durch den Vordereingang betreten. Um ihre Angst zu vertreiben, redete sie sich ein, dass Anna entweder schon entflohen oder gefangen worden war. Kein Grund zur Sorge.

In diesem Moment hörte sie das klar erkennbare Klicken, mit dem der Hahn eines Revolvers gespannt wurde. Im nächsten Moment fühlte sie, wie sich das kalte, harte Metall gegen ihren Kopf drückte.

„Vorwärts!", befahl eine leise, schroffe, gedämpfte Stimme.

Maggie war zu benommen, um in der Stimme irgendetwas Vertrautes zu hören, und zu gelähmt vor Entsetzen, um den Befehl gleich zu befolgen. Nach einem unsanften Stoß versuchte sie, einen Schritt zu tun, stolperte jedoch. Eine raue Hand packte sie am Arm und stützte sie. Sie wollte instinktiv den Kopf drehen.

„Nein!", warnte die Stimme. Die Waffe trieb sie von dem Gebäude weg in die Dunkelheit.

Oh nein, dachte Maggie wie versteinert. Sie sollte in den Wald geführt werden! Sie sollte getötet werden! Das war das Ende. Das Ende. Das Ende …

Oh nein, dachte sie, während Wut in ihr hochstieg. Das ist nicht das Ende, verdammt noch mal! Das ist nicht der letzte Vorhang! Ich kann das nicht zulassen!

„Vorwärts", kam erneut das raue Kommando, gefolgt von einem weiteren kraftvollen Stoß mit dem Revolverknauf an ihrem Kopf. Sie stolperte wieder. Diesmal absichtlich.

Sie überraschte den Angreifer, zumindest für einen Moment. Dann jagte die hoch aufragende, schwarz gekleidete Gestalt mit einem Fauchen hinter Maggie her, als sie der Sicherheit des Vordereingangs der Grange Hall entgegenrannte.

Gerade als sie dachte, sie würde es schaffen, schlang sich eine Hand um ihren Knöchel. Maggie stieß einen schrillen Schrei aus, als sie zu Boden stürzte. Sie trat wild um sich, hörte eine Art Grunzlaut. Die Hand lockerte ihren Griff für einen Moment, lange genug, dass Maggie sich befreien konnte.

Sie raffte sich auf und rannte weiter. Jeden Moment konnte sich diese Hand wie ein Schraubstock wieder nach ihr ausstrecken. Und der Revolver! Sie durfte den Revolver nicht vergessen!

Ihre einzige Chance war, sich tief geduckt zu halten, im Schutz der Dunkelheit zu bleiben und zu beten, dass sie es bis zum Haupteingang schaffte oder auf dem Weg dorthin auf ihren Vater oder einen seiner Leute traf.

Sie jagte weiter im Zickzack für den Fall, dass ihr Angreifer zu schießen versuchte. Wenn sie schon eine Zielscheibe sein musste, dann wenigstens eine bewegliche …

Kevin hatte teuflische Schwierigkeiten, Harvey Mead in der überfüllten Eingangshalle zu finden. Endlich entdeckte er den Polizeichef bei seiner Frau und seiner Mutter. Mildred winkte.

„Wundervolle Leistung!", rief sie. „Sie haben meine Erwartungen übertroffen. Ihre Schwester ist auch ganz begeistert von …"

„Bitte, Mrs. Mead", sagte Kevin scharf und wandte sich an Harvey. „Anna Blair ist weggerannt. Maggie ist ihr hinten hinaus gefolgt."

„Weggerannt?“, fragte Mildred. „Sie meinen, sie hat gestanden? Wir haben unsere Julianna?“

„Wir haben sie noch nicht“, entgegnete Kevin besorgt.

„Ihr bleibt hier“, befahl Harvey und griff nach seinem Walkie-Talkie. „Hier ist Mead. Sucht Anna Blair vor der Halle und nehmt sie fest. Sie könnte gefährlich sein. Und haltet Ausschau nach Maggie. Sie sucht ebenfalls Anna.“

Kevin lief dem Polizeichef zur Tür nach.

„Was ist mit dem dritten Akt?“, rief Mildred.

„Zögere ihn hinaus“, riet Helen. „Das steigert die Spannung.“

Maggie schrie auf, als ihr Bein gegen die Stoßstange eines Wagens stieß. Sie hörte Schritte auf dem Parkplatz, presste sich gegen einen Kombi und hoffte, dass der Angreifer sie nicht gehört hatte.

Maggie stand wie erstarrt, während die Schritte näher kamen.

Sie musste es riskieren, schob sich weiter.

Sie kam zwei Wagen weit. Dann sprang die Gestalt hinter einem Kleinbus hervor, schlang einen Arm um ihren Hals. „Miststück!“, zischte die Stimme.

Sie schrie und wehrte sich. Bis sie die Waffe fühlte. „Nein, nein“, flehte sie, als sich der Lauf in ihre Rippen presste. Schweiß strömte an ihrem Körper herunter.

Ein Schuss krachte.

Sie glitt auf die Knie, war plötzlich frei. Sie brauchte einen Moment, bis sie begriff, dass der Schuss nicht aus der Waffe ihres Angreifers gekommen war.

Rufe ertönten. Vertraute Rufe. Wieder streckte sich ein Arm nach ihr aus. Doch diesmal war es ein vertrauter Arm.

„Kevin! Oh Kevin!“, schluchzte sie und klammerte sich an ihn.

Sie hörte Schritte und dann noch mehrere Schüsse. Dann war ihr Vater bei ihr.

„Sie ist unverletzt“, versicherte Kevin ihm hastig.

Maggie forschte im Gesicht ihres Vaters. „Hast du …?“

„Abgehauen. Geh lieber wieder hinein“, sagte Harvey mit einer Sanftheit in der Stimme, die Maggie nicht mehr gehört hatte, seit dieses Fiasko begann.

„Es ist Anna Blair. Sie ist hier irgendwo“, sagte Maggie.

Harvey berührte sachte ihre Wange. „Wir finden sie. Und wir überwachen die anderen Verdächtigen. Sie wird nicht vor uns an unseren Kidnapper herankommen.“

Maggie war von der Zuversicht ihres Vaters beruhigt.

„Komm, Puppengesicht“, sagte Kevin leise. „Die Show muss weitergehen.“

Maggie seufzte. „Mit einer Darstellerin weniger.“

Kevin lächelte. „Wir improvisieren.“

Sam Reardon schritt mit einem kalten Lächeln und scharfem Blick an der Rampe entlang und sprach zum Publikum. „Also, Leute, ihr habt jetzt alles. Jetzt liegt es bei euch.“ Er wirbelte zu den Schauspielern herum, die in einem Halbkreis auf der Bühne saßen – ein Stuhl war leer – und warf ihnen einen harten Blick zu. „Es sei denn, einer von euch will gestehen.“

Stille.

Reardon wandte sich wieder an das Publikum. „Ihr müsst den Kidnapper der Gerechtigkeit übergeben.“ Er trat hinter die Schauspieler und blieb zuerst hinter Paula Dubois, der Geliebten, stehen. „War es Morgans Geliebte, die das Baby entführte?“, fragte Reardon. „Geschah es aus Rache an ihrem Geliebten, weil er sie letztlich fallen ließ? Dachte sie, sie könnte ihn wenigstens zahlen lassen? Hunderttausend Kröten, Leute. Verbrechen sind schon für weniger begangen worden.“

Ein paar Hände regten sich, aber der Großteil des Publikums akzeptierte nicht die Geliebte als Kidnapper. In einer der hinteren Reihen atmete Corinne Finn erleichtert auf.

Der Detektiv trat hinter den Nachbarn. „Oder war es dieser Mann, der dachte, er könne die wollüstige Frau bessern, die er liebte, und dann doch fand, dass sie nicht zu bessern war?"

Etwas lebhafterer Applaus.

Jeanne Squires tastete nach der Hand ihres Vaters, der starr und ausdruckslos dasaß.

„Was ist mit unserem Anwalt, Freunde? Hat er die scheußliche Tat begangen, weil er zurückgewiesen wurde? Wollte er den Kies? Vielleicht war er nicht so erfolgreich, wie er wirkte. Oder vielleicht ist ihm der Zaster durch die Finger gesickert."

Ungefähr ein Drittel des Publikums applaudierte. Reardon lächelte. Im Zuschauerraum rutschte Stanley Hapgood unbehaglich auf seinem Sitz hin und her. Sein Enkel machte ein finsteres Gesicht.

„Und da haben wir unseren liebeskranken Buchhalter, Leute", sagte Reardon.

Noah Bright bot eine bewunderungswürdige Leistung, indem er schuldig und verängstigt dreinsah.

„Verwandelte sich Liebe in Hass, als unser Buchhalter entdeckte, dass man ihn zum Narren gemacht hatte?", fragte Reardon das Publikum. „Manchmal sind es gerade die Stillen, auf die man aufpassen muss. Raubte er das Kind, weil er dachte, es wäre von ihm? Nahm er das Geld, um dem Kind ein neues Leben, ein neues Zuhause zu geben? Denn der springende Punkt ist … dieses Baby wurde nicht getötet. Das Töten setzte später ein, als der Kidnapper zuschlagen musste, um nicht entlarvt zu werden. Also, Leute, ist unser Buchhalter der Kidnapper, der sich in einen Mörder verwandelte?"

Eine kleine Gruppe klatschte begeistert, doch der Großteil des Publikums hielt den Buchhalter nicht für den Schuldigen.

Ernie Novak, der sein schweißbedecktes Gesicht mit einem Taschentuch betupfte, brachte ein mattes Lächeln zustande.

Kevin trat hinter den nächsten Stuhl. George Denk in der

Rolle des Ehemannes zeigte eine missmutige Miene. „Ich war es nicht“, schnappte er.

„Das behauptet er, Leute, aber sehen wir den Tatsachen ins Auge“, sagte Reardon. „Er hatte viele Gründe. Zum Beispiel, dass das Kind nicht von ihm war. Zum Beispiel, dass er bei der Scheidungsverhandlung angeben kann, dass er hunderttausend Dollar ärmer ist, obwohl er das Lösegeld selbst eingesteckt hat. Ein schlauer Trick. Und dann lässt er das Kind bei irgendwelchen Verwandten zurück und verdrückt sich mit unbekanntem Ziel.“

Etwas Applaus, ein paar Beifallsrufe, aber kein Sturm der Begeisterung.

Kevin warf Maggie einen schnellen Blick zu. In ihrer Rolle als trauernde Mutter saß sie abseits auf der Bühne und betrachtete die Vorgänge mit kummervollem Blick.

Es war still im Zuschauerraum, als Reardon hinter den letzten Stuhl trat. Den leeren Stuhl. Den Stuhl der Lehrerin. Den Stuhl, auf dem Anna Blair sitzen sollte.

„Wurde es für sie zu heiß, Leute?“, fragte Reardon höhnisch. „Ist sie deshalb vor der letzten Auseinandersetzung geflohen? Weil sie schuldig ist? Weil sie wusste, dass es nur eine Frage der Zeit war, bis wir ihr auf die Schliche kommen?“

Wilder Applaus brach los. „Ja, ja!“, schrien Stimmen im Publikum. „Sie war’s! Sie war’s!“

Louise Sheridan stand auf. Zuerst bemerkten es nur ein paar Leute, doch sehr schnell verstummte das Publikum. Sekunden später hätte man eine Nadel fallen gehört.

„Es war nicht so, wie ihr denkt, es war nicht so“, sagte Miss Sheridan mit leiser, trauriger Stimme. „Es war alles … ein Fehler“, endete sie und wiederholte die Worte, die Anna Blair in der Rolle der Lehrerin am Ende des zweiten Aktes gesprochen hatte.

15. KAPITEL

Das Publikum drängte in die Eingangshalle hinaus. „Schon was von Anna Blair gehört, Chef?“, fragte George Denk. „Nichts“, antwortete Harvey Mead. George, noch in Kostüm und mit Bühnen-Make-up, senkte die Stimme. „Und die Sheridan-Lady, Chief? Soll ich sie aufs Revier schleifen?“

Harvey hob eine Augenbraue. „Das Stück ist aus, George!“

George Denk wurde rot. „Tut mir leid, Chief. Schätze, es dauert einen Moment, um aus der Rolle rauszukommen. Was sollen wir mit Miss Sheridan machen? Wo doch Anna Blair – oder soll ich sagen, Julianna Merrill – frei herumläuft …“

„Fahren Sie Miss Sheridan heim, George, und bleiben Sie bei ihr.“

„Wird gemacht, Chief.“

Kevins Schwester Daisy eilte zu Maggie. „War das nicht unglaublich?“, rief sie aus. „So etwas hat es in Thornhill nicht mehr gegeben, seit Amanda Emory vor fast zwei Jahren von ihrem Adoptivsohn ermordet wurde. Ihre Mutter muss es Ihnen erzählt haben, Maggie. Amanda hielt einen Kurs über Hexerei am College ab und hatte ihren eigenen Hexenzirkel in der Stadt. Paula Dubois war eine von Amandas Anhängerinnen. Ich sage Ihnen, das Mädchen ist als Schauspielerin viel besser, als sie als Hexe war. Ich habe sie recht gut als Geliebte gefunden. Aber Sie, Maggie, Sie waren eine absolute Sensation. Ihr Haar! Sie sollten es immer so tragen, über ein Auge gekämmt, genau wie Lauren Bacall. Und Kevin! Mein kleiner Bruder …“

„Ach Daisy, wenn sie mich bitte entschuldigen! Ich muss meine Jungs auftreiben.“ Sie suchte die überfüllte Halle ab. „Ach, da ist meine Mutter. Sie hat die Jungs hoffentlich bei sich.“ Maggie wurde von zahlreichen Leuten angesprochen, ehe sie ihre Mutter erreichte.

„Maggie, ist wirklich alles in Ordnung?“, fragte Mildred. „Hat dir diese schreckliche Frau auch nichts getan?“

„Ich bin jetzt nicht einmal sicher, ob es Anna Blair war“, erwiderte Maggie. „Es war so dunkel, und die Stimme war so gedämpft ... Wo sind die Jungs?“

„Ach, Jessie bringt sie hinter die Bühne zu Paula. Wir treffen sie vor dem Eingang.“

„Maggie!“ Kevin kämpfte sich durch die Menge. „Warte! Alles in Ordnung? Deine Hand hat gezittert, als wir uns verbeugt haben ...“

„Siehst du hier meinen Kopf?“, fragte Maggie träge. „Tu mir das nächste Mal einen Gefallen und erinnere mich daran, dass ich ihn nicht so weit herausstrecke.“

Kevin und Mildred lachten, aber Mildred wurde rasch ernst. „Sagt mal ihr zwei, war es Miss Sheridan? War sie der Kidnapper?“

Maggie runzelte die Stirn. „Sieht so aus, aber sie war es bestimmt nicht allein. Und wir wissen überhaupt noch nicht, ob nicht Roger Merrill hier in Thornhill unter falschem Namen lebt und mordet.“

Ihre Großmutter Helen, die hinter Maggie getreten war, schüttelte den Kopf. „Seht ihr die Frau im grünen Kleid, Sylvia Palmer? Sie stammt aus Dayton, Ohio, wo Roger Merrill in den Sechzigerjahren gelebt hat.“

„Sylvia kannte ihn?“, fragte Kevin.

„Sylvia, mein Lieber, war auf seinem Begräbnis. Ich habe sie vor ein paar Minuten im Waschraum für Damen belauscht. Sie sagte zu einer Freundin, was für ein Schock diese Aufführung für den lieben Roger gewesen wäre ... wäre er nicht vor fast zwanzig Jahren an Krebs gestorben.“

Maggie sah Michael auf sich zukommen. „Wo ist Leif?“, fragte sie.

Michael zuckte mit den Schultern. „Ich dachte, er ist bei dir."

Mildred zog die Augenbrauen zusammen. „Ich habe dir gesagt, dass du auf deinen Bruder aufpassen sollst, Michael."

„Habe ich ja, aber ich musste zur Toilette."

„Schon gut, Michael", beschwichtigte Maggie.

„Vielleicht hat jemand Leif heimgefahren", sagte Kevin. „Vielleicht Paula ..."

Maggie lief zu einem Telefon. Als sie zurückkam, war sie blass. „Ich habe mit Paula gesprochen. Sie ist gerade nach Hause gekommen und hat Leif nicht mehr gesehen, seit sie mit ihm hinter der Bühne war. Und zu Hause hebt niemand ab."

Mildred verzehrte sich vor Sorge. „Ich hätte die beiden nicht aus den Augen lassen dürfen!"

Maggie sah Michael an der Glastür der Grange Hall stehen und stumm in die Nacht hinausstarren. Sie wusste, dass ihr Sohn auch Angst hatte und von Schuldgefühlen geplagt wurde.

Kevin hatte ebenfalls Mitleid mit Michael. Er ging zu dem Jungen. „Es kommt alles in Ordnung, Michael. Wir finden deinen Bruder." Behutsam berührte er den Jungen an der Schulter.

Michael wirbelte herum, Hass und Wut im Blick. „Es ist alles Ihre Schuld! Hätten Sie meine Mutter in Ruhe gelassen, wären wir nach Harmon zurückgegangen!"

„Michael!", sagte Maggie scharf.

„Ich hasse ihn!", schrie Michael und starrte Kevin böse an. „Und sobald wir Leif finden, gehen wir zurück nach Harmon, wo wir sicher sind! Daddy hätte das alles nie geschehen lassen!"

„Michael, hör auf!", fauchte Maggie. „Kevin hat gar nichts getan. Es ist nicht seine Schuld und deine auch nicht."

Michael warf sich gegen seine Mutter, und der Zorn löste sich in Schluchzen auf. „Bitte, bitte, lass uns heimfahren, Mom!

Ich weiß, du und Daddy, ihr liebt euch nicht mehr, aber … aber Leif und ich werden dafür sorgen, dass du dich nicht einsam fühlst. Wir bleiben bei dir, Mom. Aber lass uns bitte zurück nach Harmon fahren, sobald wir Leif gefunden haben. Vielleicht ist er deswegen fort. Vielleicht ist er weggelaufen. Vielleicht hasst er es hier auch. Aber wenn er wüsste … dass du uns nach Hause bringst, dann kommt er vielleicht zurück."

Maggie drückte ihren Sohn an sich und wich Kevins Blick aus. „Ssst, Michael. Wir werden sehen. Wir alle werden darüber sprechen. Du und ich und Leif. Ich verspreche es dir."

Sobald Maggie heimkam, lief sie sofort in das Zimmer der Jungen. Auf Leifs Bett lag ein weißer Umschlag. Michael trat hinter ihr ein. Er stand wie erstarrt in der Tür und sah zu, wie seine Mutter mit zitternden Fingern nach dem Umschlag griff, den Brief öffnete, ihn las und zusammenbrach.

Michaels Schrei ließ Mildred die Treppe hinaufhetzen. Maggie saß auf dem Fußboden, Michael neben ihr.

Verstört murmelte Maggie: „Leif ist … entführt worden."

Mildred taumelte gegen den Türrahmen.

„Julianna hat ihn", sagte Michael, selbst einem Zusammenbruch nahe. „Sie hat unterschrieben."

Mildred musste ihre ganze Willenskraft aufbieten, um ruhig zu bleiben. Sie griff nach dem Brief. Er war kurz. *Überlassen Sie die Gerechtigkeit mir, oder Ihr Sohn erleidet ein Schicksal, das schlimmer ist als jenes, das ich erlitten habe. Julianna Merrill.*

Es dauerte ein paar Sekunden, bis Mildred sprechen konnte. „Michael, ruf 911 an und lass deinen Großvater suchen. Und dann rufst du Kevin Payne an. Er soll sofort herkommen."

Michael zögerte. „Ja, Großmutter", sagte er schließlich.

Zehn Minuten später öffnete Michael die Haustür und sah Kevin anstelle seines erhofften Großvaters vor sich. „Sie ist noch immer oben“, murmelte er.

„Wie hältst du durch?“, fragte Kevin sanft.

„Es geht.“ Michael schluckte schwer.

„Deinem Bruder wird nichts geschehen, Michael. Das glaube ich ganz fest. Ich denke, dass Julianna, mehr als die meisten Leute, besondere Gefühle für Kinder hat.“

Michael begegnete Kevins Blick zum ersten Mal. „Glauben Sie wirklich, dass … es ihm gut geht?“

„Ja. Und wir werden nicht herumsitzen und warten, dass er zurückgegeben wird. Wir werden ihn finden, Mike. Tut mir leid … Michael.“

Der Junge zögerte und starrte auf seine Schuhe hinunter. „Meine Mom hat richtig Angst. Ich habe sie noch nie weinen gesehen. Nicht einmal, als sie und Dad sich getrennt haben.“

„Sie liebt dich und Leif mehr als alles andere auf der Welt.“

„Liebt Mom … Sie?“

Kevin sah ihn ruhig an. „Das ist kein Wettbewerb, Michael.“

Mildred erschien oben an der Treppe. „Oh Kevin, sie ist außer sich.“

Er nahm zwei und drei Stufen auf einmal. „Noch nichts von Harvey?“

Mildred wollte den Kopf schütteln, als es an der Tür klingelte.

„Harvey!“, rief Mildred, als ihr Mann ins Haus stürmte.

Maggie kam aus dem Raum und stürzte an die Treppe. „Hast du Anna?“, schrie sie.

Harvey nickte ernst. „Wir haben sie gefunden. Sie hat Leif nicht. Komm lieber herunter.“

Kevin sah Maggie schwanken und stützte sie. Mildred half ihm, Maggie ins Wohnzimmer zu führen.

Harvey gab seiner Tochter einen Brandy. „Wir haben Anna Blair im Indian Pond Motel gefunden“, sagte er. „Mit ihrem Liebhaber. Sie hat ihn und seine Frau während des zweiten

Aktes im Publikum gesehen und verlor die Nerven. Nach dem Streit mit dir, Maggie, lief sie durch den Hinterausgang. Er folgte ihr und fand sie auf dem Parkplatz. Sie fuhren in seinem Wagen weg. Er hat seiner Frau zu Beginn der Vorstellung gesagt, dass er sie verlässt, dass er sich in Anna verliebt habe und sie heiraten will. Er hat mit Anna in dem Motel … äh …" Er betrachtete seinen Enkel. „… Hochzeitspläne gemacht."

Maggie starrte ihn benommen an. „Oh Gott!", rief sie. „Wie sollen wir Leif finden, wenn wir nicht einmal wissen, wer ihn entführt hat?"

„Wir wissen eines", sagte Kevin. „Julianna will ihren Kidnapper töten. Wenn wir ihn vor ihr finden, können wir sie schnappen, wenn sie angreift."

„Aber weiß Julianna, wer der Kidnapper ist?", rief Mildred.

„Wenn sie heute im Stück war", sagte Maggie, „wird sie wahrscheinlich hinter Miss Sheridan her sein."

„Wenn wir Miss Sheridan doch nur dazu bringen könnten, zu reden", murmelte Kevin.

„Sie wird mit mir reden!", rief Maggie heftig.

Maggie und Kevin schlichen zum Hintereingang von Miss Sheridans Haus. George Denk, der sich in den Büschen versteckt hielt, gab ihnen ein Zeichen und warf ihnen einen Schlüssel für die Hintertür zu.

Sie fanden die pensionierte Lehrerin in ihrem dunklen Wohnzimmer. „Ihr Vater hat angerufen, dass Sie kommen", sagte Miss Sheridan leise.

„Sie müssen uns sagen, was Sie wissen, Miss Sheridan! Sie können nicht dasitzen und zulassen, dass sie … meinem Sohn etwas antut."

„Ich habe keine Ahnung, wer Julianna ist. Ich habe sie nie gesehen. Nur diese schrecklichen Anrufe. Ich habe versucht, ihr zu erklären, dass ich es nicht war."

„Haben Sie ihr gesagt, wer Ihr Geliebter war?", fragte Kevin.

Die alte Frau schüttelte den Kopf.

„Wenn sie es herausfindet, wird sie ihn töten, Miss Sheridan. Wenn Sie ihn noch lieben ..."

„Ihn lieben?", rief sie. „Ich hasse ihn! Er hat mich betrogen. Er hat mein Leben zur Hölle gemacht. Aber was kann ich tun? Ich bin zu alt, um ins Gefängnis zu gehen. Ich habe alle diese Jahre gebetet, ich könnte diese schreckliche Zeit hinter mir lassen. Dann haben Sie Parkers Theaterstück gefunden, und Julianna kam zurück, und ich ... ich habe solche Angst!"

„Miss Sheridan", fragte Kevin leise und führte die Lehrerin zu einem Sessel. „Waren Sie seine Komplizin?"

Maggie umklammerte ihre Hände. „Bitte, Miss Sheridan! Wir haben so wenig Zeit!"

„Gut", sagte die Lehrerin nach einem Moment, der Maggie wie eine ganze Ewigkeit vorkam. „Ich werde es Ihnen erzählen." Sie ergriff Kevins Hand. „Er hat mich hereingelegt. Zuerst hatte ich keine Ahnung. Ich bekam einen Anruf von der Haushälterin. Sie war krank und fürchtete, das Baby könne sich bei ihr anstecken. Die Merrills waren über Nacht weg. Ich sagte, ich würde Julianna holen und mit zu mir nehmen."

Maggie kam näher, um die Lehrerin anzutreiben.

„Er wusste nicht, dass die Haushälterin mich angerufen hatte", fuhr Miss Sheridan fort. „Als ich hinkam, war sie fort – dachte ich. Später erfuhr ich, dass sie bewusstlos geschlagen und im Wäscheschrank versteckt worden war. Ich nahm das Baby zu mir nach Hause. Am nächsten Morgen las ich zu meinem Entsetzen ... dass Julianna entführt worden war, dass ein Brief mit einer Lösegeldforderung zurückgelassen worden war, dass Mrs. Merrills Haushälterin bewusstlos geschlagen worden war ... Offenbar war der Kidnapper im Haus, als ich hinkam.

Er hätte sich nie träumen lassen, ich würde mit ... seinem Unterpfand weggehen."

„Warum haben Sie Julianna nicht zurückgebracht?", fragte Maggie ungeduldig.

„Begreifen Sie nicht? Man hätte geglaubt, dass ich die Entführerin sei, die kalte Füße bekommen habe. Man hätte mich vor Gericht gestellt." Miss Sheridan senkte den Kopf. „Also habe ich den Mann angerufen, dem ich vertraute. Den Mann, von dem ich glaubte, er würde mich lieben. Was war ich doch dumm! Oh, er war sehr hilfsbereit. Er wollte das Baby irgendwo hinbringen, wo es leicht gefunden wurde, und niemand würde etwas ahnen. Ich war ihm so dankbar. Später fand ich heraus, dass ich ihm direkt in die Hände gespielt hatte. Was muss er gelacht haben, als er mit dem Baby wegfuhr!" Sie sah Maggie an. „Das war der Moment, wo ich die Wahrheit erkannte. Der Wagen. Ein neuer Wagen. Er dachte, ich hätte ihn nie zuvor gesehen. Aber ich hatte ihn gesehen. Derselbe Wagen hatte in der Nähe des Merrill-Hauses gestanden, als ich am Vortag ... als ich Julianna holte."

Die alte Lehrerin nickte traurig und schloss die Augen.

„Am selben Abend stellte ich ihn zur Rede. Zuerst leugnete er, dann gab er zu, dass er verzweifelt Geld brauchte. Er hatte gespielt, und sein Leben war bedroht worden. Ich verlangte, dass er Julianna zurückgibt. Und da sagte er mir ... sie wäre tot. Ich glaubte ihm."

„Und er warnte Sie, sollten Sie jemals ein Wort sagen, würden Sie beide wegen Entführung und Mordes auf dem elektrischen Stuhl landen", sagte Kevin.

„Ja", murmelte sie. „Als Julianna zurückkehrte und mich anrief, stellte ich ihn. Er hatte ebenfalls Angst. Endlich gab er zu, mich belogen zu haben, damit ich schwieg. Er hatte eine private Adoption arrangiert. Deshalb schickte ich Ihnen diese Nachricht. Sie sollten wissen, dass Julianna nicht tot ist. Dass ich nicht verantwortlich war …"

Maggie sank vor Miss Sheridan auf die Knie. „Aber Sie sind unschuldig. Sie haben nichts Schlechtes getan! Er ist derjenige, der für sein Verbrechen zahlen wird. Bitte sagen Sie uns …"

„Er sagte, er würde mich eigenhändig töten, falls ich ihn verrate. Und das wird er. Er hat Mr. Anderson getötet."

„Und Andersons Partner, Regent, den Schachspieler?"

„Oh, da hatte er einen Helfer. Er hielt sich für so klug."

„Er hat jemanden engagiert, der es für ihn erledigte?"

Miss Sheridan lachte trocken. „Oh, er brauchte niemanden zu engagieren. Er hat alles in der Familie gehalten."

Als die Lehrerin das sagte, wusste Maggie Bescheid. Sie packte Kevin am Arm. „Es ist Stanley Hapgood und sein Enkel Dwayne!"

Miss Sheridans Miene lieferte die nötige Bestätigung.

Kevin rammte vor Stanley Hapgoods Haus den Fuß auf die Bremse. Harveys Wagen kam von der anderen Seite.

Maggie lief zu ihrem Vater. „Wo ist Michael?"

„Bei deiner Großmutter im Altenheim. Deine Mutter ist zu Miss Sheridan gefahren."

Gerade als Maggie erleichtert nickte, krachte ein Schuss.

Sie rannten zu Hapgoods Haus. Die Eingangstür stand weit offen. Drinnen fanden sie Stanley Hapgood zusammengesunken in seinem Lehnsessel im Arbeitszimmer. Tot. Kopfschuss.

„Michael", sagte Helen, „tu mir einen Gefallen und sieh nach, ob Bertie auf der Etage ist. Ich habe keinen Earl-Grey-Tee mehr. Bertie hat immer welchen."

Michael machte sich auf die Suche. Eine andere Helferin zeigte ihm schließlich das Gebäude, in dem die Angestellten wohnten, und Bertie Sanborns Fenster.

Ein paar Minuten später starrte Michael niedergeschlagen

auf Bertie Sanborns Fenster. Er fühlte sich so nutzlos, konnte nicht einmal Tee für seine Nana besorgen. Nach kurzem Zögern klopfte er, doch Bertie meldete sich nicht.

Was war schon dabei, wenn er den Tee suchte? Er schob das Fenster weit genug hoch, um hineinklettern zu können.

Helen nahm Maggie in die Arme, sobald sie in das Zimmer kam. Ihr Blick zuckte zu Kevin.

Er schüttelte den Kopf. „Bisher kein Glück."

Maggie war den Tränen nahe. „Hapgood ist tot. Wir sind zu spät gekommen. Julianna … ist entkommen."

„Setzt euch", sagte Helen. „Michael holt mir Tee von Bertie. Wahrscheinlich wartet er, bis sie welchen gekocht hat."

Maggie sah ihre Großmutter beunruhigt an. „Wie lange ist er schon weg?"

„Zehn, fünfzehn Minuten."

Kevin sah Maggies alarmierten Blick. „Wir gehen nachsehen", sagte er.

Sobald Kevin die Tür öffnete, nachdem er durch das Fenster eingestiegen war und das Zimmer durchsucht hatte, stürmte Maggie in den Raum.

Als Kevin sie zum Schrank rief, sah Maggie in seine Augen und wusste, dass etwas absolut nicht in Ordnung war.

„Maggie, du musst jetzt durchhalten."

Sie schloss die Augen. „Oh nein …"

Er zögerte. „Ich habe das hier gefunden." Er hielt eine schwarze Skimaske hoch.

Maggie starrte darauf wie auf eine Giftschlange. „Oh Himmel, Bertie! Bertie ist Julianna!"

Er musste ihr auch noch das Taschenmesser zeigen, das er auf dem Fußboden gefunden hatte.

„Es gehört … Michael!" Sie lehnte sich schwer an Kevin.

„Sie hat alle beide, Kevin! Wenn sie ihnen auch nur ein Haar krümmt …"

Kevin hielt sie an den Schultern fest. „Maggie, sie kann nicht weit sein. Ruf die Polizei! Dein Dad wird in kürzester Zeit hier sein. Und während du anrufst, sehe ich im Keller nach. Vielleicht versteckt sie sich da. Warte hier auf deinen Vater und informiere ihn."

„Nein, ich komme mit."

„Und riskierst, dass wir beide in eine Falle geraten? Das hilft Leif und Michael nicht. Im Gegenteil."

16. KAPITEL

Ohne an Gefahr zu denken, stieg Kevin in den Keller hinunter und hoffte, sich auf der richtigen Spur zu befinden. Die Treppe war dunkel, und der Polizeichef hatte seine Waffe konfisziert. Kevin war erleichtert, dass das Licht des Vollmondes schwach durch ein Kellerfenster hereinfiel. Er erkannte einen modernen Boiler und eine Tür in der hinteren Wand des Raums.

Er presste die Lippen aufeinander, schob sich zu der geschlossenen Tür und drückte das Ohr dagegen.

Leise Geräusche. Nichts zu sehen, das man als Waffe verwenden konnte. Kevin tastete nach dem Türknauf.

Vorsichtig drückte er die Tür auf und spähte in den Raum. In der linken hinteren Ecke sah er zwei dunkle Bündel liegen. Er schob die Tür weiter auf und betrat den kleinen Vorratsraum. In diesem Moment erkannte er, dass die Bündel in Wirklichkeit zwei Gestalten waren, die sich auf dem Fußboden aneinanderdrängten, gefesselt und geknebelt. Michael und Leif. Kevin verspürte Erleichterung, besonders da Bertie nicht zu sehen war.

Michael und sein Bruder starrten Kevin verzweifelt entgegen.

Bertie Sanborn, die Pistole in der Hand, wartete geduldig hinter der Tür. Kevin lag vor den Jungen auf den Knien, als sie das Licht einschaltete und die Tür zuschlug und verriegelte.

„Sie hätten sich da heraushalten sollen, Mr. Payne."

„Tun Sie das nicht, Bertie", sagte Kevin. „Lassen Sie die Jungen gehen. Es sind nur Kinder. Nehmen Sie mich an ihrer Stelle, wenn Sie unbedingt eine Geisel haben wollen."

„Was machen Sie da?" Bertie kam näher.

„Ich binde die Jungen los", sagte Kevin entschieden. „Sie sind wehrlos. Und diese Stricke sind zu straff." Er befreite hastig Leif und dann Michael.

Leif schlang die Arme um Kevin, der seinen Arm tröstend um den älteren Jungen legte.

„Ich kann keinen von euch gehen lassen“, sagte Bertie. „Ich muss zu Ende bringen, was ich angefangen habe. Die Gerechtigkeit ist mein“, sagte sie heftig, ja melodramatisch.

„Sie hatten bereits Ihre Gerechtigkeit, Bertie.“

„Sie müssen mich Julianna nennen. Als Parker Anderson mir über meine richtige Mutter schrieb und wie er geschworen hatte, mich eines Tages zu finden und mir meine wahre Identität zu enthüllen, war ich geschockt. Und wütend. Mein Leben hätte wundervoll sein können. Ich hätte im Luxus bei einer liebevollen Mutter aufwachsen können und nicht auf einer öden Farm mit grausamen Eltern, die mich wie eine Sklavin behandelten.“

„Das ist schrecklich, Julianna. Das Schicksal kann grausam sein, aber …“

„Es war nicht das Schicksal, das mich meiner Mutter geraubt hat.“

„Was Stanley Hapgood getan hat, ist unaussprechlich. Dennoch …“

„Stanley Hapgood“, wiederholte sie langsam. „Ja. Dieser erbärmliche Geliebte der Lehrerin. Ich werde beide bezahlen lassen.“

„Miss Sheridan ist unschuldig. Sie wurde von Hapgood hereingelegt. Und was Hapgood angeht, haben Sie Ihre Rache geübt …“

„Nein! Erst, wenn er tot ist!“, rief sie.

Kevin sah sie verblüfft an. „Aber er ist tot! Die Kugel traf ihn in den Kopf. Ich habe es selbst gesehen.“

„Sie lügen! Sie wollen mich hereinlegen.“

„Sie haben nicht geschossen? Vor einer halben Stunde?“

Julianna sah ihn benommen an. „Nein“, flüsterte sie. „Ich

war mir noch nicht sicher. Ich wollte die Lehrerin dazu bringen, mir ihren Komplizen zu nennen.“ Ihre Stimme wurde zu einem Singsang. „Aber ich habe einen Polizisten in den Büschen hinter dem Haus der Lehrerin entdeckt. Jetzt habe ich euch drei. Jetzt müssen sie mich Gerechtigkeit üben lassen.“

„Julianna“, sagte Kevin sanft. „Dass Sie die Jungen gefangen genommen haben, war eine Verzweiflungstat. Dafür wird Ihnen nicht viel geschehen.“ Er stand vorsichtig auf.

Als sie ihn näher kommen sah, richtete sich ihr Blick wütend auf ihn. „Sie lügen! Stanley Hapgood verdient es zu sterben.“

„Er ist tot, Julianna. Stanley Hapgood ist tot. Sie kommen zu spät. Ich sage die Wahrheit.“

Bertie schüttelte pausenlos den Kopf, während Kevin die Hand nach ihrer Waffe ausstreckte.

„Es ist vorüber, Julianna“, sagte er leise.

„Nein … nein …“

Kevin fixierte Bertie mit seinem Blick. „Sie sind ein Opfer, Julianna. Sie haben genug gelitten.“ Während er sprach, ergriff er behutsam den Lauf von Berties Waffe. Für einen Moment flammten ihre Augen auf, und ihr Griff verstärkte sich. Ihr Finger lag am Abzug, und die Mündung zeigte auf Kevins Brust. Falls sie abdrückte, hatte es ihn einmal gegeben.

„Arme, arme Julianna“, flüsterte er. Plötzlich wich der Irrsinn aus ihren Augen. Sie ließ die Schultern hängen und wehrte sich nicht, als Kevin ihr die Waffe aus der Hand nahm.

Er gab Michael einen Wink, der rasch seinem Bruder auf die Beine half. Gemeinsam liefen die Kinder zur Tür und zogen den Riegel zurück. Sie öffneten die Tür und prallten mit ihrer Mutter und ihrem Großvater zusammen.

Maggie presste die Jungen an sich, während Harvey mit Handschellen zu Bertie Sanborn trat.

„Die werden wir nicht brauchen“, sagte Kevin. „Julianna hat Stanley Hapgood nicht getötet.“

Harvey ergriff Berties Arm. „Ich weiß. Meine Leute haben Dwayne Hapgood geschnappt, als er vom Grundstück seines Großvaters fliehen wollte. Er hatte noch die Mordwaffe bei sich und war ganz in Schwarz gekleidet. Er war derjenige, der Maggie hinter der Grange Hall überfiel. Und was den Rest angeht ... wir werden bald ein volles Geständnis haben."

Harvey führte Julianna Merrill weg, während Maggie noch immer ihre Jungen fest an sich presste. Kevin stand in der Mitte des Vorratsraums.

Michael löste sich von seiner Mutter und sah Kevin an. „Sie waren schon was, Mr. Payne. Sie hätten umkommen können." Er wandte sich an seine Mutter. „Er hat dieser verrückten Frau gesagt, dass sie ihn an unserer Stelle nehmen soll."

Maggie strich ihrem Sohn über das zerzauste Haar. „Das überrascht mich nicht."

„Ja, Mom", warf Leif ein. „Er war wie ... ein Superheld! Der tapferste Typ in ..."

„Thornhill?", fragte Maggie.

„In der ganzen Welt", sagte Leif.

„Ja, er ist wirklich sehr tapfer", murmelte Maggie.

„Ihr Jungs wart auch unglaublich tapfer", sagte Kevin.

„Meine Mom ist auch tapfer", rief Leif.

Sie lachten. Dann hörte Michael abrupt zu lachen auf und streckte die Hand Kevin entgegen.

Kevin ergriff sie. Sie tauschten einen formellen Händedruck. Doch dann hielt Kevin Michaels Hand einen Moment länger fest. Michael schien die Geste abzuwägen. Kevin ließ los, bevor Michael entscheiden konnte, wie er reagieren sollte.

Die letzten drei Aufführungen von *Rockabye Baby* waren ausverkauft. Das Stück hatte einen neuen dritten Akt erhalten.

Als sich das Stück seinem Ende zuneigte und der Anwalt allein auf der dunklen Bühne saß, krachte ein Schuss. Das Publikum schrie auf, fast so laut, wie es Minuten später klatschte, als enthüllt wurde, dass das entführte Baby nicht getötet worden war. Wie im wirklichen Leben wurde Julianna von dem Mord an dem Anwalt reingewaschen, und als dramaturgisches i-Tüpfelchen konnte sie im Stück beweisen, dass sie die uneheliche Tochter des Anwalts und daher Erbin seines Vermögens war.

Es gab sechs Vorhänge nach der letzten Vorstellung. Maggie stand zwischen Kevin und Anna Blair, die am zweiten Abend strahlend zurückgekehrt war und perfekt gespielt hatte.

Leif kam auf die Bühne und überreichte seiner Mutter Blumen. Sie nahm sie mit einer Hand und hielt Leif mit der anderen fest. Dann winkten sie und Kevin Mildred auf die Bühne, damit sie den Applaus als brillante Regisseurin erhielt.

Mildred kam herauf, verbeugte sich und hob die Hand. „Ihr alle seid zu der Party hier in der Grange Hall eingeladen!“, verkündete sie strahlend.

Die meisten Leute blieben zu der Party. Corinne Finn war da, begleitet von Ernie Novak.

„Ist es nicht wunderbar, wie alles ausgegangen ist?“, fragte Ernie. „Man stelle sich vor, Julianna lebt!“

„Wir haben sie gestern im Krankenhaus besucht“, sagte Corinne. „Wenn sie abnimmt und sich herrichtet, ist sie eine Kopie ihrer Mutter.“

Miss Sheridan kam schüchtern näher. „Muss sie ins Gefängnis?“

„Nein“, sagte der Polizeichef. „Dwayne Hapgood hat gestanden, dass er seinen Großvater und Regent ermordet hat, um einen Skandal zu vermeiden, der seine angestrebte politische Karriere stören könnte. Und wir können es zwar nicht beweisen, aber wir sind sicher, dass es Stanley Hapgood war, der Parker Anderson vergiftet hat.“

„Aber Julianna hat Ihre Jungen gefangen genommen“, sagte

Miss Sheridan nervös zu Maggie. „Wenn sie angeklagt wird …“

„Ich habe sie nicht angezeigt, Miss Sheridan“, sagte Maggie. „Sie hat den Jungs nichts getan, und sie war nicht ganz bei sich. Julianna bleibt im Krankenhaus unter psychiatrischer Aufsicht, bis die Ärzte entscheiden, dass sie entlassen werden kann.“

„Gut“, stimmte Miss Sheridan zu. „Gott sei Dank geht es den Jungen gut.“

„Und sie genießen es, Berühmtheiten zu sein“, warf Harvey ein.

Mildred lächelte. „Michael hat nichts mehr gegen Thornhill. Er hat seinen Freunden erzählt, dass es hier viel aufregender sei als in diesem langweiligen Harmon.“

Maggie warf Kevin einen Blick zu. Kevin erwiderte ihren Blick, aber seine Miene war undurchschaubar.

„Die beste Neuigkeit für Julianna“, sagte Mildred, „ist, dass sie wie im Stück einen Großteil von Hapgoods Erbe erhält.“

Ernie Novak sah sie betroffen an. „Sie meinen, sie ist Hapgoods Tochter?“ Offenbar hatte er noch immer gehofft, Juliannas Vater zu sein.

„Nein“, erwiderte Mildred. „Ich spreche von dem Lösegeld. Hunderttausend Dollar mit Zinsen.“

Die Augen des Buchhalters weiteten sich. „Das sind …“

„Über zwei Millionen“, warf Kevin ein und ging zu Jeanne Squires, die bei ihrem Vater stand.

Jeanne errötete. „Gratuliere zu der Vorstellung.“

Norton Squires nickte feierlich, was schon viel für ihn war. „Wir alle hatten Hapgood in Verdacht“, murmelte er. „Aber wir hatten keinen Beweis.“ Norton stockte. „Ich vermute, es war Stanley, der auf mich geschossen hat.“

Kevin nickte. „Nach Dwaynes Geständnis lebte sein Großvater in der Angst, einer von Ihnen könnte einen Beweis für seine Schuld haben.“

„Wie hat Parker Anderson die Wahrheit herausgefunden?“

„Das habe ich Dwayne auch gefragt“, sagte Kevin lächelnd. „Glücksfall. Anderson, der Hapgood schon lange verdächtigte, kontaktierte den Anwalt wegen einer Testamentsänderung, durchsuchte bei einer günstigen Gelegenheit Hapgoods Akten und fand eine alte Quittung über zehntausend Dollar für eine private Adoption eines sechzehn Monate alten Babys. Er zwang Hapgood, ihm Juliannas Aufenthaltsort zu verraten, und hielt dafür seinen Mund. Ein fairer Handel, dachte der Schnüffler.“

„Aber Mr. Hapgood dachte nicht so“, bemerkte Jeanne.

Maggie fing Kevins auf sie gerichteten Blick auf, wusste aber nicht, was sie daraus machen sollte. Sie hatte genug Spannung für ein ganzes Leben gehabt und ging zu ihm. „Können wir reden?“

„Sicher“, sagte Kevin ruhig.

Maggie führte ihn in ihre Garderobe, schloss die Tür und lehnte sich dagegen. „Was ist denn nun, Kevin?“, fragte sie mit einer leisen, sinnlichen Stimme.

Er antwortete nicht gleich. „Eine Menge Komplikationen“, antwortete er endlich.

„Nenne mir eine.“

„Michael.“

„Michael?“

„Er will mich nicht als deinen Freund. Was wird er von mir als deinem Ehemann halten?“

„Meinem … Ehemann?“

„Du hast mich gehört, Puppengesicht.“ Er schlenderte auf sie zu. „Hältst du mich für einen Dummkopf, weil ich eine anständige Frau aus dir machen will?“

Maggies Herz raste. „Wahrscheinlich.“ Sie lächelte mutwillig.

„Sehen wir den Dingen ins Auge, Puppengesicht. Du hast es einmal probiert, und du hast eine verdammt harte Zeit gehabt. Ich habe mein Leben lang solo gespielt.“

„Vielleicht brauchen wir beide eine Veränderung."

Kevins Hände pressten sich gegen die Tür, sein Körper presste sich gegen Maggie. „Ich sage dir, was ich brauche, Puppengesicht."

„Sag es mir", murmelte sie an seinem Ohr.

„Ich brauche dich."

„Geht mir genauso."

„Ich will den Rest meines Lebens mit dir verbringen."

„Geht mir genauso."

„Es wird nicht einfach sein."

„Einfach ist langweilig."

„Ich liebe dich, Maggie."

Ihre Augen funkelten. „Daran ist nichts langweilig."

– ENDE –

Ginna Gray
Der Tod trägt dein Gesicht
Band-Nr. 25297
7,95 € (D)
ISBN: 978-3-89941-482-0
384 Seiten

Ginna Gray
Pakt mit dem Feind
Band-Nr. 25328
7,95 € (D)
ISBN: 978-3-89941-542-1
432 Seiten

Jasmine Cresswell
Die Formel der Macht
Band-Nr. 25267
7,95 € (D)
ISBN: 978-3-89941-435-6
416 Seiten

Chris Jordan
Die Spur der Rache
Band-Nr. 25319
7,95 € (D)
ISBN: 978-3-89941-532-2
464 Seiten

Lisa Jackson
Nie wirst du vergessen
Band-Nr. 25241
8,95 € (D)
ISBN: 978-3-89941-395-3
304 Seiten

Lisa Jackson
Denn schuldig ist, wer liebt
Band-Nr. 25282
8,95 € (D)
ISBN: 978-3-89941-463-9
304 Seiten

Lisa Jackson
Noch einmal sollst du büßen
Band-Nr. 25311
8,95 € (D)
ISBN: 978-3-89941-499-8
304 Seiten

Brenda Novak
Flieh, solange du kannst!
Band-Nr. 25262
7,95 € (D)
ISBN: 978-3-89941-429-5
464 Seiten

Suzanne Forster
Das Arrangement
Band-Nr. 25303
7,95 € (D)
ISBN: 978-3-89941-491-2
464 Seiten

Suzanne Forster
Das Internat
Band-Nr. 25244
7,95 € (D)
ISBN: 978-3-89941-403-5
608 Seiten

Christiane Heggan
Abbild des Todes
Band-Nr. 25246
7,95 € (D)
ISBN: 978-3-89941-405-9
400 Seiten

Karen Harper
Brennendes Inferno
Band-Nr. 25257
7,95 € (D)
ISBN: 978-3-89941-423-3
416 Seiten